[清] 王闿运 著 — 朱汉民 主编

王闿运集续编

㈦

岳麓書社·长沙

湖湘文库
续编

全书总目录

前　言

王闿运逝世于1916年，卒后三年，其子王代功撰《湘绮府君年谱》，自言："缀次旧闻及有闻于言行者以述年谱……述往事，采旧闻，于府君出处之年，游览之迹，言之略详。"该《年谱》收入1923年王氏后人汇刊的《王湘绮先生全集》，文海出版社、广文书局等曾多次影印出版，又有《北京图书馆藏珍本年谱丛刊》（北京图书馆出版社1999年）、《晚清名儒年谱》（北京图书馆出版社2006年）、《儒藏·史部·儒林年谱》（四川大学出版社2007年）、《近代人物年谱辑刊》（国家图书馆出版社2012年）等大型丛书收录予以影印出版，后又被《湖南人物年谱》（湖南人民出版社2013年）收录并点校出版。此次整理，以1923年《王湘绮先生全集》本为底本，重新点校。

王闿运的一生名满天下，也谤满天下，王代功为父亲撰写的《湘绮府君年谱》，因为尊者讳，存在美化和内容不全等问题。为全面展现王闿运一生学术思想和文学创作的价值与意义，汇编晚清民国以来关于王闿运的研究资料是十分必要的。

1985年，天一出版社出版《王湘绮传记资料》，初步收集了一些关于王闿运的传记资料和传闻逸事。实际上，晚清民国以来关于王闿运的传记资料、评点资料有很多，本人初步系统梳理，即有二十余万字：既有王闿运生前封疆大吏们向朝廷荐举王闿运时概述其经历与学术的奏折，又有王闿运去世后官方、门生、学者撰写的行状、碑文、传记、评点等。这些鲜活的一手资料，将十分有助于我们全面地了解、评价王闿运这位晚清民国时期集学术大儒、文学大家、教育名师、社会活动家于一身的传奇人物。

本书从这些资料中选取了最具有代表性的师友弟子、文史名家等撰述的传记资料和评点资料十余万字，为使选取的内容文字更加扼要，篇幅更加紧凑，主旨更加突出，选取资料中间省略处，以“（原文省略）”标示。本书最后，编排了中华人民共和国成立以后关于王闿运的研究论著目录，按年排序，时间下限为2023年年底。中国港澳台地区学术报刊发表的关于王闿运的单篇学术论文暂未收录。

唐红卫

二〇二三年十二月

目　录

湘绮府君年谱

传记资料

评点资料

研究论著目录

湘绮府君年谱

第一卷

府君姓王氏，讳闿运，字壬甫，湖南湘潭七都移风乡常安里人也。王氏之先，与周同祖，唐定郡望，争称太原。湘潭七都为明三十九都地。旧谱云："自山西避兵至赣州，复迁衡阳西乡。居数世，当嘉靖中迁湘潭城外黄龙巷。"又云："遭杨应龙之变，乃避赣。越二世，迁衡阳。"新谱云："杨应龙反播州在万历初，王氏至湘潭已二世矣。避兵虽非应龙，而相传有播州乱，疑本贵州人也。"据旧传及明时墓石推考其年，迁潭当在明孝、宪时。始迁祖曰东山府君，五传至朝侨，字惠人，居石泥塘。田过万亩，岁积谷钱无所用，直刳大竹盛之，委阶庭间。当是时，湘潭繁富甲天下，吾家亦极盛于此时。惠人君有子五人，并有才艺。第四子中傅，字石泉。性澹静，不营世事，以诗酒自乐，居许家桥。昆弟煊赫，争以豪侈相尚。闭门守静，寂如也。有子二人，长曰之骏，字遹斋。性颖敏，弱冠入县学。当乾嘉之际，民物盛满，谷贱货贵，富家不能节，则稍衰败。昆弟六家，唯遹斋君田宅未损。诸家欲卖田则责令强受之，无钱则举债以应，遂大困。未二十年，己田宅亦斥卖略尽。乃弃乡居，迁省城，买屋三椽于善化文庙旁小巷。家世名医，以术治疾，贫者不取钱，且施以药，名乃大起。姻党归其盛德，钦其宿学。识李文恭于孤贫，曰："此非寒生也。"

后辈名者，如贺尚书长龄、毛西垣国翰、黄虎痴本骥，皆执弟子礼。年七十以寿终。配戴夫人，江苏句容人，南澳同知讳志达之女。生二子，长讳士璠，字奂若；次讳麟，字步洲。府君，奂若君之次子也。

道光十二年壬辰　十有一月辛丑府君生

十一月二十九日午时，生于善化学宫巷内居宅。先夕，祖妣蔡夫人方坐庭中，见流星堕地，光芒照室，惊异之，入室而作，次日生府君。此事代功闻之从祖父步洲君之侧室罗氏。罗时与祖妣闲话，亲见此异，故言之特详。广额修眉，方颐后耳，有异常儿。时家贫甚，五月中遭曾祖考遹斋君之丧，曾祖妣戴夫人年已七十，祖考奂若君辍学为贾，从祖父步洲君授徒自给，岁入仅数十千。祖妣蔡夫人竭力经营，克勤克俭，故家无废事，且时赡给族姻。祖妣初生一男元殇，至是生府君，曾祖妣七十乃见孙，倍爱怜之。

道光十三年癸巳　二岁

十二月，葬遹斋君于善化南门外一都二里牌林子冲，是为吾家坟墓葬长沙之始。

道光十四年甲午　三岁

府君幼颖悟，祖妣教以古歌谣及唐五言诸诗，即能识字。曾祖妣喜曰："此儿他日必成名，惜余不及见耳。"

道光十五年乙未　四岁

道光十六年丙申　五岁

道光十七年丁酉　六岁

二月十六日，祖考奂若君卒。府君哭泣如礼，有若成人。是岁，患病危笃，及愈，体羸弱，足不能过门限。曾祖妣保抱扶持，日以白术饵之，病始有瘳。十月，祔葬奂若君于林子冲。

道光十八年戊戌　七岁

善化李鼎臣先生设塾里巷，曾祖妣以其距家稍近，命府君从读。授以《论语》《孟子》，朝往夕归。道中群儿或戏侮之，府君一不与较，识者已知为大器矣。

道光十九年己亥　八岁

仍从李先生读。

道光二十年庚子　九岁

是岁，毕诵五经，能属文。时姑家子郭正斋新楷少有神童之目，亦少孤，居省城，两家族党过从者，咸敬异焉。

道光二十一年辛丑　十岁

始学时文帖括，家贫不能延师，曾祖妣乃命府君从步洲君读，并授作文之法。

道光二十二年壬寅　十一岁

道光二十三年癸（亥）［卯］　十二岁

四月十五日，曾祖妣戴夫人卒。府君幼依祖母，自遹斋君卒后家益困，始将学宫巷居宅斥卖营葬，遂僦屋而居。是岁，步洲君假馆宜章县署，府君从之游学，益厉志于经史词章，昕夕不辍。

道光二十四年甲辰　十三岁

道光二十五年乙巳　十四岁

道光二十六年丙午　十五岁

是岁，僦居杨家花园。时步洲君历年应州县书记之聘，来往无常，府君从游不便，因命居家侍母。时家中无书，省城求书亦至艰，往往展转假借，择要钞读。当是时，天下方骛于科举，宣宗尤重翰林，以一童生不数年可跻二品，故父老以科甲督责，子弟甘心不悔。府君不喜制举之业，尝假得《楚词》，读之惊喜。塾师目为杂学，禁止勿观，府君则于作文时窃诵之，塾师出不意，从后掣其卷藏焉。盖当时风尚如此。府君益发愤，欲并古之作者，尤欲多读未见书，且自恨孤陋，遂一意于取友。

道光二十七年丁未　十六岁

始就外傅，从刘先生焕藻读书三卡。同学七人，始识长沙罗伯赓熙赞，罗丈通博有文名。故识武陵刘采九凤苞，刘丈居城南书院，为肄业生。院长陈尧农先生本钦，邓辛眉丈绎妻父也，与邓弥之丈辅纶俱居院中。府君与罗丈论诗，罗言及二邓，府君欲访之，未暇也。

道光二十八年戊申　十七岁

读书营盘街戴祠，始应童子试。邓丈弥之兄弟闻府君“月落梦无痕”诗句，奇之，特来造访。其时李丈篁仙寿蓉、丁丈果臣取忠、龙丈皞臣汝霖，皆居城南院斋，府君因定交焉。李丈放诞自喜，尤擅才名，与府君相得甚欢，日夕过从。尝于十二月雪夜，李丈徒步来宿书室，刻烛联句二十韵，名篇剧韵，传诵一时，名字渐达湖外。府君因城南交友之盛，遂移家城南，定入院读书之计。

道光二十九年己酉　十八岁

肄业城南书院。院长陈尧农先生工制艺，每聚诸生讲学，非高材生不得入内听讲。陈先生因府君隽异，特许入内斋，每有问难，辄惊老宿。长沙熊雨胪先生少牧，以孝廉名动海内，词赋科举为一时之冠。因事被议，与朱丈宇恬昌琳居址相近。朱丈特介绍府君问业，熊先生选文四十篇，属府君熟读。未数日，复往请益。熊先生怪之，因问文家派别。府君具道其所以，应答如流，不失一字。熊先生叹曰："子能自得师，但勤精研，无负期望。"退而告人曰："吾生平未见此才，不独吾当让出一头地，即古来作者恐亦当退避三舍矣。"自道光二十六年，湖南濒湖围田水灾后，复连年水旱。是岁，东南各直省复大水，饥民入长沙者数万。新宁土匪李沅发因连岁饥馑，聚党倡乱，杀知县，据县城，扰及广西边境。广西亦因旱，饥民日思乱。于时承平日久，自广东烧烟事起，宣宗尤畏疆臣生事，故各省大吏均以镇静为主。诸生肄业者，犹谨守卧碑圣谕诸训，不敢论列天下事。虽乱象已成，而士子欣欣乡学，湖南风气颇与道光初年异矣。

道光三十年庚戌　十九岁

三月，应县试。知县李寅庵先生春暄拔置第一。提督学政为车公顺轨，取入县学。发落日以府君文不合式为训，而奖掖备至，闻者异之。是岁，因丁丈果臣始识彭砥先丈嘉玉。彭君习三礼，于国朝言礼诸家学派最精，又喜言兵法。居长沙城中，默然无闻，亦不与时辈交游。府君一见与语，大说，遂有志于习礼，每讲论辄移晷达旦。又手钞《史记》成帙，日夜读之。盖自是始欲通经致用，非仅诂训词章而已。

咸丰元年辛亥　二十岁

李丈篁仙既耽吟咏，遂约同人倡立诗社。龙丈皞臣年最长，次李，次二邓，次府君，每拟题分咏，各赋一诗，标曰“兰林词社”。邓丈弥之尤工五言，每有所作，不取唐宋歌行近体。先是，湖南有“六名士”之目，谓翰林何子贞、进士魏默深、举人杨性农、生员邹叔绩、监生杨子卿、童生刘霞仙诸先生，风流文采，倾动一时。李丈乃目兰林词社诸人为“湘中五子”以敌之，自相标榜，夸耀于人，以为湖南文学尽在是矣。后以语曾文正公国藩，时罗忠节公泽南在曾幕中，居恒讲论以道学为归，尤恶文人浮薄。一日，李丈于曾所言五子近状，罗公于睡中惊起，问曰：“有《近思录》耶?”李闻言勃然，曾公笑解之。是岁三月，府君游邵阳。八月，与龙、邓二丈游衡山。去岁正月，宣宗成皇帝登遐，广西乱始上闻。六月，洪秀全、杨秀清等始乱于桂平之金田村。

咸丰二年壬子　二十一岁

二月，往江西南昌。时邓丈父厚甫先生仁堃方守南昌，府中宾客才彦颇盛。长洲孙月坡丈麟趾尤擅词曲，长于府君几四十岁，为忘年交。陈希唐丈景雍斗酒百篇，其甥李伯元丈仁元以进士改知县，选乐平，道过南昌，见府君，激赏之，坚邀至县署。李丈负才气，每有所感，辄慷慨激昂，发为诗歌，以摅烦懑。当是时，广西寇已陷永安，围桂林。四月，寇解广西围，陷全州，入湖南。七月，贼党萧朝桂自永兴率千余人，由攸、醴袭长沙。二十八日，至石马铺，遂围省城。时祖妣蔡夫人方居省城，府君在乐平闻警，星夜驰归。八月，至长沙，城外民居为寇所据，无店舍可宿，夜投水陆洲渔船宿焉。遣书告长沙知府钟音鸿，不报，明日行至城下视之。时城中兵勇八千余人，安化罗文僖公绕典以前任云贵总督来长沙佐巡抚治军，诸举、贡、生、监各自请领百人或数十人佐巡垛口。城外往来者皆缒以出入，唯独南门禁止行人。府君至大西门，见毛先生运如方巡垛口，乃得缒以入，共议城守事。城中被围日久，援军亦大集。贼募郴、桂矿夫穴城根，地雷数发。邓公绍良、瞿公腾龙屡拒却之。寇围城久不下，十月十九日渡湘西走。方省城之被围也，书院中诸生多散归。郭丈正斋、彭丈砥先与府君过从最密，常指画地图，高谈兵略。彭丈愤将领之不职，与府君书有云："假我以权，庶几牧、颇。"府君亦以时事日棘，究心兵法，有从军之志。然以节母在堂，孤子当室，未敢请也。十一月，寇已破岳州，围武昌，长沙解严。李丈复遣书问讯。祖妣仍命府君往乐平，而岳州已下，道路阻塞，乃由萍、醴至袁州。十二月，过南昌，邓丈辛眉留之度岁，寓居府斋娱园，文酒谈燕无虚日。除夕，与孙丈月坡、陈丈希唐、邓丈辛眉刻烛联句为长歌。始有祭诗之举，作祭诗《神弦》数章，是后六十余年以为常。

咸丰三年癸丑　二十二岁

正月，由南昌至乐平。夏五月，寇犯南昌，江西列郡大恐。李丈至鄱阳，与沈丈槐卿衍庆议兵事。沈丈因事至省城，李丈权知鄱阳县事，府君从之鄱阳。祖妣闻南昌兵警，专使至乐平，促府君速归。七月初，乃由鄱阳买舟还湘。行至袁州，梦李丈来告别。盖府君自鄱阳行未十日而鄱阳陷。七月十四日，李丈与沈君同战死。府君方在道，未之知也。八月，还长沙。十月，移家湘潭县城内学坪。十一月，先妣蔡夫人来归。外曾王父讳璜，字磻溪，以侠义见重于时。外王父讳荣森，初名晓原，字惺吾，为诸生，最有文名。与丁丈果臣居城南院斋，相友善。丁丈知先妣贤淑，复稔府君严于择配，特媒合焉。时府君贫寒而外家丰厚，先妣知诗书，习大义。方在幼时，外王母李太恭人以针黹所积得数百金，托葛氏姨母代权子母，预为奁资。葛母病革时，指箱中千五百金，属其子息代交蔡氏，且曰："此某姑娘银，吾受若母属托，不可负也。"及后忽背言。时外王母已前卒，或劝先妣证之，谢曰："资装有办，且彰先妣之过虑，吾不忍也。"卒不许。于归之后，戚友闻其事者，咸叹异，以为难能，府君亦敬礼焉。是岁，于南昌书肆得宋牧仲对簿时手录苏诗，始叹先辈精专，虽遭颠沛，犹不辍业，乃定每日钞书之课。适得宋版《玉台新咏》，因影写之。李丈伯元以为必无成理，未三月书成，李丈惊服。自是日必钞书，道途寒暑不少辍，五十年中书字以万万计。盖自二千年以来，学人钞录之勤，未有盛于府君者也。

咸丰四年甲寅　二十三岁

正月，谒李云根先生。先生高门华胄，不乐仕进，隐居坝子塘。书画琴弈，并入妙品。独坐藜床，罕接人事。与之言，谈言微中。常慕唐六如、董天士之为人。先妣为先生甥女，故府君往见焉。谈话移日，谓府君曰："子努力自爱，四十以后当轶群绝尘，非他人所能及也。"府君心折其言，以为有道之士也，终身敬服焉。方二年十月，寇之解围东下也，十一月破岳州，十二月陷武昌，三年二月遂陷江宁，据为伪都。曾文正公以丁忧侍郎奉寄谕帮办本省团练，人民得上书言事。府君屡论事，曾公辄嘉纳之。三月，寇围岳州，官军溃退，复还省城。寇距靖港，复由宁乡犯湘潭。二十五日，湘潭陷。府君与陈丈隽丞建议以全军救湘潭，败则退保衡州。彭丈砥先欲先攻靖港。曾公主持重，遂用陈策，先救湘潭。四月二日，靖港人民来乞师，言已立浮桥济师，大军一去，贼必败走。曾公志在东下，遽变计，自率二千人攻靖港寇屯，甫战即溃退。靖港距省城六十里，败闻，皆战栗失色。三日，忠武公塔齐布大破寇于湘潭，靖港寇闻之退走。曾公乃修船选士，合谋渡湖。于时彭刚直公玉麟方率水师为营官，陈丈隽丞士杰方居陆军参谋画，皆与府君友善，论兵事多相合，乃约府君从军。冯树堂先生卓怀独于曾公前力言行军死地，王某孤子新婚，未有子嗣，傥有不测，无以慰节母之心。曾公疑府君不乐从行，故浼冯言之，心颇不怿，而无以难之。府君亦不欲自明，乃止。五月，复移家居省城。时洪寇之乱蔓延七省，府君忧之，以为苏、浙、湖、广、江西皆古江南地也，因用庾子山旧赋名作《哀江南赋》。赋成，传诵一时。八月，长女无非生。九月，仍往南昌。十月，客游武昌，览江汉之胜，感慨兴衰，登临赋诗。曾军之攻九江也，夏丈憩庭廷荫方署湖北布政使，与府君议攻坚之不便，请府君作书上曾侍郎，陈“五利”“五害”，谓宜回屯武汉，厚集其陈，始可东下，无根本之虞。曾公以罗君大捷半壁山，水师亦连胜，断江岸铁锁，宜乘锐气，直捣金陵，遂不用其计，请刘公霞仙作书报府君。其后水师被袭，曾公始服其先见。十二月二十日，由武昌还长沙，至岳州，遇风不能渡湖。岳州知府魁联公曾为步洲君居停，因留度岁。除夕，遂登岳阳楼。

咸丰五年乙卯　二十四岁

正月五日，还长沙。邓丈弥之以事还武冈，府君与城南旧友饯之于寓斋。元夕张灯，谈笑尽欢，作《湘东春别》诗。邓丈坚约府君往武冈家中，教其弟子读。时戎马仓皇，府君念客游非计，诺之。二月，往武冈。当是时，水师已败于九江，武昌三陷，胡文忠公、彭刚直公守御上游，故长沙幸得无恙。祖妣率家人犹守居省城，诸长老佥以为长沙非善地，从祖父惺原君与外王父惺吾君合谋，以先妣奁资二百四十金典明冈张氏宅。此与《七夕诗》自注微有不同，代功闻之先妣言事实如此。张氏宅土人呼之曰桐树屋场，代功即生于是宅也。徐先生沨、曾先生侗故居南乡，居址接近，患难可以相助。二先生者，孝弟孚于一时，故往依之。四月，祖妣率先妣及家人迁居明冈。八月，府君自武冈始来新居。九月，复往武冈。十二月，还明冈。是岁，始治三礼，以《礼经》难读，先自《礼经》始，作《仪礼演》十三篇，分章节，正句读，实为注经之始。是书家有存稿，唯缺《丧服》诸篇。以先祖妣在堂，故未读《丧礼》也。厥后数易稿成《礼经笺》，故废弃之。又于其时选高、岑、王、孟、李、杜、韦、储、钱、常各体为《唐十家诗钞》，并加圈点评语焉。

咸丰六年丙辰　二十五岁

正月，与书曾侍郎言兵事，劝其建议撤团防、废捐输、清理田赋，以苏民困而清盗源。言虽未用，胡文忠抚鄂，正用其策。湖北富强，至养兵五万，用以平寇焉。二月，往武冈邓氏。五月，长子代功生。十二月，还明冈山居。江西事益亟，塔忠武公已前卒，周凤山代统其军，大败于樟树镇，湘军夺气。时邓丈父方主江西省局，曾文正公乃令李次青丈元度、邓丈弥之及前平江令林君源恩别募新军，皆用平江人，号李丈所将为楚军，邓丈所将为江军。邓丈曾以《咏苹果》诗忤夏翰林，阴嗾学政廉公兆纶劾之。廉居河口，得专饶、信间军事，知布政使耆龄公与邓父不协，遂奏言臬司子不宜将，诏曾文正公查办。因陈明邓丈将兵原委，遂罢所将军，并请将邓父严议。其后林君于抚州战没，府君为叹息焉。是岁，始治《今古文尚书》。

咸丰七年丁巳　二十六岁

正月，往武冈邓氏。七月，还明冈。时江西军务紧急，曾文正公督办军务，江南大营亦于去年失陷，金陵贼酋内乱，唯湖南稍得休息。朝议补行壬子、乙卯两科乡试，放考官举行科场事。或以告府君宜及期应试者，府君见沿途寇盗充斥，度考官必不能至，辄漫应之。已而闻先祖妣言，乃驰至省城录科，遂入试。是岁，领乡荐，中式第五名举人，座主为杨君泗荪、钱君桂森，房考官为鲍君聪。

咸丰八年戊午　二十七岁

正月，往武冈邓氏。三月，至湘乡唁曾侍郎，信宿而别。六月，至长沙，时曾侍郎奉命援浙，府君往送之。李忠武公之克九江也，专使修书来迎府君，云当得健笔以敌胜帅。胜帅者，侍郎胜保也，专临淮军事，号为大帅，而兵力实弱，恃朝命命李公分兵助之。李公心不欲，然迫于朝命，故书词及之。府君度李公军虽屡胜而实力已疲，知其必蹶，复书诺之，且献议曰："公行军久疲，屡胜兵骄，克城留军不足以为声援，不留军则后路空虚，且虞阻塞，取败之道也。"既而庐州陷，李公孟群败溃。忠武公至三河尖，寇帅陈玉成合捻寇及寿、颍群盗众数十万，围之数十重，忠武公遂陷陈死，湘军精锐歼焉。十一月，由明冈至长沙，与邓丈弥之同行，道醴陵、袁州至南昌。时曾文正公方以客军驻建昌，府君特往视之。李文忠公鸿章兄弟、许仙屏丈振祎、李次青丈元度俱在曾幕府，留居经旬。溯饶水至玉山，经严陵滩至桐庐，渡浙江。除夕，登吴山，观杭州城，忧其夸惰，作诗寄怀。未几而杭州陷。

咸丰九年己未　二十八岁

正月三日，游西湖。遂至苏州，游扬州，过淮安，乘车入京。三月，假居晋阳馆。四月，会试，榜发报罢。以京师人文渊薮，定计留京，寓居法源寺。于时名贤毕集，清流谋议，每有会宴，多以法源寺为归。时龙丈皞臣居户部尚书肃慎公宅，授其子读。李丈篁仙供职户部主事，为肃所重赏。肃公才识开朗，文宗信任之，声势烜赫，震于一时。思欲延揽英雄，以收物望。一见府君，激赏之。八旗习俗，喜约异姓为兄弟，又欲为府君入赀为郎，府君固未许也。严先生正基闻之，惧府君得祸，手书诲以立身之道，且举柳柳州急于求进，卒因王叔文得罪，困顿以死，言之深切。府君得书感动，假事至济南，作《上征赋》及《济南途中秋兴》诸诗。尹丈杏农耕云赠诗有云："行藏须早决，容易近中年。"盖叹府君之不遇也。八月，第二子代丰生。十月，至济南，寓居山东巡抚文煜公署中。是岁，治《诗经》，作《诗演》数卷，又选汉魏六朝诸家诗为《八代诗选》，与同人分写而自加评语焉。十一月，李丈篁仙因事入狱，府君闻之悲感，作《幽愤诗》，又为书致肃裕庭尚书，代叙其愤。

咸丰十年庚申　二十九岁

元日，泛珍珠泉。巡抚文煜公以上元日觞宾僚于澄虚榭，抽豪进牍，请府君为《珍珠泉铭》，泐之榭中。于时何丈子贞、郭丈筠仙均游济南，遂同登历山，探龙洞，泛大明湖，登华不注。三月，复还京师，居法源寺。其时同人居京者蔡舅与循、郭丈筠仙、龙丈皞臣、邓丈弥之，黔、蜀则莫丈子偲、赵丈元卿、李丈眉生，云南则刘丈景韩兄弟，江南则尹丈杏农，江西则高丈伯足、许丈仙屏，迭为文酒之会，其后失意四散。子偲丈述杏农语为诗云：“吾军久摧颓，不尔非全倾。诙哉杏公语，沉痛不忍听。”盖胜游文会未久而风流云散矣。四月，曾文正公始授两江总督之命，进驻祁门。府君于八月出京，往祁门视曾，则建议以为公前言即日渡江，以固吴会之人心，安庆去江宁、苏州均近于祁门，岂人心以远而固乎？宜从淮扬进规常镇，使公弟国荃攻安庆，左宗棠出浙江，与皖相响应，乃得形便。若不得已，亦宜驻徽州，以固宁国之守。曾公念业已上奏，若遽改图，恐动军心，且张芾公在徽州，未便逼之，遂不听。已而宁国陷失。李丈次青率师至徽州，官军败溃，徽州复陷。贼党环绕祁门，曾军几溃退。知其事者，皆叹府君为先见焉。是时英、法内犯，僧忠亲王军败于天津，京师戒严。文宗巡幸热河，恭亲王留守京师。十月，还长沙。时明冈居宅已为张氏所赎。先妣以祖妣多病，乡中难于医药，复奉祖妣居省城，尽心医治，迄未得效。十一月七日，祖妣病没。府君以违侍日久，归未浃旬，遽遭大故，伏地大恸，祭奠仪节悉参酌古礼行之。十二月，祔葬祖妣于奂若君茔。

咸丰十一年辛酉　三十岁

始读《丧礼》，取郑注、孔疏、杜氏《通典》及国朝言礼诸家，考定仪节，未及成书。又因前作《仪礼演》非著述体，欲更作之，亦未果。然注《礼》之意，至是益发舒焉。是岁七月，文宗显皇帝晏驾热河，怡、郑诸王以宗姻受顾命，立皇太子，改元祺祥，请太后同省章奏。府君与曾书，言宜亲贤并用，以辅幼主，恭亲王宜当国，曾宜自请入觐，申明祖制，庶母后不得临朝，则朝委裘而天下治。曾素谨慎，自以功名大盛，恐蹈权臣干政之嫌，得书不报。厥后朝局纷更，遂致变乱，府君每太息痛恨于其言之不用也。

同治元年壬戌　三十一岁

三月，至武昌，馆湖北布政使唐丈艺渠训方官舍，编次《湖北褒忠录》。未几，唐移抚安徽，阎文介公敬铭代之，府君复为客。胡文忠公新祠落成，湖北总督官文恭公请府君为作碑文。十一月，归家。十二月，行释服礼。府君居丧二年，未尝吟咏，至是洞庭归舟，病痁垂困，闻舟人言黄丈子春淳熙善政，始作《思黄李诗》。

同治二年癸亥　三十二岁

居长沙省城。是时陈丈怀庭钟英、严丈受庵咸、左丈孟辛枢皆还乡里，多有倡和。东南寇乱略定，陕西回民蠢动，朝命多忠勇公隆阿讨之。府君前闻华山之胜，欲从多军入陕，复以道阻，改计粤游。九月，第二女桂窊生。十月，由长沙至衡州。十二月，至广州。时毛公鸿宾为两广总督，郭丈筠仙署广东巡抚。陈兰甫先生澧主粤雅堂讲席，夙负盛名，见府君，与之抗礼。陈先生家富藏书，方柳桥、徐子远亦多异本，府君得遍观览焉。

同治三年甲子　三十三岁

正月，居广州。六月，纳长妾莫氏。七月，由广州还。至潮州闻破寇羽书，知江宁已于六月克复，洪寇悉平。八月，至长沙。在广州时，安徽巡抚唐公艺渠约府君为江淮之游，云临淮略定，将谋善后之策。十月，至江宁，访曾侯，循淮扬将游清苑。十一月，至齐河，冰合船胶，还宿草舍。大雪五尺，慷慨身世，作《思归引》，其序曰："同治三年冬，余从淮沂将游于燕赵，过桃源之镇，重访石崇旧河。朔风飞雪，偻焉而叹，停车裴回，感念伊人，咏其《思归》之篇，悲所志之不遂。重寻自叙，喟然而悟。夫以五十之年，居九列之尊，据河阳之园，有绿珠之丽，加以迈俗之志，身在乱朝，有一于此，犹不可免，况其骄侈陵轹，多藏以厚亡乎？余少小钝弱，既冠涉学，初览经史，未及该贯。而长沙有山寇之围，自此兵连，奄逾一纪，驰遁军间，稍习时事。当世名公卿谬以文词相许，姓名达于六州。颇妄自矜伐，喜谈远略，视今封疆大吏，窃谓过之。值圣朝辟门求贤，开荐举之路，白衣而登大僚盖数十人。余周旋其间，年望相等。虽不必至督抚，其次亦差得之矣。游半天下，未尝困厄，然皆无一岁之留，望望而辄去。虑一牵维，为智者笑也。夫贤才有益于天下，天下诚有损于贤者。非惟大名之不终，亦思虑之夭神也。是以孔子晚年不梦周公，庄生论人，谓之不祥。且以七尺之躯，乘百年之运，自奋于天地之内，董京所以颦蹙而去之者也。猥以孤茕之躯，无侍奉之祜，昊天降割，慈德无报。然今年始过壮，未敢降志。室有贤妇，高莱妻之节。女喜篆文，能写六经。大儿九龄，以《尔雅》解诂，往往合谊。小者六岁，识字形偏旁。有妾颇弹琵琶，能和箫笛。得屋三椽，弦诵其中，诚足以无闷矣。夫巢、由不买山而隐，伯夷不树粟而食。吾生也有涯，而所待者难期。余尝游朱门，窥要津，亲见祸福之来、贵贱之情多矣，亦何取身登其阶，然后悔悟乎？昔人有言，贫贱常思富贵。尚子又云，贵不如贱，富不如贫。若以物论之齐，化成亏之心，犹为蔽也。凡名皆假设，实亦终化。傥非善安其生，则出处之道殊矣。归欤归欤，将居于山水之间，理未达之业。出则以林树风月为事，入则有文史之娱。夫读妇织，以率诸子。何必金谷为别业，而后肥遁哉！既息骖于清苑，闲居无营，因作一篇，以明所怀。悼石生之空言，故仍题曰《思归引》云尔。”又于齐河道中作二绝句，以明出处之所以决。盖府君此行，初有从宦之志，既有所感，遂定计归隐，故于序中发之。十二月，居保定。除夕，观保定行宫。

同治四年乙丑　三十四岁

正月，登恒山。四月，由彰德取道樊城至汉口，溯洞庭游君山以归。五月，至长沙。府君既倦游，兼无买山之资，欲于衡山旁近筑室而隐。衡阳常仪安丈豫有墓田在衡阳西乡，后临烝流，前对道山，屋宇闲敞。府君视其地，善之，乃率先妣及子女由长沙启行，八月至石门，遂定居焉。时乡居草创，环堵萧然。府君方理经史，授句读，先妣亦躬汲爨，勤纺绩，日出而作，夜分而寝，自是凡十二年焉。

同治五年丙寅　三十五岁

二月，往衡阳县主程丈春甫学伊家。四月，第三女玿生。是岁，注《庄子·内篇》。府君以《庄子》为入道之阶，又以太史公合老庄为一家，而后世又以老庄为虚无，复论之曰："明学至陋，至康乾时经学大盛，人人通博而其所得者或未能沉至也。至今道将明矣，然天下不乡学滋甚，恐未能如明季，可不勉哉！夫道不可谈，谈道自战国始，至五代极乱而宋儒失师传，乃始推佛经中六朝文士之言，以求周孔，以为圣人之道，不可浅近，故赵宋、元、明诸人狂骛焉。至国朝而始厌之，乃求汉人训诂，而犹未悟道学之非道也。余寻佛者之言，见《僧祇律》，而后知佛经之所言微妙不可思议之法，皆非其本，因而求之《庄子·内篇》，而后知佛经之枝流，乃《庄子》之波及。又求之《庄子》，而后知道之不可谈，谈则必非道也。于是始悟宋儒之深求圣人者，误于佛经。佛经之所以虚无者，由于不善读《庄子》。故作《庄子》七篇解，以明圣人不言性与天道之意，而千古儒墨之是非定矣。嗟夫！人苦不思耳，思之则诸疑早释，不待智者。而宋人之蔽塞聪明，自陷异端，独何为哉？师法废而以训诂为浅近，实功废而以虚无相崇高，与战国之簧鼓等弊也。然而天下之治乱，初不以此等弊，千百儒生而有异同者，则道本非谈所能明，亦非谈所能废也。而孟子乃曰能距杨墨圣人之徒，盖亦非孔子之意矣。”或又疑府君言庄子治《春秋》，而《内篇》所言不及政法，乃论其旨曰："礼者自卑，过则称己，此圣人之弘量，亦处世之大方。非贤智自高，浊世可闵，有厌薄流俗之意，即有矜骄标置之容，忤物多伤，累德尤大。昔圣虽殷勤垂训，未能化也，强欲制之，久必溃矣。又出入荆棘，怀抱冰炭，独为君子，亦何乐乎？圣术既穷，乃有庄生本《春秋》经世之志，发消摇物论之旨，直指根源，去其悁忿，以己是知人是。故自卑为自尊，治己之功莫捷于此。所以鼓舞初学，同适大道，即致知格物之功，春秋太平之效也。盖有血气者必有争，争必从我始。利害起于是非，治以礼则勉强儒墨是也，治以智则服从狙公是也。视人如狙，似非圣人。归于撄宁，则为大道。己则不智，而能治人乎？孔子教人以敬，敬谓自治也。儒者不知敬字之义，以诚正为敬。如是则平天下惟在毋自欺，全无功用。故儒生未有能齐治者，力求不欺，无往而不欺也。庄生功用在一知字，而自谓无圣人之学。圣学何在？则礼是也。以智用礼，是谓圣人，即所谓先致知矣。物不来归则无所以知，刻以绳人人不肯来，故必先因是而后物格，大学之教立矣。圣人不明言者，圣世固无争也。圣人无位，然后有绝粮伐檀之事，子路以为至逆，庄生照其固然。后之儒生未尝见道，以庄言为谲怪，又乌往而不困哉！”府君论庄子者甚多，《论庄旨》一篇，六十岁后答弟子问者，今附于此。府君初名开运，在衡州时王春波大令名与相同，是岁始改今名。初字纫秋，取“纫秋兰以为佩”也。友人称曰壬秋，五十后改今字。

第二卷

同治六年丁卯　三十六岁

正月，居石门。乡里问字者日众，府君不问贫贱，悉与讲论，且告以经史门径，从学者皆欣欣焉。三月，陈丈隽丞议修《桂阳州志》。四月，约府君携家至桂阳，假馆南郊水阁，始考舆图，征掌故，又请左丈孟辛画地图，日事编纂焉。

同治七年戊辰　三十七岁

作《桂阳直隶州志》成，曰《疆域志》《赋役志》《工志》《州官表》《官师传》《学校志》《礼志》《军官表传》《人物志表传》《货殖传》《水道志图》《天文志》《洞徭志》《艺文志》《叙志》《匡谬》《小说》，都十七篇，二十七卷，四十三万二千余字。九月，第四女畅生。十月，上都庞窥九疑。十一月，还石门。时山居清闲，课读余暇，府君每于微阳初斜，新月未上，携代功姊弟，循烝流，登道山。遇野花始发，柔柳初荑。或荷锄移花，或临流拾菜。安行缓步，续诵《离骚》。三人倡和，声应山谷。府君顾而乐之，以为武陵桃源不是过也。后有诗咏之曰：“踯躅逢春似火堆，石门儿女逐年栽。谁知消尽神仙福，重对殷红泪眼开。”谓此事也。

同治八年己巳　三十八岁

府君以史书昔虽流览，唯《史记》《汉书》曾经钞录，是岁始读《后汉书》《三国志》《晋书》《宋书》《齐书》《梁书》《陈书》《魏书》《北周书》，日读一卷，加以评点，有可论者，复别记之。又以司马、班、范皆有述赞，陈《志》以后多缺，虽《晋书》有赞，然无深意，乃于每卷后别撰赞语，以继马、班、范三书之后。始治《公羊春秋》，作《春秋事比》。又以《春秋》之学，西汉以《公羊》为正，副以《穀梁》。穀梁子私淑仲尼，亲研异同，指事立教，必有宏旨。唯明《公羊》，不足祛惑，更申《穀梁》，为《穀梁申义》，凡百数十事。八月十一日，莫姬与大姊同日生辰，置酒家宴，欣然赋诗。府君三十七岁以前所作七律向不存稿，是岁始立日记，间一存之。后从日记中录存，题为《杜若集》，取"杜若兰荪一日开"首句也。九月，第五女帏生。十月，至衡州府城校定《清泉县志》。府君以生值中兴，当代英贤，多与抗手，或莫记存没，或远叹离群，开帙怀人，感深游处，故检诸友往来事迹，作《王氏交友传》。此书因丙子年山居倾圮，书稿已亡。湘潭议修县志，开志局，聘书来迎。时左丈孟辛从席军征苗，病卒军中。府君闻其丧，深为悼惜，遂往湘乡童梁山唁其母妻，并经理其家事。十二月，至湘潭议修志事。以乡党多宿儒前辈，固辞总纂，以让罗先生汝怀。是岁，纂书《易》《春秋》《周官》，凡十余万言。为儿女讲《尚书》《史记》，始笺《尚书》。以为《尚书》之学，东晋以来，经传淆伪，大义不明。自国朝高宗刊正群言，始辨真伪。江、段之伦，承风撰述。阳湖孙星衍书稍后出，最称详审，古书佚说，一字咸搜。犹病其采辑《大誓》违于马义，又仍用旧读句绝多讹，爰取孙本再加刊正焉。代黄御史锡彤拟作奏稿，请立博士，以救科举之弊，事格不行。

同治九年庚午　三十九岁

正月，至查江访彭丈雪琴于何隆老屋。二月，至衡阳县城。时张筱华丈士宽知衡州府，张东野丈修府亦在县城，文燕甚欢。湖南征苗军连年征调，府君以为连兵数年，糜费无益，宜暂撤贵州省官，驻于偏沅，以牧令统军，以军将兼牧令，随宜所置，休养士民，步步而进。是时李公鸿章节制援黔诸军，乃代拟《陈苗事疏》，文多不载。三月，读《唐书》，以新旧书持论多异同，合传体裁亦异，欲事厘定，惮于改作，故于作赞时稍订正之。作《春怀诗》四十八首。彭丈雪琴请府君修《衡阳志》，始事编纂。四月，假寓西禅寺。殷丈竹伍来衡，议制地平仪、记里车以测山峰水道作地图，故衡阳地图为诸县之冠。天津教案事起，府君以为前十余年天津民拒洪寇，人人叹其义勇，今天津民毁教堂、杀领事官，民岂能为此亡命掠夺之徒耳！朝廷政失其平，则小人思动，假义而起，终激祸患。此事如阳罪民而阴纵之，民既笑其懦，又轻我政，甚不可也。若大申夷而屈民，天下解体，又不可也。朝廷有失政，为民所挟持，大臣士人当疏通而掩覆之，固不可抑民气，尤不可长民嚣。与书直督曾侯论之。与代丰讲《周易》，以《易》文简奥，至今几尽不可解。先师《易》说今存者，唯言象而不及文义，如“鸣谦”“颠颐”“于丘颐”之类，自古所传，无此文法。今以意说之，心知其非，而犹愈于前之传者，积日所得，次录为《周易燕说》，如《论语》举义也。九月，买舟下湘，至衡山，闻会匪起朱亭，焚劫街市。九日，至长沙，寓居司马桥。时龙丈皞臣、李丈篁仙均居父忧，吴南屏先生敏树亦来省城。吴先生以所著《诗说》请府君商榷，以为说《诗》必合之史。府君以谓虽未得实据，要如其说，则《诗》乃有用，知人论世，以意逆志，知近日经师渐异，风气又变矣。十月，长女无非适邓丈弥之子国瓛。闰月，复至湘乡左宅议其家事。十一月，还石门山居。是时浙江学政徐侍郎树铭奏请开博学鸿词科，举府君及德清俞樾。部议俞前在学政任内，因事革职，不准所请，奉旨降级。

同治十年辛未　四十岁

正月，府君居衡已七年，专事撰述，无出游之意。常丈仪盦以为非习劳之义。去岁在长沙闻常丈病卒，追感其意，故复为北游。十二日，启行。十八日，至长沙，命代功从邓丈弥之、龙丈皞臣学。二十三日，由长沙买舟东下。二月二日，至汉阳，取习劳之义，乘小车至汝宁。车中感天津教案办理失策，乃作《陈夷务疏》，以为有不必论者四，不足忧者二，持论与人绝殊，文多不载。复由汝宁乘车过汝、颍、河、汴，见沙石枯焦，以为宋以前当不至此，盖地气将败，则水邕沙长为害也。三月三日，至京师，寓黄丈晓岱宅。府君初不欲会试，适值试期，亦不欲示异，遂入试。四月十日，与徐丈叔鸿、张丈雨珊偕游圆明园。廖枫亭参将时守园中，为地主。先游鸣鹤园，惠王赐第也。十一日，至故宫，还过舍卫城而归。十三日，移寓协中会馆，俗名之曰高庙。苇树幽森，窗棂净洁，属徐丈叔鸿篆额曰“定庐”。五月，潘侍郎伯寅以世家高科久居京师，主持坛坫。张编修香涛新从湖北学政归，提倡风雅。因府君入京，乃以朔日招聚四方英彦，约饮龙树寺。无锡秦谊亭炳文、南海桂皓庭文灿、绩溪胡荄甫澍、吴县许鹤巢赓飏、元和陈培之倬、会稽李莼客慈铭、会稽赵㧑叔之谦、长沙袁鹤舟启豸、洪洞董研樵文焕、遂宁陈亦山乔森、黄岩王子裳咏霓、钱唐张子虞预、福山王莲生懿荣、南海（潭）［谭］叔裕宗浚、瑞安孙仲容诒让、朝邑阎进甫乃兟，集者十七人。酒酣，潘侍郎出纸索书，府君赠潘、张诗各一篇。六月，作《圆明园词》。徐侍郎寿蘅、周学士荇农见之，以为笔墨通于情性，回首当年情事，读之悲恸欲绝，乃叹诗之感人，一至于此。未数日，京师文人传写殆遍。新进士闻府君来京，多来问业，府君乃论读书之要曰："夫学贵有本，古尚专经，初事寻摭，徒惊浩博，是以务研一经，以穷其奥。唐以文多者为大经，（小）［少］者为小经，限年卒业，立之程课，经解列六艺之名，而视性之所近。今亦宜就己所好以求师说。师说存者，如郑君《诗》《礼》，何公《春秋》，皆具有本末，成为家学。其已绝复明者，若李鼎祚《周易集解》、孙星衍《尚书疏证》，亦能抱残守缺，上绍渊源。但求一经，群经自贯，旁通曲证，温故知新，恃源而往，靡不济矣。古今学术，约有三涂：一曰儒林，经师之所传习也；二曰文苑，学士之所极思也；三曰道学，儒生之所推致也。文苑之中，复分三等：长记述者，谓之良史；精论说者，谓之诸子；工词赋者，谓之才人。史以识为先，源出《尚书》。子以理为骨，源出《论语》。词赋似小，其源在《诗》。《诗》者，正得失，动天地，吟咏情性，达于事变。观夫京都之赋，该习朝章；枚傅之篇，隐为民俗。今馆阁作赋，赋岂易言？诚能因流讨源，举隅知反，则山川形势，家国胜衰，政俗污隆，物产丰匮，如指诸掌，各究其由。故曰登高能赋，可以为大夫也。况赋者，兼通小学，尤近《雅》《文》，而子云叹其雕虫，宜德祖讥其老妄矣。夫赋无空疏之作，世鲜通博之家，但患为之不精，何至远而遂泥，于此留意，是亦为政也。"七月，出京，乘车至通州，复买舟至江宁。适于德州漕渠旁店中得《尚书大传》，日夕披览，以为《大传》之文，多入《礼记》，伏生所述，并孔为经所作书笺，多申伏以易郑。乃采陈本，除其重复，补郑注之阙略，成《尚书大传注》四篇。九月，至清江浦，遇江督曾侯阅兵徐州，相见甚欢。讨论经史，论及修志事，曾意以美恶兼载为不可。九日，至彭城，登戏马台，访燕子楼。复同至镇江，登北固山，至甘露寺，寻试剑石。曾丈劼刚来省亲，要同诣江宁，宿吴子登丈寓斋。二十六日，别江督曾侯南归，曾作诗赠别。二十七日，至安庆，留寓吴丈竹庄藩使署中。十月七日，至湖口，登石钟山。十四日，至南昌，登滕王阁。舟中始读《墨子》，以经说最为难明，先行寻绎。二十六日，至袁州，陆行至湘东，复觅舟返衡。十一月，还石门山居，始笺《礼记》。是岁五月，第六女滋生。

同治十一年壬申　四十一岁

正月，笺《尚书》，理《衡阳志》稿，阅《宋史》，钞《礼经》，日以为常。二月，至衡城，晤彭丈雪琴、陈丈隽丞，视李丈竹屋如昆疾。清明日，仍还石门。三月，检志稿，阅《宋史》。四月，至长沙，晤吴先生南屏，论修通志事。还至湘潭，议县志事。二十日，至衡州，王丈岣云以其居宅质于府君，以免修志乡城往返之劳。五月，移居衡州南门外大史马头王宅。宅多怪异，府君居之澹如也，然人多见之者。六月，至长沙，临曾文正之丧。七月九日，还衡州讲学，从游者益众。其后知名贺子泌淇、段嶰侯复昌、王伯戎储、夏彝恂时济、陈富春阜嘉等，皆以著述文章有闻于时。八月，往石门，题诗屋壁，以志终隐之愿。九月，作《今古文尚书笺》成，考定书目，分亡逸及百篇次弟。《虞夏书》郑氏云二十篇，今案当为十九篇，郑云《大禹谟》已逸，笺以《大禹皋陶谟》当为一篇，亦犹《荣伯肃慎命》，无《大禹谟》一篇也。《商书》郑云四十篇，笺从《史记》补《大戊》一篇，为四十一篇也。《周书》四十篇。凡百篇也。《大小夏侯章句》传伏生本《尚书》二十九篇，《欧阳章句》云三十一卷者，分《盘庚》为三篇，故三十一也。班固《汉书·艺文志》云古文经四十六卷者，存书三十一卷，与《欧阳章句》同，又逸书十五卷，故四十六卷也。班氏又云古文经五十七篇者，存书三十一篇，又于逸书十五篇中分出《九共》八篇，为二十三篇，加晚出《大誓》三篇，为五十七篇也。郑注《书》三十二篇者，存书三十一篇，与《欧阳章句》同，而合《顾命》《康王之诰》为一篇，《序》一篇，《大誓》一篇，逸书二十四篇也。李丈篁仙自省城来衡，谈燕数日。十月，第三子代舆生。十一月，至湰田省从祖祖父病，作《衡阳水道志》，至赵忠定祠为李衡州镐书关庙碑。十二月二十七日，得湰田书，知从祖祖父步洲君病卒，仓卒奔丧。

同治十二年癸酉　四十二岁

正月二日，至湰田临从祖祖父之丧，经理丧葬。十七日，发引。二十二日，至长沙。二十七日，祔葬步洲君于林子冲先茔。二十八日，反哭。二月五日，至衡州府城。笺《墨子》，钞《易说》，始讲《周官》。席丈研香宝田平苗归湘，道过衡州，以足痹约会于舟，议修《东安县志》，拟定采访章程。二十九日，至花光寺寻春，因至东洲宴集。三月，作《衡阳艺文志》。李学士若农为江西学政，遗书来衡，约会于宜春。二十九日，至袁州，遇学士舟，遂往通谒。若农学士出迎，留谈如旧交，遂宿其榻，要入镍院。四月初六日，出宜春镍院。十日，至湰田，宿槠木塘曾宅，践从姑丈岚生观察之约。十三日，还衡州，始作《诗补笺》。五月，笺《诗》，撰志稿，作《衡阳列女传》。六月，笺《诗》。王丈峋云卒于江西，其子议赎居宅。十三日，移家石门山居，始检

《春秋》义例。闰月，笺《诗》，检《春秋》义例。七月，检《春秋》义例，粗毕一过。九月，至衡州，议刻《衡阳县志》事。十月，还石门。十二月，邓丈弥之率子国瓛及大姊，自武冈来石门山居。岁暮风雪，府君见之甚欢，追话旧游，日夕无间。值除夕祭诗，府君忆壬子南昌之会，约与联句，邓丈谦逊固辞。府君前游南昌时，得余敏功《桃花燕子图》，孙丈月坡诸人皆有题词，唯邓丈独阙，府君因请补题之。其词云："问何处、似曾相识？门巷依稀，断肠春色。故国归来，旧游如梦，那堪觅？雨丝晴絮，凭谁寄、楼头消息？点点丝丝，都化作、啼襟红湿。　　叹早是，天涯倦羽，已自舞腰无力。玉剪双双，更暗惹、故人愁臆。重来试、低认芳巢，应更笑、将雏情急。好分付东风，莫把年时轻掷。"邓丈词无刻本，此图及诸人所作，亦于戊子年居宅失火焚去，故附录之，一以见邓丈词曲之工，一以叹名迹之被毁也。

同治十三年甲戌　四十三岁

正月，邓丈弥之复还武冈。二月，至东安修县志。四月，书成，曰《疆域沿革图志》《事纪志》《田赋志》《建置志》《职官志表传》《人物志表传》《山水志》，凡七篇，都十余万字。五月，至长沙。六月，《衡阳县志》刊成，曰《疆域志》《事纪志》《赋役志》《建置志》《官师志》《礼典志》《人物志》《山水志》《艺文志》《货殖志》，凡十篇。四图：曰《总图》，曰《中星图》，系之《疆域》篇；曰《城图》，系之《建置》篇；曰《承源图》，系之《山水》篇。十八表：曰《日出入时刻表》《日出入方位表》《更漏中星表》《诸星赤经表》《中星岁差表》《时度相应表》，系之《疆域》篇；曰《官师表》《汛官表》，系之《官师》篇；曰《选举表》《恩赏表》《文武实任表》《实职表》《耆年表》《节妇表》《烈妇表》《贞孝表》，系之《人物》篇。都二十九万八千余字。七月，作《独行谣》成，序曰："弥之见过山中，除夕设饮，追语二纪前娱园之会，后历安危，宜有撰述，要与联句，谦退固辞。岂将激发鄙情，亦时远事众，诚非率尔所操。因及暇时，辄缀数语，积日所得，总为一篇，命曰《独行谣》。《诗》曰：'聊以行国。'又曰：'我歌且谣。'盖明于得失之迹，达于事变，怀其旧俗，国史之志也。故综述时贤，详纪大政，俟后世贤人君子。兴起除夕，因以除夕发端。"诗凡三十章，四百四十八韵，凡四千四百八十五字，并自注之。邓丈见诗感叹，以为牢笼韩白，陶铸汉魏，其关于国家掌故、湘中旧俗，尤非一时一事之比，殆视《北征》有过之焉。八月，张丈东野知永州府事，从祖祖父孝廉方正惺原君亦于永州主讲书院，屡书约游。十三日，至永州。游朝阳洞、华严洞、零陵三亭及澹岩诸胜，各纪以诗。九月，还石门山居。十月，作《诗补笺》。十一月，至衡州府城。十二月，还石门山居。

光绪元年乙亥　四十四岁

正月，点《宋史》，作《诗补笺》。二月，第七女茙生。三月，《诗补笺》成。府君之于《诗》，初作《诗演》，旋毁之，后二十年乃作《诗补笺》。属稿未定，命功、丰兄弟依新义讲之，遇有驳难，即行更正。凡手钞五通，至老犹有定正焉。五月，至长沙。六月，命代功、代丰应童子试。七月，寓省城理问街杨家巷。二十日，至许家桥省高祖考石泉君墓。八月，至石门山居。十五日，仍还省城。时黄海华丈文琛、杨海琴丈翰、裴樾岑丈荫森、罗研生丈汝怀、黄晓岱丈锡彤、曹镜初丈耀湘、李辅堂丈桓俱集省城，文酒谈宴无虚日，作《长沙秋集诗》。九月，还石门山居，点《大戴记》，读《荀子》《管子》，钞《说文》中古文，欲篆书《古文尚书》故也。十一月，衡人多求作书至山东者，府君亦欲登泰山豁怀抱，乃乘兴呼舟溯烝流至衡州。十一月，遂至长沙。曾丈劼刚适遣使修书，请府君来省议修《湘军志》事，以为洪寇之平，功首湘军，湘军之兴二十余年，回、捻平定又已十年，当时起义之人，殉难之士，多就湮没，恐传闻失实，功烈不彰，必当勒成一书，以信今而传后。以府君志在撰述，亲同袍泽，亟宜及时编辑，以竟先烈。且文正尝言：著述当属之王君，功业或亦未敢多让。今日《军志》之作，非君而谁？府君不得已而诺之。十二（日）［月］，仍还石门。

光绪二年丙子　四十五岁

正月，至衡州府城。二月，至长沙，寓居传忠书局，钞《春秋》条例，校《公羊》释文。三月，刘丈荫渠自广西巡抚授云贵总督，舟过长沙，与府君议行止。盖其时缅甸已与英吉利和好，而英人欲去云南巡抚岑公毓英，法人方经营蒙自，滇事孔棘。故府君劝其疾进，以为事理无过此者，书略云："今之伟人，未尽如意，此有二故：一则富贵之见未化，一则世俗之见未除。恬淡之人，脱屣千乘，而不离于乡原，故绳尺之为累也久矣。今日滇督不能避难，则当疾以赴之，一以收部内之心，一以慰朝廷之望。且使西人传告，惊其神速，岑抚折服，必且郊迎，投袂之辰，气机已振矣。"又代拟一疏，陈治滇之要，且允至滇助之。十六日，赁居桂花井报慈寺南寮，寺僧云长沙定王为母荐福处也。四月，与黄丈海华、裴丈樾琴、彭丈雪琴、杨丈性农诸君至碧浪湖修禊。始作《公羊春秋笺》。五月，黄小麓传羲约府君至其家，即至洞泉冲谒熊先生雨胪，复至棠坡晤朱丈若林，信宿而还。是月廿日，烝水因出蛟暴溢，石门山居屋坏。时先妣方率弟妹居之，几至不免。二十八日，信至长沙，府君即率代功以行。因念癸酉年曾有诗云"暂隐衡山十二年"，自乙丑年迁居石门，至癸酉仅得九年，而诗先云"十二年"，去年彭丈雪琴赠诗亦云"作客衡阳十二年"，今因屋圮不得不移家，殆诗谶也。闰月五日，至石门旧庐，追念前欢，不胜凭吊。十日，买舟还湘。十五日，过常宁，往会唐丈艺渠之葬。二十一日，始返长沙。六月，校《书笺》，始钞两汉六朝金石碑版，考校经史异文。七月，陈丈怀庭自浙来，留之同居。时曾文正祠浩园新成，日有宴集。八月，湖南乡试。时郭侍郎筠仙出使英吉利，作《使西纪程》，颇言英法制修明，非中国所能及。时湖南风气闭塞，尤恶洋人。讹言上林寺居有洋人，来湘传教。乡试诸生恶之，约会玉泉山，议毁上林寺及郭氏居宅。府君议欲会同府县营兵严行禁止，或以为必激变，众论汹汹。已而恭亲王移书巡抚王公文韶，问上林寺事状。裴丈樾琴问处置之宜，府君云："二者俱失之矣。筠仙托言和夷以自强，王大臣不问民事而惧毁教堂，王抚畏势而不敢言其非，体纪安在乎？此事王抚宜捕乱民，筠仙宜置不问，恭亲王若移书当令奏明情形，治郭、王曲直，今以一二细民至惊动朝廷，乱之甚矣。"九月，陈花农先生之孙以其祖父营盘街居宅质于府君，十日率家人移居焉。自是省城始有居宅。是月，弟四子代懿生。十月，笺《春秋》，讲《礼记》。复至棠坡晤朱丈宇田兄弟，至洞泉冲谒熊雨胪先生。十一月，始营湘绮楼。大姊自武冈归家，因作《湘绮楼铭》，令篆书之。此铭于戊子年居宅失火被焚，遂无存稿。与曹丈镜初议开思贤讲舍，拟假荷池精舍为开办之所，广延实学，选刻所著。其或著述之才，暂难其选，阙而有待，亦各因时。校写之人，兼领选诗及《军志》应缮之本，或家居撰著卓然可传者，代为钞录，不取笔资。通筹经费，岁不过七百金，则事轻易举。盖其时湘人方续修《沅湘耆旧集》，其费取之淮盐余利。杨丈性农主征诗事，人以为用违其才。府君力争，以为不可，故言于杨丈，劝其开局，请以所得火食修金略充公费以调停之，事竟不行。杨丈卒后，郭丈筠仙主其事，后又属之张丈力臣。经三十年书卒不成，而所征遗稿悉散失矣。五日，第五女帏殇。十二月，杨丈息柯自浯溪来为寿苏之会，因府君未与，复于二十九日为展寿苏之集，以备他日增一韵事。坐中见会稽张钜，云庚午岁饮梁茝林处，为东坡作生日，今年老穷困。府君悲感之，为醵金馈岁，并作小诗以纪之焉。

光绪三年丁丑　四十六岁

正月，李丈次青、王丈霞轩、邓丈弥之来省晤谈，感祁门旧游，弥增吊旧之感。笺《春秋》，钞《礼记》。二月，作唐丈艺渠行状。三月，笺《礼记》。四月，江肇成同知权篆浏阳县事，请府君主持县试。五月，始撰《湘军志》，先阅《方略》诸书。六月，粮储道夏献云重修贾傅祠落成，频有游宴。七月，阅《方略》。八月，因撰《湘军志》，欲离城避嚣，遂假东山何氏宅，根云尚书之故业也，先遣代丰往视之。九月，暂往东山何氏宅，省视园圃。因从兄代英及代功兄弟同补弟子员，旋复入城。十月九日，杨丈息柯为闰重九之会，黄丈海华、裴丈樾岑、杨丈性农、罗丈研生俱集。十一月，检咸丰时旧案关于军事者及湘军招募遣散年月、统将姓名，欲别作一表以明之，而十不存一，无从稽核，迄未成书。是岁，《春秋笺》初稿成，讲《礼记》毕。

光绪四年戊寅　四十七岁

正月，至湘潭县城。二月，往东山，阅《褒忠录》及曾、胡奏牍诸篇，作《湘军志·曾军篇》。三月，入城。十二日，仍往东山。作《水师篇》成，寄彭丈雪琴商定。四月，命大姊画《湘军志图》以明进兵方略，又作《水经注图》正汪氏之阙略，作《曾军后篇》。五月，刘丈采九、邓丈辛眉来长沙，约府君入城相见。辛眉丈论诗法云："唐人能与古为新，学诗者宜先从唐入手，不从唐入则为明七子也。唐诗选又以《诗归》为善，以其先隔断尘俗。《诗归》为世诟病久矣，非善学者不能用之有效也。"府君以为知言。六月，还东山，作《江西后篇》。七月，还省城，议整饬府学释奠礼乐事，寓府学之梧轩。作公呈，考仪节，从彭丈笛仙请也。资丈柏丞钦亮自陕西还耒阳，过长沙，留谈数日始别，府君总角友也。八月，四川总督丁丈稚璜遣书约往四川，又致书谭丈文卿，属其劝驾。府君答以撰《军志》毕，始定行期。作《援江西篇》。九月，仍寓府学宫。十七日，步还东山。作《援广西篇》《临淮篇》《援贵州篇》。十月，考定四时家祭日期礼节。春夏冬三时均用孟月，秋用孟月十三日。其日期春夏用丁日，秋冬用己日。若上丁、上己值国忌家忌日，则用仲丁、仲己。秋尝用十三日者，沿旧俗不敢废也。撰《军志》，作《湖南防守篇》《平捻篇》。十一月，《湘军志》草创毕，始定蜀游。九日，登舟。十一日，渡湖。二十一日，泊枝江。县令易丈清涟，府君同年也，迎至县廨，信宿乃行。二十四日，至宜昌，阅《水经注》，考定郡县名及古今沿革。三十日，至巴东。十二月，入巫峡，作《巫山高》《琴歌》诸篇。十日，至万县。十五日，步登拂耳崖，蜀道最高处也。十七日，至卷洞门，寻善卷洞，未知所在。二十日，渡嘉陵江，至顺庆，谒黄忠壮祠，故友黄丈淳熙殉难处也。二十二日，过蓬溪，观盐井。自万县至兴隆场途中，默诵《诗经》一过。二十七日，至成都，寓铁板桥机器局黄丈翰仙处。丁丈稚璜请府君主讲尊经书院。因言凡国无教则不立，蜀中之教始于文翁遣诸生诣京师，意在进取。故蜀人多务于名，遂有题桥之陋。今欲救其弊，必先务于实。以府君生当中兴，与曾、胡诸公游而能不事进取，一意著述，足挽务名之弊，故以立教殷殷相托焉。除夕，出游洗马池归，假岱祠为祭诗之举。

光绪五年己卯　四十八岁

正月，与丁丈稚璜论求贤之道云："胡文忠能求人才而不知人才，曾文正能收人才而不用人才，左季公能访人才而不能容人才，刘荫公、丁稚公乃能知人才而不能任人才。凡此皆今世所谓贤豪，乃无一得人才之用者。曾、胡往而刘、丁兴，他日或有流风，留天下一线之路，若刘表之在荆州，亦未为无功耳。"感诗人招禄之义，故再言讲席。府君亦不复辞，乃言书院规制亦宜变通，使官课不能夺主讲之权，主讲亦不宜久设，仍当改为学长，学长亦随课绌取，庶免竞争也。又言书院章程要宜大雅，不独不可防诸生之不肖，并不可防官吏之不肖也。论《四川省志》内无事纪一门，盖纯用地志之体，其《物产志》则叙录甚有法。是月，先妣蔡夫人时居长沙，因染时疾，生痘几殆，仲章亦染疾。二月二日，移居君平里尊经书院。阅《全唐文》，钞《诗笺》。令诸生分经授业，并言宜先为有恒之学，唯在钞书。三月，出题课诸生，并示以读经之法云："六经之文字无虚下，解经不词，先师蚩之。经字非独无剩字，亦无炼字也。剩字者，如俗解'粤若稽古'为赞美帝尧，不知钦明云云乃叙尧德，无一字可省。若开卷先赞美尧，岂待史臣赞乎？四字无谓，则为剩字，经意不如此也。炼字者，如司马、孔、郑解'师锡帝'为众臣举圣人以告尧，于《书》例当作'佥曰'，而以佥字为师，中加锡、帝二字。于作文法则警炼，于作史、作经甚为怪僻。二字无谓，则为炼字，经意不如此也。至解经而至于不词，诸经往往有之，而《易》为尤甚。后之解《易》

者，以作文点题之法视之，不顾文理，如鸣谦、鸣豫，推之可云鸣让、鸣乐。干蛊、裕蛊，其流必至事乾包坤。又小人革面，亦可云小人改头。贲其趾，亦可云饰其手。语语怪诞，而实浅陋，《易》之所以愈晦也。不知《易》卦爻词，必有爻理，决不专恃卦名以成词句。所以难解者，《易》卦名含数义，爻词各随义遣词。如乾之为言干湿之干也，干湿所以得名，由日出光倝倝也。九三乾乾，则既非瀸瀸，复非倝倝。乾乾犹矜矜，当时语也。如曰'六三坤坤'，则不可矣，以当时无坤坤之名也。改邑改井，井田也。而井收勿幕，则井水之井。往来井井，则连界之井。如曰'往来困困'，则不可矣。此类既多，《蒙》卦尤甚。蒙者，萌也。萌者，氓也。《彖》曰：'童蒙。'蒙者，童也。《象》曰：'山下出泉蒙。'蒙者，草蒙茙也。然童可为蒙，蒙不可为童；亦犹老可为死，死不可为老。今古解者，但见蒙即以为幼小之称。故初入学曰发蒙，有教无类曰包蒙，夏楚二物以击蒙。试改其词，曰发童、包童、击童，可乎？曰不可。又改之，曰包幼、击幼、发幼、困幼，可乎？曰不可。则试改之，曰发乾、包坤、困屯、击讼，而说经者欣然以为可通。望文而训之，其道理必更精于解《蒙》卦，其取象亦必切于解《蒙》象。有疑其文不通者，曰《易》例如此也。悲夫！以点题为说经，不待四书文兴，而汉学大儒已出题完卷矣。是可疑也，则可说也。今愿与诸子先通文理，乃后说经，文通而经通。章句之学通，然后可以言训诂、义理。而先师之所秘密自负者，必恍然于昔者之未通章句也，岂非一奇异可喜之事乎？夫读《易》，当先知一字有无数用法。读《尚书》，当先断句。读《诗》，当知男女歌咏，不足以颁学宫。对君父，一洗三陋，乃可言《礼》。此非一二言可尽，即非一二月能奏效，而要宜先立志也。”闰月，拟定分经会讲之法，改设堂餐，使诸生得观摩之益。四月，考《史记》世家、列传标题姓字官爵与自序之同异。五月，开尊经书局，手写《今古文尚书》刊之，又与诸生论撰《尔雅注疏》，以两书尚无善本故也。六月，与诸生议画《禹贡图》。十五日夜，泛浣花溪，出城背马行至曾氏庄，从曾园登舟，溯洄溪月，遂至三更。竹蕉露滴，坐听鸡鸣。廖平、范溶、胡延、张祥龄从游。遂与诸生论文，言古人之文，无笔不缩，无接不换，乃有往复之致。七月，至大佛寺看海眼。与诸生论《孟子》“天爵”“人爵”之说，苦与世俗较贵贱与良贵，及得志弗为意同。又引曾子语，以仁义敌富贵，多为下等人说法。墨子亦震慑于十金，当时贤士如此，况其下者乎！荀子持论似高，而专欲尊时王，甘为其用，又不及孟、墨，然后知庄子之不可及也。八月，手写《尚书》毕，校刻《南史》。九月，为中式诸生改定卷文。三十日，院生公宴于二仙庵。出南门至宝云庵，访百花潭，令诸生题名庵壁，自作一诗题其后。十月，改定《湘军志》，钞《诗笺》，校《南史》。十一月十六日，由成都启行，诸生送者相属，至江口始还。二十一日，至乐山县，登陵云山，观大佛，览乌尤山，始知郦注溷崖雷坻之误。又考定《水经·江水注》，以郦注自泸至巴少所叙述，于江水经流殊为阙略也。十二月朔日，至丰都。四日，至夔门。五日，过巫山，望青石洞。七日，放清滩。八日，至宜昌。十二日，至枝江，舟人欲取江浦至松滋，缆由上水行，从江决处径松滋城。松滋初不通江，今乃通澧，以此知古今澧水经流变迁，图经殊无言之者。十五日，过安乡，泛江下溯湘上。十九日，至长沙，途中钞《诗补笺》毕。是岁三月，弟八女纨生。

光绪六年庚辰　四十九岁

正月，郭丈筠仙去岁自海外使归，拟创立禁烟公社，请府君主持清议以为之倡。府君因言首宜革厘金弊政，盖自军兴以来数十年中，搢绅学子不务本业，多以局馆为谋食之阶，使中才尽成游惰，非独病商病民已也。又议校经堂及思贤讲舍事。二月六日，率代丰及莫姬、诸妹登舟。与代丰讲陆、陶诗法，并作一篇示之。检《说文》，分六书部类，凡会意复形声者，疑皆俗字也。二十六日，至巫山县，觅神女祠。王阮亭记云在箜篌山。今箜篌山在县城外，土人呼之迎风观。石磴千级，螺旋而上，独力攀跻，仅而得至，见门联云伏魔武当，非神女也。归舟检《水经注》，寻巫县故治。据盐水以定巫城，据巫城以定巫山，则今青石洞正巫山也。泄滩则新崩滩，清滩则石门，归州城又在清滩下，荆门、虎牙又在其下，皆可以意定之也。三月三日，至巫山，留代丰护舟行，府君从陆行。十五日，至成都，入居书院。副都统维善桂亭藏法氏所摹诸葛武侯像画本请题，府君谓其痴肥，不似伟人，为题一赞归之。四月，校《南北史》毕，令书局刊之。评注阮公《咏怀诗》。与陈伯双学使懋侯谈《易》。陈言经学但患句读不明，则文义晦，因举《系词》“而微显阐幽”二句，当读云“夫易章”，章，明也；“往而察，来而微”，“往”“来”对举，“察”亦“微”也；“显阐幽开”，“幽”“显”对举，“阐”为单开，“开”为双开，即所谓章也。又言《象词》多为九五、六二言，非该全卦，但以六爻发挥之耳。惜其犹沿宋说，以十八爻九卦为指点之词，又训诂不附古义耳。又言“元”字从上、人，“仁”字从人、上，许说有误，亦为奇确也。补钞闻人本《旧唐书》。为吴生评点汉魏诗，为王生改作《八督箴》。以出题课士，拟子云《牧箴》作《八督箴》，殊无佳构也。五月，篆《尔雅》，钞《旧唐书》，改《湘军志》。钱徐山云其父仪吉有《献征录》六十二卷，在其从弟子密处，唐鄂生欲为刊行之。六月，校《南史》，钞《旧唐书》，选唐律诗。黄豪伯楙林从印度还，谈七万里之游，言黑水是藏江，弱水无不载物之理，可破儒生愳闻也。七月，校《南史》，钞《旧唐书》。张丈叔平世准来游成都，留居院斋。严雁峰岳莲言《晋书》《宋书》皆非原本，府君告以读史而加校对，可谓枉抛心力者，然亦近代专门之学也。八月，定释奠礼及乡饮酒礼。十一日丁未，释奠先师。十二日日中，行乡饮酒礼，诸生至者四十余人，延锦江书院院长伍松生太史锡龄为僎者。十三日，作教示诸生云："昨因释奠试行乡饮酒礼，诸生济济翼翼，几复古矣。乃羞爵之后，司正纠仪举罚失中，致有张、杨两生肆其狂惑，余甚愧焉。讲学期年而气习仍蔽，教之不行也，教者之过也。然纠仪急欲整齐，司正畏懦不直，呲刚呲柔，亦各有咎。昨所以不言者，以迹而论，两人无失，又初试行礼，未宾贤能。以儿子代丰颇习仪节，王生树滋愿司纠察，亦非谓选求点而使之也。然人不相知，己不度德，敢自恕乎！诸生之过，皆余过也。今辄自罚十金，助酒脯之费，并请监院钞牌呈僎者，以谢不虔。诸生无亦念为今人之易而学古人之难，各攻所短，匡余不逮。"九月，手书《春秋经》，分为三卷，以张三世也，令书局刊之。补写《旧唐书》。十月，补写《旧唐书》，摘钞《书笺》于新刻本眉端，并改定之。为故友左枢刻《孙子注》，又为龙启瑞刻《古韵通说》。初，龙启瑞著《古韵通说》，初脱稿未及校刊，龙遽病卒，手稿为其戚友何应祺得之，欲为刊行，而签注细书，至不可理，以授府君，请加校定。府君置之箧中近二十年，未及整理也，至是始校刻之，而以原稿仍归何氏。十一月，刘丈景韩因奔母丧至成都，昔二十年同居京师法源寺旧友也。十二月，注《高唐赋》，其序曰："《高唐赋》者，宋玉之所作也。旧以高唐为云梦之台，今案高唐邑在齐右，云梦泽在南郢，巫山在夔，三地相去五千余里，合而一之，文意淆乱，由不知赋意故也。古今文人，设词众矣。至于昼幸妇人，公荐枕席，于文不足增词采，于理徒以为秽乱，虚作此言，果何为哉？盖尝登巫山，望秭归，临夔门，泛夏水，深求秦楚强弱之故。读《离骚》《回风》之篇，得屈子之忠谋奇计，在据夔巫以遏巴蜀，使秦舟师不下，而后夷陵可安，五渚不被暴兵。东结强齐，争衡中原，分秦兵力，楚乃得以其暇，招故民，收旧地，扼长江，专峡险。良谋不遂，顷襄弃国，秦师并下，贞臣走死。弟子宋玉之徒，崎岖徙迁，假息燕幕，畜同俳优，不与国谋。然坐见危亡，追思远谟，虽势无可为，而别无奇策，乃后叹息窃泣，哀楚之自亡也。情不得已，因遂作赋。首陈齐楚婚姻之交，中述巴蜀出峡之危，末陈还都夔巫之本计。言不显则意不见，故直以幸女立庙，明当昏齐，申屈子之奇谋，从彭咸之故宇。后有知者，明楚之所以削，秦之所以霸，然后服达士之远见，申沅湘之孤愤矣。”十五日，考定燕礼仪节。十六日，释奠毕，于讲堂试行之，礼成，颇有整肃之观。谕诸生不得条陈时事，丁生云：“初不闻此论，宜作条约明禁之。”云：“诸生入院，宜专心习业，不问外事。自去年二月到馆时，明申禁约，虽举节孝乡贤公呈，院生无得列名，意至远也。凡言事著书而不身亲行之，良法美意皆足为敝，徒汶有司以伤高节。是以孔子不对田赋，澹台不游宰室，诚有抱负，他日当显。”顷与院生极论此事。斋长犹曰未闻，恐诸生不晓此意，或明知而阳昧，故特牌示，其在外违约者，本不稽察，但有经长官告知，院册即行除名，以遂其踊跃奋发之志。

光绪七年辛巳　五十岁

正月，得直督李丈少荃书，言夷务事。复令代丰拟定视学礼。定日课，每日读经半本，看史二卷，篆书《尔雅》一叶。始温

《礼经》，阅《辽史》，选白香山五言古诗。二十八日，公宴草堂杜祠，遂过青羊宫看花市。二月十日大昕，行视学礼。张祥龄子绂与杨锐叔乔不和者四年，同学皆以为不解之怨，释奠后张、杨置酒修好，府君欣赏，以为足征为学之效也。钞《周官》，温《礼经》毕，点《辽史》诸表，皆重复敷衍，惟作《游幸表》，似有意于讽谏元主，然文不足以发明，殆阅者之善悟，作者尚不及此耳。三月十五日，将游丹景山看牡丹，出西门行六十里，至新繁县看东湖，亭廊甚卑，结构胜于杜祠。十六日，至彭县，过龙凤场，望诸山丹绿斑驳，可七八里至关口，从右行入山。磴道清幽，竹柏真秀，步步入胜，逶迤峻广，可通舆马，数百步辄有亭馆可愒。凡有九寺，中岭为净水池，至多宝寺，兹山最高处也。僧徒延坐，东寮上下俱有牡丹台，可四十余本。僧光玺云有二本是唐时旧窠，从不旁生，才高七八尺，余皆后植也。壁间有毓庆诗，注云："以彩霞、朝天紫为最上品。"此寺花为金头陀所植，未详唐何代也。十七日，光玺僧出纸索书，为撰一联云："山中昼永看花久；树外天空任鸟飞。"又题五韵云："清溪界两障，千级上云门。土石润丹黛，竹柏挺清真。春游弃尘想，晓梦接霞暾。朱花世外绮，艳若灵妃颦。桃源非旷观，华谷或仙邻。"及论牡丹显晦事云："牡丹始重于唐开元间，故杜子美在蜀绝无题咏，其时风气所开，未被僻远也。至李义山游西川，集中牡丹诗颇多。北宋初，彭州朱牧遂品第十种以抗洛谱，陆务观乃以彭花为蜀中之冠，自此名播海内，而丹景遗植，传云自唐，访牡丹者宜以此为贵矣。顾近代游客贵官率鲜优暇，寺内流传及所闻名人篇什殊少，一卉虽微，随世升降有如此者。余因陈怀庭浙东书来劝游，遂至山寮，留宿乃去。以咏此花，宜作近体，余集所不载，爰作玉台体，使附于芍药、蔷薇之后：'娟娟压槛红，曾见玉台中。探春伴霞绮，种玉许云笼。敷华各腴丽，含香共露风。罗纨比叶重，朱红映肤融。喧晴百种鸟，采雾一丛蜂。偏临永嘉水，未入上林宫。不辞名晚出，应惜宠迟逢。若遇神光艳，谁希世俗容。'”十九日，从山后下，可八里得平地。是日至灌县，观人字堤，乃石篓排，分九排，依地形作圆，曲如“人”字耳。二十一日，还成都。钞《周官》，选唐五言古诗，读《礼记》。四月二日，闻慈安太后上宾，正讲书，因辍讲。考《丧礼》，会典殊略无衣冠带履之制。府君以为举贡于朝廷，当畿内之士，君母服齐衰三月，君则当服斩。依郑注，与畿内民同，则亦服齐衰三月。既被聘为院长，不得与民同，似当从教官服君斩，君母无重轻也。伍丈松生问成服事，府君答言书院无成服礼，丁丈稚璜引匡鹤泉为例，府君谓彼革职大员，例不成服，不可仿也。五月朔日，遗诏入城，出北门待督部至，序班不分官绅，以四书院院长在司道次，至会所又升于司道前，府君以为非典也。奉遗诏因在二十七日后，已除服，便不举哀奉临，直由总督授布政使，布政使授藩经历，尚为斟酌合礼也。钞《周官》，选唐诗。胡子威元仪、彭畯五蓺自长沙来，留居院斋。六月，钞《周官》，点《元史》。七月，作《湘军志·援蜀篇》《川陕篇》，为代丰改定《春秋例表》。闰月朔日，令代丰仲章还湘，谋乡居之计。作《湘军志·营制篇》。至是《湘军志》始成，曰《湖南防守篇》《曾军篇》《湖北篇》《江西篇》《曾军后篇》《水师篇》《浙江篇》《江西后篇》《临淮篇》《援江西篇》《援广西篇》《援贵州篇》《川陕篇》《平捻篇》《营制篇》《筹饷篇》，凡十六篇，九万余字。诸生读《军志》，多言叙事文笔变化者，府君因语之曰：“曾涤公尝言，画像必以鼻端为主，于文亦然。余文殊不尔，成而后见鼻口位置之美耳，其先固从顶上说到脚底，不暇问鼻端也。八家文凭空造出，故须从鼻起耳。余学古人，如镜取影，故无先后照应也。”八月十八日，得夔州书，闻仲章于闰月二十九日旅卒。府君哭之恸，言：“其自十七岁后即能启予，尽传家学，忽失此人，令人气尽。”丁丈稚璜亦言此子可惜。院生闻信者多痛哭失声，为位成服。后因命彭畯五往，料理仲章丧事。九月，检《春秋例表》粗毕。十月，始理归湘事。《湘军志》刻成，取版以归。二十五日，登舟。二十九日，至嘉定。十一月十五日，至夔州。二十九日，至沅江。十二月三日，至长沙。六日，往湘潭侯塘蔡宅，会外王母之葬。时先妣已先往奔丧，遂约同归。因先妣连遭两丧，劝慰备至。十二日，还省城。

第三卷

光绪八年壬午　五十一岁

正月人日，登定王台。城中多言《湘军志》长短者，府君闻之，以谓直笔非私家所宜为，乃送刻版与郭丈筠仙，属其销毁，以息众论。二月，得武冈书，闻大姊病甚，自往视之。六日，启行。十九日，至尖山铺邓宅，弥丈兄弟出迎。大姊病不能兴，顷之略愈，意欲同归，府君诺之。居数日，弥丈请作论诗绝句，作十四首，复作论同人诗八首。读《楚词》，注《九歌》。三月，大姊病困，必欲侍行。二日，登舟。五日，至宝庆，陆行至永丰。八日，登舟。十一日，至长沙。彭丈雪琴、邓丈辛眉均来省晤谈。注《楚词·九章》，钞《丧服》经传。四月十六日，陈氏从姑病卒，步洲君女也。十八日，送仲章柩登舟。二十三日，葬仲章于湘潭西乡之桐冲。丁丈稚璜书来，请代拟疏稿，陈天下大计，盖欲经营西藏，通印度，取缅甸，以遏英、俄、法之窥伺，且自请出使，以觇夷情焉。五月十六日，大姊娥芳卒于家，临终时府君劝以释冤亲、割痴恋，酬答甚有所信受。二十二日，弟九女复生。六月二十二日，大姊发引，归葬武冈。陈松生远济，曾文正公女婿也，从曾丈劼刚为出使英吉利参赞，还湘后极论中国当变法自强。府君云："近李少荃亦持此说，究之变法当从何处始？"陈云："复古官邑之制，分今县而小之，使土著为吏，政事皆听其自治，朝廷但总揽兵、商二政耳。"府君云："此亦章程之说耳。孔子曰：文武之政，人亡则息。正破章程之要言，有治人，无治法，法不必变也。"七月，钞《周官》，改《丧服》注。前所作巫山神女庙碑刻成，寄拓本来湘。八月，钞《周官》，讲《表记》。易实甫顺鼎来学《诗》，府君目为华才，非成道之器也。东坡六十而犹弄聪明，故佛家以敏悟为狂慧，圣人所以约礼，富哉言乎！王祭酒先谦以所著《汉书补注》来请校正，为阅两卷，无所发明。李丈黼堂亦送《耆献类征》目录，请加签驳。九月朔日，郭丈筠仙于曾文正祠立禁烟会，要府君讲论。郭丈发明商贾可与士大夫并重之义，府君欲驳议，以众坐谦让未发。李丈次青问四川亦禁烟否？府君因盛推学校为风化之始，及乡举之必得人，在下亦当举贤之意，闻者多动容焉。桂阳何衡峰岳立问读书之要及敬老尊贤之意，府君语之曰："老辈唯加敬于酬接耳，若云学问，并无前后辈。圣人我师也，伏羲至孔子无尊卑而皆师之，余则友之。由斯以谈，伊尹、召公亦我同学，百家九流皆吾益友，如此乃能读古人书矣。"十六日，买舟至衡，吊程丈春甫之丧。三十日，至大步。因感二十年前衡阳交友之盛，今死者不可胜记，大姊、仲弟又相继物故，作诗寄哀。十月八日，还长沙。改定《黎文肃公行状》，钞《周官》。十一月，次女桂窾适同县胡丈伯蓟锡燕之子元玉。十二月朔日，招邓丈辛眉、曹丈镜初、黄丈运仪宴集。邓丈尊儒，曹丈喜佛，黄丈谈老，三君皆自命希圣者，请李丈黼堂作陪，讨论学术同异。中饮，郭丈筠仙来，一揖而出，云："本不期入，欲望见三圣耳。"坐中论求贤之道，府君因极论才不必求、贤无不知之理："才者，为我用者也，就所有而教成之，不宜舍亲近而求疏远。贤者，助我教我者也，天子用之则必以为相，诸侯以下用之则必以为师，故无破格用贤之理。高宗梦卜，旧学者也；莘渭佐命，亦就境内拔识之。若因人荐而以为相，或自鉴识而以为相，既骇物听，贤者必不至，其致之必先隆礼养望而后登庸，世主鲜能之矣。为今之计，唯有使政府开幕府，然后可大致人士，就中选择而授之官。若先授以官，诱以爵位，必不能致贤矣。余知求贤之道，然不能告之诸公者，彼若从我言，则招致必及我，自建言而自由此进，贤者必不为也。欲为天下惜此贤，宁独寐寤言耳。"

光绪九年癸未　五十二岁

正月朔日，重阅《樊敏碑》，云："遗苗后稷，社漆从岐。或以自土沮漆为后稷时地望，引此为证。然《樊碑》伪作也，《金石录》载之，无汉人疏拙之美。又以庚、真同叶，谬学《离骚》，皆作伪之验也。"人日，至定王台探梅，补选唐七绝诗。二月，钞《周官笺》毕，重钞《诗补笺》。二十七日，至湘潭刘家冲，与清明祠祭会，议禁山、修谱、图墓等事。归往桐冲，阅视仲章新茔。三月三日，朱丈雨田约往丝茅冲墓庄看牡丹，作四绝句，书之萱圃。王丈益吾送所校刻宋本《魏书》，府君取其本勘正昔年所点汲古阁本，补改数十条，其先已改正、此本未改者，亦数百千条焉。丁丈稚璜屡书速府君入蜀，且有责言，乃于二十五日买舟东下。舟中检《湘潭志》稿，各公所争欲载其田亩、房屋，以杜日后侵夺。府君以谓载之则累文体，不载则违众心，当作《公田表》，庶合古人重约剂之义，乃知史表之善，可无所不记而又不烦俗也。二十九日，舣沅江县。四月朔日，至南州。八日，至藕池口。十九日，至宜昌。二十四日，入巫峡。二十九日，至云阳。舟中钞《礼经》至《觐》篇，作诗数首。五月朔日，至万县。十六日，至成都。丁丈稚璜假满而病未愈，二十三日论书院及夷务事，又言省库积银至四五百万，可以远略，且有请缨之志。府君言世情多妒，不可轻出，并劝之请假。六月，钞《礼经》，看金石文字，选汉碑中可读者。十五日，丁丈约至昭烈祠看荷花，且留行，因府君欲归湘也。七月，宋芸岩育仁自资州来谒，书院旧弟子也。七夕日，约游百花潭，设酒二仙庵，五年前题壁处也。十一日，丁丈约游惠陵，设宴荷轩。二十四日，观薛涛井。八月朔日，丁丈阅兵，约同游峨眉，行百里，泊黄龙溪。三日，泊嘉定。五日，至江安。六日，至泸州。九日，登城西宝山，以明末泸牧苏君夫妇殉节，改名忠山。十日，渡江访二郎滩庙。十一日，游镜清楼。登舟行六十里，过合江。夜与丁丈言人各有志，期许之古人。丁问府君："君何所拟？"云："少时慕鲁连，今志于申屠蟠矣。"府君问："君何所拟？"乃自期诸葛、杜、欧，亦志在张叔大。且言张之被谤，至道光时乃论定，众谤不易息也。其所以被谤者，因深疾浮伪。由此观之，大臣当收礼浮伪。故诸葛废李严后，悔而用杨、魏，愈不如也。坐失关侯，亦其少时误著。十三日，过蜂窠滩，望江中小岛，舟人呼之曰珠亭子。至重庆，中秋日公宴于桂花园临江馆。十七日，至浮图关，游蚕神祠。二十三日，至内江，展拜李寅庵太仆祠堂，府君县试时师也。二十五日，至南津驿。丁丈夜谈僧忠王有名将之风，事君敬，教子严，奉母孝，行军勇。乙丑有诏征入辅政，僧辞不敢赴，而荐曾国藩，皆时人所未知也。二十九日，还成都。九月五日，与张丈月卿谈军兴始事。

六日，伍丈松生谈道光乙巳、丁未之间京师文酒事，府君云："昨论军兴如梦相似，今论文酒如梦相似，吾辈犹看戏人，非扮戏人也，而梦相似如此。王摩诘诗云：'一生几许伤心事，不向空门何处消。'每一吟讽，爽然自失矣。"重校《湘军志》毕。蜀中诸生闻原版已送郭氏，故复刻之也。府君因语诸生曰："此书信奇作，实亦多所伤，有取祸之道，众人喧哗宜矣。韩退之言修史有人祸天刑，柳子厚驳之固快，然徒大言耳。子厚当之，岂能直笔耶？若以入政事堂相比，则更非也。政事堂就事论事耳，史臣则专以言进退古今人，无故而持大权，制人命，愈称职，愈遭忌也。若非史官而言人长短，则人尤伤心矣。"十月，看《汉书》，点《宋史》及《建炎录》，与先妣书。讲学有云："古之圣人恒有忧，世外之人乃自乐。吾一生得意，非正道也。圣人不学，而学畸人乎？"盖府君每见丁丈恒愁然深忧，故书言及之。丁丈欲告退，府君亟赞之云："朝无执政，一也。政不能及民，德不孚于司道，二也。无资自给，徒苦其身，三也。"是月，第三女珰适衡阳常仪安丈豫之子国笃。十一月，改定《春秋笺》，点《宋史》。院生以府君生日当公宴，乃避出以止之。二十八日，过欢喜庵，度红薯岭，至新店。二十九日，薄暮乃还，丁丈遣幼子迎入督署，司道府县皆来致祝，均赠新诗。十二月，改《春秋笺》，点《宋史》，校《礼经》。送仲章所著遗书二种于丁丈处，以其谆谆欲为表章上之四库，不忍违其意也，然非逝者所志矣。藩使张丈月卿新迁黔抚，以将去蜀，于除夕赠诗，即答和焉。是岁，为故友李仁元刻《寿观斋诗》，严咸刻《受庵诗草》。严丈又有论政治书数十篇，府君因其未能成家，故未刻也。邓丈弥之请观之，因藏其家。

光绪十年甲申　五十三岁

正月，改《春秋笺》，点《宋史》。二月十一日，得家书，闻先妣复患伤寒。十二日，买舟还湘，致书丁丈，约归家一视，便当还蜀。二十二日，至重庆。二十九日，至巫山。舟中改《春秋笺》，读《楚词》，作《九章注》。三月八日，至长沙，先妣病已渐愈。十七日，率帉、茙两妹复行登舟。钞《楚词新注》，点《宋史》。二十九日，泊宜都。四月十二日，舟触石几破，至夔州，写绿章赛江神。十六日，至万县。舟中阅《宋史》，注《离骚》。十七日，陆行。三十日，至兴隆场。五月二日，至成都。帉妹病困，医诊经月。《礼经笺》写毕，发书局刻之。陈小石夔龙来蜀，教以为学之道。因言方今在上者叹无人材，以为莫己若也。在下者叹无人材，以为莫我知也。试反而思之，所谓人材者已不亦与乎？《诗》曰："具曰予圣，谁知乌之雌雄。"此之谓也。故君子自治之不暇，而何暇忧天下。是月，钞《九章新注》，临《碧落碑》，始钞汉碑。六月，钞政和刻本《本草》，帉妹复病。七月，钞《本草》毕，读范《汉书》，重理《春秋表》。八月，钞汉碑，校《春秋表》，注《夏小正》，改定《表记笺》。九月，校理《春秋表》，点《宋史》，改《表记笺》，(九月，校理《春秋表》，点《宋史》)改定《诗补笺》。莫姬闻帉妹多病，入蜀视护，因重身不能乘舆，止梁山不进。十月，校《春秋表》毕，以为《春秋》拟《易》而作，圣人之极功，终身研之而不能尽。今《例表》毕功，稍有条理，或可中道而废，以明力之不足，比之颜子欲罢不能，庶几善自为谋也。十一月，注《楚词·天问》篇，校《宋史》表志，第十女真生于梁山。十二月，莫姬免身弥月，诸妹复患痘证，病不能行。是岁，孙名健生。

光绪十一年乙酉　五十四岁

正月，校《礼记》，遣仆妪至梁山护视诸妹。二月，莫姬率诸妹至成都。三月，校刻本《礼经笺》。徐侍郎致祥问学术政治，请府君书册以为矜式，为书数千言与之。四月，于主事式枚自南海来成都，将赴北洋幕府，问府君经世之学及近岁言夷务者之得失，府君极论和战二者之利弊，并与书李丈少荃言之。校《礼经》，阅《宋史》。五月，注《离骚》毕，删定四十岁以前所作五言古诗。六月，校《礼经》，阅《宋史》。七月，校刊政和本《本草》，《礼经笺》刻成。八月，第四女帉适海宁钟丈蘧庵肇立之子文虎。九月，湖南乡试榜发，从祖兄謨麓槩取中第一名举人，从祖祖父惺原君之孙也。院生中式者亦多通材，深喜教学之功。十月，莫姬劳疾复发。十一月，莫姬卒于成都。十二月，《礼记笺》刻成，自校一过。

光绪十二年丙戌　五十五岁

正月，清理书局所刻诸书，训告诸生，言为学在得师，不在从师之义。以当去蜀，院生多于督府处留行，恐府君不再来蜀也。二月，先遣莫姬柩登舟，自率诸妹后行。三月，还长沙。四月，闻丁文诚公宝桢之丧，感念知己，深为悼惜，拟秋后往济南会葬。五月，往湘潭卜葬地未得。六月，还长沙。陈总兵海鹏于开福寺后寮新葺园亭，揽碧浪湖之胜，时要府君避暑。十五日，集道俗十九人看月，夜宿舟中，作《北湖夜集诗》。七月，彭丈雪琴自广州归，谈越南战事，颇右倪而左张，与时论大异。府君以彭丈此行虽不如志而克保令名，深为之喜。郭丈筠仙主讲思贤讲舍，举府君自代。府君以谓兴学在官，官不尊师，弟子不可得而化，受财币则必不尊，不受则何必强与人事，古之人明农教塾有深意也，与书固辞之。陈丈右铭盛推《湘军志》之美，然疑其仍有爱憎。府君惜其犹有文士之见，不知怀私之文必不能工，轻视文人，故有此见也。点《辽史》，补作《辽史赞》。八月，补作《辽史赞》。九日，闻钟氏妹畇之丧，妹为府君笃爱，伤之至深。十一日，为位成服。十二日，改定《庄子叙》，以写悲怀也。二十一日，登妙高峰新建卷云亭，望湘流如带，颇乐斯丘，盖府君三十余年未践此地矣。二十八日，始定东游之计。三十日，至扁担夹。九月三日，至南津港。七日，至汉口。九日，登江轮。船中杂人嚣秽，无复曩日规则。府君感叹，谓时人迂阔，乃盛称外夷纯美，极欲学之，不知其折入于我，尽得我之恶习，而不知我之美德。盖中国以名为政，外夷以利为政。名之敝也，口孔而行跖。利之敝也，苟弑逆而得利，鲜不为之矣。轮船初来如大将行兵，今二十年乃如童生应试。童生应试者，中国二千年之敝也。夷人以二十年而遂至此，而中国之敝俗亦实可伤矣。十二日，至镇江，复还上行，从金山渡江，入瓜州口，循邗沟而上，至扬州城，遍行城中。十四日，泊高邮。十六日，泊淮安。十七日，至清江浦。十八日，乘车渡睢，宿鱼沟。三十日，至泰安，游岱祠，有数株丑柏，形貌奇古，仁皇所云六株汉柏也。十月朔日，步至泰山下，过涧东行，乃得正路。入云门，列柏相引，谓之送迎柏。盘道三千六百磴，殆五六万级，柏树将百万株。自山下至斗姥宫，小坐尼院，啜茗题诗。又五里至回马岭，夹道列柏，亦为胜地。又五里至中天门，山人云二红门也，遇雨宿焉。二日，由中天门至瀑梁三里许五大夫松，自此以上有松无柏。又二里许对松亭，风雪大作，草茎尽冰，寒不能行，还宿伏虎寺。三日，晴霁，仍舁上山，遂成再游。至升仙门，便已在南天门下。铁索缆行，至碧霞宫，东出里许，便得四观地。日观尚存，吴观已废。四山雾起，一无所见。大约海如杯，河如线，足以尽之。更西便上玉皇顶，杜子美所谓绝顶矣。还至经石峪，瀑布东岸，一片大石也。秦没字碑高可二丈余，厚二尺余，苔文极古。登封处在正殿西碧霞宫，有后宫在顶西，云恶奶奶庙，又云卧奶奶，以有卧像也。下山还寓。四日，发泰安。道中思孟子“登泰山小天下”及杜子美“一览众山小”之义，疑杜子美不知游山。游所以养性情，如声色亦所以助成学问，诗文亦所以蓄泄天和。要之，不可逐物忘我，如人哀亦哀，人乐亦乐，则役人之役，适人之适者矣。且天下何可小？尊孔子小诸儒，正是不知孔子，庄子所谓井蛙醯鸡者也。六日，至山东省城东门外七里铺，丁文诚夫人墓庐也。自长沙至济南，计三十八日，于舟车中得七律诗四十二首、五言古诗五首、七言歌行一篇。九日，钞新诗，看《水经注》。十一日，游大明湖。十五日，拟汉诗一首。十七日，成十二首，以继陆士衡之后。作丁文诚公诔词，补作莫姬及帅芳哀词，看诗选一过。府君念生平论夷务颇与时异，将录存之，先为小序云：“昔贾生以三表五饵制单于，人讥其疏。然近效于中行说，远大效于蒙古，匈奴遂亡。王佐之谋，众人固不识也。海国纷纭，自余有知，至今五十年矣。熟虑深思，尝有说焉。传之人必以为病狂，非但迂而已。然余知贾生，必有贾生知余。秘而不书，匈奴且笑人乎？凡议事不详尽，当须施行出自朝廷，辄仿汉臣稿草并上之义，拟诏制若干首。傥有求相如书时，以此进焉。不则传过百世，以待智者。有信余为智士不妄言，则冀可观之矣。”审定经石峪《金刚经》，为王子椿所书，复说经旨云：“《金刚经》说法本无法，佛本非佛。唯多大二义不异，众所多大，佛亦说多大，如此二义相触，乃见佛义同人不异已，众所云云，随众云云，已所有为，皆不执著。故云‘一切有为法如梦’云云，非一切大千三千如梦也，‘应无所住’即是如梦，‘而生其心’即是有为法。故为金刚至坚、般若至智之弟一，文词繁复，外夷习俗然也。弟十七分以下，又申明前说，尤令人迷其实，要谊尽于‘同人不异己’五字。故福德疑是法，则明之曰非福德性，可云有，不可云无也。世界微尘疑是为，则表之曰佛说则无，世说则可云多也。此等文皆不明畅，译者未知其理故耳。世人更不知其解，而以无色声等为妙义，悲矣！能师解人，故拈出‘应无所住’八字示人，但迷其词曰我从此悟入，然则人可不从此悟耶？此本要义，又可云悟耶？凡说此经，是教弟子舍己从人，至苦之行，故闻之悲泪，而后欢喜。不然，既是学徒，闻法乃其本分，何悲之有？且此亦非经，经中一说耳。如未为学，但得此两句四句偈，有何益处？”十一月三日，重登华不注山。钞《论语集解》，重理笺说，初在成都钞一通以与钟氏妹，至是复钞之也。十五日，丁进士子美妻梁氏至，自河东来谒，出唁之，问其家事。十七日，《论语集解注》成，作序名曰《论语训》。二十六日，闻丁文诚公柩今年不能到济南，久居无益，始有行意。二十九日，府君生日也，至趵突泉午宴。十二月三日，乘车游京师，济齐河。五日，至德州。七日，宿河间北二十里铺，遇前滇抚唐丈鄂生炯于车店，唐因越南事入刑部狱，今遭赦出京也，长谈竟夜。十一日，至京师，寓蒋丈寿山宅，与李丈雨苍云麟纵谈数日，三十余年旧友也。

光绪十三年丁亥　五十六岁

正月元日，游琉璃厂。十三日，至长椿寺，观九莲画像。二十七日，李丈雨苍约同往清苑。二月二日，袁爽秋章京昶赠府君诗，有句云：“兵符经术罕兼长，君独能兼向与汤。”府君谓其相拟迥出恒蹊而无溢词，如食江瑶柱，甚快也。三日，与李丈雨苍乘车出彰义门。四日，过涿州，宿松林店。五日，与李丈告别，南北分道，至保定，寓清河道刘丈景韩树堂署中。七日，直督李相遣车来迎，二十八年未见矣。谈别后事及时局，遂竟一日。九日，李相将往天津，约府君同行，夜泊安州。十一日，至天津，入居督署。十三日，辞别李相，遂登轮舟。十六日，船渡碧海八百里，波最汹起，所谓渤海也；渡黑海八百里，波最平，沧海也；更渡清海八百里，水色微黄，入江南境矣。十七日，至上海，晤刘伯固，与曾重伯广钧谈诗。十八日，乘轮船出吴淞。二十二日，至汉口。二十三日，买舟还湘。二十四日，舣小泠峡。因阅日记，念出游至今百六十八日，中间无数事迹文字，津逻亦当有无数事，洲渚仍宛然耳。每静观物变及不变处颇为可乐，盖彼不变者视我亦当未变，而彼变者则莫能知我今昔同异，此动不如静之说也。然使曾不一动，又安知其不变？故静必由动生，易道主动，礼乐主静，此神圣之分矣。二十八日，至长沙。三月三日，笠云僧请至碧浪湖修禊。五日，复集上林寺新楼。十日，往湘潭。校蜀刻《楚词释》，补入《高唐赋新注》，始钞《易注》。四月，钞《易注》。闰月，钞《易注》，始理《尔雅》，校郝疏所引汉注与马氏玉函山房辑本。五月，郭丈筠仙复请府君代主思贤讲舍，五年三聘不欲就，今言代，故诺之。十六日，移书室至曾文正祠思贤讲舍。六月，校《尔雅》中《说文》所无之字，颇费斟酌。三十年未能定，宜古今人之不能定也。复古者不知孳乳之义，从俗者遂开鄙倍之原，故《尔雅》文字尤难定也。看释典《翻译名义》。七月，注《尔雅·释草》。八月，往衡州，至东洲书院。彭畯五问《春秋》疑义，改定笺本数事。二十日，游酃湖。二十八日，过湘潭。朱编修卓英言巡抚卞公宝第被蒋御史寿山奏参，朝命二使查办，长沙城中作为《长恨歌》，蒋与府君同年，卞疑府君主稿。事已三月，府君初未置辩也，因朱言证实，与书问之云：“二使初来，即知大中丞过采浮议，初以昭昭易察，了了难诬，虽众口之无根，顾立身之有本，内省不疚，何惧何忧？有道之邦，危言危行固少焉，而晌若实，泰然处之。昨在县见朱编修，乃闻亲承训诲。以闿运交通台谏，诬诋大贤，既有证明，理宜置对，但未修雉鹜，私惜羽毛，幸已见信于友朋，何妨自居于黯黮。且水清石见，石无跃水之能；剑按珠投，珠无仇剑之理。闿运息心仕进，中丞即擢兼圻，终明投杼之谗，犹望式闾之礼。然中丞东山再起，南国式瞻，中外知其姓名，政事在人耳目。落落行意，自有千秋；日日言退，已多一出。素称孤立，岂恤人言？匹士虽愚，平生自许。瞻言百里，骖靳时贤，于曾、胡或致其切磋，故流俗多惊其狂直。至于世间之臧否，曾非怀抱所往来，彼鹳雀蚊虻之过乎前，如鸱鼠鹓雏之无相吓。昔张仪妾妇自甘，始荣诸侯之一惧；若子产尘垢不止，诚羞执政而后人。钱阁学，闿运之师；张协办，中丞所主。一询可得其端委，群言何患其纷淆？倘京华物论，犹不闻知；则岩穴民依，恐多枉纵。况乎人心险阻，世态侜张，凡鬼鬼祟祟之谈，必唯唯诺诺之辈。伏愿高其视听，宏以远谟，则千里镜清，黎民有利。又蒋御史虽无文望，颇慕前修，三年唯此一鸣，疾书乃其得意，疑为假手，未足诛心，宜惜台纲，无贻口实。如或托于盖覆，故作谐谈，亦损盛明，诸希照察。”九月，靖港紫云寺僧拏舟来迎，请题楼额，榜曰“镜湘”。十三日，曹丈镜初议欲分道、政两门，各为一编，言道者如《易经》《孝经》《论语》《老》《庄》，言政者如《诗》《书》《礼》《春秋》《管》《韩》《史》《汉》，各从其类，悉载全书，兼及术艺，杜、马二《通》而略用《藏经》例，以便学者。府君以功繁体大，恐未易纂集，辞之。十七日，湘潭因修县志事遣使来迎。十八日，至宾兴堂。二十一日，会议修志事。十月，居县城理志稿。十一月，仍住县城理志稿。十二月，吕雪堂翼文自成都来，尊经弟子也，问选八代诗之意，并问诗家流别。府君取诗选自汉魏至齐梁，分为四体，曰宽和，曰清劲，曰高华，曰纤仄，各识之于当篇，俾学者取径焉。评《诗经》一通，以授子女，使知《三百篇》之修辞及汉魏诸家之所从出，及门高足弟子颇有钞本，见之者皆以为非独前人所未道，即此可知府君诗法之所自出。盖自汉魏以来，以经入诗者，唯谢康乐用经典字面耳。府君之诗，不用经典字而能以经义入诗，实古人未辟之境也。二十三日，还长沙。是岁，孙名良生。

光绪十四年戊子　五十七岁

正月人日，齐集浩园。郭丈筠仙仍请代主讲思贤讲舍，十日入馆。作《湘潭县志》人物传，补点《金史》。二月，祠祭，以代功次子名良为仲章后，拟定告庙礼。初设位，再拜，祝告奠币，又再拜。仲章所后子见庙，用段脩为挚，祝告奠挚，再拜遂退。礼成乃馂。币用丈八尺。修县志，点《金史》。三月，修县志，点《金史》。往湘潭西乡云湖，族叔开枚言山塘有田半顷，可以卜居，令往成之。四月，修县志，点《金史》毕。与吕雪堂论《说文》转注当以省声为说，方有眉目，若以为字属，则与转字不合也。宋芸子育仁新得检讨，自京师来，留居讲舍。五月，点《元史》，补《辽史赞》，理县志稿。六月七日，营盘街居宅失火，书籍衣物尽被焚失，竟夜乃息。时府君方居讲舍，所著各经笺注，因为弟子讲论，方事改定，幸未被毁，唯书笺焚焉。七月，以当尝祭，重营寝庙。八月，卜葬莫姬于山塘。携诸妹往湘潭西乡，旧宅狭隘不能安集，与族叔开枚谋筑新居。九月，居山塘，点《元史》，修县志，授诸妹读。十月，《湘潭县志》成，曰《疆域志》《建置志》《事纪志》《山水志》《官师志》《赋役志》《礼典志》《人物志》《五行志》《艺文志》《货殖志》《自序》，凡十二篇。曰《县境图》《沿革图》《中星诸图表》，系之《疆域》篇。曰《城图》《疆域小图》《都甲图》《驿站图》《市肆图》《桥渡表》《石路马头表》《公田表》，系之《建置》篇。曰《旧国表》《晋至元县职表》《明职官表》《国朝职官表》，系之《官师》篇。曰《群祀表》《佛寺表》，系之《礼典》篇。曰《贡举诸表》《品官表》《加衔表》《赠官表》《封荫表》《封爵世职表》《耆寿二表》《殉难名爵表》《遇难士民表》《阵亡勇丁表》《列女表》，系之《人物》篇。于是《湘潭县志》十一修矣，经二十余年乃成，凡三十余万字。十一月，还长沙，点《元史》，补作《辽史赞》毕。十二月，重改《诗补笺》。

光绪十五年己丑　五十八岁

正月，点《元史》毕，改定《诗补笺》。二月，始作北游，携舆懿两弟、滋纨诸妹侍行。二十日，至汉口。三月三日，登轮舟泛海。薛叔芸丈福成因出使英法还，遇诸舟中，畅谈数日，作诗赠别。五日，至天津，直督李公鸿章授馆于吴楚公所。四月，游水西庄、海光寺、柳墅各名胜处。五月，曾丈劼刚招府君往京师，因授弟妹读，不果行。六月，钞《墨子》。于时宾客甚盛，湘蜀士子出京来津者，均馆府君所，谈艺论文，殆无虚日。七月，李丈勉林兴锐、刘丈景韩树堂言铁路事，府君谓铁路为穷乡僻壤流通滞货之大利，今言铁路者，殊未之及。钞《墨子》毕，以论守城者为附录，缘墨本兼爱，而至守城杀人，其法至密，与立说违反。庄子所谓刻核太至，则必有不肖之心也。凡事必求有成，则敝必至此，作序论之。八月朔日，登海轮。五日，至上海，觅船至苏州。六日，泊香夏。七日，泊断港。八日，泊胥门。九日，游颐园，访俞丈荫甫樾。十日，假居湖南馆。十三日，游留园。十七日，游虎丘。自吴县学宫前登舟，过皋桥，出阊门，循渠，泊山塘下，登阁眺望，饭于月舫。上虎丘寺，凭望吴城，平远繁华，犹似旧都。访真娘墓。二十三日，张子绂祥龄请游师子林，携儿女俱往。人取钱二十一，乃得入，云高宗所定也。故属师林寺，今名画禅寺，倪云林故宅后园也。窈曲无穷，甚有匠心，又上下皆可步，非云林不辨此。或云本名五松园，师子林俗名耳。访拙政园、海棠坞，复返师林寺，还从玄妙观还。郑叔问文焯请题李建中墨迹，临颜书，殊逼真，归忽失之。九月二日，游沧浪亭。郑叔问请校《广韵》，乃集吴陵云、段茂堂注而加自注者，欲府君加笺古韵作为定本，以便刊行，使文学之士有所执守。府君以韵学在后世为专门，必先定部分以为标准，乃可分别。今行箧无书，难以意定，未敢诺也，但校正吴、段讹谬而已。时秋霖成灾，闻雨声辄怃然不乐，乃作《秋雨叹》以致意。十月，黄丈子寿彭年、刘丈景韩问救荒之策，府君告以实心为民，切忌敷衍，为条陈办法，要在察吏而已。十一日，游北寺塔。相传云吴王为太后立之，名玄通寺，工费百万，今不能复修矣。十三日，游灵岩观、日月泉、馆娃宫。十四日，游光福寺。从寺渡桥，过费家河，见太湖飞翠，知是胜地。僧云从左往便得元墓山，盖即支硎也。《图经》云："山在吴西南二十五里。"今在五十里外，则不相附。然三峰禅院，非此无以拟之，对岸吴家山，所谓香雪海者，僧舍万间，今唯三四百间耳。复看松风水月、三尊大像，返棹还木渎。十五日，至会馆。二十五日，登舟。二十七日，至无锡。吴知县子佩请游惠山，叔问、子绂因送行，先至黄步相待。二十八日，入梁溪，登惠山，看弟二泉，上云起楼，还饮县斋。郑、张亦还。二十九日，至常州。三十日，至丹阳。十一月朔日，至镇江，作《游吴杂诗》。六日，游焦山，寻《瘗鹤铭》，为积草所秽。七日，登轮船。九日，泊汉口。十五日，由汉口解缆。二十日，胶舟高山望。二十三日，还长沙。十二月十一日，往湘潭，县志刻成，送至宾兴堂。十三日，往山塘庄屋。十八日，还省城。王祭酒欲刊《湘绮楼词》，检所存旧稿，自书与之。府君所作词殆数百首，皆随手散失，今其存者殆十之一焉。补点《元史》。

光绪十六年庚寅　五十九岁

正月，点《元史》，补作赞。十七日，至山塘，始修族谱。二月，点《元史》毕。凡两年始毕功，其中年代参错者，悉整理之。《元史》繁碎为诸史之冠，而文较雅饬者，碑铭之力也。至山塘，始议营造新居。闰月，检《广韵》。第六女滋适长沙黄子寿丈瑜之子希廉。三月，胡子瑞往署会同学官，与论学校教士之道，宜奖善而不必惩恶。佛光所照，冤苦得解，而君子所至，多不见容。得守一官，治一方，其士民苦矣。然徒能苦其所治，所不能治者恣睢自若也，人亦何乐为君子之民哉！故居末世，唯有宏奖。“先有司，赦小过，举贤才”，正是此意，非阅历不能知也。钞《史赞》毕。计自乙丑至庚寅二十六年，始行点毕，尚余《明史》未阅，因此复点勘之。四月，始取《说文》，重篆方名，教诸妹识字。府君谓《内则》教子六岁以方名，名者，字也。古谓之名，今谓之字。今学僮剪纸书字，一一仞之，至逾年，则能自读矣。汉律当讽九千字，亦未必一二尽识，要之《爰历》《凡将》取便成诵，未若散文识之审而易教也。正面用小篆书之，背面书许氏解说，其古籀各体则旁书之。点《明史》，阅校经课卷，理诗稿。五月，还长沙。吕翼文自成都来。衡州使来告彭刚直公之丧，请府君往衡。二十二日，至衡，作刚直公行状。六月三日，还山塘。点《明史》，看课卷，钞《史赞》，作谱传。七月，还长沙。点《明史》，钞《史赞》，作谱传，篆方名。会意、指事、象形字毕录，尚不及千文，可知古字之简。定以无从者为象形，有对无字者为指事，余皆会意。“牟”“芈”非不类指事，比之“上”“下”则迥不侔矣。八月，还山塘。点《明史》，钞《史赞》，补作《辽史赞》，纂方名，作谱传毕。九月，还长沙。写方名毕，始钞《论语》。先妣蔡夫人病革，二十二日卒于内寝。凡病十余年，自仲章卒后，遂日加剧，又数年矣。府君感念旁皇，无可为计，请彭鼎三树垚来办治丧具。十月二日，作《五代史赞》毕。府君感痛往事，懑损殊甚，盖自己巳年与先妣居衡阳石门始，定日点《史》《汉》之课，至今二十二年，中更无数事迹，故时有作辍，今始毕业，而先妣不及见矣。沉思专力时，仿佛闻謦欬者。六日，闻外王父之丧。八日，往侯塘会葬。十一日，还山塘，钞谱稿。十一月，检谱稿。至刘家冲宗祠，清理族人神主，记名字焉。十二月二日，先妣葬于善化南门外赤冈冲茶园坡。十日，葬事粗毕。十一日，还山塘。十七日，作墓志，考定丧仪及祔庙礼。

光绪十七年辛卯　六十岁

正月，居山塘，清理谱稿，钞《史赞》，改定《诗补笺》。二月，钞谱稿毕，王氏族谱始成，曰《世典》，曰《世系表》，曰《齿录》，曰《列传》，曰《耆寿表》《寿母表》《世寿表》，曰《兄弟齿序表》，曰《田墓表》《田墓地表》，曰《墓图》，曰《碑志》，凡十二篇。表兄弟齿序，所以使族人入宗祠者，长幼易辨也。表墓地，分都甲省县，详载方向，使族人巡视墓地者，易于辨识也。乡俗以清明日前后巡墓，谓之挂山，大寒前后日加土，谓之撮坟。族中又特置主者二人，每岁遍巡族墓，至遍及无主者，而墓讼亦从此多，故于墓地特致意焉。衡州人士复请主讲东洲讲席。十六日，携代舆、代懿、滋茙诸妹至衡州。二十五日，入居讲舍。三月，邓丈弥之因嫁孙女，舟至衡州，留谈叙别。陈丈隽丞罢官居衡，过从亦密。与诸生讲《礼记》，复钞《论语训》。四月，钞《论语》，校《管子》，阅《图书集成》，其中重复脱漏，又加删节，世人目为浩博，盖未审也。十五日，还山塘，视营宅。二十一日，复至东洲。五月，钞《论语》，校《管子》，改《周官笺》，注《尔雅》，阅浏阳南台书院课卷。六月朔日，僧寄禅请至罗汉寺斋集。钞《论语》，讲《礼记》，定诸生课程。七月，改定《春秋笺》。院生因乡试多散去者，府君乘暇乃作《七夕词》。盖自十五岁始作《七夕词》，名字渐达于时人，交友益盛，因励志为诗，每值七夕，必有吟想。七夕之说，萌芽于汉，盛于六朝，至唐开元，妇孺无不知者，而其原发于桂阳成武丁，与五月五日之荐屈，皆湖南掌故之遍播文苑者。故作《七夕词》四十六首，自十五岁至六十岁，每岁系一绝句，以至家国兴衰之感，平生游处之迹，使后世之览者可以观感焉。八月，校谱稿。十五日，还湘潭。十七日，至长沙。二十三日，还山塘。九月，校谱稿。七日，至长沙。杨丈性农重宴鹿鸣，属考礼节。院司开列坐次，重宴者在监试之下，而梁山舟礼单则坐在东北隅，似不依官班为列。《会典》亦无本末，竟无以定之。二十八日，先妣练祭，考定仪节。十月十日，还东洲讲舍。十八日，为僧寄禅作《罗汉寺壁记》，仿李泰和体书之。又为衡山穿洲金莲寺僧书屏风六幅。写诗卷，重理《广韵》。十一月，校谱稿，校理《广韵》毕，寄往苏州与郑叔问。十九日，还长沙。十二月，邓丈辛眉自粤东还，坐谈之顷，忽谓府君云："吾两人不得为朋友，以无劝善规过之益也。"府君念亲故几五十年，未欲争论，拟与书说明之。盖邓丈晚近好儒，府君则兼包九流，道广大也。二十一日，复往东洲，因留度岁。

第四卷

光绪十八年壬辰　六十一岁

正月十日，西禅寺僧以府君去岁六十初度，设普佛斋，行香执炉，随僧礼佛。府君未知此礼，不欲拂其意，依而行焉。复遣弟妹衬送从其典也。代功、代舆亦自鄂、浙还归省觐。讲《周易》，重钞《诗补笺》。二月，钞《诗补笺》，命代功校之。院中欲刻诸经笺，府君命从《诗笺》始。三月，渡湘看画册，见赵千里《阿房宫图》。钞《诗补笺》，讲《周易》。四月，钞《诗补笺》，讲《周易》，捡校《说文》中重复俗字。五月，钞《诗补笺》，讲《周易》，篆《说文》，阅浏阳经课卷。六月，钞《诗补笺》，讲《礼记》，清理篆书方名，补书昔年所遗漏者。闰月，捡篆书方名，分别六书，各从其类。凡有部类而象形者如“眉”“肩”，仍象形也。有部类而指事者如“衣”“弦”，仍指事也。会意则必两体皆成文。转注则两体皆不成文，成形不成文也。有声者，皆形声也，省声亦声，不假借而实假借也。如此则六书皆有字，且截然可分，一省牵缠之病。府君之意，当别为一书，大次其类，今但发凡而已。讲《春秋》，重校《水经注》。七月，讲《春秋》，钞《礼记》。祁阳周生问古文，告以近日所得。周生闻之，以为至奇。府君因竭其旨曰：“汝日闻奇论而不悟，乃以平者为奇耳。夫学之逐末者，其始在厌常舍近，故益奇也。言治不已，而言交邻，言战陈，言器械，至于言炮火，奇已极矣，乃以言自治者为大奇也。言学不已，而言道，言读书，言文章佳恶，言骈俪，言单思凑微，至于八家门径，桐城宗派，奇不可究矣，乃以言时习者为大奇也。言仕不已，而言科举，言书院正附课，言膏火多少，言赏罚，言规避，至于冒名领卷，请人住斋，奇不可方物矣，乃以言闭户自修者为目所未见、耳所未闻也，岂非惑之甚哉！由此推之，则父子路人而以孝慈为奇，朋友市道而以然诺为奇。举古昔之所谓布帛菽粟而以为景星庆云，此又宋儒传《中庸》后之别境，皆自以至奇为至庸者，心目中无庸之非奇也。”府君因人心陷溺，风俗每下愈况，与诸生讲论时深以道术将裂为惧，随事诱诲，冀正人心，愈浅近而闻者以为至高深，故特于周生发明其旨趣焉。八月，钞《礼经》，校族谱，为诸生讲《礼记》。九月，钞《礼经》，校改《丧服笺》。十月，校改《礼经笺》。丁康侯体晋奉兄命自济南来就昏，留居院斋，为定日课。十一月，钞《礼经》。代功自鄂还，来衡省觐。十二月，钞《礼经》，讲《春秋》。陈丈隽丞病卒衡州寓寝，府君以两年以来居址接近，情谊日亲，怃然不乐，吊临备至。

光绪十九年癸巳　六十二岁

正月，校改《礼经笺》，讲《春秋》，作陈丈隽丞行状。二月，校改《礼经笺》。至雁峰寺白鹭桥西禅寺游览，与诸生论学，问志学志道之异，依德依仁之辨，诸生无能答者。三月，看汉碑，院生欲刻府君诗文集，力辞之，告以不可刻集之意。《诗补笺》可以启发后学，因命刻之，复重加校正。吴窸斋巡抚阅兵来衡，至东洲讲舍。吴公博古多通，藏玉甚夥。与府君言圭璧剡、圭璧羡等制度，出示图说，大有发明，即采入《周官笺》。四月，钞《诗笺》，改课文，重钞《礼经笺》。五月，钞《礼经笺》，为唐丈艺渠校定奏议。六月，校《春秋例表》，钞《礼经》，至《乡射》篇见郑注重复者，欲去之，则失其本真；欲存之，又似未照。府君谓当时盖单篇经注各行，故重复如此，初亦未之知也。七月，钞

《礼经笺》，校《诗补笺》刻本，始选唐排律诗，毕十余年未竟之业。八月，钞《礼经笺》。闻邓丈弥之之丧，四十七年姻好初损其一，怅然者久之。继以为诗卷长留，不足悲也。然近年以来，闻人之死丧，皆以为当然，盖老而无情，不知者乃以为薄恩矣。九月，第七女莪适丁文诚公之子体晋。十月六日，由衡登舟。十四日，至长沙。二十五日，代功送丁郎、莪妹东行。十一月，吴窓斋中丞请鉴古玉，并见仇十洲画柳。二十日，与张正旸登寿讲学。张问罗顺循正钧言著书不可早，此言信否？府君告以讲书不可迟，因言此二事绝不相同，一为己，一为人，昔者孔子尝语子夏矣。十二月，钞《礼经笺》，校谱稿。

光绪二十年甲午　六十三岁

正月，为吕雪棠翼文书《经史答问》。雪棠前来湘，与代功拟经史疑义数十百事，请府君书为册叶，拟刊行之，以与蜀湘及门弟子。久未作也，至是始书焉。文多不载。今录论学、论治两篇，曰："道家无为，而入世之意切；儒家勤政，而离物之趣多。无为者徇物，故有三宝；议道者自已，故非一途。老聃之言论兵，荀、孟之言明性，足以见之矣。道家欲佐人主，常孳孳于治世；儒者但陈其义，不合则不仕矣。儒之兴也，三代后之时势也。《周官》经言师儒并举。师者官学，儒者私师。所谓处士不仕者，其必殷之末世伯夷之徒。溯而上之，则卞随、务光其人欤？采其所言，亦足裨政。明王不兴，则以型俗，非治世之才也。故名、法代用，儒术常黜。《儒行》一篇所言'儒有'云云，其词甚繁，未知孔子先作之耶？抑命席后指画而陈也？大要弟子所增，或当世成说。鲁君虽不倦听，圣对必无此繁词矣。若后世即以圣为儒，则又出儒家之标榜。要之儒不治事，故其术最高。王充云：有文儒，有世儒。此又三代下之儒也。项籍所谓记姓名者矣。章句传经，谓之书匠；词赋供御，等于俳优。比之孟、荀，更非其拟，亦何怪赵宋诸子哀而陋之。然彼识二陋，而更无一得。空谈性道，自命圣人。无以位之，强名道学。此流既辟，儒裂为三。言实行者无门可附，贵者特达，贱称独行。然后知四教分途，尽时变矣。六经具在，三儒罔识。趋之愈下，政教分崩。否必有通，昏将复旦，不极其敝，焉能知圣乎？此又三儒之功也。而若豪杰之士，暗合圣行，则天地有穷，人心不息。但不能治世，殊于行义达道者矣。孔子曰：'吾闻其语，未见其人。'言伯夷、叔齐未为圣也。"论治曰："养民非政，政在教之。考绩非政，政在养士。今之言教养者反此，见民之困征役而务减税，减税不已又振贷焉。民积骄惰，且忘其上。贫弱涣散，寇乱乃生。本欲生之，适以杀之。乃又积厚廪饩，以养游士。士不知耻，唯禄是营。根本并倾，何国之立？夫仁者知己之不妄食，则不妄推食以与人也；知己之当自立，则欲人之各成长也。士必官之，则无游士；民必业之，则无惰民。上不示恩，则不敢骄。士民坚朴，则国本固。故寡乎什一，与桀同罪。菁莪育才，为国之桢。"又答问谶纬、子史及诸经疑义、诗文杂事数十条，皆依经立说，与俗殊科焉。二月八日，至大托铺，临彭丈朵园之丧，不克葬而还。二十二日，游麓山，至万寿寺，游云麓宫。观湘州二津形势甚壮，盖所谓吴芮陵也。饮白鹤泉，登赫曦台，夜宿舟中。二十四日，由长沙解缆。三月朔日，至东洲，为清泉凌知县阅县试卷。复钞《礼经·士冠》篇。自作《仪礼演》时至今四十年，凡七钞矣。阅《八代文粹》。府君在蜀中欲选八代文言政治而本经义者，勒成一编，名曰《通道集》。命弟子录之，诸生因大裒集为《八代文粹》，以便选择。府君为叙之，未及刻也，至是乃阅之。然《通道集》迄无成书。吴窓斋出示所作

《权衡度量实验考》，请府君作序。因考分寸龠合之量，黍九粒得今尺八分，仍有纵横之异。纵长一分，六百粒重四钱，二十四粒重一铢，然皆非确密之数也。四月，钞《礼经》，点《文粹》，篆书《诗经》。五月，钞《礼经》，点《文粹》毕。丁康侯自山东来，因拟到部，故来辞别，府君因送之。六日，发衡州。十一日，至长沙。十六日，泊乔口。二十日，至常德。二十一日，由常德返龙阳。二十六日，至长沙。六月六日，还东洲。程丈春甫母万太夫人病卒。万氏与尹氏为娣姒妇，尹氏无子，以娣妇万氏子春甫兼祧。先万氏卒，有二子，长曰龢祥，次曰书祥，以书祥为大宗后。万氏卒后，龢祥疑书祥应否降服来问，府君以为服制无明文，宜呈请礼部建议。盖两祧则孙之父仍为子，无本生嗣父之分。父为子则子为孙，不可依出后降也。又礼亦无孙降祖父之文，圣人之所难言礼疑从厚，凡从服皆不降。以此推之，凡出后者于本生外祖父母亦不降也。即本此义为属稿，令上礼部焉。钞《礼经》，校《水经注》。七月，钞《礼经》，补改《论语训》。往金庭别馆避暑。八月，钞《礼经笺》，复钞《诗补笺》。至《小雅》，疑《南陔》《白华》独亡教、孝二诗。且孝子相戒，宜入风诗，何以列之于雅？岂卿大夫皆孝而又劳戒乎？或者“女曰鸡鸣”之类耶？二诗既亡，无以证之。是岁，中东战事起。见探报，吴窓斋将兵援朝鲜，至威海卫，日本断道，几被禽获，微服得逸去。作诗感怀。九月，钞《礼经》，篆《诗经》毕，始钞《尔雅集解》。十月，钞《尔雅》。邓丈翼之辅绵自武冈来，弥之丈母弟，府君四十年弟子也。将往江南，作书介绍之。十一月，钞《尔雅》。十日，由东洲解缆。十六日，还山塘。二十四日，至长沙。二十五日，乘舟东下。二十九日，舣岳阳楼。十二月四日，至汉口，渡江至两湖书院，往晤邓丈辛眉。五日，登江轮。六日，过九江，与书直督李中堂，言中东战事。盖府君在衡闻中东之役，中国屡不利。屯军积年，糜饷巨万。而募兵筹饷，天下骚然，心极忧愤。当是时，刘公坤一统率征东诸军，吴公大澂别将援辽。南、北洋大臣张、李二公，皆府君知好，欲游说诸公，指陈兵略，冀其力战致死，以雪国耻而振湘淮诸军之气。故先以书慰之。裴丈樾岑见书叹息，手书相闻，引为同志。裴曾管船政，知船之可战而不战也。未几而和议成。七日，至江宁，晤张丈香涛。纵谈时事，五鼓始出。镫月霜晖，凄然生感，作《游仙诗》五首。十日，与杨叔乔锐、顾印伯印愚游华林园，登太平城楼，观玄武湖。知六朝宫殿皆当在北，循鸡鸣寺，过十庙、龙蟠里，登清凉山。入一尼院，李秀成妹所居也，俗称皇姑院。江南平定，出家为尼，留坐客堂，言往事甚悉。出访随园、煦园而还。十一日，乘江轮返湘。十四日，至汉口。十九日，至湘阴。舟中独坐，感时抚事，作《甲午游仙诗》五首。二十日，至长沙。

光绪二十一年乙未　六十四岁

正月六日，登定王台探梅。十八日，还山塘。江建霞学使出试宝庆，道过云湖，来山庄相访。二月，钞集己巳以来日记中所存七律诗，题曰《杜若集》。补作《驿程诗记》。三月八日，登舟往衡。十三日，至东洲，钞《鹖冠子》。盖伪书也，以遣长日，稍加注焉。四月，校《论语训》，阅桂阳课卷，看石印古书二十二种。五月三日，还山塘。周生辉堃问《春秋》疑义，言哀公篇文致太平，何以但书战事。又晋京师楚，孔子何以书之于经。始悟哀篇专纪伯国事，自治以正天下，在用二伯也。隳名城，罢田赋，征伐自天子出，秦亦暗合于道，但不能任二伯耳。然则郡县之制殆亦孔子本意矣。十三日，仍住东洲，读《管子》。闰月，讲《礼记》。阅同时人奏议，始信才难。六月，钞《尔雅》。七月，钞《尔雅》，讲《礼记》。学使江建霞约至衡阳县鉴别书画，见赵松雪摹临摩诘画，真迹也。八月十一日，还山塘。作《云湖火神祠碑》，令滋妹篆书，刻石于乾元宫壁。九月，代舆补县学生员。谒荐高庙，依馈食礼祝词称嘉事，以入学比冠子，嘉礼类也。二十日，衡阳程氏遣使来迎。二十四日，为程母书主仪节，参用虞祔礼，以意成之。夏午诒寿田观之，甚以为典。阅桂阳课卷。十月朔日，出讲堂讲《论》书有恒之旨，训饬诸生，云："孔子以无而为有为无恒。又曰：'无恒不可以作巫医。'恒之通于君民，盖与孝同也。学者宜无此不恒之事，而后世学者乃尽无恒，故后世学者遂绝。虽手不释卷，犹未学也。恒之一言，不易业之谓，而必自不好名始。好名非求达之谓。方志于仁，而自谓仁人；方厉于学，而自命学人。则其志外驰，而言必违心，宋人尤多此弊。故学圣愈以诬圣，自命高而行愈卑。学人下同于文人，文人不逮于古人，皆自欲标置误之。古之为文，词达而已。自文以载道之说起，而文成俳优。何也？欲人之称好也。八股名目虽自后起，观退之所作，下笔便有千古之意。愈自矜慎，愈求人知。夫俳优所以贱者，欲悦人以求知耳，奈何文人亦求知耶？文学一道也，必自不为人始。不为人则不好名，不好名则自有恒。有恒次于君子，而内圣外王之学始此。《论语》言政学宗旨实在于是，余乃以推之文词耳。"十三日，登舟还湘。十七日，至山塘。二十一日，至长沙。十一月，金山寺僧请书《楞伽经》，藏之寺中，以资永宝。僧言昔日寺中有东坡手书《楞伽经》墨迹，因遭兵燹，遂被焚毁。僧众欲求名人补书一通，以继名迹，事不果行。今日远来，实为弘愿，如蒙布施，则右军《黄庭》、子昂《金刚》不得专美于前。象教之力，足增大众信仰。府君许之。易丈笏山自龙阳来省。十六日，约至浩园玩月，同步至李真人祠。话旧感时，作诗见赠，因作长歌答之。十二月，写《楞伽经》。是岁除夕，钦天监时宪书无晦日，湖南通书有晦日。盖夜子刻合朔，属先一日。京外各省有迟至四刻者，则属次日。故致通书与时宪书不符。府君以为朝廷不能正朔，盖亦民主之兆也。

光绪二十二年丙申　六十五岁

正月，写《楞伽经》毕，取藏本自校一过，交寺僧海琴藏之金山。二十二日，至山塘。二十八日，陈丈右铭约至碧浪湖修禊。十七日，还山塘。钞《尔雅》，作《禹贡图》。三月，钞《尔雅·释地》，讲《礼记》《春秋》，于笺义颇多改定。四月，杨皙子来问《春秋》疑义，衡人遣舟来迎。十一日，至东洲，华阳颜伯琴钧率其子来，尊经院生也。院外诸生亦大集，定讲经课程。始刻《礼记笺》。五月，讲《礼记》，钞《尔雅》，校《论语集解》。答陈兆璇问初学阶梯云："初学之阶，《论语》弟子章尽之矣。孝、弟、谨、信固为之本，而其要在于爱众。及入《大学》，道在亲民；亲民，即格物也。自儒者皆以防闲子弟为训，禁绝交游，而亲婢仆。子弟习闻绝交之论，则亦以不肖待人，而长骄傲。及其治家临民，任性妄为，并其美质而皆失之。则其孝、弟、谨、信、明德之功悉无所寄，所谓其余不足观矣。夫泛爱者自卑而尊人，即孔子温、良、恭、俭之礼也。亲民者忠恕以来物，即文王小心翼翼之德也。而进学养望，皆基乎此。一言以蔽之曰：不骄吝而已。何以为学？受教是也。何谓学问？教者所不能施力，恃其能问而后有学也。问于师，不若问于友；问于友，莫若问于民。故曰：舜好问。又曰：不耻下问。凡以达己聪也。而知人之道在是矣。谗谀虽工，对问则穷。故学也者，所以学为君也。然问非诘难之谓，必虚其心以听之。故曰：不愤不启。又曰：善问者如攻坚木。又曰：询于刍荛。则无所不问，而亦非易言问也。人莫不讳其所短而炫其所长，虽知学之在能问，而未有问也。则又有多见、多闻之术，孔子屡言之矣。人与人接，必有见闻。心之是非不可诬也，是在能自省耳。自省则知慎知择，而学在是矣。简册之学，不及见闻之学，一言一动皆文章也。余每见读吾文诗者，辄诃曰：'有一生人而不之学，乃学死物耶？'此即轮扁之说也。齐桓公读书，而轮扁笑；使吾读书，则轮扁服矣。心无所得，而诵圣人之经典，非独人笑，亦将自笑。非独笑书，亦且笑圣人之愚人也。今之学者乃齐桓矣。晨读书而午接人，则忘其书；幼治经而壮服官，则悖其经。经言君子不谋食，而经生之谋食急；书言国不患贫，而书生之患贫甚。糟粕之不存，而何论菁华。故曰：多亦奚为？又曰：不思则罔。是古今之通病也。"是月得长沙信，代懿及蒇子名焘取入县学。七月，讲《周官》，看唐诗。八月，讲《周官》毕。于"五齐三酒"，屡说不安。去古既远，不独制度难明，即酒亦彼此差互。欲分殷周说之，苦无证也。九月，为诸妹讲《史记》，论《周本纪》后采《国策》数事，虽欲著其微弱，乃取市井反覆之言登之高文典策以续六经，有乖史法矣。校《诗补笺》。十月，校改《诗补笺》，讲《史记》。令诸妹立字课。八日，由衡州起行。十二日，至长沙。张生登寿问庄子至人、神人、圣人之分，答曰："尧为神人，许由四子皆次之。一让一丧，出世事也，未若入法入世，则神矣。"二十四日，复还东洲。十一月，校改《诗补笺》，讲《史记》，钞《禹贡》。论夹右碣石及略嵎夷为东南海防，桓是织皮为西北陆防，始知古圣瞻瞩之远。十二月九日，还山塘。

光绪二十三年丁酉　六十六岁

正月，居山塘，授孙女少春、孙男名良读经，讲《史记》。二月，至湘潭县城为代懿成昏。三月，至东洲，从学者益众。杨皙子度、夏午诒寿田、陈完夫兆奎、向乐穀燊、李砥卿金戣、程戟传崇信等均住斋讲习，王镜芙兆涵、颜双表楷等均居院外问业，其余西江、苏浙流寓衡、永、郴、桂人士往来受业者，不可悉纪。府君因示以读书课程云："学以有恒为贵，又不可疲其神智。当其有得，自有欲罢不能者，然不可以为程也。宜就其所喜，常致力焉。又就其所最不解，日致思焉。十二时中以六时休息，六时中又令有四时优游，此二时则必不可令无功。如此久惯，虽休晦时亦用力时矣。虽仕宦、困苦、老病，每日必有用心之处，则所谓惜寸阴矣。"又论读书门径云："孔子论学，务在成章。孟子论士，忧为乡人。学问门径，不可苟也。读经而不知孔书之伪，览子而不知《家语》之诬，文蔑八代，诗通唐、宋，注混郑、王，学称朱、陆，虽复博闻强记，丽句清词，不登大雅之堂，有愧兔园之册。而况奉八家为文式，推袁、赵为词宗。经读四书，理言五子。论史则尹、袁诸说，习书则赵、宋余波。毛公解诗，浣衣自洁；介甫读史，朝报为讥。以乡曲之见闻，测圣皇之典册，其为鄙陋，岂冀开通！近者曾文正亟誉俞曲园好学论文，优于天下。余疑其语，徐问所长，曾乃曰：'荫甫自为当代闻人，若作者之林，未能逮也。'然则前辈奖借，正足陷人。故为学当广听说，自摅胸臆，而真伪雅俗，必先了然。否则北辙南辕，御良马疾，徒抛心力，不见成功，又况饱食终日者乎！"四月，讲《诗补笺》，时有改定。陈完夫问作诗之法，因示以五言作法及唐诗诸家源流，七言歌行流品及歌行运用之妙，皆举古昔名篇及自作诗歌以为对照。文多不载。五月，讲《诗补笺》，为诸妹讲《史记》，三礼《笺》刻成。六月，讲《诗补笺》。答陈深之论文云："文无专家，余叙《文粹》已详言之。然初学就所近而教习之，又有分途。有韵者不论，叙事、议论略有三派。如《公羊传》《礼记》，每言史事，只如谈经。盖七十子之文授法圣师，非文家所及。其义理多而不厌，平而不冗。骤不可学，终亦难希，此有其境而无其阶。荀、孟、贾、戴似若可几，而究非其类也。此外文家则单复二法，单者顿挫以取回转，复者疏宕以行气势，貌神相变，即所谓物杂故文也。故《国策》、《史记》、贾、晁、向、操诸人能用单，《国语》、班《书》、东汉以至梁初善用复，不能者袭其貌。单者纯单，始于北周，而韩愈扬其波，赵宋以后奉宗之，至近代归、方而靡矣。复而又复，始于陈、隋，而王勃等漏其泥，中唐以后小变焉，至南宋汪、陆而塌矣。元结、孙樵化复为单，庾信、陆贽运单成复，皆似有使转，而终限町畦，卒非先觉，反失故步。故观于汪中、恽敬、袁枚之徒，体格无存，何论气韵？其余如侯、魏之纪事，乃成说部，洪、吴之骈俪，不如律赋，兹非学者之明戒欤！余少学为文，思兼单复。及作《桂阳图志》，下笔自欲陵子长，读之乃顾似《明史》，意甚恶焉。比作《湘军志》，庶乎轶承祚、睨蔚宗矣。志铭小记叙则置于晋、宋之间，可以乱真。然尝自贵其有韵之文，以其本从《诗》出。如欲标榜吾文，非知己也。"七月，讲《诗补笺》及《史记》。八月，院生多以乡试往省，因多暇日，选录小词为三卷，并叙之曰："往者，孙月坡工填词，为陈希唐师。同在南昌，与邓辛眉日相唱和。余弱冠，方抗意汉魏诗文，未屑屑也，亦实不解其佳处。及还长沙，闻李伯元及希唐并殉国守。独对所题《燕子图》，吟想悲凄，始自作小令。长慢虽不能工，于月坡所言门径，固识之矣。而辛眉先德邓七丈寄声来戒，言作词幽怨，非富贵寿考征，且大雅不为。邓丈意以箴其子，托意于我耳。自此方乡学多所未闻见，亦不暇寻摘矣。及至成都，年垂五十，粗识文字之津，与及门诸子谈艺，间及填词。稍稍为之，则阑入北宋，非复前孙氏宗旨。然箧中故无词本，仅有卅年前孙曼青所赠《绝妙词》，朱竹垞窃得者。其词有规格，不入苏、黄粗鄙之音，犹孙说也。又十余年，杨氏妇兄妹学诗之功甚笃，然未秀发。余间为女妇言，亦知有小词否。靡靡之音，自能开发心思，为学者所不废也。《周官》教礼，不屏野舞缦乐。人心既正，要必有闲情逸致，游思别趣。如徒端坐正襟，茅塞其心，以为诚正，此迂儒枯禅之所为，岂知道哉？学者患不灵，不患不蠢，荡佚之邪，又不待学。既坐东洲，日短得长，六时中更无所为，爰取《词综》览之，所选乃无可观。姑就其本，更加点定。余暇又自录精华名篇，以示诸从学诗文者。俾知小道可观，致远不泥之道云。”九月，讲《诗补笺》，校《礼经笺》。十月，讲《诗补笺》。衡永兵备道陈丈六笙琼谈昔年战事，赋诗感赠，作《感遇诗》答之。十一月，讲《诗补笺》。胡濑唐庶常思敬从江西来衡问业，且请示作诗门径，因论道光以来翰林文学盛衰及同时诗人流别。作《忆昔行》。十二月，还山塘。

光绪二十四年戊戌　六十七岁

正月，居山塘，授诸妹及孙名良读。二月，至长沙。三月，往东洲。时湘抚陈公宝箴励精图治，学政徐仁铸尤重新学。考试诸生文中有用新名词者，悉拔置高等。省城设立南学会，提倡新学说。诸县亦各立分会讲演，凡入会者多亲故子弟、秀才异等。陈公以府君道高望重，未敢面谒，则属代功友人，令代功率领学生游学日本。府君故未许也。已而杨锐、刘光第等入军机办理新政。二人皆府君弟子。又奉廷寄查问府君年岁、精神、步履，能否召用。巡抚以示府君，且询覆奏方略。府君知事且败，告以宜俟异日。未几而政变事起。四月，欲出游写忧，继念到鄂后或谋议异同，致生事端，遂访石门旧庐。自丙子年蛟水屋圮后经二十三年矣。当时儿女课读，今日存者仅代功一人，能记旧事者亦二三人耳。乘舟入承水，至楂林塘宿焉。彭刚直公故里也。翌日步行至牧云峰龙头冈，遂至旧居，寻访故迹及当日农夫田父，无复存者。乘船复还，作《芒种访石门旧庐》诗。五月，讲《诗补笺》，授诸弟妹读。六月，至长沙，旋返山塘。八月，至东洲，作诗寄怀。九月，讲《诗补笺》毕。十月，改定诸生课程，令试诗赋，将注《孝经》。因论师称弟子为子，别无例证。又以《史记·弟子列传》曾子少孔子四十八岁，则授《孝经》时方二十余，不得为鲁，疑《史记》年不可信。盖据谱为说，谱容有误字也。既有所疑，遂置之。是月，滋妹居山塘留守。十一日，一湘乡客来，称府君遣使，令其来乡取府君手写诗文集，校对所钞本错误。家人不虞其诈也，取手稿示之。乘间窃去，及觉，去已远矣。分道踪迹，不得主名。二十日，其人至东洲，求见府君，挟诗文手稿以求资斧。亟出家信示之，纵去不问。十一月，衡人多请规复书院旧章，复用经解论说。十二日，跋《淳化阁帖》，翁覃溪朱书所校，肃府本也。观晋人书法，多自出新意，不相师袭，然非精熟之不易学也。孙《谱》所言，不为虚也。十七日，由衡州启行。二十四日，至山塘。十二月二十二日，携良孙、黄孙至县城看迎春。二十四日，仍还山塘。是岁，孙名端生。

光绪二十五年己亥　六十八岁

正月十二日，作《山中度岁杂诗》八首。读《老子》，欲笺注焉，未得端绪而止。十六日，携名良至县城，寓宾兴堂。议昭潭书院学规。二十一日，登舟。二十六日，至东洲。二月二十日，步上雁峰，复从花药山至西禅寺。诸僧百人，诵经拜忏，因设斋食。钞改《尚书笺》，并补《春秋笺义》。纨、复诸妹率少春自山塘来院。二月，诸生从学者众，斋舍不能容，复于前轩别开学舍。晦日，携良孙至耒口，登新塔。四月，重钞《禹贡》，阅桂阳课卷，钞《尔雅·释虫》。其加偏旁字有省形存音者，如权、舆、跌、踢之类，去其所加蟲旁，则不可识。又虫必当为蟲，不可为虺。言《说文》者多不知之。五月，欲画《禹贡图》于州后记地，尚未得其理解，图未可遽成。此事经四十年尚不能成书，益知著述之难。六月，看《庄子·杂篇》，阅石鼓书院课卷。得宋芸子书，有忧生之嗟，忤时之虑，多所谋画，视人太高，与书喻之云："狂狷皆非中行。而圣教先取狂者，由静而动，动而之静；狷以静为动，动而难静也。《世说》云：外虽虚静，内实侠动。余少时见而一惊，以此自省，始托于《庄子》以自救。《消摇游》以下之视天，如天之视下，大哉妙哉！有如是之消人悁忿，发人深省者乎！应世之道，用行舍藏，未有干世者也。其世愈乱，其心愈治。凡假悲愤以自炫自溷者，中无所得耳。圣道至儒家而始隘。儒家多狷介之人，其先主敬存诚，以自绳削，不胜其苦，乃溢而思富贵，中者立功名，高者言行道，所如不合，则遂废弃，毕生营营，终无乐时。岂学道以自苦乎？文（之）［王］系《彖》曰："小狐（汽）［汔］济。"明王不兴，必有主者，乃欲仰其鼻息，以为宠荣。箕子、比干，役人之役者也，遇尧、舜则荣华歌舞，遇桀、纣则僇辱羁囚，何其不自立乎？学道有年，不胜其企幸，乃欲从俗一试，以求一快，又狷者之病也。先自高以立其节，乃恕人以平其情，狂之所以进于道也。孔子论学，先求适道。适道则广大，然后可与立。儒者不知道而言立，立不可权则颠矣。此为学之初基，处世之上药，入圣之极功，余生平所得力，而无往不消摇者。”是月，为诸妹讲《三国志》毕。七月，钞《尔雅》，讲《晋书》，始知桂阳曾属江西，前作《桂阳图志》，漏未之及。八月，钞唐诗七绝二卷成。自是唐诗选毕，五十年未竟之业也。校《春秋笺》，将重刻之，先读一过，更有改定。郭大令自京师还，盛言朝政得失，未敢赞辞。徐幼穆罢清泉令。裕庆莅衡州府事。九月朔日，王船山生日。巳初释奠，用时制秋祭礼而小变之，未为合礼。当直行乡饮酒礼而先释奠，则庶几成礼。斟酌古今，良不易也。九日，朱永州其懿约至雁峰登高，往则文武大会。朱自言遇事恨无把握，答以多阅历即学问也。阅历亦须历天下事，但治官事，未足为阅历也。陈完夫请选汉文，为择数十篇。十月四日，至花石，临曾氏从姑之丧，且为治事，从逝者意也。十一日，还东洲。讲《晋书》，看汉文。十一月，吕雪棠自辽阳来，杨皙子及代舆自云湖来。因送雪棠还蜀，遂拟出游。六日，率李生金戣同行。十一日，至长沙。十三日，泊傅家洲。二十日，守风艑山。二十四日，登岳阳楼。雪棠由荆河脑往宜昌。二十九日，泊龙口，守风嘉鱼地也。十二月，为李生讲《春秋》。六日，至汉口。十日，至镇江，登风神庙楼。十五日，至阊门。二十日，至杭州，泊万安桥。浙抚刘丈景韩遣人来迎，约瞿海渔、李少笙同游。从阮墩至三潭印月，入退省庵，便假寓焉。从彭刚直公旧约也。是日游东西曲阑桥，望武林山。二十七日，李幼梅、瞿芷桓携酒来游，探梅孤山。二十八日，二瞿、彭、吴载酒相过。从文澜阁循湖路而上至岳坟。唯圣因行宫未复，余皆修饰矣。欲访高江村故宅，舟大不能入里湖，乃还。二十九日，游高庄，见京报，用吴可读旧议，别立皇嗣。私忖久之，未知礼意也。除夕雨雪，邻僧馈岁，楼中寂静。三更后扫地、祭诗、酌酒，闭门乃寝。是岁，孙名畤生。

光绪二十六年庚子　六十九岁

正月三日，游净慈寺，颇有花石，感旧题诗。人日，游云栖寺。修篁夹径，可数万竿。虽不及樟寺幽深，亦湖上所罕见也。八日，同赵盘西游苏堤。步至俞楼，复还至圣，因循堤西，上至段桥。十一日，齐心甫约游武林山。入山可三四里便至灵隐。出登韬光，步可百级，至庵小坐。观金莲池，再上练丹台，盖白香山遗迹也。下至罗汉台，出惕冷泉亭、壑雷亭，看呼猿洞、一线天。下至天竺，一涧东流，涧北三寺，皆毁于兵火矣。十二日，梁卓如来访，论公法及时事，有出位之言语。以不忘名利者必非豪杰，尚未教以思不出位也。盖能忘名利，又当思不出位。然初学必自孟子所谓大丈夫始矣。十四日，秦进士买舟来，同至净慈。步从赤山上石屋岭，览三洞。复从山道至理安寺，登丛青阁废址，云宪皇读书处也。从右径入山，循山路，渡十八涧，便是龙井寺。十五日，谭聘臣招游浙江，设席江山。船过清波、凤山、候潮三门，移船海潮寺。十六日，邹元吉来访，谈贵州战事，甚推李蟠战功，云："九龙大王妻复仇，蟠一战摧之，遂降百寨，肃清千里。归隐屠肆，授总兵不拜，奇男子也。"十八日，蒋知府德璜请游吴山，大会赵公祠。二十三日，发杭州。二十六日，至平湖，访张丈文心，夜宿张斋。出示所著《公羊记疑》及《春秋臆说》。二月朔日，至苏州，晤朱竹石，寻文小坡不遇。七日，至常州。九日，至丹徒。十一日，至镇江，三更乘江轮。十四日，至汉口。二十四日，至长沙。二十五日，泊鹞崖。三月朔日，至东洲。看晋文。为诸妹书折扇，令其各得小楷，以为日后之玩，凡书七柄。湖北荆宜道奭良召南遣书来迎，约游荆州。值府君游苏杭，归后乃得书。四月朔日，由东洲起行。三日，至山塘。五日，至长沙。十日，至岳州，岳常道颜钟骥约游君山。十三日，登岳阳楼。十六日，至沙市。奭召南迎入署中，谈时局及旗人故事，书屏联数十事。易丈清涟时罢官，主讲荆南书院，访谈一日。陈复心闻府君至，亦自宜昌来谒。二十一日，登轮舟。二十二日，至汉口。二十三日，换江轮。二十七日，至淮关。二十八日，至西坝，程商霖新开淮盐运局也，即居局中。五月二日，乘车朝发。九日，至泰安。十日，至济南。丁康侯新从粤还，茙妹率甥女出迎。十二日，游趵突泉，观涌流，殊不能高。四十年前水出高数丈，望之如瀑布，今全不似矣。十三日，游大明湖，设饮历亭。十四日，游历山，始闻北警。十五日，游开元寺。赵次山尔巽自新疆藩司丁母忧还，寓山东。赵氏兄弟五人皆有名位。府君问之，答言近年死丧之威，兄弟虽盛，无益于事。今息影林阿，闻先生来，但求为父母作一志铭，感且不朽。府君许之。十七日，携茙妹及其两女乘车朝发。十八日，至泰安，县令毛曙云请游泰山，不果往。二十七日，渡盐河，复至西坝。三十日，至扬州，时陈丈六舟已卒，见其子虞文。六月三日，至镇江。六日，至汉口，陈丈六笙子仲麓官湖北，还湘省父，遇诸舟中。九日，至岳州。十日，至长沙，见上谕，始知朝廷决意言战。衡州已毁教堂，应者蜂起。十七日，由长沙起行。二十七日，还东洲。七月朔日，与院生开课讲书。时衡州已毁教堂，士民嚣甚，众议多以毁夷馆、筹兵饷为急。府君因与诸生论通经致用及致用当通《春秋》之义曰："四方归化与夷狄交侵，无以异也。浅识之士喜盛恶衰，遭时晏平，偃然自肆，及见侮辱，愤泣而已。故庄周以箕子、比干为役人之役，以其因人忧乐也。然《春秋》不能正之，五经所言皆圣明事也。身居篡夺之中，日有修平之乐，恒见己之不足，岂计人之顺逆。故握要以图，不下席而天下治。至于化通无外，莫不尊亲，而我志不纷，乾乾在抱。斯所以祖述尧、舜，末不乐乎！孔子以前固未言此。通经致用，莫切《春秋》，非谓其政法多也。”选陈梁文，讲《晋书》。八月，闻京师危急，传言异词，议告道府，遣使入京问讯，且附奏外事，以通隔阂。夏午诒拟赴行在。曾重伯亦自桂林来，言奉巡抚命入京。府君告以君父危急，义在往赴，不必问有益无益。因感乱事，作诗寄怀。看陈隋文、北周文。闰月，衡人于潇湘门湘东岸之间作一浮桥，铁缆横湘，连舟数百，舟筏出入者启闭有时。府君代作《庆桥文》及《祭湘川文》。十四日，桥成。知衡州府事裕庆祭桥，遂请府君率衡州士绅步桥自潇湘门至湘东岸。九月，读汉碑，府君谓汉碑了不异人，学之苦不能似。盖由想境、思路、字面今古不同，虽好手不能胜拙工，非才不逮也。为陈生评三史序述赞，兼示以韵学门径。十月，茙妹自山塘来衡。新刻《唐歌行选本》五卷成，自校一过。拟作韵书，取龙翰臣《古韵通说》勘之，亦惝恍无定，未能作也。为诸妹讲《离骚》《天问》新义。十一月，读元次山文，别录一通，误字颇多，无他本可校。看汉乐府诗，未知所用字句，何以顿异《文赋》，岂当时已尚新涩，别成一体格耶？十二月，和议成，闻当由陕回銮。与代功讨论时局，直难下手。因为陈复心书册，稍发其意，亦无当于事也。新刻《尔雅集解》成，自校一过。

光绪二十七年辛丑　七十岁

正月六日，由衡州率诸妹还山塘。二十八日，至湘潭县城。二月，与书署衡永道夏献铭，辞东洲讲席。命少春捡钞日记中所存书札。三月，沈山人来谈，颇及时事。府君以时皆昏庸为慨，沈答云：“吾辈之能耕田凿井，佣力自给者，正赖如许庸人。若生有用人，则争夺不息，生民涂炭矣！”府君叹其言闲冷，别具理解，足令言经济者失气也。选孟东野诗及中唐后诸家诗。中唐五律，别有门径，真苦吟人语。又中唐以后诸家同李贺者不少，盖当时风气，自开此一派也。次弟唐诗目录毕。二十七日，往县城。四月朔日，至长沙。七日，还山塘，补钞唐五言古诗成，以付孙女少春，其父未竟之功也，俄经三世，作序记之。五月，圳水暴溢，塍埒尽没，田禾多伤者。为杨皙子评点《庄子》，为诸妹讲《宋书》诸志。六月，衡人坚留府君，东洲讲舍遣舟来迎。九日，至衡山县城，闻陈伯商鼎已出省狱，在县城，自往寻之。十日，至岳市，入祝圣寺御香行台也。步行取西径，更从西南上岭。盖张南轩所谓西岭，张元忭所云须弥寺，唐元春所云西明寺也。自此更上山。《游记》所云天柱峰，嶒嶝数里上峰，路穷者更下，即入方广路矣。二山之间，流泉乱石，未能成瀑。若因泉涧，或亦可田，则成梯田矣。下里许为洗经潭，考《图记》无此潭名。今狮子峰下有一潭。庵名紫盖庵也。游毕已暮，便投方广宿。夜步溪桥玩月。十一日，西寻山径向黑沙潭行，未半里，林草邃密，云多豺虎，乃还。仍返东出山。此地大要高深幽奇，俱过灵隐，然实山峡，非灵境也，亦不足置精舍，辟书堂，游者强名之耳。五十年未识真面，今乃可品题之。作诗二首。暝投樟木寺宿。十二日，至东洲。七月六日，还山塘，钞《周易》。八月十五日，令妇女连句。时代功往鄂，代舆往天津，留侍山塘者，为代懿夫妇，滋、茙、复、真四妹，仲章女少春，凡七人。府君首唱，令依长幼为次，作《中秋玩月诗》，并命滋妹篆书，张之书室。九月，召匠筑墙，作湘绮楼。笺《书》，钞《易》。十月，钞《易》，讲《书》。二十日，至长沙。十一月，尹和伯金易送画梅通幅，即以为寿。僧笠云于上林寺拜普佛，设如意斋，以祝府君七十生日。

十二月，第十女真适陈丈隽丞之子兆璇。

第五卷

光绪二十八年壬寅　七十一岁

正月八日，至上林寺斋集。二十二日，还山塘，杨皙子来问王伯之别及今日夷务应付之方。府君探本立言，且言夷人之不必畏。杨意不以为然，而惮于驳难。府君知其意，遂不与之言。二月，看《水经注》，作《管子》书序、目录并题记，校录本末。杨皙子来言《春秋》大义，皆新说可骇，与廖平所言不同，然尤为横议。三月，皙子来言当往日本考求学说异同，止之不可，盖意有所属也。府君谓读书不能变化气质，习俗之染甚于师友之言，时势使然也。二十四日，至长沙。四月八日，还山塘。见李云根先生遗画，摹汪之瑞八幅，皆中锋干笔也，于法最难，而无画趣。然作画者则有趣矣，正肖其性情也。题跋归之。二十五日，至花石。二十七日，过余庆坦彭刚直公墓道也。二十八日，至衡州。五月七日，往东洲。时朝议改天下书院为学堂，东洲亦当改章略、定日课，以整齐学规。讲《尚书》，为陈生评《南齐书》。六月，作唐泽坡墓志，援笔成文。府君谓昔赵燮堂言中国数千年来只料理得数千字，颠来倒去，极其精能。此言实得中国文明之盛，而有文无质之敝亦见矣。近人吐弃一切，然亦空言学说，不求实质，文明其敝正与之相等耳。看《汉书》《晋书》，渐觉班《书》钞史无类，《晋书》则尤丛脞。于此大悟修史之法。七月，讲《春秋》，看《汉书》，刻《尚书集解笺》。于《禹贡》仍不了然州后记水道。盖不可深求，只是记舟行通川耳。"贡道"说虽不可通，亦不甚谬，大要宋人新说，与今人新说心思不相远，但未密耳。八月，钞改《书笺》。得家书，言长沙城中疫气正盛，病者必啮铜钱三四枚，入口即成齑粉。乃知治法名碧罗痧。衡州亦讹言繁兴。九月，知不足斋新辟后院，作《重修精舍记》。滋妹、少春等从山塘来衡。十月，校《诗补笺》。作韵书屡不成，因其烦碎，难于条理。取前人说观之，又多不当意。大致须不言转声，乃有画一，而转声又不可废，故多歧也。看《吕览》《韩非》诸子，欲取孤僻小典，别录成书，以备遗说。如《吕氏春秋》"大庖不豆"，今厨人掌锅者犹不具围樑，其遗制也。看《晏子》，钞《墨子》。十一月，京师开经济特科，代功为两尚书保荐，湘抚亦特荐之，部院疆臣皆有所举，仿鸿博例也。西禅寺僧明果特约斋集，盛言诸经因缘，请府君作碑文。十九日，碑文成，题曰《西禅寺中兴碑》。杨皙子自日本还，叩其所得，乃欲抹杀君父，以求自立。新学有此一派，盖孟氏距墨之果也。然必期于流血，则又西洋好杀之习。盖孔释俱有婆罗门，计百年后必有翻覆，此时尚未也。十二月，钞《墨子》，为陈完夫批答《礼问》。

光绪二十九年癸卯　七十二岁

正月，钞《墨子》。书耐贫示廖卓夫咠文云："自宋以来，学者皆以坚苦耐贫为先。余所见先辈，俭觳极矣。少年气盛，颇不然之。在曾军，人皆衣布，余独衣帛，晚饭干菜，余独食肉，以为节行不在此也。其后诸公各富贵，亦稍稍改故态。唯独刘荫渠自在书院时，敝衣憔容，及为总督，其容不改。余又窃叹岁寒一色，唯我与尔。然荫渠所设施，不能过胡咏芝，而咏芝挥霍，咳唾万金，益信奢俭无关政学之优劣也。及身教授，多见英贤，经历三十年，求如尔时曾、左伯仲，盖不多有，无论其他，往往未富贵而已改易，乃知人不贞苦，果不足恃。诸公不满人意者，学不足也；其立功名者，能耐苦也。余虽不坚苦，而不畏贫。今之贤哲，殆所谓一贵不可复贱者，尚能任天下事耶？子贡欲济世，即是忧贫。人必先忧己之贫，而后思博施。孔子之教切矣，已不能立，即所谓未足与议者。学者胡可不勉也！若宋子京在书院食粥，是为后日笙歌地步，则耐苦者亦为伪儒。要之自立当自无求始。能自立而后立人，是学者第一要义。豪华跌（岩）［宕］，不足以知学；疏食饮水，正足以观人。尤望与同学诸贤共勉之矣。”又答廖春如泽生论士不必忧贫云：“世衰而后有贫士，士故贫也。求富之道多端，而孔子曰不可求。不可者，以道不可，即所谓贫贱不去也。而又曰：君子不谋食，耕者馁在中。则求富谋食，亦有不得之时，切示学人消其贪竞。与为政去食，要之以死，同为奇怪可骇。后之人口不言而心亦不了，于是谋生、理财之说兴。自儒生倡率，四民唯知财赋。子路亚圣，犹复伤贫，岂非饥寒切身，俯仰失计，有以动人之心志哉！何以救之？唯纵令营谋，极其智术，穷而后悔，乃悟徒劳。若有志于学，当先明此理，反复圣言，知其确实，见纷华而不悦，乐疏水以忘忧。国不患贫，唯求自立，同一理也。《大学》之记言君子有大道，又曰生财有大道。子贡言施济，孔子责以不仁。经典相传，以救末世。此之不达，而请学稼圃，岂不知饥馑之为灾也！但知耕之有馁，即知贫不足为忧。妄念立蠲，身心俱泰。佛制乞食，意亦如此。后世学人当须先了此义，然后立人达人，无煦煦沾沾之态。此则三代盛时所未虑及也。”二月，代懿至日本学习陆军。第八女纨适衡阳刘焕辰。湖北巡抚端方公属陈复心致书，请府君游鄂。时张丈孝达奉诏入京，议改革学制。粤汉铁路车通信阳州，长沙始通江轮。又因拳匪之乱，改会试于大梁。府君拟出游，以观时变。五日，买舟东下。十日，至长沙。十九日，登轮舟。二十一日，至汉口，署督端公遣船迎，至武昌。二十三日，乘火车至信阳州，营官杨姓来迎，云其父名光先。咸丰壬子武昌初陷，常文节公缢于其家，今五十二年矣。南汝光道朱曼伯寿镛为地主，授馆秋水馆。寿镛伯父名方增，谥“文定”，为曾文正师，改子城名为国藩云。二十六日，至确山县署，借得县志，乾隆时所修也。纸版漶漫，殊不能观。二十七日，至驻马店。二十八日，山水暴发，车不能行，改计南辕，复还确山，县令迎居县斋。县有铜川书院，以创始人地籍名之。新增脩脯，整顿文教，请作一联。三月，闽县郑孝柽出示戊戌所题《圆明园词》，诗言及康梁，有奋发之词。盖南海、闽海风气同类也，作诗箴之。四日，发确山。六日，至武昌，巡抚端公迎入抚署，请鉴所藏碑帖数百本。张督部自京回鄂，约谈时事，流连十日。登南楼，宴纱局，作诗数篇。二十二日，束装还湘。二十六日，至长沙。四月三日，登舟往衡。十三日，至东洲。五月，钞《墨子·经说》。湘抚赵尔巽送课卷请阅，询改学制事。校《易说》，复有改定。六月，钞《墨子》，校《尔雅》。与诸生论行与学分之敝云：“行与学分，由士君子不能辨学故也。六经兴于孔子，九流生于六艺，质性有偏，宗主各异，要之九流皆通经之人。而汉后治经者皆不得经之用，诂训、词章、性理、考据，经义演说，等级自有高下，其无关经学一也。而取士者以为权衡，求进者以为羔雁，所学虽极博通，了不关其行事，茫茫昧昧，一任身世之遭逢而已。及跻通显，乃耻无文，则又取诂训、词章、性理、考据，择其易欺人者而托足焉，又科举后之科举也。有悍然者曾不知耻，乃以学为无用，皆后世学者所自取。孔子曰：‘今之学者为人。’足括二千年学人之敝。”七月，答巡抚赵公尔巽问学制书云：“承询停止书院，改立学制，救敝正俗，莫急于此。窃以为国家学政本有专官，上失其职，咎不在下。今之改学则务在縻费，官款无出，专恃民资。以有事之秋，兴不急之务，并心外国，专聘倭师。就一学论之，堂舍、器具费至万金，教习、监督薪水数千，购置书器钱亦千万，一县物力必不能供。常德夺产杀僧，郴州遂至民变，湘潭盖归侵蚀，宁乡徒事铺张。以此开宗，何能造士？且汉儒称盛，良史讥为利禄之涂；宋学广开，先儒尤憾科举之士。儒为国蠹，有由然也。今须先明廉耻，分别士民；次整儒官，以修专职。人存政举，则在明公。”是月，《今古文尚书笺》刻成。始钞《逸周书》，觉其语意支离，故作不可解语，所引各传记，一望而知。唯《克殷》篇谥法解，或是汉人作耳。其引“熙帝之载”及“小人难保”等语，皆与本经不合，似是伪书，疑莫能明也。八月十七日，还山塘。九月，江西巡抚夏时遣江峰青来湘，请至南昌开办江西大学堂。府君呈请代奏云：“为呈请代奏事。据官报钞奉八月二十日上谕：夏时奏开办省会学堂，拟聘名师，以端学术一折。湖南举人王闿运，昌明经术，学有本原，力拒邪说，深明大义，着传旨嘉奖，准即充江西学堂总教习，以维正学。余着照所议办理。钦此。窃维改学之说，倡自康、梁。湖南学堂师弟骈诛，正学复兴，曾蒙诏奖。自庚子以来，国威小挫，论者不咎诸臣之误事，乃羡日本之暴兴，推求所由，归功教习。彼亦知其骤胜，见忌英、俄，不以我为不能，乃欲引为同患。兼有逋臣煽诱，冀申前说。刘、张二督惑于群言，不待和议之成，先为不急之务。既取朝旨通饬遵行，死灰复然，邪诐愈甚，名为西学，实倭学也。今湖南监督、教习，即当年驱逐管束之人，更引倭人来相保护。盖有鉴于前此被戮，倚外国以为护符，如欲严拿，即同租界。故今年夏间公然结党，干预北洋，并各学堂，皆相响应。虽狂愚不能为变，而风气大约可知。闿运曾与书前抚，谏以不宜效尤，未挽狂澜，不蒙询采。今改制经岁，谤诉纷如，糜费无名，徒为不靖。首善之地管学大臣已奏称弊不胜防。详读章程，无此学制。今若不聘外国教习，则兴学为无名；聘有洋人，则学徒不可制。且外人所望，传教通商，何必愿我富强，代谋久远。伏冀达之圣听，鉴此刍荛，于国有裨，敢辞出位。所有区区之忱，谨呈以闻，并求咨督部堂鉴核，不胜感悚。”二日，至长沙。二十九日，还山塘。十月九日，至东洲，讲《诗·大雅》毕。十一月朔日，由衡启程，李金戣、张登寿从行。八日，泊醴陵。十日，至芦溪。十一日，至袁州，舟中为李生讲《诗·颂》毕。二十一日，至江西省城，泊滕王阁，夏叔轩迎入署斋。二十二日，游东湖。二十三日，公宴百花洲，再游苏园。二十四日，至豫章书院，见各分教，告以辞总教习之意及为学门径。二十五日，出德胜门，访北兰寺，寻娄妃墓，读邓碑，入观吴大安寺香炉，出澹台门，观南唐将军石像。寻与故友陈丈希唐别处。二十七日，南昌守沈子培曾植招游娱园，五十年前游处也。门榜剥落，园亦似小，非复当年景物矣。十二月朔日，至江南馆，右有方池，登阁远眺。见赵瓯北来孙，出其先人诗册请题。四日，辞行登舟，夜泊生米，留题二律。十日，至分宜，舁宿昌山。十三日，至萍乡，附南田船。十六日，还山塘，是日仲章女少春适贵阳陈后琨之子履祥。

光绪三十年甲辰　七十三岁

正月，王心培元涣来谒，荣兰子启原兄也。出示所辑《诗苑》，自上古至六朝，单词断句，靡不搜辑。有用之书也，可与严铁桥所辑《全上古文》相匹。二月，至长沙，夏午诒自桂阳来迎。八日，至开福寺斋集，日本僧六休出示倭人册叶，书法殊胜宋明人，有六朝笔势。十五日，还山塘。二十四日，至东洲。三月，资丈柏丞孤孙玉书来，年始十一，为之理书课读。衡永道谭启瑞来言，船山书院必须府君坐镇，乃能保存。衡人欲存此学田，故有此请。学部尚书张百熙电亦言及之。盖恐府君去而讲舍废也。江西复遣船来迎。十三日，登舟，午诒从行。十五日，还山塘。二十一日，率舆弟、复妹、黄孙、资孙等登舟。二十四日，至渌口。二十八日，至湘东。四月七日，舟至札屋洲，李金戣来迎。十日，至南昌，陈伯严三立、陈复心兆葵闻府君至，来省谒见。十六日，豫章书院管学请府君入堂，见九教习，分授课程。五月，至学堂，讲《礼记》。六月，抚司议建新学，筹款十六万金，充建筑费。府君力言不可，请通饬府县，凡言筹款兴学者，均宜驳斥。省费殆数百万。于是言学务者大哗，府君逆知风气所趋，狂澜难挽，力辞总教习。夏叔轩必欲府君留省，遂请聘入幕府。府君诺之。七月，江西开设书局，先刻《墨子》，复用铅字检版印《诗补笺》。代功议阮刻《十三经注疏》版本漶漫，理应重刊。府君谓阮氏校勘中多有改易，未有善本，欲取殿本重刊之，未决而罢。八月，代夏巡抚覆奏筹兵饷折子云："为敬陈管见事。七月初十日，承准寄谕以东三省事关安危，通诏直省督抚，各抒所见。臣承乏权领，智浅人微，不足以筹大计。唯曾历戎行，窃有一得，与近日言时务者迥异，则以为谋国不在筹兵饷也。今即有大枝之劲旅，不竭之饷源，无人将而用之，何能有益？今一调兵而必先筹兵饷，则将停兵待饷，积饷练兵，坐须时日，适足资将帅迁延之计耳。经曰：'有人此有土，有土此有财。'东三省地方数千里，富甲于天下，诸臣民皆鲜衣美食，安享太平者几三百年。此积弱之源，正在兵多饷足也。然人户数千万，根本深固，皆我朝世仆，其中必有义士忠臣，旦夕扼腕，思一效死而无路者；加以兵燹流离，创巨痛深，又必有死中求生之计，思一自见而无门者，是在收而用之耳。今外逼强敌，不敢言治兵；内迫贫弱，不能言治兵。以臣愚见，但饬可用大臣数人，驰往彼地，相机办理，就地筹饷，按籍征兵。不费调发之劳，不张行阵之势，责令诸臣各尽其力，朝廷不为遥制，悉听所为，必有奇策嘉谟、上慰宵旰者。臣虽至愚，愿充一卒之用。此外素有名望、简在圣心者，如张之洞、袁世凯、锡良、岑春煊、赵尔巽、柯逢时、端方、升允，皆才智卓越，名闻中外，圣朝倚重，各怀以死报国之诚。令其单骑巡边，择要屯驻，用东三省之兵，守东三省之地，阔略小节，不问胜败，期于执干戈捍社稷而已。臣实驽钝，以为必有可观。纵使覆没，亦止伤此数人，于国家大势无损。且养士数百年，当此危急之秋，亦宜有三四赴难死节之士，以光国史。昔胡林翼迫蹙沌口，号令不及三十里，只以文宗皇帝新斩青麐，不敢逃避。其谕文武将吏曰：'除杀贼之外，别无生路；除阵亡以外，别无死法。'遂能自致富强，光赞中兴。前事后事之师，臣窃以此自信。此外筹兵筹饷之良策，仍令诸臣各尽所长，非臣所敢言也。愚昧一得，自知迂谬，惟圣朝博访周咨，鉴其愚忱。足岳添流之助，伏乞圣鉴。"九月九日，至百花洲公宴。是月，还山塘。十月，率代功及孙名良乘轮船至九江。十一月，至南昌。夏叔轩授任陕西巡抚，约府君同游华山。代功以为八十老人，仆仆后车，蒙犯霜雪，恐非所宜。夏公遂命午诒送府君还湘，坚订明年游约。二十八日，率代功游散原山，至翠崖观洪井，至风雨池，宿翠崖寺。二十九日，府君生日也。寺僧设斋，代功礼佛。复寻洗药湖，冬涸无水，下有氿泉。迫暮乃还，夜宿舟中。十二月，至吴城，舟中书《游散原山记》。至南康，将游庐山，遇雨而还。为午诒说《诗》，兼及《诗》例，令午诒作表。二十六日，至长沙。二十七日，还山塘。是岁，孙名章生。

光绪三十一年乙巳　七十四岁

正月八日，至长沙。十五日，还山塘。检历年日记中所存小词，录成一册，以备观览。讲《周易》，重校《白虎通》。二月，议钞诗集，分与诸儿女。稍改少作，删其客气者。三月十日，将刷印《书笺》。登湘绮楼，清理所刊版片。风雹雷雨交至，草树怒号，墙壁悉震，新楼门窗破坏，大树皆拔。一时许乃定。姜畬灾象尤重，秧田亦伤，坏屋无数。巡抚端方公遣使来勘灾。四月，钞《诗》稿，校谱传，复选唐七言绝句毕。懿弟妇出游日本，舆弟护送。张登寿亦告出洋，端抚意也。五月九日，至长沙展墓。十六日，还山塘。夏午诒自桂阳来问业。校诗卷毕。六月，陈兆璇自衡来讲《周官》，多所问难。检所作《史赞》，将重录清本，视之则仍当检阅本史，未易事也，且置之。是月，巡抚端方公陛见，府君闻其去也，语人曰："湖南其少宁息乎！"七月，讲《周官》四时之祭，殊未了然。取经文悉表之说为月用周，时用夏，民用夏，国用周，以为调停之说。然以《春秋》考之，则时、月皆改，与《周官》全不相应，亦不敢定也。考《禹贡》水道，因校《水经》河流故道，纠纷迷罔，殆不能了也。是月，乡中无米，新谷又不可获。乞粜未得，陈米霉败，犹未易得。民间盖藏空乏，遂至于此，府君以为士之辱也。始经理积谷，谋补救之法。八月，看《水经》，画九河故道。陈兰甫水地图犹依傍胡齐，未能自出手眼，殆不及汪梅村甚远，故知地图当以近出者为佳。唯沿革则须身历其地，非臆说所能断也。为齐七讲《周官》毕。二十七日，同至长沙。九月，命健孙、黄孙、齐七同游陕西。于舟中讲《诗》，因及作诗之法。将三百篇中遣辞命意，略为评出，以示与汉魏六朝消息相通，于经学词章不致，遂成两橛。原本今存名健处，外间亦有传钞者。三日，泊涝口。七日，泊南津港。八日，与陈复心兄弟同游君山，至洞庭庙、湘妃庙，皆颓破矣。入山寻崇胜寺，旁有救生公所，后有湘灵宫，左有九江楼。昔年直至其地，今则荆榛塞径矣。前赋君山，但咏水中山，今乃细玩山景，别为一诗。十一日，泊鲇鱼套。十五日，至蔡甸。十八日，泊仙桃镇。二十九日，泊帽子洲守风。十一月庚子朔，讲《春秋》传。十月庚子孔子生，传作十一月。一鲁历，一周历，故不同也。周十一月，今之九月。以十月庚辰朔推之，当为九月二十一日。是月朔日日食，前月亦日食，蒙气见二日，圣人在下不得位之象。欲发明其义，因作一诗云："子同生日比生蟓，左穀何须记圣年。谁辨四时周鲁夏，为分三世见闻传。阳精频蚀知天意，尼祷占房记日躔。莫把庚寅比庚子，陈经未若拜经贤。"归家后作《孔子生解》。甲寅八月命孙名畤至曲阜观圣诞典礼，复改定之，云："《春秋》记生者子同生蟓生，皆所以立法，非尊重之词也。《公羊春秋传》于襄公二十一年十月经文后附传云：十有一月庚子，孔子生；《穀梁》襄二十一年传云：冬十月庚子，孔子生；《左传》无其文，而记孔子卒。《公》《穀》之记孔子生者为张三世。孔广森解诂云：此以后为见世是也。《史记·孔子世家》以为襄公二十二年生。《十二诸侯年表》《鲁世家》皆同。杜预从《史记》，陆德明从之，司马贞疑之。王应麟云：以年则《公》《穀》《史记》有一年之差，以月则《公》《穀》有一月之差，今不可考。程登庸说，《穀梁》之十月，即《公羊》十二月，写误为十一月。程氏不知《公羊》用殷历，以鲁本用殷历也。鲁十一月建亥，正当夏十月，程氏以《穀梁》用夏正是矣。《穀梁》用夏正者，经用夏正故也。经所以必用夏正者，以无冰陨霜等文，皆不可用周正也，《左传》说春王周正月，是不知孔子行夏时也。惟行夏时，乃可通三统，故有王二月为鲁历，王三月为周历。其以十月为今八月，庚子为二十七日，始于金孔元误以为《春秋》用周正也。宋时《世本》已亡，而诸儒以为《史记》多本《世本》，故今辑《世本》亦同《史记》。《史记》不书月，而《世本》亦云冬十月，则亦用夏正。今但当改定八月为十月，而以十月庚辰朔，推庚子为何日，则十一月无庚子，庚子乃十二月二十一日，故程遂改《公羊》十一月为十二月也。不知《公羊》十一月即注明经之十月，乃殷正十一月，十月庚辰朔，即十一月庚辰朔，均为建亥月也。朔为庚辰，则庚子是二十一日自明，何得云十月无庚子乎？可谓一时之蔽矣。至《史记》《世本》皆无逾年改元之例，君薨子即位，二君共年，经二十一年，即《史记》二十二年。《史记》他处引经年则当用经年，记事则可差一年不足异，亦不为异也。”四日，至樊城，襄阳道郭承举至船相迎。提督夏毓秀复请留一日，兼游习池、鹿门。五日，出南门，濠水深广，沙路杂石。循汉水可十里，取山径至习家池。云水自地涌出成池，入汉，径至鹿门山成一泉，水色不乱。康熙、乾隆、道光初凡三修，始有花木亭台之胜。欲往鹿门，云须自刘家集往，遂不复游。至张柬之祠，观梅花石而还。六日，泊牛首。八日，至老河口，令健孙雇舟。十日，开行。十七日，至荆子关。二十四日，至龙驹寨。二十六日，至商州。二十八日，过秦岭。二十九日，上七盘山，山路迂折逶迤，甚得制度，唐李西华所开也。三十日，咸宁令遣使来，云藩使已出郊相迎。前抚夏叔轩亦以诗来。午诒兄弟俱至，遂同入城，寓居夏宅。十一月二日，游曲江，至小雁塔，复至雁塔，登两级，小坐慈恩。四日，至行宫，旧督府也。感事赋一词。七日将游华山，云门送至灞桥，叔轩送至华清。先往八仙庵，至兴庆池，观黄杨树。右树大可荫亩，高可七尺，枝干盘曲，奇观也。左树小减，亦天下所稀有。

浴华清第一汤泉。八日，辞别，送行者独午诒，骑从至渭南。九日，至华阴，十里到祠馆。十日，晨谒岳庙。登万寿阁，至玉泉院小坐。乘山轿登山，沿涧东西十余里，旋折曰张超谷观鱼石，巨石十丈，水漂行三里，光绪十年六月事也。山中寺院皆为水毁。度五里关为弟一关，又数里希夷峡西为弟二关。关南莎罗坪所谓大小上方，在东数里十八盘山，阪路盘曲。又里许毛女洞，石林风《游华山记》云名玉姜洞，洞中时闻琴声。又里许青柯坪，皆谷内也。坪北见一峰奇丽，午诒名之云玉女峰，盖小玉女耳。又得一石洞，洞顶石文黑白，谓之梅花洞，视之正似葡萄。十一日，上北峰，过四心石，步上千尺幢，《游记》云即郦注天井也。旁施铁缆，西折上百尺峡，度东箱谷，南上磴道，甚斗。《游记》云端人崖，俗称老君犁沟。又南为胡孙愁，祀一猴，遂至云台峰，即北峰也。上南峰则由上天梯，至三元洞，遇大风，避入督龙祠。风稍止，过苍龙脊，郦注谓之搦岭。两山间通一石，旁山斗绝，深谷若池，《游记》云韩退之投书处也，有石刻。东上斗下，名鹞子翻身。复上至五云峰，出金锁关，《游记》云即箭筈通天门。时有斗磴，皆不甚远。步上二里许，便得土路，且多下坡，再上即南峰。积雪未消，投宿金天宫。饭后登绝顶，观对山绝壁，上出三峰。道士云赛华山，实一体也，从来无人往游。十二日，欲上东峰。午诒云唯有秦昭博局，因踏雪先至莲花峰，即从下望若簇笋者，及上无可观。旋至中峰，寻玉女醴泉，未得其处。望西峰背石花瓣如生，秀丽非凡，下峰回望仍如簇笋也。促下数里，即金锁关。步下单人桥，入龙口，舁过苍龙脊，步下天梯，不入云台宫，直步下犁沟三百三十五级，遂上百尺峡，通天门也，千尺幢天井也。舁还至玉泉院，复骑至华阴。县令崔湘奇来谒，云云门专骑至，索观游华诗。十三日，午诒复送至潼关。刘关厅云：

“潼关函谷，古称奇险阨塞之地，今已成通道，无险可守矣。”十四日，与午诒别。是日宿阌乡。十五日，出函谷，宿曲沃。十六日，过陕州。十七日，宿渑池。十八日，宿新安。十九日，至洛阳，寻周公所经营，无迹可寻，为之三叹，作《哀丘赋》以寄意。二十日，宿巩县。二十一日，过虎牢，宿荥阳，补作游华诸诗，拟作《黄杨歌》，诗思不属而止。二十二日，至郑州。二十三日，乘火车。二十四日，至汉口。二十九日，泊蠓子口。十二月三日，泊岳州。五日，夜中至水麓洲。六日，至长沙城宅。十日，还山塘。钞汉碑，补作《华山游记》。二十二日，至长沙。

光绪三十二年丙午　七十五岁

正月八日，廖荪畡自宁乡遣舁来，约游沩山。出城渡水麓洲，宿黄泥铺。九日，至横田廖宅。十一日，与荪畡同行，宿横铺市。十二日，至黄柴，即皇木江。《沩山志》云唐敕建密印寺，材木至此入山，故名。大中年赐额也。初曰应禅，后建同庆，今曰大沩山，皆循沩左行，过二阜，皆不峻绝，然颇盘互。初入山，五色飞岚，似庐山五老峰。弟二重少逊，亦自幽静。夜宿寺中。十三日，游沩源观瀑，有三流，皆不成瀑。过同庆寺，看唐碑，已折矣。十四日，至东鹜山，看灰汤，不能成池。至紫龙寺，云此处鸭骨独有髓，传为灰汤鸭。聊赋一律，以备沩鸭故实。十五日，还山塘。二月三日，竹树皆冰，枝条垂地，《五行志》所谓树介也。念今日时局，正在浑沌，为之怃然。正欲料理花木，扫除芜秽，而言讼事者不绝。近日居乡，唯有讼事，无他正业。风气遂至于此，无可奈何。衡船来迎，因得避去。三月十一日，至衡州，往退省庵看牡丹，与院生谈学务，知党祸将成矣。四月，大雨连日，书院全没水中，居舟三日，移寓入城。官绅议赈济，府君以为救荒无善策，当尽人力之所能为。闰月，程岘樵请致书督抚采办官米，府君先致电张督部，委员至芜湖一带采米五万石，饬轮船运湘，俟减粜得银，由湘再往接办。又与书巡抚庞公，发省仓谷运衡，且示禁阻境，以便乡谷运出，衡郡遂无闹荒之举。又告谭兵备，请撤湘川浮桥，使船筏流通货物，民益安集矣。十一日，与周生涣舟往游零陵。十三日，泊云石洪。十八日，至祁阳。二十日，过浯溪。二十一日，泊冷水滩。二十二日，泊白蘋洲。二十三日，游朝阳岩，亭阁增修，洞被水浸，不可步行。二十五日，夕泊澹岩洞，门已塞，绕从皇觉寺入，未及昔游之幽异也，更题一诗。二十七日，至双排峡，即观阳峡也。《水经注》所谓沿溯极艰之路。三十日，舁宿萧家山。五月朔日，步上苦竹垒，见一山嘴，绝似苍龙脊，但涧水截前为异。步下大星垒，峻版修曲，寸步停顿。三日，至舜庙，入墀下再拜稽首，入瞻陵碑，即立山下。殿外唯存古柏，香杉已无一存矣。出居佛寺，因留宿焉。四日，游紫霞洞，洞口流泉，解袜而入，衣襦尽湿。匍匐而出，至玉琯岩，又至无为洞、飞龙岩。五日，书馆师彭仁安设餐请应节景，为之致饱。六日，往三分石，渡冷水，上一山，名烂泥坳，盖蓝宁坳声转也。直上十里，郦注以为百里，大言之耳。皆循冷水行，以水定九疑舜庙，理无疑矣。涧虹忽起，彭云旧有大蟆，吐气为之。望三分石，尚须从西转东，计须二日。伏暑已迫，遂议还辕。樊生寄吾留宿其家。八日，还船休息。九日，补游记可诗者。渡冷上坳，山水幽秀，有方广灵隐之胜，而无其尘俗。彼有寺庄，此唯径路故也。舜葬在大紫金山，有金竹扫墓，徭人独知之，云见灵异。十日，过镰刀湾，即营阳峡也。十四日，至祁阳。十七日，还东洲，舟中补作游诗十余首。六月，《周易说》刊成，自校一过，改正谬误。前游零陵，购得各处题名拓本，因检王兰泉

《金石萃编》，校理一通。所录澹山题名，误以嘉祐诗入淳祐中，乃知著录家卤莽如此。凡考据，必须经历。金石家尤易谬误，不可以其成书而误信之。七月，考定“释奠”“释菜”典礼之异，“释奠”为学子见先圣先师之礼，“释菜”为弟子见师之挚，当分人鬼，似较妥洽也。二十八日，还山塘。八月，检日记，补作壬辰以后七夕词十五首，合前所作成六十首，为李梅庵书成诗卷，题曰《周甲七夕词》，复记之曰：“七夕始于汉初，必自周初已传之矣。《大东》咏女牛，其聘钱隔河之说，必出稗官，亦劝农桑之意。乌鹊蜘蛛，则汉代所增衍也，其说始于桂阳成武丁，故岭外至今为盛。五谷作卤簿，陈设费动数十万，家家开户坐候，盛于元夕，由历暑新凉便游宴也。因而闺阁结七姊妹，把持夫家，以张女权，又流俗之末失，然自是承平佳话也。”是月，代功请书《华山游记》，因阅唐诗中咏华山者录之，以为日课，殊少咏华山正篇。九月，查阅所办垦荒处，所种树秧悉为草没。树艺局已设五年，费钱数千缗。初欲使乡人观感，争趋垦植，两易办事人，曾无成效。与书沈山人论之，沈云：“天人不助，无可如何。”遂议撤局。二十一日，来长沙。前月名良从滋妹至京师，往迎茙妹归湘，府君来省时，茙妹已率两甥女至省矣。十月十日，出北门，至铁佛寺。日本僧出示碧湖亭图，请作《碧浪湖新亭记》，刻石瘗之亭址。十一月，曹彤炯呈其父镜初丈《墨子笺》稿本，为校一过，并题跋还之。其言《公羊春秋》者尚无成书，仍存其家。十二月七日，往陈宅视仲章女病，无可为矣，豫托后事，感伤久之。十日，夏叔轩灵榇自陕还湘，道过长沙。登舟往吊并唁午诒，详问陕事及升樊参差始末。十七日，还山塘。

光绪三十三年丁未　七十六岁

正月，阅学部《奏定学堂章程》、管学大臣立学奏议及学部驳议，精神周匝，疑有蓝本也。十七日，欲立别墅，建高祖祠室。从石井铺至云峰，遂至源远茶亭，相视地基，无可经营者。二月，陈完夫、廖荪畡来谒，纵谈数日。阅严铁桥所辑《全上古文》，无张仲景《伤寒论序》。仲景建安初守长沙几十年，皆在刘表牧荆州时，必表所置太守也。韩玄守长沙，盖在其后，张津在其先。仲景疑为津族人，正与华陀同时。三月四日，至东洲，江督端公送呈考察宪政书，且索赠诗。即复书讽之，并题二律。是月，复妹疾病，还山塘省视，料理医药。代功亦往乡调护，旋因病愈，二十六日，仍还东洲。四月，定讲堂课程。先讲《礼记》，兼及《春秋》，日讲三时，兼令诸生点书以作日课。五月，得夏叔轩赴告葬期，义当往送，便道至常宁水口山，观铅矿山，廖璧耘为主人。二十八日，至衡头，傍钟水行，过大坳，南行入山二里许，便见夏墓庐。圹在山顶，三陟乃登，为定题主及反哭虞祭仪节。六月朔日，登山送葬，辰初乃窆，待主人反哭即行。四日，还东洲。名畴问作墨原始及墨之佳品，为翻《图书集成》并录示之，遂阅《集成》以充销夏日课。重校《诗补笺》，尚多脱略。七月，为诸生讲《大学》，吃紧处在“自治”及“不聚财”二义，知古今人心不相远也。是月，讲《礼记》毕，休息还山。九日，至山塘。十五日，至长沙。二十三日，还东洲。八月，新刻《湘绮楼诗集》成，自校一过，重刊两篇，更作五首补版，即《销夏五咏》也。讲《论语》上篇，详绎文义，盖即内篇也。蔡人龙问《春秋例表》歧异处，尚须改正。中秋日，夏午诒自桂阳来谢，邀与玩月。东上西下，泛舟至白沙，与木局黄令夜谈。还舟小坐，至月斜乃寝，作《泛月诗》。阅《湖南通志》，多采时人著述，殊少去取。其载掌故，尚不若旧志。门目可寻主之者，亦未省览，甚可异也。九月，谭兵备送举耆儒文书来。府君以谓学部奏举耆儒折内未声明令人代举，今兵备通饬通举，盖误矣。属诸生婉词谢之。十月，讲《春秋》。闻于侍郎式枚出洋考察宪政，与书戒之曰："别后两寄诗启，俱置不报，盖有难为言者。伏承提学岭南，入跻卿贰，方之梁星海则为超迁，比之陈小石已为沉滞。山中人无可言议，想知心必照之也。比乃特蒙诏选，再涉鲸波，专以考察为名，将为立宪之计，斯则心知其不可，而正职之所可言，久托推崇，宜有献替。往者叔平、少荃皆不思鄙言，自诒悔吝，君既亲闻见之矣。《易》曰：俭德辟难，不可营禄。人生名位，自是傥来，不疚于心，无须自异，居百僚之末，为腹背之毛，缄默不言，固其所也。若名有专属，责有攸归，位不加崇，禄不增厚，而仆仆为无谓之举，以来旁观之诮，亦何取焉。宪法备于本朝，何必求之海外；清议近在辇毂，但恐不合圣心。五大臣虎头于前，三钦使何必蛇足于后？且立宪救亡之说，满汉分党之疑，平地生波，漫天作瘴，张孝达旋惑其议，康有为早烛其机。吾兄近荷特恩，必当面对，一言悟主，回天不难。既破积疑，亟求内治，郭筠仙所谓四方上书，一切报罢者，王子明之所以报国，亦即鄙人之所以报君也。静念三十年周旋恩纪，不禁为强聒之谈，惟留神省察。"侍郎得书感叹，后上奏论宪政事宜，痛切详明。时人称为名奏，而不知实得府君之书，有以启之也。十一月，至长沙，送莪妹入蜀。值省城议开国会，请府君改定呈文。府君虽笑其愚，然亦不拒也。十二月，至杉塘视察老屋，族人议欲改作祠室以奉高祖主。无斋宿所，似不便也，因公议姑令改焉。又重校《春秋例表》，以为前后义例钩贯，浩如烟海，无以测之，《春秋》信难通也。

光绪三十四年戊申　七十七岁

正月，至云峰探春，书屏幅与诸女。二月，至长沙，往开福寺，绕寻前年所见。圆洲已无湖水，从陆至碧浪新亭，地形亦无足观，非复昔年风景矣。二十日，还山塘。三月十二日，往后山看春。时久雨新霁，府君年虽八十，犹不扶杖下阶。泥滑失足，堕石磴上，遂不能起，久之，乃勉入南厢。坐卧六日，艰于行步。时代功往鄂，代舆侍理医药，月杪乃瘳。四月，县令送阅电报，湖南巡抚岑公春蓂奏荐耆儒，奉上谕授翰林院检讨。自乾隆以后，百年内无特授检讨者，时人目为异数，贺者纷至。是月，日本僧水野梅晓来，言所建碧浪湖新亭，湘人以为侵占官地，属府君辨论。遂与书湘抚，言作亭原委云："前诣铃辕，未得瞻对。伏居乡曲，恒仰仁风。顷日本僧梅晓来，言鄙人于碧浪湖小洲建一亭，有陈文玮、刘国泰向其询问。此亭建议三十余年，尚在未通日本之日，兴工三年有余，亦为通国所知，始末在亭记中，谨拓原本呈鉴。鄙人向不与人争执，梅僧出家人，亦以悦众为先。既有异论，想澈钧听，伏乞饬核可否。如应停工，即传谕停止，其工费若干系鄙人与梅晓私财，无须筹偿。梅晓来湘原委，抚辕有案，鄙人初不与闻，亦不与租界相涉，实系一僧一俗私事，谨此呈明。"衡州人来赴程岘樵之丧，兼请府君往衡。十九日，至萱洲。二十一日，至衡，因已辞讲席，不居东洲。二十五日，送岘樵发引，遂行。二十九日，还湘潭。五月，陈复心自武昌来，时张文襄公改两湖书院为存古学堂，以救新学之弊，研究文史，令代功分教。诸生多问作诗文法者，代功不敢专对，请府君书示后学论诗法曰："诗有六义，其四为兴。兴者，因事发端，托物寓意，随事成咏。始于虞廷《喜起》及《琴操》诸篇，四、五、七言无定，而不分篇章，异于《风》《雅》。亦以自发性情，与人无干。虽足以讽上化下，而非为人作。或亦写情赋景，要取自适，与《风》《雅》绝异，与《骚》赋同名。明以来论诗者，动称《三百篇》，非其类也。太白，能诗者，而其说曰：'五言不如四言，七言又其靡也。'太白四言，如《独漉篇》，其靡殆甚，岂古法乎？无亦以大言欺人，托于《三百篇》，而不知五言出于唐虞，在《三百篇》千年前乎？汉人四言，乃是箴铭一类有韵之文，非诗也。嵇康四言则诚妙矣，然是从五言诗出，盖五言之靡者也。七言出于《离骚》，开合纵横，可谓靡矣，而其气足以振靡，故与五言亦分两途，非出于五言也。今欲作诗，但有两派，一五言，一七言。五律则五言之别派，七律亦五律之加增。五绝、七绝乃真兴体，五言法门，乃从此权舆。既成五言一体，法门乃出。要之，苏、李两派，苏诗宽和，枚乘、曹植、陆机宗之；李诗清劲，刘桢、左思、阮籍宗之。曹操、蔡琰，乃李之别派；潘岳、颜延之，苏之支流。陶、谢均出自阮，陶诗真率，谢诗超艳。自是以外，皆小名家矣。山水雕绘，未若宫体。故自宋以后，散为有句无章之作，虽似极靡，而实兴体，是古之式也。李唐既兴，陈、张复起，融合苏、李，以为五言。李、杜继之，王、孟竞爽。有唐名家，乃有储、高、岑、韦、孟郊诸作，皆不失古法，自写性情，才气所溢，多在七言歌行，突过六朝，直接二曹。则宋之问、刘希夷导其法门，王维、王昌龄、高、岑开其堂奥，李颀兼乎众妙，李、杜极其变态。阎朝隐、顾况、卢同、刘叉推荡排阖，韩愈之所羡也。二李贺、商隐、温岐、段成式雕章琢句，樊宗师之所开也。元微之赋《望云骓》，纵横往来，神似子美，故非乐天之所及。张、王乐府效法香山，亦雅于《新丰》《上阳》诸篇。退之专尚诘诎，则近乎戏矣。宋人披昌，其流弊也。诗法既穷，无可生新，物极必返，始兴明派。专事摹拟，但能近体，若作五言，不能自运。不失古格而出新意，其魏源、邓辅纶乎？两君并出邵阳，殆地灵也。零陵作者，三百年来，前有船山，后有魏、邓，鄙人资之，殆兼其长，比之何、李、李、王，譬如楚人学齐语，能为庄岳土谈耳。此诗之派别，自汉至今之雅音也。今则从容尔雅，自然同声，天下作者无复鄙音庸调，虽工拙不同，而趋向已一，斯则风会使然，不由人力矣。诗既分和、劲二派，作者随其所近，自臻极诣。当其下笔，先在选词，斐然成章，然后可裁。诗者，持也，持其志无暴其气，掩其情无露其词。直舒己意，始于唐人，宋贤继之，遂成倾泻。歌行犹可粗率，五言岂容屠沽？无如往而复之情，岂能动天地感鬼神之听？故曰先王作乐，后哲为诗，观《乐记》之言，即知诗之体用。功成作乐，学成作诗，诗之终也。十三舞勺，能言作诗，诗之始也。乐必依声，诗必法古，自然之理也。欲己有作，必先有蓄，名篇佳制，手披口吟，非沉浸于中，必不能炳著于外。故余遇学诗人，从不劝进，以其功苦也。古人之诗尽美尽善矣，典型不远，又何加焉。但有一戒，必不可学元遗山及湘绮楼。遗山初无功力，而欲成大家，取古人之词意而杂糅之，不古不唐，不宋不元，学之必乱。余则尽法古人之美，一一而仿之，熔铸而出之，功力未至而谬拟之，必弱必杂，则不成章矣。故诗有家数，犹书有家样，不可不知也。"论文曰："诗有家数有时代，文无家数有时代，此论自余发之。袁枚言：唐如周八百年，则无唐宋。此谬说也。周八百年，文体三变，而无阑入秦汉者。秦二世，隋亦二世，无阑入汉唐者。故尝譬之，文分代，犹语分乡，钱塘话不似富阳，湘潭话必非善化。相去半里，土俗殊音。但成朝代，即有风尚。九州随之转移，亿兆同于格律，岂以年数而同异乎！诗为心声，故一人一声。然其随朝代为转移，究不能大异。唐宋悬绝，不以年也。明人复古，徒矜夸耳，其实剽唐人之皮毛，律绝略似之，五七言则不能似，至于文更无一语似古者。故明代无文，以其风尚在制艺，相去辽绝也。茅鹿门始以时文为古文，因取唐宋文之似时文者为八家，方苞等从而张之，于是有古文之说。古文、制艺混而为一，乃与昔文大异，然其为八股腔一也。八股可辨时代，古文则八家，茅、方颇难区别，此犹学京腔者有时甚似。由退之起八代之衰而创八股之腔，退之不似唐人，故宋、明、清人得以退之论文。唯古文有家数可摹仿，而诗则不能也。明何、李律诗，钱、王绝句，亦间可混入唐人，以短篇易学耳，作五言开口便现本相矣。余与诸同志倡学晋、宋诗，颇比七子，多说几句即骎骎入古矣。至于文，力追班、马，极其工力，仅得似《明史》，心甚耻之。及作《湘军志》，乃脱离时代矣。以数十年苦心孤诣，仅仅得免为明文。若学八家，数月可似。学话易，自运难，故不甚劝人学文，恐误人抛心力也。不如学诗，离去时代，专讲家数，成家即上跻其代矣。"又论近代名人书法曰："自有笔墨以来，文学之士莫不留意书法，以章文采。秦篆、汉分、晋帖、唐碑，变极日新，后无以胜。赵宋骋异，元、明复古，万历、崇祯又颇猖狂。国朝康、乾俱擅宸翰，久道化成，群彦云兴。初宗二王，中法颜、赵。刘石庵始仿钟隶，翁覃溪乃兼宋楷，包慎伯发南北之论而盛推邓氏，成亲王学欧、赵之格而语曰晋齐。近世阎翁极称钱氏，比功较能则南园胜乎？然其意趣不越平原，千文一形，苦无变化。及吾涉世，乃有三君：陈子鹤行草绝伦；莫子偲篆分入圣；何蝯叟早学钱氏，晚专汉碑，至其极趣，纯乎《黑女》，则亦仍包氏之前说，通碑帖之畦畛。要其临池勤力，日课有程，比于诸家最为用力。其生平自命，方古无惭。然墨迹照曜，入石则减，反不若陈、莫，小大可镌。由纯用笔锋，气韵在墨故也。余不谙运笔，唯好钞经。弱冠至今五十七年，骖靳时贤，多见名迹，尝以为逸少不如北海，子鹤胜于香光。循此以求，颇异时好。又包氏盛推邓叟，以为无上。观其作篆，乃用楷法，点而复画，全不婉通。包自言铺豪，故喜其法。何运笔尖，则本王帖，去古犹近，故分书最遒。然自唐以来，不讲草法。近代有习草者，鲜能名家。鄞沈栗仲颇学书谱，其所书笺帖，乃无草意，草必纯熟，乃能成字。日本颇有能草者，但不通六书耳。岂非惮其难成，避难就易乎？张旭墨迹，既不可见，怀素法帖，盖不足言，徒恃阁拓，无能变化。学书之妙，殆将绝矣。国书颇似童书，然嫌太古，亦无师法，不可致功。今之通俗，唯篆分行楷，多见勤习，自得其门。要在先识六书，免讥墙面。观人落笔，得其性情。日课有程，必在千文以上。羲之称伯英临池，池水尽墨，书不专工，无因巧也。余自二十五岁以后，迄今五十年，日书三千，作字以亿兆计，然无他长，比人加黑耳。虽复淡水轻烟，色如点漆，故曰入木三分，笔重故也。如锥画沙，意亦如此。何叟每课临碑百字，道路不辍，莫、陈两君则较疏矣。”六月，读《嵩山十志》，钞录一通，并题三跋。七月，看《说文》，兼校点一过。阅桂氏《疏证》，学不及段，功不及苗，但微典耳。要之本朝字书亦足雄视百代，青出于蓝矣。八月，寻《逸周书》，复勘一过，乃知为周公专集也。为作序目。九月，携名畴往衡，衡人固请也。看《旧唐书》。讲《春秋》，于传文仍有疑义。如经书“齐仲孙来”，传以为“公子庆父”，以鲁后有仲孙，书之。则是孔子作经，径改史文，非通义也。齐仲孙自是当时有此人，但不可直言仲孙。疑是《左氏》所云“仲孙湫与庆父俱来”，而去其名，又讳其纳庆父，乃云“齐仲孙”耳。十月，讲《春秋》，校改《春秋表》。二十五日，衡永道报国丧，云太后末命，以醇王为摄政王。电报到日，即举哀，不俟诏到。二十七日，花药寺寺僧为大行皇帝孝钦皇太后荐福，请书神牌，不觉凄感。五十年威神，一旦如幻。作《哀词》二章。十一月，看《墨子》，校改《春秋表》。十二月，校《春秋表》。

宣统元年己酉　七十八岁

正月，阅《东华录》。与谭兵备叠韵唱和，好事者刻之，题曰《光宣唱和诗》。二月，第九女复适武陵赵谨瑗。二十八日，还长沙。闰月七日，往青郊别墅，靖州知州金甸臣蓉镜来，执挚出示《潜书》，贯通经论，深入佛海，近今无此学业也。十八日，还山塘，至药冲周氏看牡丹。三月，衡、永、郴、桂诸生来乡受业，留居外斋。四月十五日，送与循舅氏葬，待其下窆乃还。钞《鹖冠子》一通，稍加笺释。东洲书院船至，送所刻书笺至山塘。五(日)[月]，江督端方公移督北洋，七电要府君往游江南，并言诸名士俱集。代功以时当盛夏，恐舟车酷暑，遂请侍行。十六日，由长沙乘轮。十七日，至汉口，湖广总督陈公夔龙迎入署中。是夜乘江轮。二十日，至江宁，先入藩署，晤樊云门，假馆俞寿丞宅。二十一日，江督端公来，久谈时局。二十二日，泛清溪，下秦淮，步从福辰桥上至升平园会饮。二十三日，至曾忠襄祠。二十四日，至藩署瞻园，晚游秦淮。二十五日，至会馆，议粤汉铁路事。二十六日，江南文士开欢迎会于胡园。二十七日，湖南官士公饯督府。二十八日，江西人士开欢迎会于下关三宿崖，复至师范学堂公宴。二十九日，赴半山寺饯席，复至扫叶楼，即随园南角也。六月朔日，皖藩沈子培遣使来迎。二日，至安庆，设宴东楼，夜宿西园。三日，湖南同乡公宴于法政学堂。时酷暑连旬，府君朝对百客，谈至夜三鼓不能稍休，在江宁时已精力难支，犹自强不息。及至安庆，暑气益炽，代功婉告沈丈，请勿坚留。四日，题“礼岳楼”扁额，又跋画数册，遂辞出城。六日，至汉口。九日，至长沙。十一日，还山塘，作《东游宴集诗》十首。七月，为陈生讲《春秋》，萧生讲《礼记》。八月，得便后血疾，久而不瘳。时京师新设礼学馆，请府君为顾问官，代功亦应聘为纂修。议改定《大清通礼》。弟妹欲电告代功，府君不可，遂请至省城就医。九月，疾小愈，仍不废酬酢。九日，至麓山。岳麓书院已改建高等学堂，监督黎承礼请府君书学箴训示诸生，悬之讲堂。是月，湖南提学司考试选拔，代舆取充拔贡生。钞《孙子》十三篇。十月，湘潭设立自治局，请府君至会演说。因言自治治人之理，不可有人之见存，发明《春秋》之义。听者动容。还，过考棚街。回思县试时，正六十年矣。今考试已停六年，为之慨然。十一月，还长沙，以代舆拔贡，改烝祭为祫祭，兼及祔食者。躬执献事，勉能成礼，唯跪起稍难耳。馂后便招亲友燕食，尽欢而散。二十五日，代功自京师归，名健亦自巫山铁路工程还。十二月，还山塘，清理年内未完文笔。二十一日，复来长沙。

宣统二年庚戌　七十九岁

正月八日，看江督端方公所赠石印华山碑。华山碑三本，长垣本归刘燕庭，四明本归阮云台，华阴本归梁茝林。刘孟瞻又得扬州市肆本，李约农得南昌本、李山农本，整装归张樵野。此为后三本也。重定家祭仪节，刻入族谱。新正闲暇，与瞿、吴、谭三君叠韵和诗。二月，还山塘。三月，步往源远茶亭，寻石刻碑文，云："此地本名王碑岭。旧苦道险泉涸，先人乃开径施茶，云湖更捐田十亩，即今六房公也。然殊与六房无与，当重作一碑记之。"是月，长沙游民借口米贵，聚众争粜，或劫掠米店。巡警道赖承裕出南城劝谕，众不肯散。时长沙俗侈，茶价每碗至百钱，米石钱八千。赖以二者相较，不为昂贵。一言不合，乃至欧辱。众聚三日不散，官绅汹汹，莫敢谁何，遂焚巡抚衙门，斩旗竿，要平粜。声言巡抚宜即授印藩使，以息众怒。藩使庄赓良曾任善化令，居省城最久，城中诸绅亦有附和之者。即电总督，待朝命。岑公春蓂皆许之，即日移病授印。府君在乡闻变，即日来城，欲为官绅调处。计以一身膺之，则疑谤可息。与书岑公云："日昨市民哄变，犯上作乱，新立谘议员为市民矜式，市民作乱即议员作乱也。闿运年辈差长，理难辞咎，应请参奏，责成料理，希即补一照会，以为各省谘议之法。相如云：'父兄之教不先，子弟之率不谨。'责有攸归，即是首要，无庸纷纷拿办，扯入拳匪，以惑观听也。至洋行堆栈，轻于院署。院署被焚，彼乃波及。焚署案结，余案尽结。宜先电外部，告以此事，不与官吏相干，无所谓保护之说。如各国有词，直向议员诘责，非交涉事也。万分为难，有湖南议员担任，督抚外部不必与闻，唯治议员之罪而已。如此则合于礼法，并不轇轕。"又告藩使不宜遽受印，皆不听。未几，庄藩使、王阁学诸人俱得罪。四月，复妹自武陵来省觐。五月，还山塘，校《八代诗》及《后汉书》。诸妹多问《湘军志》者，为讲一过。是月小疾，不食者数日。六月，茶亭筑室新成，往验装修，设筵犒飨乡人。七月，读《礼记》一过。八月，感寒病疟疾，久不愈，又患下利。乡中无医，又病不能至省。代功侍疾，知病因由至江宁时积热及饮食不节所致。遂以意消息之，定服白虎汤，遂愈。九月，作《新祠记》成。十月二日，奉高祖惠人府君栗主及塑像入新庙，清理无后诸主及当埋者，皆焚之。五日，祭事行三献礼。十三日，来长沙。十八日，游麓山，至爱晚亭看红叶。十一月四日，陈程初总兵约往开福寺，看迎《藏经》。诸僧法衣候门，斋会甚盛。与日本僧至云鹤轩少坐，日本人僧舍也。是月，湘中士绅以府君乡举周甲，为咸丰壬子科重宴鹿鸣例，由本籍巡抚先岁题奏，公举梁焕奎作呈文，呈请湘抚代奏。十二月，至贡院寻旧游，已改建优级师范学堂，无复陈迹矣。四日，往浩园公宴，城中诸绅补祝府君生日。二十一日，至丝茅冲访朱丈雨田，话旧岁。除日，长雷周庭，甚骇听闻。因言己亥腊日，衡州震雷，其日，衡州任学会径电慈禧太后，谏立大阿哥。丙子冬雷，西洋人来湘传教，湘人阻其登岸。今则成盛时事矣。作《记异诗》一首。夜与名端、名畴两孙言祭诗来由，并语以故友事迹，即令伴宿，子正乃寝。

宣统三年辛亥　八十岁

正月元日，湖南巡抚杨公文鼎送来电谕，以府君乡举周甲，加翰林院侍讲衔。十六日，得武陵来电，言赵氏妹病，欲一相见。府君拟自往，代功请行，许之。正屏当间，已报丧矣，代功遂行。二月，朱丈雨田九十生日，府君以总角交游，唯存此叟，作五言排律六十韵，自书寄之。为张生评点《湘军志》。三月，还山塘。二十五日，至侯塘蔡家，留居三日。四月，茙妹自济南归宁。二十八日，为书折扇。府君七十岁时为书一扇，许以俟至八十岁更书，竟践前言，为之喜慰，目力亦未少衰也。五月，至长沙。十七日，还山塘。温《礼记》一过，看唐诗。六月，圳水盖田中，三日不退，往前门观涨。看《湘军志》，克复江南，必须备载封赏诏旨。前作书时殊草草，失载此一段，颇为缺略也。得仿宋《玉台》诗，颇似元刻本，校补数处。闰月，作《后食瓜诗》并序之，以成故实。读《史记》，文多未检处，为批出示学子。七月，读《史记》毕。罗步青自耒阳来，送《罗含祠碑》，前未经见也。校唐诗刻本，更阅前五十年手钞本，尚有两卷未加圈点，亦为毕之。蔡生钞《玉台新咏》十卷成，补前所失手钞本也。八月，写《四岳诗》一卷，并跋云：“狮子搏象用全力，必异于搏兔之力。凡登岳望海诗，必气足以盖之，以不用力为力也。杜子美语必惊人，即其不及古人处。余二十时与邓弥之游祝融，邓诗语雄奇，余心愧之。怀之三十年，乃得登岱诗，压倒白香亭矣。古今华山诗，推魏默深。余诗较从容，亦稍胜。本朝湘中两诗雄皆出邵阳，亦一奇云。”二十二日，来长沙，时武昌已于十九日革命军起，湖广总督瑞澂出奔，革命军遂立军政府，拥协统黎元洪为都督。长江响应，长沙谣言繁兴，居城者多往乡间避兵，侨商亦多居兵轮，以备迁徙。九月朔日，湖南革命军亦围抚署，巡抚余诚格出走，城中皆悬白旗，以示归顺。府君方居代舆所赁左文襄祠宅中，代功闻警，请移居营盘街本宅，以便随侍。至夜巡防统将黄忠浩及两县令被杀于议会，代功议请府君还乡。时城乡已禁往来，出入者必待搜检，于是避难者均不得出。七日，乱事稍定，府君遂率妇女等登舟。十一日，还山塘。看《国策》校本，为名畴讲《礼记》，补笺义数处。十月，代功率妇女等还城，留代舆居山塘侍养，仍为两孙讲书，至县城议办团练事。十一月，至刘家冲清理家祠事，便往横田廖宅，留居三日。弟妹因府君八十生日，乡居不便，假十一总萧氏大宅，以待贺客。府君方患足尰，步履维艰。长沙、衡、永士绅多来者，纷纭竟月。十二月，题秦刻石，发明篆书圆、长二体之义。以二李初体正圆，后乃渐长，为不及前书。盖圆体为难也。是月，仲章嗣子名良病卒。

第六卷

民国元年壬子　八十一岁

正月二日，见电谕，宣统帝逊位，袁公世凯为总统。改定国体为共和民国，以壬子年为民国元年，衣冠制度悉行更革。府君谓今兹国变，未及三月，天下响应，为历朝以来所未及防之事。感遇伤今，作《悲愤诗》二首。十七日，还山塘。衡州院生来言船山书院为人占夺，坚请府君坐镇。二月二十日，至东洲，见门题已改南路农业矣。询知为实业分校所占，拟开农业、蚕业、林业三科。教员见府君，即日移避。二十五日，农人均去。三月，书院起学，彭理安、程戟传为主人。又至旧船山书院，张闻悭为衡阳令时所创建也。钞《急就章》一通。四月，衡人求书者益多，日尽十数幅，犹不能尽。五月，答贺锡龄问刚柔云："刚柔有体有用。孔子思刚体刚也，老氏戒刚用刚也。刚不可施于人，不可不存于己。今之人反是，于人则用刚，于己则不刚。狐媚以取天下，而暴用其威；蒲伏以从外夷，而强胁吾众。其所谓刚者非刚，柔者亦非柔也。用之刚柔，可混于仁暴；体之刚柔，不可混以强弱。弱者六极，柔者三德。老氏用柔以行其刚，孔子用柔又异于老。老刚柔据用见之，孔刚柔相对言之。故圣道不言柔，但言刚也。《易》言刚柔譬男女，坤至柔而动刚，乾至刚不动柔也。老氏戒刚，岂戒乾乎？故知老之言刚，绝非孔之言刚。孔子又言方刚戒斗，则老所戒矣。无刚则一日不能立，犹无阳则一日不能生。施之于人，强而非刚。刚但有体，实无用也。其用之亦只以成其德，或用以断制私欲，必不能以施之人。接人处世，自有当然之理，不独戒刚，亦不戒柔。如去秋乱民猛攻抚署，避之是柔，待死是刚，二者皆亡城，吾宁取刚者。今年筹饷捐，拒之是刚，应之是柔，吾亦不取柔者。盖此自有大经大法，不可以应世论矣。齿亡舌存，小民之喻阳处刚亡。由君漏言伯宗，直言取祸，直言非咎，咎在攘善。左氏好言俗见，后世阴骘家又喜言娄师德、冯道乃至骆宾王不及狄仁杰，非君子之言也。要之，接人不能用刚柔，立身有刚而无柔，而《易》所谓刚柔者，乃是阴阳之名，无惑乎老氏之戒刚也。”答刘惠农问避世之方云：“圣人言：‘无道则隐。’又曰：‘贤者避世，其次避地。’又曰：‘天下有道，丘不与易。’以必与人群也，则避世谓不仕耳。其与阳虎、季康酬酢自若也，必若桓魋、匡人欲杀欲困，亦自听之，求其在己而已。至于临河返驾，接淅去齐，其去就在己者，则危乱不居。盖有委天任运之时，乃有仕止久速之可。大贤以下，守节为正，则辟之是也。穷卧深山，必无死法，行险侥幸，自蹈危机。傥其生路既穷，自是得之有命。如其箪瓢可乐，而必争竞为先。在平世犹有人非，处危时必无全理。此自关乎学术，不能委之世途。故曰称心而行，尽其在我，不忧不惧，无入而不自得也。”十一日，还山塘。六月，印唐诗选本，先校一过。偶思交游中避地诸子，拟作书问讯之。初疑其多，及列之，又嫌其少，乃止不书。何树荧自贵阳还，问拨乱之方，答曰：“治乱之原，各有所由。历代相禅，各防其敝。拨乱之说，始于《春秋》。公羊家谓不立章程，就而正之也。盖周公六典，思已密矣。仰坐旦夜，无虑不周。不及百年，良法尽敝。至于今日，扫地无余。孔子盖已伤之，故曰：‘文武方策，人亡政息。’于是始作《春秋》，就事论事，拨正而已。至于今日，四维不张，利中人心，无复可拨。圣人当此，必不遑治民也。行远自迩，且先自修治其家人以及从臣，则大学之说为切矣。大学之道，致知为先，生财为后，皆所以救言利也。战国之祸在杀，今日之祸在利。杀可以力止之，而用力者必先以利饵人。七国之亡皆以金反间，至汉初犹用其术。利则当以杀止之，不嗜杀人，西洋以此愚我。盖不杀亦即利也，彼以利得国，亦终以利失国，必起杀机也。则今之拨乱，首在去利。利之害尤惨于杀，杀伤人肌，利害人心也。”七月，与代功言时事及平生所经历。因思八十年来，世间闲事，宜有记录。试书一纸，将成一小说，名曰《所见录》，自道光始。是月，成五千余字。校唐诗。得金甸臣书，恻恻感人，作诗寄之。八月，校唐诗。检端午桥所录金石文，为校正两处，因取全书点勘之。为女妇讲《庄子》，并讲唐诗。九月，校唐诗。杨让梨之子传孔来，言辛亥年其父被杀事状，经一年矣，犹垂涕而道，亦孝子也。奉状求作家传，亟嘉许之。是月，读《周官》一过。晦日立冬，重裘不温，乃命生火，南省未有之寒岁也。十月五日，至宗庙致祭高祖。老不斋宿，居家致斋而已。至祠与祭者八人，仅供执事。十七日，至县城。十一月，至长沙。桃源宋遯初教仁自上海归湘来谒，国民党领袖也。初致敬爱之诚，继言民国新设史馆，必须府君受职之意。大要言清室三百年事，今人已多不知之，且清为金后，盛京石刻证据分明，而《东华录》及言满洲掌故，诸书皆未言及。今值绝续之际，幸遇三长之才，及时不图，后悔无及矣。十二月，茙妹自去岁来湘，即遇铁路国有之议，全蜀震动。争路之风，遍于全国，致成革命。妹婿丁体晋前守龙安，其生母及两女避乱江油，消息久断。府君闻其从子在沪，遂定计送茙妹至上海，以便转往江油。十日，由长沙启行。十三日，至汉口。十四日，乘江轮。十七日，至上海。樊云门闻府君至，即来轮船夜谈。十八日，丁潮根、佩瑜兄弟来谒，文诚公之孙也。茙妹、姒妇亦至，乃送妹登岸，即拟南还。留沪诸寓公多劝府君俟度岁始行，始定寓沪。十九日，游愚园，赴寿苏之会。二十二日，定寓辛园，茙妹亦移来。二十七日，美国人李佳白于尚贤堂开欢迎会，请府君演说，情意殷挚，往听客讲而还。除夕祭诗正，六十一年犹未废也。

民国二年癸丑　八十二岁

正月五日，报馆诸人欢迎于爱俪园。人日，至樊园探梅。十一日，见拓本《谷朗碑》书，体与今碑绝异。为释数字，唯一字难释，罕见本也。往孔教会听讲，宋芸子讲说万言，继演者亦众。十三日，观北周大都督所书佛经，作《感事诗》一首。十五日，赴虹扆园日本人公宴。二十日，登江轮。二十四日，至汉口，夏午诒来谒，致袁总统书币，约府君北游。府君不可，复书谢之。二十七日，至长沙。二十八日，至湘潭。二月三日，还山塘。十四日，至东洲。喻生问“由”“乞”二字之义，答曰：自（隶变篆）［篆变隶］体，声随形改，若“也”之为“地”，“巛”之为“坤”，乾嘉诸儒始稍稍知之。至于“萨”之即“薛”，“笑”之即“芙”，虽有识者，犹未信用也。“殳”写为“闪”，“函”书为“封”，笔迹大变，不能诘矣。“飌”“虤”同出古文，而“飌”实无取焉。馬头人为“長”，与禾下人为“秃”，则何异乎？许叔重名传讽籀，颇乱六书，指事、象形未能分析。其尤谬者，在不知鬼为尊，极诬以猴头，乃云阴贼可畏。读“（由）［甶］”为“勿”，以致经典“（由）［甶］”字不知下笔。世人奉为圭臬，鬼遂成醜语矣。《周礼》三大鬼为太祖，自父以上号焉，故其字“（由）［甶］”从人私，言各亲其亲，不祭非其鬼也。或云“（由）［甶］”从人云云，即化也。（由）［甶］非鬼头，鬼头即人头，不得云似母猴头也。许岂曾见鬼乎，而云博访通人邪？“（由）［甶］”之文盖从十厶，从其厶而充之，故为自为从；从人私而私之，则祭鬼矣。天神即申，申即电也。电，氣动者，为天地元，即氣从上气，横看之似川，气能上，为地人鬼则各有所依，列为三大祭，何此之不能知乎？又以“燕”为“鳦”。“鳦”形微小，而“燕”字烦重，案其文似从黄北，郭庭敬谓为燕赵之燕，从北，与冀州意同，从黄省者，黄帝所都，不宜为一小鸟制一大字也。“乙”即求乞之乞，燕来请子，故借鳦为乞，孔、乳从之是也，声转为晏声耳。请子起于有族，夏以前不必请子，云帝喾郊禖者谬也。凡此一经思索，便即了然，而师说相承，积迷不悟。余少时学篆，笃守许书，晚习群经，未遑温习，六十已后，偶因说经“为鬼为蜮”，方始悟焉。遍证六经，无以鬼为恶者，因说“醜”字文酉鬼，即以酒祭庙宇也。庙有族燕，因训为众。《诗》“言之醜也”，《易》“亦可醜也”，皆谓俦匹相配，非今所云可醜也。以《墙茨》“醜”“辱”连文，便云醜恶，又以言长为恶长，而醜字义晦，岂有祭鬼而醜者邪？若此之类，触事可通，锢蔽聪明以至垂暮，所以企望来哲，自出心眼，发明经义，无被人愚。文字既通，义理自出，必切于实用，顺于人情，则诂训、词章、义理通矣。世儒动言章句之学，章句甚不易也，不失之诬，则失之愚。故孔子必先正文字，民乃有措，小学岂易言哉！见《岣嵝碑》而不知其无偏旁，见《石鼓文》而不知其无义理，是何异读《天发神谶》写《碧落碑》，徒形浅妄而已。因论“由”“乞”，而发其凡于此。三月，代懿来告将率名端往居青岛。十九日，往容园赴南路女子师范学堂之招。二十一日，湘涨水，入书院者五尺，乃避居舟中，舟亦敝漏，遂入城，居陈完夫家。四月四日，还居东洲，湘潭周逸来言孔教事，云长沙府学宫为兵所占居，各直省多设孔教会者，湘省亦应成立，已拟定章程，公举府君为会长，今特来迎候。适湘水复涨，又当移避，遂定还山塘。五月十日，登舟。十二日，至山塘。二十二日，至长沙，寓府学宫桂轩，为诸生论名利曰：“三代以后，唯恐不好名，名所以敌利也。利切人身而中人心，唯名稍能救之。有名之人，亦必有利，故孔子云：‘学也禄在，耕也馁在。’切指究竟，销人利心。自世主不务虚名，养成奴性，耳目濡染，无复廉隅。时际隆平，求欲易给，或有风俗淳厚，资性敦笃，能自厉饬，兢兢自守。若吾湘旧家，勤俭相传，颇有安贫守道者。军兴以来，比户公侯，习见侈靡，自然骄惰，不务本业，唯安坐食。加以西域贾胡矜奇炫异，多作淫巧，以惑颛愚。于是靡然成风，但知强富。上无道揆，扇其奢风，士大夫相见，惟论利事，无复知名节者矣。小民蚩蚩，焉知廉耻？四维不张，于今为验。忽焉而亡，非天意也。其始亦不过贱隐沦、惩好名，以求实用。申、韩之说胜，伪礼之谤兴，祸中于人心，而害及于天下。论史者不此之察，而但讶神器之易移也，岂不昧哉！经此巨创，然后知圣人之见远，亦唯以名羁之而已。故余尝论治中国与夷狄异，夷狄一酋而可治，中国历数十圣人而犹不胜。甚矣，言政之难也。”六月二日，作《重游泮水后四年再宿桂轩感事》诗云：“昔共劳公子，龙墀履薄霜。文章楚不竞，宇宙道犹光。再继宣无望，终成梁自亡。于今文武坠，谁问两书房。再上熊湘阁，苍然楚望楼。声金四壁静，抛火北城愁。孔教真何益，扬玄已自羞。重来弦诵地，扬觯愧公裘。”四日，荷花池军装局火炮弹轰发，火光烛天，三时不息。时窅妹居址接近，遣人往视，无敢应者，终夕皇皇。五日，窅妹归，始知其家无恙。当是时，长沙城中屡发炸弹，多死伤者。又因宋君教仁于上海被弹炸死，疑袁客所为，民党汹汹，益相猜忌。二十二日，长沙城中悬讨袁军旗，或以问府君，答曰：“袁未称兵，何所用讨？”或又见“北城抛火”之句作于火发前二日，疑府君先知其谋而不以告，此诗乃成谶矣。本避衡人纷扰，遂尔来城，复遇危机，乃谋归去。二十九日，还山塘。七月，与书谭组庵，论仲秋丁祭事，告以立孔教会之意，为保存学产，不涉及宗教争端。八月，湘潭县公产丽泽堂、育婴堂、皆不忍堂、保节堂，学宫斋宿所、礼器所、习乐所，县人名之为“四堂三所”，岁入田租数万石，各有专司，咸、同之间规模严整。近岁兵兴，颇有侵蚀。公议改立“慈善公所”，以府君总其成。既定议，遣舟来迎。四日，开成立大会于救生局，修改章程。八日，为名畴书《九章》册叶。是月，省城兵变。九月，珰妹自衡来。十六日，往东洲。十月，代功率妇女往东洲。二十六日，赴彭刚直祠公宴。十一月，代功女寿春适清泉杨桀之子褧，府君自往送之。二十四日，至长郡会馆公宴。二十九日，府君生日也，衡州士绅就书院设剧，公宴三日。十二月十三日，还山塘。检日记，钞录小词，并钞集七律，以备观览。

民国三年甲寅　八十三岁

正月二十二日，至长沙。二月，还山塘，两得北京电报及袁总统书，促府君北行。城乡宾客往来日夕不绝，乃复至长沙。三得袁电，词旨谦抑。府君念遭世乱离，无地可避，始允北行。湖南都督汤公芗铭遽以入告。三月二日，长沙诸生钟西樵来，年七十矣，贫老病瞽，踵门求谒，请执挚为弟子。府君叩其来意，即言不宜北行。彭石愚言孝，姻家子也，亦深惜府君之往，言辞婉曲，发于至诚。且言袁性猜忌，宜俟至鄂后即日引疾告归。府君闻其言，喟然而叹曰："我生不辰命也，奈何今已戒行期，八十之年，何能轻脱？袁招辞诚恳，亦宜于相见后一穷其情。如用吾言，或能救世。今干戈满眼，居此能安乎？"遂命代功等侍行。五日，乘轮舟。七日，至汉口。十一日，乘轮车。十二日，至京。十四日，谒袁公，问史馆事。府君谓宜就殿阁令诸翰林纂修，不必设馆。袁不悟其讽己也，言俟再见时筹商。府君以初见，亦未语及国政。十七日，游劝工场，登畅观楼。十八日，游法源寺，五十七年前所居也。十九日，游崇效寺，题《红杏青松》长卷。二十一日，至孔社，行释奠礼。二十二日，至畿辅先哲祠。二十九日，至法源寺，饯春会者百余人。丁香盛开，游宴竟日，感事追往，作诗并序之。四月朔日，蜀中诸生公宴于岳云别墅，长沙张文达公祠也。三日，黎副总统元洪招宴瀛台，入禁门，乘舁循廊而行，泛舟夜归。四日，再会崇效寺，看牡丹。九日，湖南同乡公宴于会馆。十三日，作《杨容城琴记》，以年考之，似非椒山物也。十六日，寓京诸翰林公宴于陶然亭，至者四十五人，作诗记之。十七日，直隶京官公宴于积水潭，设席高庙，李西涯故宅也。十九日，入禁门，至流水音。二袁公子为主人，题《流水音修禊图》。五月十一日，与书袁总统论史馆事。二十一日，至衍圣公府，议孔教会事。二十四日，至后王工厂国史馆赁宅，尚可信裔孙尚其亨宅也。闰月朔日，代功南旋，留代舆居侍。十四日，府君将还湘，闻京汉铁路为水所毁，不果。六月，至参政院听讲。七月朔日，蔡松坡锷来论徙民实边，议尚可行，令其条陈各事，以备采览。是日独坐隐几，感议院事，偶题一诗，云："广场百人静，秋雨四筵清。昌言万邦乂，筑室道谋成。如蜩昔嫌沸，寒蝉今愧声。构夏信无补，吹竽徒自惊。时艰信逼促，政教乃骄盈。奇计实所好，横流良未宁。聊从庶人谤，知余日暮情。"柯凤笙送阅所撰《驳签魏〈元史〉稿本》，请加校改。因欧阳偏极不平之故，欲就正也。李彬士穆送呈《天影盦诗集》，求为作序。其族祖篁仙丈遗集也。八月朔日，清史馆送凡例来，并请议修史事。十七日，题文徵明八十九岁所书诗册。刘幼丹心源送阅所作金刻文字摹片，府君校正一过，谓其颇能贯通金刻字画，成一家之言。二十五日，遣名畴往曲阜谒孔林。九月二十八日，至安庆馆再集翰林大会，仍以府君居首，宋芸子在坐，众多指目为保皇党者。十月朔日，宋芸子未归，问之，云系宗社党，已为警厅捕去。旋来警察官，请检查宋芸子文书，见府君与宋手书，未能证实之。参政院旋开议会，乃目复辟为邪说，以靖国人。十四日，宋芸子迁蜀。是月，阅《楞严经》一过。十一月，书《圆明园词》。七日，作冬至郊祭诗示袁公子。十一日，赴隆福寺饯席。十二日，乘夜车南旋。十四日，至汉口，作书别袁总统云："前上启事，未承钧谕。缘设立史馆，本意收集馆员，以备咨访，乃承赐以月俸，遂成利途。按时支领，又不时得，纷纷问索，遂至以印领抵借券，不胜其辱。是以陈情辞职，非畏寒避事也。到馆后，日食加于家食，身体日健。方颂鸿施，故欲停止两月经费，得万余金，买广夏一区，率诸员共听教令，方为廉雅。若此市道开自鲰生，曾叔孙通之不如，岂不为天下笑乎？前拟将颁印暂存夏内史处，又嫌以外干内，因暂送敝门人杨度家，恭候询问，必能代陈委曲。闿运于小寒前由汉口还湘，待终牖下。奉启申谢，无任悚愧。"十七日，至长沙。二十六日，袁总统复书，属府君遥领史职。湖南巡按使刘幼丹来言已作五千文，囊括世事，无重复字，甚得意也。二十九日，靖武将军汤芗铭、巡按使刘心源公宴于楠木厅，大学士刘云房故第，为府君作生日。十二月九日，得京师书，北地严寒，冻毙三百余人。长沙城中雨水冰，亦有冻毙者。严雁峰岳莲由成都专使送所刻《明四家诗》，并为周道洽求墓志。道洽，字润民，治《尔雅》，尊经书院弟子也。

民国四年乙卯　八十四岁

正月十一日，出南关展墓。十九日，题陈沧洲画像。二十三日，至烈士祠公宴，即曾文正祠也。二十九日，还山塘。二月，看《华山碑》，因看《龙藏寺碑》错落不可理，检严铁桥本校之。三月，看宋版《国策》，错落颠倒甚多，非善本也。清理文籍，知荒废日久，因定每日检理一箧。是月，重读《尔雅》一过，日有所得。温故知新之益，耄而不衰焉。衡州专船人来复请开学。四月十二日，看《隶释》。答夏生问忮求曰："曾侯作《忮求》二铭，以为学道之始。孔子箴子路曰：'何足以臧？'子路不免乱世，而曾侯竟以功名显，虽亦晚困，不可谓不臧也。盖尝论之《诗》，指事而言，本非论学，孔子以为是道。其平昔论教，适道之后有立有权，赵宋儒学先求其立，不求其道。曾亦宋学支流，以不忮求为自立，与仲子同，而非孔子所谓道也。夫道者，与人共由。故不忮求为不忤人，而己之自立有在。若以此为学，则贡高我慢，人所不堪。子路刚者，以此见志；曾侯柔懦，因之自馁，皆功用倒置使然。诚知其道，则为学自有所立，而与人无争，必无宋儒窒碍矣。夫富贵不淫，威武不屈，乃初学入门之境，不能此即不可为志学。而但以不忮求自期，宜其不足以臧。宋儒误以为砭子路之自足，宜其自误误人，而学术不明也。子贡问无谄无骄，亦是此意。孔子亦进之以乐道好礼，故比之于切磋琢磨，言自后尚有功夫也。要之，不忮不求，无谄无骄，不淫不移不屈，在他人视为卓绝之行，而学者犹不得自命为志学，以其尚无学也。尚忮求骄谄，而尚可谓学人乎？学者大有事在，慎勿以宋学自锢。要知生五代后世间，皆冯道、桑维翰之徒，故一见有耻之人，以为天人，而其人亦硁硁自喜以天下为己任。至于范仲淹、王安石得大位而无以自立，曾侯平寇之后而惟戒满盈，由分道学为二，而不知无忮求之不能立也。因读《论语》说道不足臧，中有所疑，遂作此论。"又与李子正论湘中文学曰："湘州文学盛于东汉，长沙、零陵、武陵、桂阳并有耆旧先贤之传，年代既远，篇句不全。自晋以来，唯罗含、李群玉列于作者，欧阳父子仅以书名，方之上国，斯为陋矣。明代李东阳特以文翰列坛坫，其文集亦欧玄、何孟伯仲，殊未能拔帜成队。明清之际，乃有船山，文虽繁芜，诗独高雅。嘉道以后，才彦辈出，始洗蛮风，登于华琰。魏承贯博学多通，文词并美。何蝯叟九流兼究，尔雅雍容。邓白香五言长城，功力并到。曾太傅广求门径，笔力雄骜。自此以来，无学不究，应有尽有。且又坚贞，风气所蒸，樵夫笑士，诚四千年未有之遭也。然尚无记述，恐后沉薶，故宜搜访通人，勒成湘史，上应枝江之瑞，下垂南郡之型，同志之士，傥皆响应。”五月，暗诵《西征赋》，半忘之矣。因读《文选》。湘水复涨，入院中者五尺。六月朔日，移居旧船山书院。十一日，闻陈完夫夭逝，为之惘然，处分其后事。二十八日，往西禅寺斋集。七月九日，还山塘，阅《直斋书录解题》，记录湖南著作诸家，长沙侯延庆、王以宁、钟将之均有著录。长沙又刻有《百家词》，今皆未见。八月，为名健书《独行谣》诗册，又为李梅盦书手卷，论作文法。二十九日，至东洲。九月九日，往西禅寺斋集，作《北极殿》诗。十月，作《船山书院记》，当清学产及修建费，言人人殊，卷册已无可稽矣。看琴谱。为名畤讲《春秋》毕。十一月，作《寻古斋集序》，常宁李抱雄所作也。抱雄，雍正时人，七试不第，以县令终。诗文俱雅洁，无伧父气。上湖南人物也。其玄孙李果来求序。是月，杨皙子遣使来致书，言袁总统将称帝，以府君国老，惧持异议，欲府君劝进。先是数月，京师设筹安会、典略馆，府君知有变，与代功言，天下既名共和而复行帝制，必有起义兵者。以老不问世事，故未言之。闻改元“洪宪”，叹曰：“天下大乱，必自此始矣!”及杨使来，即答书言：“总统为人民公仆，不可使仆为帝。”又与袁总统书曰：“前上一笺，知荷鉴察。筹安参议，礼宜躬与。缘天气尚寒，当候春暖。三殿扫饰事，已通知外间。传言四国忠告，想鸿谟专断，不为沉惑也。但有其实，不必有其名，四海乐推，曾何加于豪末。广询民意，转生异论也。若必欲筹安，自在措施之宜，不在国体。且国亦无体，征禅同揆。唐、宋篡弑，未尝不治。群言淆乱，何足问乎！闿运在远，未知近议所由发生，及明意之所左右，然闻群疑，当摅一得，辄因湘使赍函上闻。”湘使受书，知与袁意忤，则自发电，窃用府君名，府君不知也。未几，蔡松坡潜至滇南，宣告天下兴兵讨袁。十二月十七日，还山塘。除夕祭诗，夜不成寐。

民国五年丙辰　八十五岁

正月三日壬申，立春，已不迎春矣。府君言前在蜀中见迎春州县差役，紫羔马褂、持鞭怒马者数百人，岳生林宗以为穷凶极恶人皆出。可谓言者无罪，闻者足戒。今则愿见而不可得矣。为作一诗。二月，兵士往来如织，日夜不息。广西亦起兵讨袁。仍改洪宪元年为民国五年。三月朔日，往侯塘蔡家，题继外祖母曾太恭人遗画四幅，各系一绝句。五日，至宁乡横田晤廖荪畡，观珠泉，已淤壅矣。十六日，往药冲看牡丹。粉红者一干百花，湘潭少有也。十七日，得京电，闻胡氏妹之丧，哀感殊甚，不食者三日。宝庆乱作，乡人迁徙者纷纷。湘乡亦闻战事。四月，看唐诗。衡人遣船来迎，为退军所夺。五月，袁总统病卒，黎副总统代为总统。近县防军于道杀劫，府君召团总，令其集团丁禁戢。十八日，往县城，议练兵事。县人多欲亩捐，遂不复言。闻督军汤芗铭已去湖南，省城无政府。二十一日，仍还山塘。时府君已病不思食，腰腹胀满，体殊不适。六月二日，代功自东洲还侍疾。五（月）[日]，府君偶思蕲州竹簟，前阅韩昌黎诗，未及选录，亦欲作一篇，属稿未成。代功劝府君调息，因罢草稿。十六日，代懿率妇女自天津归家。诸妹及家人皆来山塘侍疾。七月二日，与书茙妹言病状，至是府君已病月余矣。不肯服药，腹胀益甚，勉进参、苓、桂、术等，无效。衡、永、长、潭诸戚友多来省视者。七日，彭畯伍自长沙来，府君见之，喜甚，作一律赠之云："山中伏日无炎气，天上星辰有别离。满地干戈起荆棘，故人风义契兰芝。来逢银汉无波候，坐到针楼落月时。从此清秋忆良会，为君长咏碧云诗。"府君于七夕每岁必有诗词，此诗竟成绝笔矣。八月，病益剧。衡州专医来，议用十枣汤。试服一剂，下十余次，胀不稍减，遂不敢再进。时府君虽病，犹与妇女、女孙等庭中纳凉，听学僮读书，卧藤床看自作诗文，校正误字。七月朔日，犹勉书日记，执笔手颤而止。中秋日，扶往中堂，坐刻许，至是遂不能出户矣。九月，起卧需人扶持，代功亦不敢进药。初食燕窝，渐继饮人乳。二十二日，既弥留，问后事，默不一言。二十四日子正三刻，终于正寝。易衣时异香满室。丧祭仪节，一遵府君手定。文学之士闻之者悲叹失气，操笔作诔者殆数千人。京师、四川、江西诸省闻赴，皆为位而哭，作文祭奠。盖自汉以来，儒林文苑之荣，未有盛于府君者也。四川公祭文云："维丙辰秋九月二十六日，故翰林院侍讲我夫子王先生告终，赴闻逾月，赴告同门。受业某某等乃毕集，爰就旧尊经书院讲堂，昔者设教习礼于兹，为位设奠，相向而哭尽哀。乃举奠维礼，丧祭异于吉祭，比于始死之奠，无用牲之文，谨以庶羞常馔，致奠于夫子之灵曰：'呜呼！天降丧乱，道消明哲。为世而生，逢辰之缺。浊扬厥清，绪延将绝。龙悔于亢，或跃在渊。天丧斯文，未丧斯文。六艺芳润，凝其清芬。汪汪万顷，观海澜沦。玄虽尚白，黑不代苍。邦国殄瘁，云亡哲人。老聃隐真，礼闻柱下。漆园道圣，经传子夏。粤若夫子，斯人之亚。沐浴圣涯，咀茹道真。郑称学海，休曰经神。有变复贯，无治而棼。平难墨守，兼综古文。两家之学，宏于一身。群流仰正，四海前闻。蝉蜕天泥，龙蛇用舍。蓬累而行，时而更驾。潜于大明，丁此长夜。望世兹深，世丧逾下。殆守先王，以待来者。蜀士觥觥，迎师大庠。明诗执礼，用宾国光。王道之易，始观于乡。望古不复，迷阳实伤。衡山再隐，哀国无良。懿维夫子，天情超迈。早谢公车，无情高盖。登稷市南，歌薪延濑。形渫光成，道窳心泰。苻采映时，文章盖代。高歌金石，声满江关。清谈名理，钩沉九渊。辰星在霄，鲁殿岿然。稽古桓荣，采芝商皓。爰征翰讲，晋为国老。世忘我难，邦遭不造。匪惠为恭，匪彭伊老。荐领史局，游于羿彀。与为无町，还从所好。天地易方，星辰反覆。岁谶龙蛇，龙蛇起陆。惊告山颓，如何不淑。守望莫从，填膺及腹。错比雄文，谁知阮哭。厌世蹇裳，闷音空谷。呜呼哀哉！朝野惊叹，国均悼摧。人能弘道，命不可回。逝者不作，来者何依？逝如可作，吾谁与归？横流靡届，益扬其波。水深独漉，益汩其泥。诚闻达节，麟兮已悲。呜呼哀哉！礼有心丧，始奠犹阁。门人丧子，相向皆哭。群居之经，免疑所服。冠裂礼崩，裸壤同俗。万古一沤，薪穷火续。天地同尘，祝皋来复。伏维上飨！'" 湖南公祭文云："维岁丁巳，维月甲寅，维日戊申。黄膺、吴嘉瑞、郑日敬、袁绪钦、杜本崇、杨觐圭、周声扬、陈锐、王铭忠、程颂万、易顺豫、梁焕奎、傅绍岩、李祥霖、郭复初、郭焯莹、胡元倓、龙绂瑞、许崇熙、吴士萱、刘善泽等，谨以庶羞清酌，致祭于湘绮王先生之灵曰：'呜呼！明季失驭，礼教凌迟。船山振道，为世大师。微言绝续，嗣者繄谁。清蹈覆辙，先生崛起。囊括百家，至于暮齿。亹亹循循，熔经铸史。蚤岁观国，蜚文腾英。王公贵人，执辔欢迎。公车一蹶，幡然上京。归偃衡门，躬耕乐道。四方学者，来崇来考。雅言诗书，合传庄老。蜀承湘学，公羊大昌。流风所扇，国论斯哤。惟公高览，消摇相羊。大钧畴斡，主之苍苍。物极必反，道穷必变。皇帝王霸，终始递嬗。共和草创，乃若天眷。古言制礼，今则立宪。拨乱反正，春秋表作。王鲁新周，素王斯托。乌乎先生，此意寥落。史馆回旋，万流骇愕。至人御世，一龙一蛇。与物变化，无有常家。达士擘幾，涵泳圣涯。百代可知，言大非夸。柱下藏书，天官掌史。䌹和神人，经纬图纪。金声玉振，参综条理。大同小康，孰究闳旨。流略熸焉，精华竭矣。大儒名世，绍汉经师。河间高密，订坠抱遗。烬薪谁续，闻道者希。绵暧千载，大化以漓。乌乎先生，命不逢辰。遗世高立，辟阖埃尘。亦夷亦惠，博大真人。孰能宗予，拯彼生民。惟道与文，机枢倚伏。志灵麟编，辉流虹玉。衮斧斯湮，诐邪相续。孰砥厥澜，孰旋厥轴。先生复古，振藻垂条。汉笺唐疏，博络兼苞。军筹邑乘，旨寓讥褒。碑传尚实，婉显能操。诗沿六代，上溯风骚。古今情变，载咢载谣。抟情杳漠，抗志云霄。谈言微中，间以诙嘲。万花齐粲，百川斯汇。觥觥儒宗，橐钥海内。岷峨岞崿，赣浔汪濊。撰杖石船，风徽未沬。道有隆污，时有张弛。心与天游，胡仕胡止。华阳贞白，商颜园绮。名播华夷，声流妇子。沅湘等深，疑衡均峙。乌乎先生，天惟不言，其化乃神。地惟无垠，其德乃贞。人惟不臣，其道乃尊。绝地天通，有书契存。存者胡人，传者胡物。六经皆纸，万古此笔。公实专之，以赎中国。湘军武功，公文夙同。湘人革命，公心是恫。公出初定，公言莫从。归遘兵哄，太息山中。齿德虽高，公不自有。名谤相随，公不自剖。疾病不祷，公祷已久。痛我邦人，骤倾泰斗。膺等末学，辱知忘年。公则千古，国傥万全。发箧陈书，觌公在焉。升堂拜像，如公有言。公灵歆醻，山川永湮。呜呼哀哉，尚飨！'”十月，请彭畯伍、樊寄吾诸人襄理丧事，并卜宅兆。十一月，诸宾来吊者络绎于途。十二月，黎总统遣使致祭，并致神道碑文。

民国六年丁巳

三月二十八日，葬我府君于湘潭六都二甲白鹿冲之原，巽山乾向为茔，置墓田四十亩。秋九月，墓成。十月，建祠室。七年四月，庙成。府君之学兼包九流，而一归于经术。其学术散见于论学诸篇，兹不备论。所著曰《周易说》十一篇、《今古文尚书笺》二十九篇、《诗补笺》二十卷、《礼经笺》十七篇、《周官笺》六篇、《礼记笺》四十六篇、《曲礼》《檀弓》《杂记》不分上下篇，故四十六。《春秋公羊何氏笺》十一篇、《论语集解训》二十篇、《尔雅集解注》十九篇、《尚书大传补注》七卷、《夏小正注》一卷、《逸周书注》七卷、《穀梁申义》一卷、《老子注》一卷、《庄子内篇注》七篇、《杂篇注》二篇、《墨子注》七十一篇、《鹖冠子注》一卷、《湘军志》十六篇、《桂阳州志》十七篇、《衡阳县志》十篇、《东安县志》七篇、《湘潭县志》十二篇、《王氏族谱》四卷、《史赞》十七卷、《楚词释》十篇附《高唐赋注》一篇、《湘绮楼诗集》十八卷、《杜若集》二卷、《夜雪集》一卷、《后集》一卷、《七夕词》一卷、《湘绮楼诗外集》二卷、《湘绮楼文集》二十六卷、《外集》二卷、《湘绮楼词钞》一卷。其有目无书者曰《王氏交友传》四卷、丙子年已亡。《道咸以来所见录》若干卷、已逸。《论夷务书》若干卷。未成书。其选录者曰《八代诗选》二十卷、《唐诗选》十三卷、《唐十家诗选》十六卷、《汉魏六朝文选》若干卷、《词选》三卷。门弟子又编集经史答问为《王志》四卷、《笺启》八卷、《诸子评校》若干卷、《诸史评校》若干卷、《八代诗评》若干卷、《阮诗评》一卷、《唐诗评》若干卷。代功复编录日记中论经史掌故者曰《湘绮楼日录》若干卷。

府君既卒之三年，代功始缀次旧闻及有闻于言行者以述年谱。夫年谱非古也，然古昔名公巨卿、文人学士，后世读其遗书，想望风采，往往寻绎篇章，采其言论，以为知人论世之资。其或语焉不详，则于一言一字，考其时地，以证旧史之阙如。杜子美、韩退之之诗文，笺注者数百家，各逞臆说，莫能论定。或致废书太息，恨当时记录之略，无以测贤人君子之用心。于是以千百年后之人，谱千百年之事，以求其合，颠倒附会，盖著述若斯之难也。惟我府君，禀上哲之姿，述往圣之业，文章道德，彪炳乎海外。所著诸经笺注、诗赋碑版，传布者数以万计，一时闻风兴起，无识与不识，学海经神之誉，不谋而同辞。犹复不自假溢，接人以和，待士以诚。视他人所长，若自己出。其持论也，本《诗》《礼》《春秋》而通以庄生之旨，汪洋纵肆，曲直而达之于理，使闻者有所解悟，发其蒙而悦其心。末世争利，则言利害人心，其祸有甚于杀。群言淆乱，则推拨乱之旨，其要必本诸修身。括中外之学说，探赜索隐，悉折衷于圣人。昧者不察，或以为滑稽玩世，或以为高远不中事情，莫知微妙玄通，薪传之所自来，徒赏其文辞，目为文士。而府君通经致用、悲天闵人之衷，自弱冠以至旄期，无一日而或息者。虽及门问学之士，朝夕相处，或莫之能喻也。悲夫，悲夫！斯所以消摇徜徉，独寐寤语，视周清为旦暮，比浊世如秕糠者欤！至于生不逢时，小人窃位，排阊阖，批逆鳞，蒙诟难，而不止微词讽谏，以冀当世之一悟。而听者怙其权力，卒不自悔。古之所谓摧刚为柔，才足以应近世之变者，非上智，其孰能当之？小子不敏，于先人言行不能窥见万一，颛愚蒙庸，何敢有所论列？然窃闻之《记》曰："古之君子，莫不论撰其先人之美，而明著之后世。其有善而弗知，知而弗传者，谓之不明不仁。"溯自孩提保抱以来，六十余年，其间过庭之训，侍坐所闻，大义微言，服膺而罔敢失坠者，犹存什一于千百。今世变愈大，老病日增，一旦溘先朝露，废先人嘉言懿行不载，弃当世贤士大夫之绪论不述，罪莫大焉！故述往事，采旧闻，于府君出处之年，游览之迹，言之略详。后之君子，欲推而论之，庶有所观览焉。

传记资料

长沙湘潭王湘绮先生八十有五行述 喻谦

先生姓王氏，长沙湘潭人，讳闿运，字壬父，题所居曰湘绮楼，人称湘绮先生。其先出自太原，与周同祖，避兵至赣州，复迁衡阳，明嘉靖中始徙湘潭，遂为湘潭王氏。积富累仁，世有隐德。曾祖石泉君更崇儒素，好宾客。祖遹斋君弱冠入县学，为文有古法。然承其家风，不事生产，尝卖田宅为兄弟偿债，因居省城。父奂若君朴质无华，至性独厚。

先生生而益贫，又少孤，依从父读。九岁能文，而不喜制举程式，独好吟咏。尝取古诗文词自诵习，塾师靳不予恒课，外诵如故。从父益奇之，令肄业城南书院。院长陈先生本钦，名儒也，礼聘龙先生友夔助校课艺，诸老翰林皆推服焉。先生与其长子皞臣交，及李篁仙，邓弥之、保之兄弟日夕过从，皆喜为诗篇。二邓工诗，蚤有时名，篁仙已入学补廪生，皞臣亦举丙午乡试，先生方成童，骖靳时贤，号“湘中五子”。

年十八，县试录送第一，入学，馆武冈邓氏，博览群书。旋游鄱阳，客于乐平。会广西寇围长沙，先生间行驰归觐省，缒城入，相见欣慰。寇围攻八十日不下，即连破府县，逾洞庭，陷武昌。时咸丰二年也。曾文正以忧归，被诏助巡抚治团练防寇，颇延接文士，采人望，佐军计，与衡阳彭刚直雪琴、桂阳陈侍郎隽丞并见引重。先生独慷慨敢言。

四年，曾军下湘援湖北，而湖南巡抚先遣王壮武出岳州，至蒲圻，遇寇败退。曾军新集，营岳州城外，寇乘胜追奔，将士力战不能支，水陆退走，还屯长沙。寇遂略湘阴，陆走宁乡，水断靖港，上陷湘潭踞之。巡抚闭城，以曾军当敌。文正遣陆军攻寇宁乡，储忠壮战死，寇少却，已而复至，塔忠武救之。别将周凤山绖崇阳、通城，未得还。文正独与水师十营居湘川中流，上距湘潭九十里，下距靖港六十里。春水盛涨，时多北风，寇上下皆瞬息可至，呼吸不自保，幕府无所为计。隽丞私议曰："今独可悉兵援湘潭。即不利，犹得保衡、永，图再举。若不顾根本，但图进取，一败俱死矣。"先生曰："然君何无一言?"曰："钦差自以无守土之责，又本奉诏赴鄂，伺便欲出。今还湘潭，有退避之形，其实为巡抚驱除，军皆不以为利。吾不能犯颜强争，子宜入说之。"先生具言其计。文正招隽丞尽其说，即大悟，飞檄塔忠武旋师救湘潭。又与彭刚直、杨勇悫俱陈上攻之便。即日六营先发，方议急发水师复湘潭也。军吏愕然，文正巡捕彭山屺持令不行，先生厉声叱之，乃去。由是水陆大捷。寇自称兵以来，屡抗大军，无搏战之事，短兵相接自湘潭始。我军自此知战事不以炮为生死，而名将飙起，克平巨憝。虽曰隽丞本谋，实先生成之也。

秋七月，塔忠武大破寇于岳州，遂连克武昌、汉阳，舟师出洞庭，千里大捷。先生本欲从军，而耻于求富贵，故每当叙功辄先辞去。人亦高其志，莫敢相强。而冯树堂又力言孤子新昏，不可出。曾以冯为先生说之，意颇不怿，先生竟不知其意，亦未之问也。

然既不从军，益肆力于文，上穷两汉，综贯六朝。尝作《哀江南赋》，以洪寇之乱荼毒七省，按其地望，皆古江南，因用旧名作为新制。其词曰：

懿皇图之肇夏，奠九有而分官。制幽燕以强干，控江淮而镇澜。蒸重熙以戆驭，祀二百而盂安。惟圣人之绍兴，轶启丁而嗣主。德希盛于黄农，贤梦求于方虎。属岩荒之潜滋，被含宏而蠢聚。伊有苗之弗灵，方象刑于虞祖。始赐旄而申伐，期并绥斯敷土。临时雨而出师，望南云而开府。尚书旧望，忠殚贞竭。舆疾蒙瘴，乘宵驰节。方霜厉而云腾，嗟雾堕而风烈。马伏波据鞍而不归，羊叔子登山而树碣。哀此伟人，伤兹部民。阳沉掩幕，雨泣攀轮。

天题表石，史笔刊筠。既伤一老，申命元臣。轺车属于象郡，组练耀于漓滨。瞻高轩而起风，持绣佩而分麟。叹师熸而屡折，终论帅之无人。元始开经之岁，永和修禊之年。道极周而不返，屯急难而思贤。天子宵衣罢食，将军武帐开筵。占狼星而望气，剪鹑首而欺天。长虹暮直，小月场圆。棘门霸上之军，执冰而弛仗；锄耰棘矜之士，因利而控弦。藩篱无合肥之戍，将帅无荀蓥之武。险既失于阴平，道遂通于子午。部曲参差，齐盟狎主。羽林执戟，期门听鼓。俱雁行于道路，错犬牙于檐鲁。尉陀弓及于长沙，南郡舟回于江浦。始开壁而卧墙，信堕墉而铸柱。于是人空千里，楚亡三户。兽角连围，鸢书落羽。火城昼断，梯冲夜舞。垣临坏色之云，天少洗兵之雨。湘水腾波，邻国无事。援屯救赵之军，车返至吴之使。四郊无辱于大夫，三军不谋于元帅。燕贺堂深，鱼游釜沸。烂羊有关内侯封，搜粟有陇西都尉。庐江车马，扬州笙乐。歌《豫章》之篇，讲石头之学。文雅风流，簪裾花落。负其天堑，忘其犄角。影缨者坐致公卿，挥麈者羞谈管乐。岂知山川黯黪，戎师远略。攻即墨而不下，望楚师而气索。遂开网于前程[1]，乃落帆于黄鹤。奔腾而班马群惊，蹴踏而洞庭波浊。洎日躔之在尾，劘武昌之高垒。米无陶侃之船，炬绝都官之雉。防开地道，兵虚背水。重镇之亡忽焉，诸侯之师摇矣。

方天下之全盛，无苍生之系命。闻草木而惊弓，秉权衡而失镜。怙其高下之心，守其优柔之性。遂使谋同筑室，功无反正。当凶徒之收卒，值时事之可为。险鹿非寸铤之所制，奔驹非朽索之所縻。方唇亡而寒齿，嗟毛傅而无皮。隘空设险，都不强枝。浔阳之长蛟浪激，横江之六鹢风吹。下枞阳而振箨，逼金陵而俯窥。时则督师奔北，元戎脱胄。飞羽扇而潜逃，捧金瓯而忽漏。泣孤城而丧气，登山头而望寇。同马懿之畏虎，若牛兄之遇兽。虏无顿刃，楯穷栖宿。庙绝龙生，市虚犬斗。大都沦覆，妖氛横扇。百里金墉，千秋旧甸。荡横流于沧海，怆陆沉于中县。十万横戈，三千被练。莫不拥刁斗而酣眠，劳牲牵而欢宴。有宁州之裂帢，无燕师之飞箭。秦堇父之登县，夙沙卫之奔殿。不闻笠毂之驱，坐睹台城之变，逋寇高张，王师不战。竟成白马之谣，虚数阖城之扇。三舍交绥，十里长围。上游烽落，旧垒灰飞。庐州再建，淮扬分裂。豫章与邻，屏藩心折。智急婴城，谋疏鉴辙。非墨子之胼胝，等郦生之掉舌。文牛散甲而归林，封狐假威而凭穴。秦士会之夫妇分离，罗企生之弟兄泣别。郡少坚城，官希全节。鲸鲵奔涌，烽烟冥灭。南昌胜区，崇墉执壮[2]。险失江防，谋资楚将。楼上琴弹，沙边筹唱。焚郭相惊，全师不丧。列县沦亡，

---

① “前程”，《湘绮楼诗文集·哀江南赋》作“前禽”。前禽，指在前面逃逸的禽兽，古时以不逐前禽喻统治者的怀柔政策。

② “执”，《湘绮楼诗文集·哀江南赋》作“势”。

高秋悢怆[1]。九江浪急，汉水波长。濡须不守，夏口空防。桑落有败军之地，西陵无太守之墙。两军再北，半壁云亡。始则齐将漏师，都军不守[2]。有返旆之叔敖，无入军之周勃。转饷赍粮，厉兵搜卒。未当一面，屡营三窟。不闻裹革之尸，匪有封侯之骨。智小忧多，身存名殁。或以健斗彰威，虚声久假。地阨名都，阵分平野。暂起李陵，未当毋寡。惟万里之奔命，犹三城之不下。桂林告急，将军跃马。备同羊侃之城，气振武安之瓦。临湘苍黄，危巢不覆。桓桓总兵，功齐踣鹿。坏壁崩颓，危阳黪黩。巷哭同冤，天痛怨酷。辰州忠壮，义声方睦。气激当关，心雄转轴。豫章守御，谋深计熟。方伯奉符，尚书坏屋。遂成申子之名，用报深源之哭。且夫倾危颠沛，崎岖边塞。仗节专城，分符俨对。风疾草劲，途穷驾税。鉴白水而无惭，岂青蝇之所碍。济长风之巨舟，尊砥柱于中游。彼张拳而冒刃，实代远而芳流。惟全州之死守，屹临敌之孤楼。身宁碎玉，貉不同丘。倡创羸而振臂，联胡越于方舟。未成功于祖逖，方授命于周侯。舣舫石钟之岸，旋船杨叶之舟[3]。惟副戎之高节，郁剑气于斗牛。总督方裴回歧路，数骑斜趣。泣谏牵裾，扣舷阻渡。徒闻屈子之沉，终失雷池之戍。朝服投江，高名远树。济源文梓，饶民所恃。路绝外援，命寄百里。蛇矛失荡，龙渊跃水。壮士丧元，一门同死。合州继陷，大难又始。江子一方，誓于碎身。楚申呜无，惭于筮仕。哀此数人，光于国史。

运慕傅燮之求生，愧陆机之入洛。崎岖戎马，飘零无托。始薄游于彭蠡，怅秋霜之早落。方孟坚之撰征，伤间道之离索。幸

---

① “悢”，《湘绮楼诗文集·哀江南赋》作“悢”。
② “守”，《湘绮楼诗文集·哀江南赋》作“发”。
③ “舟”，《湘绮楼诗文集·哀江南赋》作“洲”。

生还而渡津，返故国而掩扉。羡班超之投笔，叹李广之单衣。方其追逐稽[①]王，载酒山阳。时清铸戟，坐戒垂堂。江湖平镜，行旅连樯。论王褒之讲德，陋宗悫之渡江。楚中楩梓，江左葛王。莫不雍容文翰，希风洙泗。履舄交酬，笙琶间至。镆铘为不祥之金，禹鼎皆不逢之魅。六师无戒于张皇，天马不求于幽冀。醴酌衢尊，鉴征欹器。三五年中，一败涂地。东西交骋于军书，南北惟通于兵气。庙算忧勤，生民殄瘁。于是公卿甲第，渭川园圃。月榭栖重，云宫寺古。烟空彩凤之楼，薪用盘龙之柱。等阿房之一炷，伤郿坞之枉聚。访名士而问夷吾，入隆中而求葛亮。緊处士之虚声，言空高于古上。驱犊同奔，窥园久旷。元龙多问舍之谈，小草无出山之望。空陈玉轴之书，诡答顾琛之仗。奉北阙之丝纶，闵西畴之实勤。获妇姑之麦，劳疆埸之臣。禾桑坐槁，守望非真。流亡饥馑，歼我农人。荡子从军，关山已远。高楼思妇，春闺已晚。寂寂庭前，音书悄然。梦中鼓角，别后珠鞭。望女子之气，无津吏之船。自我不见，同归百年。披坚执锐，舍生雪耻。或同义万家，或独标千祀。气愤死绥，焰平旬始。将无全策，谋无知己。临易水而悲歌，风萧萧其去矣。

况复鲁难未已，楚师方起。彼凶桀之构祸，凭封豕于句吴。更驱散卒，实召狂徒。衔刀直渡，义旅中渝。未建法和之刹[②]，方飞张角之符。寻干戈而自戮，系徽纆而待诛。俄惊赵帜，终弃汉弧。王导取飘零之旧节，武昌为萧瑟之空都。时事急难，沧桑万端。怨亡羊而已晚，累素壳而求安。湘妃树赭，梦泽云残。发南辕而俄返，通东道而尤难。奔军乱辙，斫吏探丸。靖州之中宵受

---

① “稽”，《湘绮楼诗文集·哀江南赋》作“嵇”。

② “刹”，《湘绮楼诗文集·哀江南赋》作“利”。

檄，匹马犯寒。土沉碧血，骨葬青山。犹得坚阵再摧，名酋遂殒。羌平则器失虞公，狄败则元归先轸。驽马鸣哀，黄巾气尽。笳空却敌，酒不消冤。彼乘时而岌岌，旋因垒而言言。潭州劫急，湘水师屯。徒闻弃甲，莫下县门。竟发卢循之矢，方齐王濬之船。戎师骤胜，敌人开户。卷甲疾驰，冯河搏虎。营军列于梁溠，楼船临于阳浦。射鹙隼而登墉，获雄狐而遇蛊。全其半局，支于一柱。然而湘南大邑，楚服名臣①。披茂草而求周道，折细柳而问长营。出苍鹅而识乱，见海鸟而知兵。索靖之言既验，田单之族未行。乌夜啼而转急，狐昼见而犹鸣。落日伤心之地，悲风巷哭之声，长星之光烛天，千里之血在地。问石城之重兵，絷瓜步之累帅。护军肩解，苍鹰翼攒。图南之志未穷，向北之波转沸。效杞侯之大去，等申胥之垂泪。加以武陵旧泾，黔中隘陉。剑及秦人之洞。轮埋刺史之亭。朝逐贾生之鹏，暮随闵贡之萤。桃源浪白，澧浦烟青。轰然并泮，遗民尽散。半夜鸡荒，空江星乱。明月孤城，寒沙远岸。身危于潘岳，神伤于荀粲。瞻兄有行路之谣，望子有登山之叹。绵渺关河，浮萍逝波。红粉之楼遂圮，燕支之色无多。感匏瓜于洛浦，思织女于天河。杞梁妻之新曲，伯玉子之哀歌。别有遇马前之棰，轻亭刃之威。心高力弱，节壮身微。碧涂容而愈烈，丹染彀而无归。托文鸳而即化，指孔雀之南飞。历此贞运，当兹道否。厉为阶而至今，夫谁尸其祸始。渤海政衰，潢池盗起。初发难于一隅，乃患延于五祀。鹰鹯为今日之良臣，猿鹤乃当年之君子。楫路将穷，鼓声多死。鬼踯躅于北邙，人萧条于东市。友纪未丧，穷寇终亡。禀当阳而奉讨，卜周室之再昌。愿深思于设险，傥无弃于姬姜。尊王之隆，归于贤方伯；六师之

① “臣”，《湘绮楼诗文集·哀江南赋》作“城”。

盛，思乎古明王。王室未安，诸侯释位。胡南风之不竞，更江东之全弃。谋士固声，勇夫丧气。岂丰昃之当盈，何众人之皆醉？

余以蓬户寂寥，斗室回旋。身世悠悠，秋风感焉。叹英雄于广武，策天人于广川。壮风云而方起，与日月而代迁。耿弇小儿之意，张缵早达之年。悲歌当泣，《离骚》问天。况以友朋离别，前游渺然。盛固难纪，忧殷方始。不望貂蝉，惟增马齿。或仗策而从军，及携琴而归里。昔之长啸苏门，时复饮酣都市。文无渊明之赏，门绝儒冠之士。王敦如意之诗，孙盛《阳秋》之史。若使小年词赋，犹有好事杨雄；江表文章，岂直穷愁庾子。

于是天才奋发，文誉旁流，然于科举程式不屑也。

七年丁巳，湖南特补乡试。初以为寇盗充塞，考官必不达，竟依期入闱。援笔立就，文不加点。榜出得经魁。清泉丁善庆方主讲岳麓，读其文，乃大惊异，曰："变天下文风者，必斯人也！"先生闻之，以为知言。

八年，春闱报罢，遂留京师。时夷患初兴，肃相当国，折节下士，四方豪杰多归之。五子中李篁仙以丙辰进士用主事，分户部，亦见赏于肃，至与为兄弟交。于先生尤加殊礼，每出见肃，参乘人必知先生在中也。及朝议和战，尹杏农主战，郭筠仙主和，而俱为清流。肃则依违和战之间，兼善尹、郭。先生为肃所尊礼，亦兼善尹、郭。然皆清议权谋，皆必有集，集则多以法源为归。法源寺者，先生寓也。肃每闻宴集，辄送瓜果及俄罗斯酒。时始命瑞芝生接待夷使，先生因言当选使才，且宜报聘。肃辞以无人，因请承乏。肃蹙额曰："那可共粗使？"盖肃已密荐先生于朝，将赏京堂，置要枢，不忍外之也。显帝尝闻先生喜貂，顾谓近臣曰："可令衣貂。"京官非翰、詹以上不得服。先生虽未拜朝命，已结主知如此。

未几，大沽失守，苏、杭并陷，肃从西幸，京师被寇，及显帝崩，顾命八臣相继诛贬。是时湘军方盛，曾、胡犄角，东南渐定，号为中兴。先生与郭还湘，归隐衡阳，闭户著书，不闻治乱。然圣人治世，不贵高隐；达者无忧，不忘天下。同治十年，公车北上，复至京师。因念夷务，乃陈疏曰：

臣闻安危之计，天子所与庶民共者也。未有君忧而民乐，下荣而上辱者也。故曹沫一匹夫，而代肉食之谋，臣其人也。

今日之急，皆虑夷务。臣窃观古今史籍所纪，及近岁自庚子至于庚申二十年中，每有边竟风尘之忧，群臣吏民上书言事者，无虑万数。虽得失不同，要必有休戚与共之谊。伏见皇上即位以来，边患尤切。辇毂之下，蕃使错居。忠诚伟异之材、明哲博闻之士，宜可以发奇计，吐昌言，叩阊阖，陈经济，上以报国家养士之德，下以垂后世贞谅之声。然而十一年中，海内寂默，忠言切谏，不论徙戎。惟独皇上与皇太后宵衣旰食于宫庭之内，二三大臣深谋密计于岩廊之上，自余谈士吐舌固声[①]，以夷务为讳，以言事为耻。岂古昔好嚣而今者好静，古昔多贤而今者乏材？不然，则天下之士审时度势，知其无益，智有余而忠不足乎？昔者孔子教诸梁以大戒，颜渊开卫君以三徒，思不出位者，君子之守也；职思其外者，良士之心也。孟子陈道于齐王，而后知齐人之不敬。故不言者非不智，而建言者非不忠也。古之论和战者多矣，莫不抗言激论，讥其主之昏懦；深思过虑，启当事之疑惧。不惟主忧臣辱之谊，救时振弊之策，强之以所不行，责之以所不能。故君相焦劳，而处士愈横，传之后来，犹得直声。诗人之所以尽悴国事，而伤心于讽议者，良有由也。祖己曰："惟先假王正厥事。"

① "吐"，《湘绮楼诗文集·陈夷务疏》作"卷"。

《易》曰："王假之勿忧。"皆言危惧之时，灾变之来，必先宽大主相之心，去其忧疑，然后庶政可兴，明照天下。

臣窃料夷国情势，有不必论者四，不足忧者二。

《易》曰："其亡其亡，系于苞桑。"故愿陈国家磐石之基，破群臣疑难之情，发古今异同之辩，虽不足裨赞大计，诚亦愚者之款款也。臣前读钞报，见议立同文馆。大学士倭仁所陈利弊，及御旨开慰之言，私窃感激，至于叹息。然以为不必论也。言御夷者，皆欲识其文字，通其言语，得其情伪，知其山川阨塞、君臣治乱之迹，及其国内虚实之由。其最善者，取其军实，以济我师；得其器械，以为我利。今设同文，意亦在此。而臣独以为无益者，夷人始来，非以其入中国之俗[①]，据中国之地，收我图籍，诵我诗书，知我国政，而姑与之和也。以其船大炮精，驶我海口，防之不固，战而不利，而后得志也。即其船炮可驌，屡战不胜，亦非有夷船与水师纵横百战于海岛，又非有大臣宿将僵仆相望于炮丸，连兵累年，精锐并尽，而后与之和也。以其交绥而溃，敌骑长驱，而不暇再整也。五口通商，四国遣使，我之文字言语、阨塞虚实，彼今固知之矣。军食器械若强而取之，宜易为力矣。然彼乃和顺其貌，从容其词，以和为请。假令中国得其船炮，习其风俗，遂可以深入其阻，扫穴犁庭，则易地而观，天下之忧未可量也。今日情势彰灼如此，彼犹不敢生心，而我乃汲汲焉为他日之图。故臣以为不必论者一也。

臣又观大学士曾国藩覆奏天津一事，言袄教之行善，愚民之易动，含吐其词，揣度其平，臣又以为不必也。夫中外之防，自古所严，一道同风，然后能治。假令法国布尧、舜之政，读周、

---

① "人"，《湘绮楼诗文集·陈夷务疏》作"习"。

孔之书，分置师儒，佐我仁政，则诸臣将束手坐观，望风赞叹，以为真圣人之国乎？袄教之行，教堂之立，但当问其可行不可行，不当问其教善不善。为法国谋者，若使中土赍六艺之文，陈先圣之书，入其国都，宣我木铎，彼之忠臣智士，必宜守桀犬吠尧之义，明国无异政之礼，守死勿听，以为其主耳！何况袄教妖异，《约书》鄙陋，兢兢计较，何关损益？臣所谓不必论者二也。

臣又观协办大学士李鸿章覆奏天津一事，料我强弱，策其水陆，以为战未必败，事难逆料。而臣又以为无益者。御敌之道，但当论我之欲战不欲战，不当问战之能胜不能胜。孔子曰："三军可以夺帅，匹夫不可夺志。"故弱女奋掌，而豺虎避路；相如张目，而秦王击缶。岂力能胜之哉？志以为必胜也。若如所言，必胜而战，则是洪寇鸱张之日，苏、杭糜烂之时，曾国藩困蹶于祈门，李鸿章寄身于上海，宜亦姑务招抚，休士息民。然且有进无退，忘身许国。若使用兵之时，已操必胜之机，力沛然有余，而后进战，则庸夫皆可以借手，二臣何以膺侯伯之赏哉？今不论事宜，而先言胜败，故臣以为不必论者三也。

火轮者，至拙之船也；洋炮者，至蠢之器也。船以轻捷为能，械以便利为巧。今夷船煤火未发，则不能使行；炮须人运，而重不可举。若敢决之士奄忽临之，骤失所恃，束手待死而已。又况陆地行战，船炮无施；海口遥攻，登岸则困。蹙而击之，我众敌寡，以百攻一，何患不克？而乃张皇其船炮，未交而已溃，机器船局效而愈拙，是则知武灵之胡服，而忘其探雀鷇；信冀北之多马，而未知其无兴国也。臣所谓不必论者四也。

今之大忧，岂非英、法二夷乎？英吉利举兵内向，已三十年，及入京城，然后定和，江海大镇尽为所据。然论战者，始于林则徐，迄于僧格林沁，皆中国先举，英夷应敌。海船初来，惟论和耳。彼无取我之情，我有防夷之势。不敌而和，又已十年。阴谋怀诈，固无其事明矣。夫英夷之不取中土，非不能也，诚不利也。和则坐收其利，得地则劳困于政。以浅譬之，榷税之便胜于官商，租赋之入逸于公田。商贾逐末，岂知远志？虽固予之，必亟去之，广州之事其明验也。法琅西志行袄教，本其国俗，犹法显之志宣释典，婆罗门之誓灭佛经，是非纷纭，殊不足诘。假令包藏祸心，图结党与，则当卑词厚礼以招轻侠，伪貌深情①。而乃好为人师，妄自尊大，严绝缙绅，暗诱愚贱，闭门守关，猜备万端。夫自古阴谋取国权诈之家，惟恐良臣杰士不为己用也。得一士人，如得一国。以彼之骄倨猜疑如此，含识之伦，望而去之，尚安肯从其师教，愿为弟子乎？同文之兴，亦欲授徒，才智之人闻而匿笑。就使夷酋有长久之算，怀要结之心，自立堂馆，事已败矣。故其横恣凭陵之状，适足以招愤怒，致驱除耳。《诗》曰："人而无礼，胡不遄死。"英、法蹈取死之地，有自败之时，故臣以为二者不足忧也。

臣闻《春秋》之义，内其国而外诸夏，内中国而外夷狄。外之云者，言略不深责，而先自咎也。非屏之海外，而不与同也。汉、唐之礼，单于来朝，位王侯之上，天子迎送，或结弟昆。自赵宋以来，徒事夸大，诏谕夏人，卒自臣金。及我圣祖大阏帝道，远结俄国，让地约盟，迄今百年，神教犹赫。道光、咸丰议政诸臣未能远瞩，始则绝之太严，待之太倨；继则让之太甚，讳之太深。宣宗、文宗为朝臣众议所持，犹圣人不能违众也，非欲陛下踵而行之也。

臣谓执政之失计，莫过于许入香港，而拒之天津，为夷患所

---

① 《湘绮楼诗文集·陈夷务疏》"深情"下有"以悦民心"。

自始。何以明其然也？《诗》曰："东门之栗，有践家室。"又曰："折柳樊圃，狂夫瞿瞿。"此言以礼自防，虽至浅弱，人不敢犯也。华元乘堙以告子反，郗娄登陴以谢郤克。大国于小，义犹弗克。况以天朝之命，告海外之商，躬布大信，何所不服？今香港之在海岛，比于琼台，犹内地也。天津虽近京师，亦内地也。京师虽至尊，亦内地也。"溥天之下，莫非王土。"可入则皆可耳，不可皆不可耳。而论通商者，惟以广东、天津、京师相推校，一国之中，自分畛域，远人寒心，外夷知衅，而天津之师至矣。若使当日坦然下诏，许夷使驻京之请，其不为患与今日同，而恩威震叠，彼无所挟，知我不畏之故也，知京师、广东之同为内地，而入京无益也。而乃始禁停泊，继开海口；初以兵拒，后以礼迎。皆行之于败溃之后，从之于方张之日。又且广州失守，而未遑问大沽，一至而已陈师。彼知我之不能，而始自以为得计也。和约之颁，自此兴矣。虽然，犹宜廓然相与，昭然仗信。议者嚣然，又陈危疑，于是京师岌岌有日日被寇之势。议战不能，议守无地，陛下以为密备诸夷之策，夷人亦知之乎？果不知之乎？与和不足以为德，议战适足以示弱耳。彼虽与我接居，而知我未尝一日忘战也。族类虽异，人情不远，忖度其心，岂能驯狎？是则教之狙伺，弃我大信，积久横溃，终必败其盟。而海内臣民徒见和约，大臣戒谕，左袒在夷。天津之事，至今私议，虽皇上亦未能正告天下，以袄教当行。曾国藩一请宣示，而声名顿尽矣。夫国家行政，四方瞻仰，岂不①显立教堂，而曰非朝廷之意？既已建立，而曰终必毁除；明与夷和，而暗实欲战，兵不厌诈，岂此之谓乎？

《论语》曰："忠信笃敬，行于蛮貊。"然则战和无两是，而诚

① "不"，《湘绮楼诗文集·陈夷务疏》作"有"。

诈无两行也。今宜明告民士，以朝廷力弱之故，下哀痛之诏，求贤能之臣，奉行诏书，先除袄教，正告诸夷，改立和约。若诸臣民无制敌之能，惮袄教之威，官吏儒士宜先受戒。督抚从教，是教行也。如不肯从，则毁堂无罪也。行教与否，专在督抚，其有归过于上，要誉于下，妄生轻举，以诒国忧，比之乱民，杀则无赦。不宜依违首尾，以劝善之说姑欺天下，使无赖奸民借口义愤，惊动朝廷。此殆最先宜革者也。

夫敌来犯我，则可论战矣；攻我，则可论守矣；战守既罢，可论和矣。今之诸夷本求互市，和且不必，何必言战。诚宜先绝互市，待其举兵，而后击之。不宜先陈兵旅以威陵之。臣尝读《孟子》至“横逆”、三“自反”之言，终比人于禽战[①]，未尝不慨然废书而叹曰：“此特儒者一时寄情之言耳！何其与‘自侮’‘自伐’之言相剌谬乎！”以横逆为禽兽者，伤君子闳远之怀；以夷狄为犬羊者，损圣王谦抑之德。使中国为恃强以自立，则秦皇长城过于文王城朔方也。悠悠之论，千古相习。一与夷接，则以为辱，故召兵致乱，常在其时。及夫外敌深侵，割地增币，犹不知我之失政，而但恨夷之无礼也。若小夷来朝，仍守虚文，倨傲而待之，畏强陵弱，何以为国？故不可不审思也。

语曰：“庖人不治，尸祝不代。”谋国者非臣民所代谋也。皇上注意战，则坚言战；注意和，则坚守和。得其道，和战俱利；失其机，和战俱败。不甘和者，挟于众议也；不敢战者，夺于浮言也。假使我欲和而彼不听，未知诸臣何以策之？而曰战无万全，和可万全，则又何为而密谋战也？战和皆无万全，又何为而甘与和也？谋定而持一说，布告中外，何忧何惧！故臣以夷务可昌言

① “战”，当为“兽”之讹。语见《孟子·离娄下》。

也。且国家政令多矣，夷务非急，愿无以为先也。

臣幼习《春秋》，感君国一体之谊。久居田亩，天阙九重。常恨终军请缨之谬，而有汪锜执戈之志；怀仲连蹈海之义，而慕子贡对吴之敏。特以矻矻耕读，无客游从宦之暇，恐不复挽辂九衢，饭牛国门，诚不自意复随贡举，中心旁皇，不能自抑。谨释所闻，以佐大猷。

及试礼闱，复落第，郁不得申，疏竟未上。归至清江，遇曾侯巡兵淮、扬，同至徐州，以为上客。颇复倦游，乃辞归栖隐石门，有终焉之志。因得毕注九经，及诸子百家不可通者，皆钩考淹贯，得其要妙。评赞廿四史，综核得失，文约旨明，而厌薄肤浅之论。日有恒课，时或出游，舟车不间，虽坐客纵谭，弟子请业，目营手写，应对无讹。其笺《诗》《礼》，自以为过郑康成。今读其书，可想见矣。

光绪二年丙子五月承水暴溢，石门屋圮，遂还长沙。时丁文诚方督川，聘先生主讲尊经书院，再辞不就。戊寅秋，始游蜀，答其厚意，遂留之，不得归。及居讲席，日夕忘疲，弟子莘莘，心悦诚服，恋慕不舍。主讲八年，前后四至州县，供张几如督府。先生屡自裁抑，而丁公礼意有加，百僚尊同长官矣。而衡阳彭刚直亦奏建船山书院，于东洲筑精舍以待先生，未暇顾也。己丑文诚薨于位，庚寅刚直亦相继殂谢。衡人士复申前议，重聘先生。方以久留川蜀，孤负彭公。辛卯春，遂翻然来游。

衡地僻小，人多质楚，少逊蜀才。而先生晚年教授，务崇师法，用戒浮夸。盖在蜀时，意主开敏，颇奖才智，而廖平之徒方习《春秋》，时立新说。先生尝太息曰：“不轨于正，而求新奇，终为吾道之敝。”后十数年，南海康有为闻其风而说之，昌孔子改制之论，新会梁启超复相推衍，号为“新学”，而先生亦已老矣。

当戊戌、庚子之际，新学盛行，诏改学堂，天下风靡。癸卯桂阳夏侍郎淑轩巡抚江西，奏聘先生维持正学，专使迎迓，冠盖相望，而先生乃呈请代奏曰：

窃维改学之说，倡自康、梁。湖南学堂师弟骈诛，正学复兴，曾蒙诏奖。自庚子以来，国威小挫，论者不咎诸臣之误事，乃羡日本之暴兴，推本所由，归功教习。彼亦知其骤胜，见忌英、俄，不以我为不能，乃欲引为同患。兼有逋臣煽诱，冀申前说。刘、张二督惑于群言，不待和议之成，先为不急之务。既取朝旨通饬遵行，死灰复燃，邪诐愈甚，名为西学，实倭学也。今湖南监督、教习，即当年驱逐管束之人，更引倭人来相保护。盖有监于前此被戮，倚外国以为护符，如欲严拿，即同租界。故今年夏间公然结党，干预外洋，并各学堂，皆相响应。虽狂愚不能为变，而风气大约可知。曩者与书前抚，谏以不宜效尤，未挽狂澜，不蒙询采。今改制经岁，谤斥纷如，縻费无名，徒为不靖。首善之地管学大臣已奏请弊不胜防。详读章程，无此学制。今若不聘外国教习，则改学为无名；聘有洋人，则学徒不可制。且外人所望，传教通商，何必愿我富强，代谋久远。伏冀达之圣听，监于刍荛，于国有裨，敢辞出位。

而湖南巡抚岑春蓂诡合时俗，莫敢上闻。先生虽重游南昌，不主学政，及还湘，夏亦迁陕。

丙午春，有江苏候补道某者希张督意，倡改船山书院为存古学堂，遵南皮奏，定章程，设四分校，部议驳斥，乃反言师范。然自王公以下，无不知先生者。时管学大臣张百熙已建议，以船山书院一代文粹，为天下所宗仰，终先生之世不改。枢臣更相奏保，朝旨特赏进士，人以为荣，先生笑置之。

戊申春，衡永郴桂兵备道谭启瑞复详呈先生所著书篇目，上之巡抚，其略曰：“先生生而奇异，幼有令名。遭逢寇乱，游历军间，赞画机谋，曾、胡侧席。三旅京师，运蹇名彰，学士倾心，王公倒屣。退处穷庐，不求闻达，弹思历年，著书千卷。已刻行者：《周易说》十一卷，《尚书笺》三十卷，《毛诗补笺》二十卷，《礼经笺》十七卷，《周官笺》六卷，《礼记笺》四十六卷，《公羊笺》十一卷，《穀梁申义》一卷，《尔雅集解》十九卷，《论语训》二卷，《尚书大传笺》七卷，《夏小正》一卷，《庄子注》二卷，《墨子注》七十一篇，《鹖冠子》三卷，《楚词释》十一卷，《文集》八卷，《诗集》十四卷，《笺启》八卷，《词钞》一卷，《王志》二卷，《湘军志》十六卷，及《湘潭县志》《衡阳县志》《东安县志》《桂阳州志》各一部。所未刻者：《本草注》四卷，《廿四史赞》廿四卷。其录《管》、校《孙》、存《荀》、评《韩》《吕》、别《淮南》、黜伪《列》、钞《龙子》、正《老子》句读，论说甚多，尤未尽刻云。”书奏，授翰林院检讨。方谭兵备详呈时，使院生清泉谢玉立属草稿请示。先生曰：“毋彼得美名，徒污我耳。”

宣统二年庚戌，湘士夫以先生重宴鹿鸣，请于朝，加翰林院侍讲衔。数年之间，恩命三至。人竞虚荣，公怀实忧矣。

辛亥八月，湖北起事，天下响应，云飙电疾，迅如摧枯，湖南尤捷。尝与人书曰：“变生意外，沧海横流，同时才彦皆失依据，各挟长策而靡所骋，诚开辟以来所未有也。所最奇者，仓皇避居，仍从容啸咏，我辈遂为所推移。长沙之失，亲见三人荷戈而驰，指麾遂定。陷贼六日，舁还山庄。所不辱知好者，满城降旗，家门独否，且毕稽向生，值昏时未遇刘、石。曾、左、彭今逢翻案，不及洪、杨。猥以此缘，躬逢其敝，因作《悲愤诗》以见意。”

壬子岁，南北统一。袁公手握重兵，群推总统，名曰民国，号称共和，实慑其兵力。袁既得位，隐有私天下之心，罗致名贤，以收时望，卑词厚币，聘征先生。时当送女至沪，道出江汉，京使已迎候至汉，乃遣桂阳陈甥兆璇赍书至京谢之。至则随使入觐，更期明年以国史馆长相属，复辞不就。甲寅岁，更遣内史桂阳夏寿田迎至长沙，以寿田故弟子，善辞令，固请宜来。然家人弟子各持两端。谓先生雅怀高致，中外共知，年逾八十，复何所求，即行至汉皋，当称病不去。或又谓袁公三聘，礼无不答，奈何绝其欢，徒示不广耳，彼国史馆乌足溷先生哉？皆私相忖度，莫敢先发。而长沙举人彭言孝，名孝廉申父子也，家承理学，独直言切谏，且曰"孝不言，死无以见先君于地下"。先生曰："吁！子诚爱我，何不蚤言！今行矣，不能中止。然不负子意，子姑待之。"

于是先生遂行，出西门，自将军以下皆骑从列队湘干，军容甚盛。当初至南昌时，夏抚提亦亲出迎候接官亭，自非钦差、统帅，莫与比数，其见重公卿，由来久矣。轮泊汉口，乘车一日夜至京。袁公遣迎至西苑，相见甚欢。已而国务院致银印，无人祇领，乃以曾广钧掌之。逾月，先生竟还湘，入山庄，将不复出。而总统已密令湖南将军遣迎至山庄，不得已，乃复入京。居久之，终不乐，计无以自说。会复辟议起，先生以为中国之大，血气之伦未能尽泯，庄生所谓彼亦一是非也。屈而求信，亡而图存，亦理之自然耳。而宋芸子之徒闻其绪言，未究终始，从而和之，大为袁公所忌。冬十月戊申，警兵围国史馆，逮宋入狱，先生因得从容辞归。归未数月，而筹安会出矣。

乙卯冬，改元洪宪，海内推戴，日驰千电，总揽万机，人以为帝王子孙万世之业也。先生方辍讲东洲，不问世事，而京使复来，将以太师位上公，强起之。先生笑谢未遑，使留三日不去，乃与书总统曰："三殿扫饰事已通知。外间传云，四国忠告，殊出情理之外。想鸿谋专断，不为所惑。但有其实，不必其名。四海乐推，曾何加乎豪末！前已过虑，后不宜循。既任天下之重，不必广询民意，转生异论。若必筹安，自在措施之宜，不在国体。且国亦无体，禅征同揆。唐、宋篡弑，未尝不治。群言淆乱，何足问乎？"又与晳子书曰："谤议丛生，知贤者不惧，然不必也。无故自疑[①]，欲改专制，而仍循民意，此何理哉？尝论'弑'字，字书所无，宋人避忌而改之，不知不可试也，将而诛焉，弑则败矣。既不便民国，何民意之足贵？自古未闻以民主国者，一君二民，小人之道，否象也，尚何筹安之有？总统系民公立仆，不可使仆为帝。弟可功成身退，奉母南归，庶几免乎？抑仍游羿彀耶？"使去未几，都中来电，词意甚恭，莫测其耑。疑使作为，亦莫自辨。

先生为学，无所不窥，然其要本归于老庄之言。故其著书数千百卷，作经训以明圣道，与诸生讲说，剖剥儒、墨，分别庄、老，指事类情，切中肯要，独以逍遥齐其物论，虽古之圣贤，莫能自解免也。其言洸洋闳辨以自恣，故自天子诸公不可器之。鄙夫戋戋，乃欲议其出处，岂知却金还印举国共闻，伯夷、叔齐何足圣乎！孔子曰："老子其犹龙邪？"今于先生见之矣。

生平好游览，所过山川必考其源流，正辨讹误，往往足证《禹贡》《水经》之疏阙。所至名胜，则幽赏题咏，或竟夕不能去。然足迹遍中国，终无一岁之留。尝西至太华，北过恒山，东登岱

---

① 《湘绮楼日记》民国四年（乙卯）十一月记与杨度书，"自疑"后尚有"毫无益处"四字。

岳，南游九疑矣。至则与诸名流访黄帝、尧、舜封禅之处，凭吊欷歔焉，总之不离乎游咏自适而已。所识交游，无间穷达，人有急难，或抑郁不得信其志欲，乃委曲而拯济之。故每至省会、邑城，疾苦奔诉，及贫不能举火者，望之如大旱之望云霓。间有传询，一言诘责，无不悉其情伪，故人终不敢相欺。海内文人莫不相师，一字之赠，荣于华衮，不远千里，执贽求见。虽千金一文，百金一函，门如市焉。及以金求者，先生又笑曰："文可买乎？岂真有其事耶？"其教弟子，循循善诱。虽才质愚下，必道之使言，一隅方举，莫不自奋。如有一知之得，一艺之长，必力为表彰，使之自见。故士皆乐就陶范。其在衡阳几四十年，而桂阳、常宁、耒阳、浏阳诸县及昭潭、石鼓课卷，包裹缄寄，辐凑于前。虽盛暑严寒，卷不释手，评点忘疲，《语》曰"学不厌，诲不倦"，先生有焉。

丙辰秋九月庚寅卒于县南云湖山塘山庄正寝，年八十有五。夫人蔡氏、长娣莫氏皆先卒。四子、十女并擅文翰，能传家学。次子代丰弱冠有声庠序，撰《春秋例表》。丁文诚已奏附史馆，立《儒林传》，亦先病故。闻讣之日，海内承学为位而哭者数千人。东洲弟子合群疏经，持丧百日。大总统专使吊临奠祭，特赠碑文，并治丧银三千六百元。

薄田数亩，产业不增，岁得馆谷有余，则以振乡族子弟之乏绝者。尤谨于礼，居母丧期年，犹未食肉。人疑其伪，先生曰："礼以饰情，不肉食愈于肉食，背人食肉愈于对人食肉，此礼意也。"每遇忌日，必设奠、素食、辟客，有闯入者，则叹曰："冲破忌日矣！"凡春秋尝祠，及书院释奠，诞祭船山先师，皆依附《礼经》，手订仪节。亲友有丧，无不临吊。尝于清泉训导章凤渠之丧，先生与视小敛。及大敛，清泉知县某犹不至，与书责之，或劝止焉，先生喟然曰：“使天下知同官有视丧之义，敢避嫌乎？”衡阳程中宪屼樵卒，晚姻后辈，先生年逾七十，暑行数百里，亲临其穴。人皆感叹泣下，不多程之贤，而高公之谊也。其行事可敦薄立懦，嘉言懿德足垂后世者，不可阐纪。小子无知，谨献所闻，次为一篇，以待国史征采，及当代名公碑诔备削稿焉。弟子衡阳喻谦谨述。（湖南图书馆藏民国石印本）

王湘绮先生碑文　黎元洪

越洞庭而上溯湘水，入长沙而南望衡山，其间地夷而气清，盖自昔屈原、贾谊迁谪之所，代有畸人逸士，富于幽旷博丽之思，迄近世曾文正、胡文忠、左文襄诸人，以武功为天下倡，将相联翩，海内外属耳目焉，而是时湘潭王湘绮先生乃独以文学见称于世。

先生讳（凯）［闿］运，字壬秋。幼而颖悟，委己于学，无师而成。年二十六，举清咸丰丁巳科湖南乡试举人，屡赴礼部试不售。尝北行宿（济）［齐］河，遇大雪，豁然于荣枯之理，知富贵不可以长保，乃壹意著书，为不朽之业。是年，竟不与试。居京师，作《哀江南赋》及《圆明园词》，文名噪都下，所与游者如南皮张文襄及湖口高心夔、攸县龙（溥）［汝］霖、长沙李寿蓉，皆一时名士，公卿倒屣，惟恐或后。尚书肃顺尤重先生，一日宴于龙树寺，肃顺馈俄罗斯酒、哈密瓜，以要之乘，先生车至，为之执鞭。文宗皇帝尝称肃顺章奏文章茂美，孰为之？肃顺则以先生对，于是集先生平日书翰呈览，文宗叹异。先生闻而遁去，盖知肃顺之必败也。曾文正公驻军祁门，招先生参戎幕，凡所建议，侃侃无所回顾，然每至，不数月辄去，终不受保荐也。其后丁文诚督四川，聘先生主讲尊经书院十余年，蜀士治经有家法而能文章者，大抵皆其门下。及文诚去蜀，而先生返湘。彭刚直视师广东，建船山书院于衡山，聘先生主院事，凡二十六年，湘以南从游者日众。讲肄之余，遍注群籍，于经则有《易说》《尚书大传注》《书笺》《诗补笺》《三礼笺》《论语训》《公羊笺》《穀梁申义》《尔雅集解》，于史则有《四史详校》《史赞》《新旧唐书删辑本》《辽金元史删订本》，于子则有《老子注》《管子校注》《墨子校注》《庄子七篇注》《鹖冠注》，于（子）志乘则有《湘军志》，《桂阳州志》，湘潭、衡阳《县志》，于诗文词则有《湘绮楼集》，其他零篇杂记为门人所取存者，尤不可胜记。宣统二年，大吏裒先生所著书上于朝，或（拟）［疑］《公羊笺》触时忌，去之，先生闻而笑曰："是所谓弃周鼎而宝康瓠也!"呜呼！可以观先生之志矣。民国纪元，前大总统袁公以先生为国史馆馆长，至三年乃就任，未期而归。以五年某月日卒，年八十有五。

予夙闻先生名，至是得见先生于京师，气粹而和，精神奕然，方谓百年为可保也，孰知予遽为其身后之文耶？乃举其荦荦大者，揭诸墓道，而系以铭。

铭曰：世运无常，与道推移。道不自宏，巨儒张之。暴乱恣肆，枭雄踵迹。亢龙有悔，穷而后革。三世之义，准于麟经。始从据乱，渐进升平。圣（墓）［谟］微眇，烛照万世。无言不雠，如龟如筮。导源江都，大启邵公。俯视左穀，莫之敢攻。欲窥文孔，斯经攸赖。先生之学，与时幸会。皤之黄发，京国观光。诎彼时帝，伸我托王。湘山嵯峨，其水清泚。勒辞贞石，以诏无止。

（《民国日报》1917 年 2 月 10 日）

清史稿·王闿运传

王闿运，字壬秋，湘潭人。咸丰三年举人。幼好学，质鲁，日诵不能及百言。发愤自责，勉强而行之。昕所习者，不成诵不食；夕所诵者，不得解不寝。于是年十有五明训诂，二十而通章句，二十四而言《礼》。考三代之制度，详品物之所用。二十八而达《春秋》微言，张《公羊》，申何学，遂通诸经。潜心著述，尤肆力于文。溯庄、列，探贾、董，其骈俪则揖颜、庾，诗歌则抗阮、左。记事之体，一取裁于龙门。

闿运刻苦励学，寒暑无间。经、史、百家，靡不诵习。笺、注、抄、校，日有定课。遇有心得，随笔记述。阐明奥义，中多前贤未发之覆。尝曰："治经：于《易》，必先知'易'字有数义，不当虚衍卦名；于《书》，必先断句读；于《诗》，必先知男女赠答之辞，不足以颁学官、传后世。一洗三陋，乃可言《礼》。《礼》明，然后治《春秋》。"又曰："说经以识字为贵，而非识《说文解字》之字为贵。"又曰："文不取裁于古则亡法，文而毕摹乎古则亡意。"又尝慨然自叹曰："我非文人，乃学人也！"

学成出游，初馆山东巡抚崇恩。入都，就尚书肃顺聘。肃顺奉之若师保，军事多谘而后行。左宗棠之狱，闿运实解之。已而参曾国藩幕，胡林翼、彭玉麟等皆加敬礼。闿运自负奇才，所如多不合。乃退息，无复用世之志，唯出所学以教后进。四川总督丁宝桢聘主尊经书院，待以宾师之礼，成材甚众。归为长沙思贤讲舍、衡州船山书院山长。江西巡抚夏时延为高等学堂总教。光绪三十四年，湖南巡抚岑春蓂上其学行，特授检讨。乡试重逢，加侍读。闿运晚睹世变，与人无忤，以唯阿自容。入民国，尝一领史馆，遂归。丙辰年卒，年八十有五。

所著书以经学为多，其已刊者有《周易说》十一卷、《尚书义》三十卷、《尚书大传》七卷、《诗经补笺》二十卷、《礼记笺》四十六卷、《春秋公羊传笺》十一卷、《穀梁传笺》十卷、《周官笺》六卷、《论语注》二卷、《尔雅集解》十六卷，又《墨子》《庄子》《鹖冠子义解》十一卷、《湘军志》十六卷、《湘绮楼诗文集》及《日记》等。子女并能通经，传其家学。次子代丰，早世，著有《公羊例表》。

近代名人小传　费行简（沃丘仲子）

王闿运，字壬父，湘潭人。就学三年，日诵不能及百言。已虽其成诵，而犹弗得其解。塾之人皆蚩之，师曰："学而蚩于人，是可羞也。蚩于人而不奋，宁不学也。"闻而泣，退而刻责，乃免强乎学问。昕所习者，不成诵不食；夕所诵者，不得解不寝。于是年十有五明训故，二十而通章句，二十四而言《礼》。考三代之制度，详品物之所用。二十八而达《春秋》微言，张《公羊》，申何学。时则学者习注疏，文章皆法郑、孔，有解释，无纪述，重考证，略论辨。读者竟十行，辄引几卧。慨然曰："文者，圣之所托，礼之所寄，史赖之以信后世，人赖之以为语言。词不修则意不达，意不达则艺文废。俗且反乎混沌，况乎孳乳所积，皆仰观俯察之所得。字曰文，言其若在天之星象，在地鸟兽蹄迹之迹，必其灿然者也。今若此，文之道几乎息矣。"遂溯庄、列，探贾、董，发为文章，其俪体则揖颜、庾，诗歌则抗阮、左。记事之体，一取裁于龙门。为《尚书笺》《礼经笺》《小戴记笺》《春秋公羊笺》《春秋例表》《论语笺》《湘军志》，注《墨子》《列子》，正诸史《艺文》，纂《春秋遗传》。诸门弟子辑其文诗书问为集，凡若干卷。

先生咸丰癸丑举人，以贫就食四方，尝馆山东巡抚崇恩、大学士肃顺所。顺奉之若师保，军事多以谘之，左宗棠之狱因以得解。已而参曾国藩戎幕。国藩，先生通家也，其初起屏仪节，延纳士人，重法以绳吏胥，严刑以殛奸宄，皆纳先生议。迨丧归再出，变节为巽顺，虽功成，勋业冠清代，而先生笑其避事，国藩且不自信也。知事成之由命，毁誉之无真，乃退息无复用世之志，唯出所学以开教授。丁宝桢钦其贤，延为成都尊经书院院长。至之日，进诸生而告曰："治经：于《易》，必先知'易'字含数义，不当虚衍卦名；于《书》，必先断句读；于《诗》，必先知男女赠答之辞，不足以颁学官、传后世。一洗三陋，乃可言《礼》。《礼》明，然后治《春秋》。"又曰："说经以识字为贵，而非识《说文解字》之字为贵。"又曰："文不取裁于古则亡法，文而毕摹乎古则亡意。"（常）［当］清世，蜀学晦塞，有刘沅者，自谓通三教，取俗所传文昌阴骘文教士，号文昌教。其子适官翰林，蜀人靡然从之，几无通士，闻先生说，乃幡然改习注疏、诸史、《文选》之属。院生日有记，月有课，暇则习礼，若乡饮、投壶之类，三年而彬彬进乎礼乐。其后廖平治公羊、穀梁《春秋》、《小戴记》，戴光治《书》，胡从简治《礼》，刘子雄、岳森通（绪）［诸］经，皆有家法，未尝封于阮氏《经解》，视诂经、南菁、学海之徒曰经解者，盖不可同日语。蜀学成，还主长沙校经书院，继移衡州船山书院，而所得士少逊于蜀矣。岑春蓂抚湘，上所著书，赐翰林院检讨。乡试重逢，晋侍读。入民国，袁世凯聘修国史。方发凡起例，遽卒，年八十（八）［五］。子代丰、女莕皆治《礼》，能传家学，而胥早卒。余诸子亦能文。

先生少负奇志，尝说胡林翼以湘鄂自立，徐平发捻，逐清建夏，林翼谢不敏。又说国藩曰："南洋诸埠，土皆我辟，而英、荷据之，且假道窥我，今士犹知兵，敌方初强，曷略南洋以蔽闽粤？"国藩亦谢不敏。后又说宝桢曰："印、英仇也，而从之，实势是屈。今方闲暇，先营卫藏，为印后援，可乎？"宝桢大称善，檄黄楙才先至探道里。未及设施，竟殁。先生曰："丁之殁，吾志之不行也！"自是不复谈大略。所为《湘军志》，是非之公，为唐后良史第一。而骄将恶其笔伐，有欲得而甘心者。避之京师，奕䜣素慕先生名，属徐树铭为介，造问政。先生曰："国之治也，有人存焉。今少荃之洋务、佩蘅之政事，人才可睹矣，何治之足图乎？"䜣曰："是处士之徒为大言者。"遂不复请谒。先生行已临文，一秉经训。晚岁以行役挈周媪从，俗士不读礼，播为异谈。乌乎！斯其陋矣。是非吾学者之羞乎？壬午间，予以幼学，莫知所从违。及读先生《巫山神女庙碑》，谓巫古官氏，殷人重之。王宫有巫官，以之示是非、决吉凶。盖妇人好卜，特以巫规之，而巫（虫）［蛊］之祸弗作矣。托言神女瑶姬者，实况后也，是知巫山得名非虚。而神女云云，则借以告王是非。予惊叹，以为汉以后无斯文，遂纳贽请业。逾年，先生反湘。逾二十四年，再见于汉上。故同时抠衣诸子，余学为最谫，而先（主）［生］尚许其近古也。先生仪容爽伟，音吐清越。唐以后书虽读之，而临文不隶其一事、蒙其一词。故终身论学，未尝及宋明儒者异同。

同光风云录 邵镜人

王闿运，湖南湘潭人，字壬秋，又字壬父，自署所居之楼曰"湘绮楼"，世称湘绮先生。世传湘绮生时，父梦神榜其门曰"天开文运”，因以“闿运”为名。初就塾读书，性钝，日诵不及百言，同塾生皆嗤之。师曰：“学而嗤于人，是可羞也。”闿运闻而泣，退益刻励，日所学，不得解不寝。年十九补诸生，自是经史诸子百家靡不钻研，作《仪礼解》十二篇。时当清末，士子承乾嘉以来训诂章句之学，习注疏，重考据，不知修词为何事。湘绮慨然曰：“文者，圣之所托，礼之所寄，史赖之以信后世，人赖之以为语言。词不修则意不达，意不达则艺文废。俗且反乎混沌……”于是本于《诗》《春秋》，参庄、列，探贾、董，旁涉释乘，复沉酣于魏晋六朝之间，发而为文，华藻丽密。词气苍劲，殆非唐宋以下文家所能及焉。

湘绮不仅以文章见长，而学术思想，影响于时代者亦甚巨。钱基博尝言：“五十年来，学风之变，其机发自湘之王闿运。由湘而蜀，由蜀而粤而皖，其所由来者渐矣，非一朝一夕之故也。”学者许为知言。

咸丰癸未，秋闱报捷。平湖张金镛督学湖南，得其卷，惊曰：“此奇才也，他日必以文雄天下。”既入都，应礼部试，不售。时肃顺柄政，待为上宾。一日，为草封事，文宗阅之叹赏，问属稿者何人，肃顺对曰：“湖南举人王闿运。”上问：“何不令仕？”曰：“此人非衣貂不肯仕。”上曰：“赏貂。”衣貂者，即翰林也。

文宗崩，西后用事，时湘绮方客游山东，先是得肃顺书招，入京将大用，稍迟行，而肃顺伏诛矣。遂临河而止，狼狈而归。有诗云：“当时意气各无伦，顾我曾为丞相宾。俄罗酒味犹在口，几回梦哭春华新。”即咏此事。后数年，主讲船山学院，每朗诵此诗，泪辄涔涔下。亦尝以私积千金，恤肃顺之家属。其于朋友生死之际，风义不苟如此，可以风世。

湘绮曾一度参两江总督曾国藩之军幕，以“简屏仪从，延纳士子，重法以绳胥吏，严刑以绝奸宄”劝国藩，俱为所嘉纳。自后国藩益显贵，宾客多变为弟子、僚吏，而湘绮仍抗颜称宾。某年，再赴金陵谒国藩，值事忙，遣使招饮，湘绮笑曰：“相国以我为餔餟来乎？”遂携装乘小舟返。国藩觉而追谢之，则已归矣。

某年，再赴金陵谒曾国荃，贻诗有句云：“若论上将功多少，试问长江水浅深。”读者不解其命义，问之。湘绮笑曰：“此乃见景生情，是时沅甫馈余五十金，余报之以诗，身在江船，对水赋此耳。”其诙谐如此，故虽为国藩兄弟所礼重，而终未得其保荐大用者，岂无故哉？

清末再至北京，恭亲王奕䜣慕其盛名，造问国事。湘绮曰：“国之治也，有人存焉。今少荃洋务，佩蘅政事，人才可睹矣。何治之是图哉？”少荃者，直督李鸿章也；佩蘅者，大学士宝鋆也。而湘绮讥之如此。亲王曰：“此处士之徒为大言也。”遂不复请益。

辛亥以后，士大夫多剪发、着西服，而湘绮独不改装。会当八十寿辰，湖南大都督谭延闿具大礼服往贺，湘绮则红顶花翎、朝珠补褂，掩辫发而出，延闿不得已屈膝下拜。既坐，湘绮顾谓之曰：“君勿诧。吾胡服垂辫，尔西装髡首，皆外国制也，若能优孟衣冠，乃真睹汉官威仪矣。”相与大笑不已。

袁世凯为民国总统，尝以世侄礼致聘问。湘绮老而再入都，相传携所昵之女仆周妈与俱。既晤世凯，呼周妈而介之曰：“此今之大总统也，吾早年尝为汝言，此公子神健，必贵，今果验矣。”世凯局促无以应。世熟传彼贻总统一联曰：“民犹是也，国犹是也，何分南北？总而言之，统而言之，不是东西。”誉之者曰：“此乃苏东坡嬉笑怒骂皆成文章。”

民三，再入都，就职国史馆长。一时名流，樊樊山、易实甫等设宴为洗尘。席间漫谈，湘绮曰：“吾走遍各地，所吃酱油，无如敝县湘潭为最。”实甫因戏之曰：“湘潭出酱。”（酱、将同音。）此老应之曰：“龙阳出相。”龙阳县为实甫之故里，而龙阳君又相传为嬖童，亦即北方人所谓相公者也。

湘绮断弦后，不娶，事实上即以女仆周妈为继室，行纵所历，鸳鸯同载，接待宾客，亦所不避。而犹老健性狂，所昵不止周妈一人而已。有罗妪者，《湘绮日记》称为贞节孝妇也，后卒嫁其男仆苏彬。《日记》有云：“夜寝甚适，罗氏侍也。”又有房妪者，亦女仆也。《日记》有云：“房妪劳困，鼾于卧侧。外报干将军来，披衣出迎，方与妪话：若早一刻，直入卧内，有可观也。”天真可爱，其此老之谓欤？

相传湘绮逝世时，周妈尝挽以联云：“忽然归，忽然出，忽然向清，忽然亲袁，恨你一事无成，空有文章惊四海；是君妻，是君妾，是君执役，是君良友，叹我孤棺未盖，凭谁纸笔定千秋。”或谓此联颇能概括湘绮一生，而道出两人关系。

自京归故里，年八十五卒。遗作甚多，其最著者，《周易说》，《尚书笺》，《诗经补笺》，《礼经笺》，《春秋公羊笺》，《论语训》，《湘军志》，墨子、庄子、列子《注》，《春秋遗传》……门人辑其诗文笺启为《湘绮楼集》，凡若干卷。其易箦前，有自挽一联云：“春秋表未成，幸有佳儿传诗礼；纵横计不就，空余高咏满江山。”余杭章太炎者，稍后出，目无天下人，而所学又与湘绮违异，独称其文章能尽雅，洵笃论也。

现代中国文学史 钱基博

方民国之肇造也，一时言文章老宿者，首推湘潭王闿运云。王闿运，字壬秋，又字壬父。生时，父梦神榜其门曰：“天开文运”，因以“闿运”为名。顾天性愚鲁，幼读书，日诵不及百言，又不能尽解，同塾者皆嗤之。师曰：“学而嗤于人，是可羞也。嗤于人而不奋，无宁已。”闿运闻而泣，退益刻励。昕所习者，不成诵不食；夕所诵者，不得解不寝。年十五，始明训故。十九补诸生，与武冈邓辅纶、邓绎等结兰（陵）［林］词社，号“湘中五子”。二十通章句；二十四而言《礼》，作《仪礼讲》十二篇；二十八达《春秋》。其治学初由《礼》始，考三代之制度，详品物之体用，然后通《春秋》微言，张《公羊》，申何休，今文家言于是大盛也。时则让清之季，学者承乾嘉以来训诂章句之学，习注疏；为文章法郑玄、孔颖达，有解释，无纪述，重考证，略论辨，掇拾丛残，而不知修辞为何事。读者竟十行，辄隐几卧。而闿运不谓是，因慨然曰：“文者，圣之所托，礼之所寄，史赖之以信后世，人赖之以为语言。词不修则意不达，意不达则艺文废。俗且反乎混沌，况乎孳乳所积，皆仰观俯察之所得。字曰文，言其若在天之星象，在地之鸟兽蹄迹，必其灿著者也。今若此，文之道或几乎息矣。”故其为文悉本之《诗》《礼》《春秋》，而溯庄、列，探贾、董，旁涉释乘，发为文章，乃萧散似魏晋间人。大抵组比工夫，隐而不现。浮枝既削，古艳自生。平湖张金镛方督学湖南，科试录遗才，得闿运卷，惊曰：“此奇才也！他日必以文雄天下。”急延见，称勉之，且曰：“湖岳英灵，郁久必发，其在子乎！”中咸丰癸丑举人。应礼部试，入都，肃顺柄政，待为上宾。一日，为草封事，文宗叹赏，问属草者为谁。肃顺对曰：“湖南举人王闿运。”上问：“何不令仕？”曰：“此人非衣貂不肯仕。”上曰：“可以赏貂。”故事翰林得衣貂。时闿运在公车，意不欲他途进也。既，文宗崩，孝钦皇后骤用事，诛肃顺，而闿运方客山东，得肃顺书招之，将入都，闻肃顺诛，临河而止。有《人日寄南昌高心夔伯足诗》曰："当时意气各无伦，顾我曾为丞相宾。俄罗酒味犹在口，几回梦哭春华新。"即咏肃顺也，不胜华物山丘之感。后数十年，闿运老矣，而主讲船山书院时，一夜朗诵此诗，说肃顺故事，曰："人诋逆臣，我自府主！"泪涔涔下。某岁走京师，托言计偕，而实未与试，阴以卖文所获数千金，恤肃顺之家云。闿运诙谐善谑，独于朋友死生之际，风义不苟如此。

肃顺既败，乃踉跄归，伏匿久不出。旋参两江总督曾国藩军事。国藩，闿运通家也；其初简屏仪从，延纳士人，重法以绳吏胥，严刑以殛奸宄，皆纳闿运议。闿运谓："国藩之文，欲从韩愈以追西汉，逆而难。若自诸葛忠武、曹武王以入东汉，则顺而易。"而国藩不能用也，独谓闿运文有慧业，极称其《秋醒词序》。其辞曰（原文省略）自诧以为生平妙文，无过此者。

文章雍容，遨游群帅间，而是时天下大乱，将帅各开幕府，招致才俊。曾国藩尤称好士，贱人或起家为布政，裸身来，归资巨万，士争自效。闿运独为客，不受事，往来军中，或旬月数日即归。后国藩益贵，宾客皆为弟子，闿运仍为客。尝至江宁谒国藩，国藩未报，遣使招饮。闿运笑曰："相国以我为餔啜来乎？"即携装乘小舟去。国藩追谢之，则已归矣。撰《湘军志》，叙曾国藩之起湘军，及戡平太平军本末，虽表扬功绩，而言外见意，于国藩且有微辞，不论其它。文辞高健，为唐后良史第一。惟骄将惮其笔伐，造作蜚语，谓得暮夜金，所纂有乖故实，购毁其板，欲得而甘心焉。然闿运自以为记事追太史公，趫趠不多让也。其记事之流传者，《湘军志》而外，有《录祺祥故事》，其辞曰（原文省略）盖作于国变以后，然婉而章，尽而不污，与《湘军志》同为逊朝大掌故文字也。

既以肃党摈，不用于时，大治群经，出所学以开教授。谓：

“文章之道，词不追古，则意必循今，率意以言，违经益远。是以文饰者胥尚虚浮，驰骋者奋其私知。故知文随德异，宁独政与声通。欲验流风，尤资总集。但萧楼留《选》，仅存梗概。梅《纪》旁搜，未区门目。自余捃摭，莫识津涯。蔽所稀闻，咻于众楚。”因辑《八代文粹》，广甄往籍。类分仍夫萧《选》，正副略仿李《钞》。要以截断众流，归之淳雅，并为述其本由，使必应于经义。四川总督丁宝桢钦其贤，延为成都尊经书院院长。至之日，则进诸生而告之曰：“治经要道：于《易》，必先知‘易’字含数义，不当虚衍卦名；于《书》，必先断句读；于《诗》，必先知男女赠答之词，不足以颁学官、传后世。一洗三陋，乃可言《礼》。《礼》明，然后治《春秋》。”又曰：“说经以识字为贵，而非识《说文解字》之为贵。”又曰：“文不取裁于古则亡法，文而毕摹乎古，则亡意。”“然欲取裁于古，当先渐渍乎古。先作论事理短篇，务使成章。取古人成作，处处临摹，如仿书然，一字一句，必求其似。如此者，家信账记，皆可摹古。然后稍记事，先取今事与古事类者，比而作之；再取今事与古事远者，比而附之。终取今事为古所无者，改而文之。如是者，非十余年不成也。人病欲速。”遂教诸生以读《十三经注疏》、二十四史及《文选》之法。诸生日有记，月有课，暇则习礼，若乡饮、投壶之类，三年皆彬彬进乎礼乐。厥后廖平治公羊、穀梁《春秋》、《小戴记》，戴光治《书》，胡从简治《礼》，刘子雄、岳森通诸经，皆有师法，能不为阮氏《经解》所囿，号曰蜀学。既还，主长沙校经书院，移衡州船山书院、江西大学堂。弟子数千人，学者称为湘绮先生。

湘绮先生者，盖因闿运自署所居之楼而称也。闿运闲雅广达，饶文史之乐，早岁偕妻赁庑，殊逼仄不甚适，自署曰湘绮楼，诵谢仪曹诗曰：“高文亦何绮，小儒安足为！”自以“好为文而不喜儒生，绮虽未能，是吾志也”，故以为名。然是时实未有楼也。后于长沙定王故台之旁，得三楹而居，有楼甚广，开窗即见湘水接天，山峦起伏，苍波无际，悠然景物，悉纳户牖。闿运于是大乐，欣得其所也，曰：“此真湘绮楼矣！”夫人蔡氏名菊生，亦知书，能诵《楚辞》以娱媚于闿运。先是，闿运之少也，谒于蔡氏。有女贞不字，窥帘见以为丰裁独秀。其父微测其意，告于祖母，问曰：“湘潭王生尚有文才，惜太贫耳。”女默然久之，第曰：“贫亦何害！”祖母曰：“然则汝肯嫁若耶？”女益默然。父友丁取忠方善闿运，绳而媒焉，闿运少喜标置，不乐土风，未之许也。他日丁取忠乃言蔡女高傲，或劝勿媒。闿运遽曰：“女中安得高者？”请愿娉焉。问名之夕，梦通谒者红锦金书，惟“媞”字朗然；旦得庚帖，越二岁来归，故字以“梦媞”。既习礼容，尤矜风格，明眸广额，鬒发稠如。姻家黄尝大会族亲，满堂黻佩。或问谁为王嫂，黄母笑曰：“刘妇莱妻，一望识矣。”自以居贫，恒严取受。顷岁绝食，有馈金求闿运文者，笑曰：“当作则与，文可鬻耶？”已而闿运果却之，相视輾然。

闿运居湘绮楼之一年，而太平军作难。曾国藩起湘军，闿运奋焉有用世之志，出参军谋，归读我书。邻园有鹤夜鸣，辄起徘徊，赋诗曰：“鹤唳华池边，气与空秋爽。平生志江海，低羽归尘鞅！”翛然有世外之致也。既，兵久不解。疮痍遍地，白日闭城，但有师旅，干戈之光映月，而哭声盈野，变故陈沓。闿运乃（絜）［挈］妻避兵明冈，六年还城，则困甚。自言：“家无儋储，月供房税；靡菽水之福，有泉刀之苦。”乃身之广州，写所经途，有《到广州与妇书》。其辞曰（原文省略）诵者谓“辞章之美，情必极貌以写物，辞必穷力而追新”。先民有作，鲍照《大雷》差相拟也。

诗才尤牢罩一世，各体皆高绝。而七言近体则早岁尤擅场者。(原文省略）雅健雄深，颇似陈卧子，有明七子之声调而去其庸肤，此其所以不可及也。顾其集中所存，无七言近体，盖晚年手订全稿时删去者。惟湘中旧刻本内有七言绝、律二卷，曰《杜若集》《夜雪集》。而七言古最著者，莫如所作《圆明园词》一篇，韵律调新，风情宛然，乃学唐元稹之《连昌宫词》。不为高古，于《湘绮集》为变格。然要其归引之于节俭，而以监戒规讽终其篇，亦仿元稹《连昌宫词》之体也。网罗园故，序而行者，则署名长沙徐树钧焉。其词曰（原文省略）盖同治十年所作。诗出，辇下争写。大学士周祖培、侍郎潘祖荫见之，并叹为伤心感人也！独普定姚大荣议之曰："（原文省略）湘绮方慨然于游民轻法、刑废不用；抑思士大夫为民表率，尚自弁髦刑章，又何责乎小民？此甚关文章体要，非其他小疵可比。嗟乎，有唐诗人之不可及，岂徒以其诗哉！即以诗论：首二句'宜春''建章''长乐'并用，似涉填凑，合下二句'离宫'云云，意殊凡近。起势平弱，入后便难振奇。中间'山石参差尽亚风'，句法出自老杜；然杜系题画，风鼓洪涛，山木自偃，转似洪涛在上、山木在下，画中风色确有此状。故云'山木尽亚洪涛风'。若山石是不动物，云何'亚风'？此等死句，殊难索解，然尚系小疵。其巨谬则在不考事实，就所见闻，一断以心，而为莫须有之案证。既作诗，虑故实不详，传闻或失，复自序之，而托名于同游之主事徐树钧。第诗以纪事，叙以明诗，如二者皆非纪实，则不足征信。且纪事之文，最重年月日，年月日一不分明，则事实可臆造，必启虚诬颠倒之弊。（原文省略）传曰：'俗语不实，流为丹青。'其湘绮之谓欤！"然闿运此诗，模范唐贤，踵武梅村，淫思古意，流播辇下，传写纸贵。观其窃比相如，恨不遇时，自负亦不浅矣。

然所自喜者尤在五言古，宗尚庾、鲍，上窥建安，华藻丽密，词气苍劲，自诧不作唐以后诗。盖其沉酣于汉魏六朝者至深，杂之古人集中，真莫能辨也。诃之者则云：“惟莫能辨，故不必自成湘绮之诗矣。”然闿运则自以尽古人之美，熔铸以出，其教人亦从摹拟入手，以为：“诗则有家数，易摹拟，其难在于变化。于全篇模拟中，能自运一两句，久之可一两联，久之可一两行，则自成家数矣。”有《诗法一首示黄生》。其辞曰（原文省略）盖议论偏至如此。

起自孤童，未冠之时，即与诸贵人游，恐不礼焉，则高自标置，一生不受人慢；而成名之后，弥以夸诞。貌似逍遥，意实矜持。牢落不偶意，壹以谐谑出之。至京师，恭王奕䜣慕其名，造问政。闿运曰：“国之治也，有人存焉。今少荃之洋务、佩蘅之政事，人才可睹矣，何治之足图哉！”少荃者，直隶总督李鸿章；佩蘅者，大学士宝鋆。一世所推伟人长德也，而闿运讥之如此。奕䜣曰：“是处士之徒为大言者！”遂不复请谒，然闿运则自以为贤。其乡人左宗棠总督甘陕，方拓土西域，朝论倚重。而闿运与之书，怪其不以贤人见师，谓：“天下之大，见王公大人众矣，皆无能求贤者。今世真能求贤者，闿运是也，而又在下贱，不与世事，性懒求进，力不能推荐豪杰。以此知天下必不治也。”又尝谒两江总督曾国荃，诒以诗有：“若论上将功多少，试问长江水浅深。”诵者问：“是何义谛？”闿运曰：“汝意云何？”曰：“归功水师。”闿运笑曰：“否，此乃见景生情也。是时曾馈余五十金；余报之以诗，身在江船，对水赋此耳。”宣统之世，岑春蓂抚湘，以闿运老儒，上所著书，赐翰林院检讨；乡试重逢，晋侍读。至辛亥革除，士大夫争剪发，西冠西服；而闿运不改装；会八十寿辰，湖南都督谭延闿以乡后生，具大礼服往贺，闿运则红顶花翎、衣袍袞褂、掩辫发而出，延闿不得已屈膝焉。既坐，闿运谓之曰："子毋诧，吾胡服垂辫，子西服髡首，皆外国制也，有何文野？若能优孟衣冠，乃真睹汉宫威仪矣。"相与一笑。

总统袁世凯致聘问，复书谓："今之弊政在议院，而根由起于学堂。盖椎埋暴戾，不害治安；华士辩言，乃移风俗。其宗旨不过弋名求利，其流极乃肆无忌惮。此迂生所以甘跧伏而闭距也。"持论不根，好恶拂人，大率如此。世尤盛传其民国总统之联曰："民犹是也，国犹是也，何分南北？总而言之，统而言之，不是东西。"额曰："旁观者清。"谀之者曰："此所谓戏笑怒骂皆成文章者也！"闿运则弥以自喜。以民国三年入都，就职国史馆馆长，年八十有三矣，步履、饮食、谈谐健如五十许人；童姿鹤发，携姬周招摇上道。时段芝贵为湖北将军，便道谒焉，指语周曰："汝欲看段大少爷，即此人也，有何异相？"芝贵恧然。既而抵京，袁世凯以自用车迎入公府，集百官大开筵宴以宠之。宴罢，互相道故，世凯辞极卑谦。闿运退而语人曰："袁四的是可儿。"过新华门，仰视太息曰："何题此不祥字耶？"同行者大骇而询之，曰："吾老眼花，额上所题，得非'新莽门'三字乎？"闻者不敢应也。都下诸贵人争张燕相逢迎。以前赏翰林院检讨，颇用沾沾，愿以后辈礼见诸老大前辈。大会于江亭，赋五言古一章。亭有辽寿昌幢，石屏袁家谷赋一律，中有云："车声芦荡人如海，花影槐厅梦化烟。白发漫谈天宝事，金幢兼感寿昌年。"一座称雅切也。同坐者问公集中前后《忆梅曲》《紫芝歌》何为而作？闿运曰："昔年十八九时，在长沙与左氏女相爱，欲娶之。左女亦誓非我不嫁，乃格于其母，不得，左女抑郁以死。此三诗及《采芬女子墓志吊旧赋》皆为伊人作者。"因戏言："此事不足为外人道，恐笑我八十老翁，犹有童心也。"一日，谒国务卿徐世昌，袖出一额曰："以此为赠，可乎?”展视，则“清风徐来”四字也。世昌为之轩渠不置。旋归，得病，知不起，命儿孙持纸笔陈卧榻，倚枕疾书自挽曰：“春秋表未成，幸有佳儿传诗礼；纵横计不就，空余高咏满江山。”掷笔而逝。次子代功，能传其学。悬诸灵石，泣语吊者曰：“此吾父实录也。”年八十五。所著有《周易说》《尚书笺》《尚书大传补注》《诗经补笺》《礼经笺》《小戴记笺》《周官笺》《春秋公羊笺》《春秋例表》《论语训》《湘军志》，注《墨子》《庄子》《列子》，正诸史《艺文》，纂《春秋遗传》。门弟子辑其诗文笺启，为《湘绮楼集》，凡若干卷。晚年文章稍颓丧，而气矜之隆不减。所作《华山游记》，假郦善长《水经注》征证以记山游，自诩“结构之奇，直千年来未尝见也”。闿运既以主讲成都尊经书院，开蜀学，廖平独称高第弟子，名尤著。

（原文省略）王闿运五经皆有著述。身入民国，不改满清衣冠。乙卯十一日，首先电请袁世凯称帝，附会谶语，一钱不值。（原文省略）闿运好为荒唐之言、无端崖之辞，上说下教，时恣纵而不傥；一转手而为蜀学之廖平、粤学之康有为，再转手而为吴虞，决弃一切，喜为异说而不让，敢为高论而不顾，如石转崖，不坠地不止。同光间，一时称大师者三人，曰兴化刘熙载融斋、番禺陈澧兰甫及王闿运。刘、陈务平实，其学不显；王独好振奇，厥道乃光。固由人情之厌旧而喜新，亦适会世运之穷而欲变也。（原文省略）章太炎、王湘潭，皆一代之怪人也。太炎国学既深，又富于世界知识，在日本时，读其高等师范讲义，悉能理解。高等师范生与之谈，恒为所窘。常评严幾道之知识深，梁任公之知识宽，则自负可知矣！故其学识去国家社会最近。湘潭长于文学，而头脑极旧，贪财好色，常识缺乏。而自待甚高，唇吻抑扬，行藏狡狯，善钓虚誉，故其学说去国家、社会最远。远则遨游公卿，不为所忌，依隐玩世，以无用自全；近则影响政治，易惹波澜，激切人心，引起赞成与反对，其力至伟，而常不免贾祸。盖王怪属于旧，章怪属于新，要皆有以自成其学而独立，与夫近来口谈名教，依草附木，毫无新旧学之可言者，诚有凤凰、鸡鹜之别矣。虞谓“王怪属于旧”。然闿运晚年惓惓逊朝，致讥民国，而不知其张《公羊》以言改制，为今文学者固其壁垒，即不啻为革命家言导其前茅。此固闿运所不及料也！大抵晚清学者，有言《公羊》改制而嫌革命者，王闿运是也；亦有斥言《公羊》改制而革命非所嫌，则章炳麟是也。章炳麟稍后出，治经持古文，言《周官》《左氏》，不言《公羊》，所学与闿运违异；而论文乃喜闿运，至以为闿运能尽雅者。则以闿运文出萧《选》而散朗，不贵绮错，与炳麟之衡文魏晋者意有契焉。

近百年湖南学风 钱基博

王闿运，名满天下，谤满天下。目论者徒见其行已之通脱，与人之亡町畦，而莫知其振于孤童，鲁而愤悱，为学之不厌，诲人之不倦。其学人所知，不具著，而著其夙夜强学以待问，启迪后生如不及，恢张学风，不知老之将至。此则吾意中所欲言之王闿运，而不惮缕息旁搜以见景行之意。

王闿运，字壬秋，又字壬父。“壬父”二字，刻篆文小印，颠倒之如“文王”二字，隐自喻于素王之改制也。相传生时，父梦神榜于门曰：“天开文运”，因以“闿运”为名。而性实鲁。幼读书，日诵不及百言，文不能尽解，同塾皆嗤之。师曰：“学而嗤于人，是可羞也。嗤于人而不奋，毋宁已。”闿运闻而泣，退而刻励。昕所习者，不成诵不食；夕所诵者，不得解不寝。年十五，始明训故。十九补诸生，与武冈邓辅纶、邓绎，长沙李寿蓉，攸县龙汝霖结兰（陵）［林］词社。摈弃世所谓诗古文，而诗取潘、陆、谢、鲍，文则推源汉魏，号“湘中五子”。二十四而言礼，作《仪礼讲》十二篇。二十八达《春秋》。其治学初由《礼》始，考三代之制度，详品物之体用，然后通《春秋》微言。张《公羊》，申何休，今文家言于是大盛也。于时，学者承乾嘉以来训诂名物之学，习注疏，为文章法郑玄、孔颖达，有解释，无纪述，重考证，略论辩，掇拾丛残，而不知修辞为何事。读者竟十行，欲隐几卧。而闿运不谓是，因慨然曰：“文者，圣之所托，礼之所寄，史赖之以信后世，人赖之以为语言。辞不修则意不达，意不达则艺文废。俗且反乎混沌，况乎孳乳所积，皆仰观俯察之所得，字曰文，言其若在天之星象，在地之鸟兽蹄迹，必其灿著者也。今若此，则文之道或几乎息矣。然辞不追古，则意不循今；率意以言，违经益远。是以文饰者胥尚虚浮，驰骋者奋其私知。故知文随德异，宁独政与声通！欲验流风，尤资总集。”为辑《八代文粹》，广甄往籍，归之淳雅，并为述其本由，使必应于经义。自以起孤童，未冠即与缙绅长者接，恐不礼焉，则高自标置，放言高论。而成名之后，弥以无让，貌似萧散，意实矜持。以二十二岁中咸丰三年癸丑举人，应礼部试入都，尚书肃顺方柄政，延为上客。一日，为草封事，文宗叹赏，问属草者谁，肃顺对曰：“湖南举人王闿运。”问：“何不令仕？”曰：“此人非衣貂不肯仕。”曰：“可以赏貂。”故事，翰林得衣貂，而闿运嫌以幸门进，不出也。既，文宗崩，孝钦皇后骤用事，以谋逆诛肃顺，余党株连，而闿运先以事赴山东。得肃顺书，驰入京，闻其诛，临河而止。寄南昌高心夔伯足诗曰：“当时意气备无伦，顾我曾为丞相宾。俄罗酒味犹在口，几回梦哭春华新。”心夔亦肃顺客也，盖不胜华屋山丘之感。后数十年，闿运老矣，而主讲船山书院时，一夜为客诵此诗，说肃顺事，曰："人诋逆臣，我自府主！"泪涔涔下。其岁走京师，托言计偕，而实未与试，阴以卖文所获数千金，致肃顺之家而恤其妻子云。闿运诙诡多智数，独于朋友死生之际，风义不苟如此。肃顺既败，乃踉跄归，伏匿久不出。及曾国藩起督师而入其幕，告国藩曰："公之文，从韩愈以追西汉，逆而难，若自诸葛忠武、魏武帝以入东汉，则顺而易。"而国藩不之省也。国藩好荐士，其尤者至起家为巡抚、布政使，士争相效。闿运独为客，文章雍容，不受事，往来军中，或旬月数日即归。其后国藩益贵重，其客皆称弟子，而闿运为客如故。尝至江宁谒国藩，国藩未报而招之饮，闿运笑曰："相国以为我餔啜来乎？"即束装行，国藩追谢之，不及也。及撰《湘军志》，叙国藩之起湘军及戡定太平军本末，虽扬诩功绩，而言外意见，婉而章，尽而不污，焯有史法。曾国荃者，国藩之弟也，自负血战下江宁以佐其兄，劳苦功高，读之而忿，致诘曰："皆君故人，何故刻画之？"毁其板。闿运笑语人曰："吾于《湘军志》著'李秀成者，寇所倚渠首，初议生致阙，及后见俘寇皆跪拜秀成，虑生变，辄斩之。群言益哗，争指目曾国荃，国荃自悲艰苦负时谤'云云。吾为曾沅甫发愤而道，沅甫乃以为恨而切齿于我，不知文之人不可与言文，以此叹令尹子兰之不可及也。"然其书实无大讥弹，自曾国荃以谤书为诋，而向声背实，不悦曾氏者，乃真以太史公目之矣。呜呼！动而得谤，名亦随之，世情自古如斯，所以闿运不怒而笑也。

既以肃党摈，不用于时，大治群经以开教授。四川总督丁宝桢礼致之，以为成都尊经书院院长。至之日，则进诸生而告之曰："治经之法：于《易》，必先知'易'字含数义，不当虚衍卦；于《书》，必先断句读；于《诗》，必先知男女赠答之词，不足颁于学官、传后世。一洗三陋，乃可言《礼》。《礼》明，然后治《春秋》。”又曰：“说经以识字为贵，而非识《说文解字》之为贵。”又曰：“文不取裁于古，则亡法。文而毕摹乎古，则亡意。然欲取裁于古，当先渐渍乎古。先作论事理短篇，务使成章。取古人成作，处处临摹，如仿书然，一字一句，必求其似。如此者，家信账记，皆可摹古。然后稍记事：先取今事与古事类者，比而作之；再取今事与古事远者，比而附之，终取今事为古所无者，改而文之。如是者，非十余年不成也，人病欲速。”遂教诸生以读十三经、二十四史及《文选》。汉儒人专一经，诸生亦各治一书，毋贪多，毋不经意。日有记，月有课，而闿运精勤校阅，将顺其美，而匡正其不及。暇则习礼，若乡饮、投壶之类，三年皆彬彬矣。厥后廖平治公羊、穀梁《春秋》，戴光治《书》，胡从简治《礼》，刘子雄、岳森通诸经，皆有师法，能不为阮元《经解》所囿，号曰蜀学，则闿运之以也。既归，主长沙校经书院，移衡州船山书院。在船山之日久，大吏造拜，或偃蹇不见，而引接后生，则温蔼逾恒，曰：“位高而齿尊者，菁华已竭，不如后生可畏也。”循循善诱，有献诗者，即陋劣不中律，未尝不为改窜。其弟子县人杨钧请曰：“此不成语，何必枉抛心力？”应曰：“人有好学之心，即有诱之之责。若因其陋而薄之绝之，心沮气堕，不得无望于进，即此恶诗亦不为矣。”县人张正阳者，本锻工也，耽吟咏而为人佣。一夕，睹白桃花盛开，而月色绮映，忽得句曰：“天上清高月，知无好色心。夭桃今献媚，流盼情何深！”姜畲陈鼎见之大惊曰：“子诗何似孟郊？然非王先生不能成子名。”会大雪，戴笠着屐，单衣磬辟，造门投卷。阍者见其面垢衣敝，拒不为通，则大呼曰：“我以诗谒王先生，乃却我耶？”阍者不得已为进。方设筵宴邑令，邑缙绅先生咸在，闿运即席开卷读，顾曰：“邑中有此诗人耶！”延之上座，座客愕然。正阳泥淖满身，而貂狐裘丽，嫌为所污，莫敢与酬对。闿运则殷勤问讯，遂使受学而补诸生，通三礼、《春秋》、《尚书》、《诗经》，讲评孜孜，撰有《诗经比兴表》《礼经丧服表》，闿运叹为前人所未发也。然宏奖之中，不废规诫。龙阳易顺鼎者，幼而英秀，闿运呼之仙童者也。既而以道员自伤侘傺，署号“哭庵”。闿运则规以书曰：“仆有一语奉劝，必不可称哭庵。上事君相，下对吏民，行住坐卧，何以为名？臣子披昌，不当至此。若遂隐而死，朝夕哭可矣。且事非一哭可了，况又不哭而冒充哭乎？闿运言不见重，亦自恨无整齐风纪之权，坐睹当代贤豪流于西晋，五胡之祸将在目前，因君一发之。”其峻厉如此。其弟子杨钧请业，曰：“如何？”答曰：“成名有余。”钧大惧曰：“所谓‘成名有余’者，殆谓自立不足也，敢不勉夫！”闿运言：“诗有家数，有时代，文无家数，有时代。余学晋、宋诗，骎骎入古。至于文力追班、马，极其功力，仅得似《明史》，心甚耻之。及作《湘军志》，乃超时代矣。以数十年苦心孤诣，仅仅得免为明文。若学八家，数月可似。学话易，自运难。故不甚劝人学文，恐误人抛心力也。不如学诗，离去时代，专讲家数。成家，即上跻其代矣。”而钧则言：“吾师门人，文字通顺者不多，皆谓唐宋之文不屑意，而以《史记》《汉书》为学。故虚字多反用，造语尤晦涩，反不若时手之驾轻就熟，无词不达也。古诗不求明畅，以拙为宗，稍可掩不通之迹，故师门多诗人。”其为文章，长于抒情叙事，从容讽议，中含诙诡，以优游出顿挫，而不以驰骋为曲折。尝教人以学范晔《后汉书》及魏武帝文。钧则言：“魏武帝文无长篇，而亦不多，如何学？余初闻而疑之，久乃知其短篇无不具长篇气势，不骈不散，有子长之遗风也。”闿运为钧言：“作人墓志，须叙其生平不得意事，以别于传记。”乃授以所为《刚直彭公墓志》，寥寥短幅，中曰："然其遭际，世所难堪。"果叙其不得意事也。于是文思大进，深悟化繁为简、举重若轻之法。门弟子辑其诗文笺启，为《湘绮楼集》，凡若干卷。而钧则言："湘绮之文，墓志第一。数千年来，传志不分，变为一体。而湘绮崛起，体格判然，峭妙轻灵，难于踪迹。"闿运为钧言："汪容甫云：'读书十年，可以不通。''不通'二字，俗人多不能解，非读书有得，又肯虚心者，不肯出此言也，然而难言之矣。汉学始有不通境界；宋学以意断，遂无不可通矣。此境甚高，读经可得。而治文史者则无所谓'不通'。吾未信汪容甫之真能不通也。"宣统元年，巡抚岑春蓂以闿运老儒，上所著书，赐翰林院检讨。及革命成功，而袁世凯为临时大总统，以年家子手书聘问，则复曰："今之弊政在议院，而根由起于学堂。盖椎埋暴戾，不害治安；华士辩言，乃移风俗。其宗旨不过弋名求利，其流极乃至无忌惮。此迂生所以甘跧伏而闭距也。"既而世凯强起为国史馆馆长，以民国三年抵北京。人问："咸同中兴，先生及见其人物。今之人才，何如曩日？收拾时局，有其人乎？"闿运沉吟有顷，笑曰："以今视昔，才智殆有过焉。惟昔人做事认真，而今人做事不认真，收拾时局，殆未之信。"寻以龃龉归。而其殁也，以联自挽曰："春秋表仅成，赖有佳儿习诗礼；纵横计不就，空留高咏满江山。"盖不为诗人自居也。其弟子杨度，颇传授心法而得其纵横之术，方以佐袁世凯谋称帝而负世谤，乃挽之曰："旷代圣人才，能以逍遥通世法；平生帝王学，只今颠沛愧师承。"亦以政治家推之。然而同治之末，龙阳易佩绅者，易顺鼎之父也，以郭嵩焘之介而谒闿运，谈学论政极欢。嵩焘则以书诫之曰："君子之学，必远乎流俗，而必不可远道。壬秋力求绝俗而无一不与道忤，往往有甘同流俗之见以畔道者，但论文章，友之可也，师之可也。至于辨人才之优绌，语事理之是非，其言一入，如饮狂药，将使东西迷方，玄黄易色，颠沛蹉失而不可追悔，独奈何反用其言以自求迷乱哉?”则固盛以文章推之矣。

光宣以来诗坛旁记·王闿运 汪辟疆

谈近代诗坛老宿，自以湘绮老人为首屈一指。然湘绮一生之遗闻轶事，言者甚多，亦有传之过甚。兹就所忆及而见闻属于正确者，略记数则，以供谈荟。

湘绮蚤登贤书，既入都，与湖口高心夔曳裾侯门，同为尚书肃顺宾客。时顺虽未居枢要，以御前大臣得文宗宠任，颇与闻国事。引王、高为策士，踪迹甚密。湘绮辛未日记，曾载往视裕庭之子，及屡忆淀园往事。裕庭，即顺字也。相传胡、曾之任地方，专军务，以及左在骆幕时，谤讟繁兴，文宗将与重惩。为郭筠仙侍郎嵩焘（时以翰林任南书房行走）与湘绮谋诸顺，而由潘文勤奏请，乃得大用。顺固夙持重汉轻满之策者也。当时评骘人才，佐筹军国，多与时局相关。此事阏无人知，后亦无以佐证。湘绮屡至曾、胡戎幕，皆为宾客，不久即去。文正驻军祁门，兵革方亟，湘绮适客军中。文正假事分遣幕府文士，意不欲同罹于难。眉州李眉生按察鸿裔，方佐幕中，私窥文正意，进言：“壬秋在此，何不使避去?”文正慨然曰：“吾幕文士，以事遣行，不露形迹，军心不至摇动。壬秋以客来此，遽送之行，恐外间哗然耳。但壬秋必知自处，子试窥其作何状，即报我。”李往觇，湘绮方据几读《汉书》，以白文正。文正笑曰：“壬秋殆将行矣。”已而报湘绮他去。盖早储一舟于山溪，其仆即操楫者。李询文正：“何以知其必行?”文正亦从容告之曰：“壬秋宿学，《汉书》何必注视凝思? 殆借看书有所筹策。”李为叹服。此虽细事，足征文正之临事镇定，湘绮之警策，眉生之相从无去志，均有足多者。然文正于湘绮，始终敬礼有加，卒不用之。光绪初，湘绮依丁文诚蜀中，延主尊经书院。后归湘，主讲有年。乙丑一至天津，李文忠亦优礼之。其意实在讲席。时莲池为吴挚甫，问津为李越缦，名学相埒。虽自言倦受馆餐，他无所冀，实亦不无缺望。后谒张文襄、端匋斋于金陵，陈筱石、刘景韩、夏菽轩于鄂、浙、赣、陕，皆在投馈。戊申，特授检讨。辛亥后，又为项城罗致，任清史馆馆长。其甲寅日记在都各事，细绎殊有意味。筹安会成，由夏午诒、杨皙子为媒介，曾以代价易一推戴之电，时已八十矣。数十年耆宿名儒，少年为诸侯上客，晚岁乃奔走道途，终身抑塞磊落，亦晚清文士之怪杰也。

湘绮以民国三年甲寅三月应项城国史馆馆长之招入都，时湘绮年已八十有三。而其时所谓宠姬周妈者，亦携之北上，朝夕不离左右。外间传说，颇有近于莫须有者。实则老人以八十高年，何嫌可疑？乃有如外人所云云者。今观甲寅日记中所记，亦复殊有风趣。如云：“杨皙子请至广和居，携周妪往。”（三月十八日）“欲条陈，周婆尼之而止。”（闰五月十九日。时湘绮任参政院参政，欲上条陈，乃谋及妇人耶?）“看报，言周妈事，殊有意味。王特生亦求周妈，则无影响矣。”（六月七日。时湘绮回湘。）“闻周妈已上湘矣，甚为失望。”（六月十五日。时湘绮方重回京。周妈先上湘。）“周妈已到，移船往迎。”（十八日）“周妪呻吟为虫鸟音，入主人心。请周生买药，遇慢郎中，至午乃还。”（七月八日。南人呼医生为郎中。）“廿一日，晴。伺候周妪出游东安市场。”（八月）“周妪言黄侠仙母思子发狂。与书袁公，再请之。重伯云已将结案。今日又逢袁生日，不便扰之，乃持信去，又不得千元矣。宜令完夫知之。”（八月廿四日。按黄侠仙即黄同生，宜黄人。能白日见鬼神，且能望人顶上气，以断吉凶。民国三年夏，其子因事受羁，曾托湘绮为当道缓颊。湘绮允之。当时都中以黄案交法院办，即有人言黄以千金贿周妈。陈完夫曾告之湘绮。湘绮云：“余信又长价矣。”故此记及之。）此皆可玩味。湘绮于是年冬月辞馆长。十二日晚间，搭京汉车返湘。先有一呈辞国史馆馆长及参政各职，起句云：“呈为帷薄不修，妇女干政，无益史馆，有玷官箴，应请罢免本兼各职。”内述年迈，不能须臾离周妈，而周妈招摇撞骗，可恶已极。此虽嘻戏之笔，亦玩项城于股掌也。

湘绮于冬月十四日抵汉口，又作一书与袁项城。其书云：“前上启事，未承钧谕。缘史馆设立，本意收集馆员，以（修）［备］咨访，乃承赐以月俸，遂成利途。按时支领，又不时得，纷纷问索，遂致以印领抵借券，不胜其辱。是以陈情辞职，非畏寒避事也。到馆后，日食加于家食，身体日健，方颂鸿施，故欲停止两月经费，得万余金，买广厦一区，率诸员共听教令，方为廉雅。若此市道，开自鲰生，曾叔孙通之不如，岂不为天下笑乎？前拟将颁印暂纳夏内史处，又嫌以外干内，因暂送存敝门人杨度家，恭候询问，必能代陈委曲。闿运于小寒前由汉口还湘，待终牖下。奉启申谢，无任愧悚。敬颂福安。闿运谨启。附启者，觐见礼服，夏热冬寒，众皆不便。宜饬改用中制。”此启亦多趣语。

湘绮平生，以诙诡见称，晚年尤恣肆玩世。要之出言风趣，令人解颐。此亦旧日文人通习，非性情乖僻也。兹再记其二三事。武陵陈锐云：“湘绮翁徇端方之请，重游江南，年已七十余矣。时余方摄靖江县事，同人电招往会，文酒过从无虚晷。翁日见客数十起，赴宴四五处，或小车径往，未尝言疲。陶榘林进言曰：‘久违先生，而满脸春气，为寿无量。’翁曰：‘凡当名士的，必带几分秋气。尔乃谓我有春气耶?'一日宴于袁氏寓园，翁独后至。入门即言曰：'顷从某处席散，人谓我何往?我笑曰：中和园耳。'中和园，本普通饭馆名，而是日主人则同唐子中、秦子和、陈子元三观察公宴也。辛亥国变次年，翁年八十。贺客皆短衣剪发，作洋人装。翁蟒袍貂褂，道貌岸然。或有谏之者，翁曰：'客辈皆着外国服，吾独不可耶?'后二年，为项城强起入都，车至新华门，翁搴帷曰：'吓，新莽门!'其发言成趣如此。翁凤目长髯，仪观甚伟。虽言谈诙恣，造次必有检则，训迪诸子不稍宽假，从学诸生罔敢悖慢。每至人家，主人未出，未尝就坐。翁在湘主讲衡阳船山书院时，有请业者，欢然指授，凡所圈点，朱粲如印模。此皆读书人结习，不尽如人言怪诞也。"

袁克桓尝于甲寅间从湘绮学诗，日记中所称为"袁四公子"也。是年十一月五日，雪。六日日记云："晨起看雪，犹有搓绵。喜冬至郊得瑞雪，天亦三年不食矣，岂喜于得礼耶?作诗志之，诗云：'夜寒忽微和，时雪曜祥霙。良辰接至日，晏处共斋明。郊坛旷高寒，懔栗惧宵升。圣相总隆礼，百僚肃精诚。练緌岂无感，神哉沛先灵。九衢既平直，四海庆丰盈。麦苗信有孚，荔挺伫微馨。余昔贱龙衣，徂年漫自惊。幸无缁尘污，归与闭柴荆。'以示袁四公子，为发蒙学诗也。"云云。余谓此虽湘绮老年一时兴到之戏笔，然局度整齐，章法显露，恰是老人早年正格，亦即为后生学诗之矩范。欲学湘绮一派诗者，试就此一篇细细味之，其门户固历历可窥也。(是年十一月七日冬至。)

湘绮言谈诙诡，开口成趣，而其联语亦有之。如郭筠仙（嵩焘）之卒也，湘绮挽联云："悲悯圣人心，孟子见分际，而公见乖崖，若论名世当时笑；词华翰林伯，同年居要津，而屏居乡里，毕竟文章误我多。"殊有谐趣，然非湘绮不敢言也。张文襄公之卒也，尝遣其子代舆会葬，因为撰联云："文襄若比左文襄，汉宋兼治，更有鳌头廷对策；年伯今称太年伯，斗山在望，来观马鬣圣人封。"代舆与文襄之孙为拔贡同年也。

清代七百名人传 蔡冠洛

王闿运，字壬秋，又字壬父，湘潭人也。幼不慧，读书日诵不及百言，又不能尽解，同塾者皆嗤之。师曰："学而嗤于人，是可羞也。嗤于人而不奋，无宁已。"闿运闻而泣，由是益刻励。昕所习者，不成诵不食；夕所诵者，不得解不寝。年十五明训故，十九补诸生。与武冈邓辅纶、邓绎等结兰（陵）［林］词社，号"湘中五子"。二十通章句。二十四而言《礼》，作《仪礼演》十二篇。二十八通《春秋》。其学盖由《礼》始，考三代之制度，详品物之体用，然后通《春秋》微言，张《公羊》，申何休，所谓今文家之学也。其时学者承乾嘉余绪，为训诂章句之学，文章法郑玄、孔颖达，有解释，无纪述，重考证，略论辨；读者未竟十行，辄隐几卧。闿运慨然曰："文者，圣之所托，礼之所寄，史赖之以信后世，人赖之以为语言。词不修则意不达，意不达则艺文废。俗且反乎混沌，况乎孳乳所积，皆仰观俯察之所得。字曰文，言其若在天之星象，在地之鸟兽蹄迹，必其灿著者也。今若此，文之道或几乎息矣。"故其为文悉本之《诗》《礼》《春秋》，而溯庄、列，探贾、董，浮枝既削，古艳自生，萧散似魏晋间人。平湖张金镛方督学湖南，科试录遗才，得闿运卷，惊曰："此奇才也！他日必以文雄天下。"急延见，称勉之，且曰："湖岳英灵，郁久必发，其在子乎！"中咸丰癸丑举人。应礼部试，入都，时肃顺柄政，待以上宾。为草封事上之，文宗叹赏焉。文宗崩，孝钦皇后骤用事，而闿运方客山东，得肃顺书召，将入都，闻肃顺诛，临河而止。后数十年，老矣，为人说肃顺故事，泪涔涔下，曰："人诋逆臣，我自府主！"走京师，阴以卖文所获数千金恤其家云。旋参两江总督曾国藩军。国藩，闿运通家也；其初简屏仪从，延纳士人，重法以绳吏胥，严刑以殛奸宄，皆纳闿运议。与论文，谓："国藩之文，欲从韩愈以追西汉，逆而难。若自诸葛忠武、曹武王以入东汉，则顺而易。"是时，天下大乱，将帅各开幕府，招致才俊。曾国藩尤称好士，贱人或起家为布政。闿运独为客，不受事，尝往来军中。后国藩益贵，宾客皆折节称弟子，闿运仍为客。尝至江宁谒国藩，国藩未报，遣使招饮。闿运笑曰："相国以我为餔啜来乎？"即携装乘小舟去。国藩追谢之，则已归矣。

撰《湘军志》，文辞高健，为唐后良史第一。骄将往往惮其笔伐，造作蜚语，谓得暮夜金，所纂乖故实，购毁其板，且欲得而甘心焉。更治群经，出所学以开教授，谓："文章之道，词不追古，则意必循今，率意以言，违经益远。是以文饰者胥尚虚浮，驰骋者奋其私知。故知文随德异，宁独政与声通？欲验流风，尤资总集。但萧楼略《选》，仅存梗概；梅《纪》旁搜，未区门目。自余捃摭，莫识津涯。蔽所稀闻，咻于众楚。"因辑《八代文粹》，广甄往籍，类分仍夫萧《选》，正副略仿李《钞》，要以截断众流，归之淳雅；并为述其本由，使必应于经义。

四川总督丁宝桢钦其学，延为成都尊经书院院长。至之日，进诸生而告之曰："治经要道：于《易》，必先知'易'字含数义，不当虚衍卦名；于《书》，必先断句读；于《诗》，必先知男女赠答之词，不足以颁学官、传后世。一洗三陋，乃可言《礼》。《礼》明，然后治《春秋》。"又曰："说经以识字为贵，而非《说文解字》之为贵。"又曰："文不取裁于古则亡法，文而毕摹乎古则亡意。”“然欲取裁于古，当先渐渍乎古。先作论事理短篇，务使成章；取古文成作，处处临摹，如仿书然，一字一句，必求其似。如此者，家信账记，皆可摹古。然后稍记事，先取今事与古事类者，比而作之；再取今事与古事远者，比而附之；终取今事为古所无者，改而文之。如是者，非十余年不成也。人病欲速。”乃教诸生读《十三经注疏》、二十四史及《文选》之法。诸生日有记，月有课，暇则习礼，若乡饮、投壶之类，三年皆彬彬进乎礼乐矣。厥后廖平治公羊、穀梁《春秋》、《小戴记》，戴光治《书》，胡从简治《礼》，刘子雄、岳森通诸经，皆有师法，能不为阮氏《经解》所囿，号曰蜀学。既还，主长沙校经书院，移衡州船山书院、江西大学堂，弟子数千人，称为湘绮先生。湘绮者，闿运自署所居之楼也。初实未有楼，后于长沙定王故台之旁，得三楹而居，楼甚广，开窗即见湘水接天，山峦起伏，苍波无际，悠然景物，悉纳户牖。于是大乐，欣得其所也，曰：“此真湘绮楼矣！”

夫人蔡氏名菊生，亦知书，能诵《楚辞》。先是闿运之少也，谒于蔡氏。有女贞不字，窥帘见其丰裁独秀。其父间语之，曰：“湘潭王生有文才，惜太贫耳。”久之，女应曰：“贫何害？”故闿运得委禽焉。

诗尤卓荦一世，各体皆高绝。七言雅健雄深，颇似大樽。顾集中所存，无七言近体，盖晚年手订全稿时删去者。五言古，宗尚庾、鲍，上窥建安，华藻丽密，词气苍劲。自诧不作唐以后诗，盖其沉酣于汉魏六朝者至深。性诡诞，牢落不偶，壹以谐谑出之。

至京师，恭王奕䜣慕其名，造问政。闿运曰：“国之治也，有人存焉。今少荃之洋务、佩蘅之政事，人才可睹矣，何治之足图哉！”少荃者，直隶总督李鸿章；佩蘅者，大学士宝鋆。一世所推伟人长德也，而闿运讥之。奕䜣曰：“是处士之徒为大言者！”

宣统间，岑春蓂抚湘，以闿运老儒，上所著书，赐翰林院检讨。乡试重逢，晋侍读。

革除后，袁世凯征为国史馆馆长。甫发凡起例而卒，年八十五。

所著有《周易说》《尚书笺》《尚书大传补注》《诗经补笺》《礼经笺》《小戴记笺》《周官笺》《春秋公羊笺》《春秋例表》《论语训》《湘军志》，注《墨子》《庄子》《列子》，正诸史《艺文》，纂《春秋遗传》。门弟子辑其诗文笺启为《湘绮楼集》，凡若干卷。

近代二十家评传 王森然

王闿运字壬秋，一字壬父，号湘绮，湖南湘潭人。生于道光十二年壬辰（一八三二），卒于民国五年丙辰（一九一六），享年八十五岁。幼颖慧，以神童称。三岁识字，十九补诸生，颇有文名。年二十即设城南书院于长沙，设帐教授子弟。太平天国时，参加乡党先辈曾国藩之帷幕，驰驱于战阵之间，彼时尚有一段佳话，盖先生曾向曾国藩劝告曰：“与其支持此腐朽之清朝，不如代清朝而统一天下。”使曾国藩栗然不安。乱平之际，天下几成湖南人之天下，同志皆得伸青云之志，而先生独还故山，耽于学问。光绪六年，应四川总督丁宝桢之聘，监督成都之尊经书院。后因兵部尚书彭玉麟之请，经营衡州之船山书院。又任两湖书院院长，被任为翰林院检讨，又任礼学馆顾问。民国元年十二月，为袁世凯所强邀，入北京任国史馆总裁，但不久仍归隐于长沙。五年十月二十日，病卒。

其为人英气焕发，举凡四千年之经、史、子、集，无不涉猎，其蕴蓄造诣之深，可于《湘军志》《庄子注释》《湘绮楼文集》及其他等身之著作中见之。出其门下者颇多，皆一时之俊秀也。宋时以文学之中心而有名之白鹿洞〔庐（州）［山］〕、岳麓（长沙）、石鼓（衡州）、应天（河南）四大书院中，湖南揽有其二，故古来讲学之风极盛，乃文献之邦，硕学鸿（孺）［儒］之辈出，而为学问之渊薮者固然之事也。故由清末以至民国之湖南硕学，即有先生与王先谦、叶德辉三人，均以一代之名儒而知名者，先生又与王夫之、王文韶并称之文豪也。近世能与之比俦之学者，在他省中实为罕见。王先谦以前清之进士，入翰林院，长于经史，名儒显贵，多出其门，以旧学党之首领与康梁对峙，辛亥后为新派所敌视，避难田舍，努力著作，著有《前汉书后汉书补注》及其他。叶德辉为三儒中之少者，亦进士出身，夙著文名。民国成立后，曾作湖南教育会长，收藏古书珍籍，都三十五万卷，其为人以一代之硕学，而谈时事，屡遭奇祸。（民国四年，中日交涉，曾为排日之首领，以其住宅作大本营。）故时人称叶德辉有古侠义之风，王先谦有醇儒之雅，王闿运先生有仙骨云。

湘绮少时，吊于某氏，有女子窥之，以为丰裁独秀，其父在侧，微见其意，使其祖母问之曰："湘潭王生，尚有文才，惜太穷耳。"女子嘿然，第曰："穷亦不害事。"其祖母曰："然则汝肯嫁若耶?"女子益嘿然，遂嫁湘绮。即蔡夫人，禹询郎中姊也。今蔡氏颇讳其事，义昭郎中外孙私语如此。(见《甲寅》第一卷第三十四号《说林》）蔡夫人择人于微，无犯于礼，足为嘉话，本不宜讳，湘绮墓文中亦不言及，殊为缺略。组庵云："湘绮吊某氏，有女子见之，爱其才隽，父母窥其意，为遣媒氏。议已定矣，会有他故，事不得谐，女子遂悒悒死，即《湘绮楼文集》所谓采芬女子是也。”据湘绮云，女子姓左氏，实未一见其色。然中有句云：“初七下九，焉忘共戏之时；玉槛瑶轩，尽是同凭之地。”则不能谓之未见其色。昔周仲青告曹孟其，《古别离》《紫玉歌》实为左氏女子作。湘绮告组庵，则七夕诗所谓尚有蜘蛛屋角丝，犹象事矣。

反正后，湘绮寿辰，居友善堂，湖南都督谭延闿具大礼服往贺，先生则红顶花（领）[翎]、衣袍袭褂，拖辫发而出，谭不得已屈膝焉。既坐，先生谓之曰：“子毋诧，吾衣犹若衣，吾发犹若发，皆外国制也，有何文野？”相与一笑。

昔郑窥古尝诣湘绮，问曰：“先生曾赠曾忠襄诗，有‘若论上将功多少，试问长江水浅深’，是何义谛？”先生曰：“子意若何？”曰：“归功水师。”先生笑曰：“否，此乃见景生情也。是时曾馈余五十金，余报之以诗，身在江船，对水赋此耳。”（见《甲寅》第一卷三十五号《说林》）

湘绮先生尝于坐语人云：“四书‘夫’字、‘朱’字多失其句读，如‘赐也贤乎哉夫，我则不暇’，‘夫子之谓也夫，我乃行之’等‘夫’字之作语词者，皆当属上句，‘夫我不词’‘夫乃不贯’，世间那得有‘夫我乃’之言。”

湘绮尝语郑窥古：“《易·系词》，夫《易》彰往而察来（元句）而微显阐幽（元句）开而当名辨物正言断词，则备矣，程朱之句（亦失，当作夫《易》彰（句）往而察（句）来而微（句）显阐幽，开而当读（句）名辨物正言断词则备矣，为安”。郑答言“似当作夫《易》（句）彰往而察来（句）而微（句）显阐幽开而当（句）。”云云。湘绮为之首肯，今所行《周易》王氏笺，其出在前，犹是“夫《易》彰”作一句者，用陈懋候说也。

先生与李篁仙等结兰林词社，号“湘五子”，治经通训诂章句，二十余即有志著述，作《仪礼演》十三篇。

咸丰丁巳，举本省乡试。以贫就食四方，尝主山东巡抚崇恩所。己未，礼闱报罢，大学士肃顺素钦其才，延馆于家，奉之若师保，机要咸与咨访，左文襄之狱因以得解。值天下方乱，将帅多开幕府招致才俊，曾文正尤称好士，肃顺既败，乃走依文正祁门军。时幕下布衣或起家为藩臬，裸身来，归资巨万，先生独以客自居，不受事，说公屏仪节，虚衷延纳，重法以绳吏胥，严刑以殛奸宄，多见采用。迨公益贵，宾僚率著籍称弟子，先生仍为客，往来军中，每旬月数日即归，会走谒文正于金陵节署，公未报，但遣使召饮，先生笑曰："相国以我为餔餟来乎？"径携装乘小舟去，追谢弗及。盖文正丧归再出，遽变节为巽顺，虽复功成，勋业冠代，而先生笑其避事，文正且不自信也。

又尝说胡文忠公据湘鄂独立，徐平发捻，逐清建夏，文忠谢不敏。复说文正曰："南洋诸埠，土皆我辟，而英、荷占之，且假道窥我，今士犹知兵，敌方初强，曷略南洋代蔽闽粤？"文正亦谢不敏。

至是，知事成之由命，毁誉之无真，乃退息无复用世之志。惟出所学以牖后进，丁文诚公宝桢礼重之，聘任成都尊经书院院长。至之日，进诸生而告曰："治经：于《易》，必先知'易'字含数义，不当虚衍卦名；于《书》，必先断句读；于《诗》，必先知男女赠答之辞，不足以颁学官、传后世。一洗三陋，乃可言《礼》。《礼》明，然后治《春秋》。"又曰："说经以识字为贵，而非识《说文解字》之字为贵。"又曰："文不取裁于古则亡法，文而毕摹乎古则亡意。"当清季，蜀学晦塞，久鲜通儒，闻先生言，始知研诵注疏、诸史、《文选》等。院生日有记，月有课，暇则习礼，若乡饮、投壶之类，三年而士风丕变。其后廖平、戴光、胡从简诸人，蔚为经师，咸守家法，较之诂经、学海所造就者殆有过无不及焉。蜀学成，还主长沙校经书院，继移衡州船山书院，而所得士少逊于蜀矣。宣统间，湘抚岑春蓂以所著诸书奏闻，得旨赐翰林院检讨，晋侍读。入民国，征为国史馆馆长，甫发凡起例，遽卒。

先生于学，初由《礼》始，考三代之制度，详品物之所用，然后达《春秋》微言，张《公羊》，申何学，见夫乾嘉来学者习注疏文章，皆法郑、孔，有解释，无纪述，重考证，略论辨，读者竟十行，辄隐几卧，慨然曰："文者，圣之所托，礼之所寄，史赖之以信后世，人赖之以为语言。词不修则意不达，意不达则艺文废。俗且反乎混沌，况乎孳乳所积，皆仰观俯察之所得。字曰文，言其若在天之星象，在地鸟兽蹄迹之迹，必其灿然者也。今若此，文之道几乎息矣。故先生为文，悉本《诗》《礼》《春秋》，而通乎庄生之旨，汪洋纵肆，曲直而达之于理，使闻者有所解悟，发其蒙而悦其心，末世争利，则言利害人心，其祸有甚于杀。群言淆乱，则推拨乱之道，其要必本诸修身，括中外之学说，探赜索隐，举折衷于圣人。昧者不察，或以为滑稽玩世，或以为高远不中世情，莫知微妙玄通，薪传之所自来，徒赏其文辞，目为文士；而通经致用、悲天悯人之衷，自弱冠以至耄期，无一日而或息者。虽及门问学之士，朝夕相处，或莫之能喻也。所著《周易说》十一卷，《尚书笺》三十卷，《尚书大传补注》七卷，《诗经补笺》二十卷，《礼经笺》十七卷，《周官笺》六卷，《礼记笺》四十六卷，《春秋例表》三十八篇，《春秋公羊传笺》十一卷，《论语训》二卷，《尔雅集解》十九卷，凡皆简要，而兼采今古。《湘军志》十六卷，是非之公，推唐后良史第一。《庄子注》二卷，《墨子注》七卷，《鹖冠子注》一卷，《楚词释》十一卷，亦多新义。其笺启八卷,《六书讨原》《秋醒词》《穀梁申义》《衡阳县志》《湘潭县志》《桂阳州志》等书,亦颇著名。文集八卷,散体溯源董、贾,骈偶不沿六朝纤靡。诗集十四卷,有步兵、太冲之风。更辑《八代诗选》若干卷,《唐诗选》十三卷。群弟子复述绪论,仿郑《志》作《王志》二卷,合刊为《湘绮楼全书》。余稿尚多,未授梓。继其学者有井研廖平、南江岳森、新津胡从简。(原文省略)支伟成君撰《清代朴学大师列传》,并邹汉勋、王闿运(附岳森、胡从简)、皮锡瑞为湖南派古今文兼采经学家(列传第八)。初本列湘绮于常州派今文经学家中(列传第七),与武进庄氏存与、述祖、绶甲、有可,刘逢禄,宋翔凤,陈立,柳兴恩,迮鹤寿,邵懿辰,戴望,姚谌诸家为一系。太炎谓湘绮非常州学派,其说经虽简,而亦兼采古今,且笺《周官》(庄氏亦讲《周官》,刘氏兼说《书序》,是知当时只攻左氏,犹未尽攻古文也。逮邵懿辰始攻书攻古文耳。先生生于邵后,独兼古文,且笺《周官》,则亦不得云常州派也)。此但于惠、戴二派外独树一帜,而亦不肯服从常州也。(先生少年,尝至广州,为陈澧所诃,不肯服惠、戴,又与邵懿辰意见不合,故不肯步常州后尘。)于是拟湘绮为独立一派,曰湖南派古今兼采经学家,而以王先谦、皮锡瑞附之。惟王先谦经学书未见,仅皮氏《经学通论》中极力推许,故拟列入。太炎又谓湖南经学,唯有单立湘派而已,考其始,为邹叔绩辈,不过粗闻经义。王从词章入经学,一意笃古,文体规摹毛、郑,发明虽少,然亦杂采古今,无仲舒、翼奉妖妄之见,皮氏先亦从吴皖二派入手,久之,以翁、潘当道,非言今文则谋生将绌,故以此投时好,然亦不尽采今文也。汪国垣作《光宣诗坛点将录》(见《甲寅》周刊),列湘绮为诗坛旧头领,冠于一代诗人之首,其诗集十四卷,别集三卷,实一代诗人之冠冕也。先生发《祁门杂志》二十二首、《独行谣》三十章，以及《圆明词》，均为有关时代之鸿篇巨制，尤以《圆明词》为最有名，系传诵一时之作。他如《入彭蠡望庐山作》云："轻舟纵巨壑，独载神风高。孤行无四邻，窅然丧尘劳。晴日光皎皎，庐山不可招。扬帆载浮云，拥楫玩波涛。昔人观九江，千里望神皋。浩荡开荆扬，潨淙听来潮。圣游岂能从，阳岛尚嶕峣。川灵翳桂旗，山客闷金膏。委怀空明际，慠然歌且谣。"先生自谓俗人论诗，以为不可入经义训诂，此语发自梁简文、刘彦和。又云：不可入议论，则明七子惩韩、苏、黄、陆之敝，而有此说，是歧经史文词而裂之也，或不遵其说，又腐冗叫嚣而不成章。先生幼时守格律甚严，矩步绳趋，尺寸不敢失。及后贯澈，乃能屈刀为镜，点铁成金，如此篇"皋""潮"二韵，是考据也。二十字中考证辩驳，从容有余，若不自注，谁知其迹，镕经铸史，此之谓欤？其《望巫山作》有云："神山夙所经，未至已超夷。况兹澄波棹，翼彼详风吹。真灵无定形，九面异圆亏。晴云穴内蒸，积石露嵌奇。江潮汩无声，浩荡复逶迤。呼风陵紫烟，漱玉吸琼脂。赏心不期游，谁识道层絫。若有人世情，暂来祓尘羁。"先生谓右与《望庐山》诗皆学"赤石帆海"（按：谢灵运有《游赤石进帆海》一诗），光阴往来，神光离合，五言上乘也。陈衍谓湘绮五言古沉酣于汉魏六朝者至深，杂之古人集中直莫能辨正，不必其为湘绮之诗矣。盖其墨守古法，不随时代风气为转移。虽明之前后七子，无以过之也。钱萼孙谓王湘绮如三代法物，或疑赝鼎，胡适谓为假古董，均意气之言，不足为评。先生曰："古之诗以正得失，今之诗以养性情，虽仍诗名，其用异矣。故吾尝以汉后至今，诗即乐也，亦足感人动天，而其本不同。古以教谏为本，专为人作。今以托兴为本，乃为己作。史迁论诗，以为贤人君子不得志之所为，即汉后诗矣。诗主性情，必有格律，不容驰骋放肆，雕饰更无论矣。情动于中而形于言，无所感则无诗，有所感而不能微妙则不成诗。生今之世，习今之俗，自非学道有得，超然尘壒，焉能发而中，感而神哉？就其近以求之，观古人所以入微，吾心之所契合，优游涵泳，积久有会，则诗乃可言也。其功似苦，其效至乐。究而论之，如屠龙刻棘，无所用之。人生百年，幸有可乐，殊不必劳心于至苦，运神于无用。故余之论，未尝劝学诗，诚见其难也。然余生平志趣学问皆由诗入，则天性所近，工夫自然，初亦不料其通于大道，有如是效验也。孔子称夔不习于礼，则神于乐者尚有不达，斯古人之异与？学诗当遍观古人之诗，唯今人诗不可观，今人诗莫工于余，余诗尤不可观，以不观古人诗，但观余诗，徒得其杂凑摹仿中，愈无主也。总之，非积三四十年不能尽知古人之工拙，以三四十年之工力，治经学道必有成，因道通诗，诗自工矣。若性好文采，乐于吟咏，则由诗悟入，亦自捷径，而非可强求也。”（《王志·论文答陈深之》）郑振铎氏《文学大纲》谓：王闿运、李慈铭同为骈文大作家，亦有名之诗人〔按，慈铭字（炁）［悉］伯，号莼客，浙江会稽人，光绪庚辰进士，官至监察御史，一八二九生，一八九四卒，有《越缦堂集》《白华绛跗阁诗》〕，此二者皆专意拟古者，闿运尤力追汉魏六朝之作风，较之遵宪之有高视古人，独辟门户之气概者，自当为之低头，是皆知其一，而不知其他者也。民国肇造，伦纪荡然，先生耻之甚，尝为之联曰：“民犹是也，国犹是也；总而言之，统而言之”。额为“旁观者清”。又曰：“男女平权，公说公有理，婆说婆有理；阴阳合历，你过你的年，我过我的年。”可见其疾世之深也。余闲披《大中华杂志》，有先生诗文甚夥，因未收集中，附志其目于此。（原文省略）

湘绮别录 汤巨厂

湖南王湘绮先生，为近代大师。身殁，距今二十年。其遗著流传，彰彰在人耳目。余独以先生生值洪杨之变，曾、胡、骆、左削平大难；先生客游其间，独以文字自憙。及后李（文忠）、张（文襄）举办新政，清室告终，项城嗣统当国，及于殂谢，先生均曾目击。于民国五年冬季寿终，得年八十有五。迹其生平，以文儒遨游公卿间。所至优礼，而所建白，动关大计，不有传述，曷征信史？爰刺取先生生平行实，择其荦荦大者，著之于篇，为《湘绮别录》云。

先生讳闿运，字壬秋，湖南湘潭县人。晚筑楼于里居，自署“湘绮”，人咸称之为“湘绮老人”云。先生生于清道光十二年，未弱冠，为诸生有名。入省城城南书院肄业，与攸县龙皞臣，湘阴李篁仙，武冈邓弥之、葆之兄弟，并称“城南五子”，以文章道义相切劘。其撰《李篁仙遗诗序》，自述其经过云：“余少孤，为叔父所教育。九岁能文，而不喜制举程式，随例肄业城南书院。院长陈先生本钦，名儒也，专攻八比文，礼聘龙先生友夔助校课艺。龙先生熟精四书汇参之学，诸老翰林（为）［如］罗、劳诸公，皆推服焉。或聚谈讲论，龙先生来，则莫敢先发言。而余与其长子皞臣交，及武冈二邓子，皆在讲舍，李君篁仙亦从其外兄丁果臣居院斋。篁仙早入学，补廪生。皞臣亦举丙午乡试，下第还，侍父居内斋。皆谨饬，独余跅弛好大言。篁仙放诞自喜，余尤与相得，日夕过从，皆喜为诗篇。邓弥之尤工五古，每有作，皆五言，不取唐宋歌行旧体，故号为学古。其时，人不知古诗派别，见五言则号为汉魏，故篁仙以当时酬唱多者，自标为“湘中五子”。人以告曾涤丈，罗罗山由睡中闻之，惊问曰：“有《近思录》耶?”时道学未衰，故恶五子名云。

时洪、杨肆扰，曾文正以在籍侍郎受命讨贼，尝引先生与谋议。咸丰（三）［四］年，湘潭之捷，为湘军成败所关，先生与桂阳陈士杰实主其谋，其所为《桂阳陈侍郎行状》略云：“（上略）岳州既败，还屯长沙。寇遂略湘阴，陆走宁乡，水断靖港，上陷湘潭踞之。巡抚闭城，以曾军当敌。文正遣陆军攻寇宁乡，营官储忠壮战死，别将周凤山绖崇阳、通城，未得还。文正独与水师十营居湘中流，上距湘潭九十里，下距靖寇六十里。春水盛涨，时多北风。寇上下皆瞬息可至，呼吸不自保。幕府无所为计，侍郎私谓闿运曰：‘今独可悉兵援湘潭，即不利，犹得保衡、永，图再举。若不顾根本，但图进取，一败俱死。’闿运曰：‘如此，君何不言之?’侍郎曰：‘钦差自以无守土责，又本奉诏赴鄂，今还湘潭，有退避之形。其实为巡抚驱除，军中皆不以为利。吾不能犯颜强争，子宜入说之。’闿运具言其计，文正招侍郎，使毕其说，即大悟。飞檄塔忠武，旋师救湘潭。侍郎又约杨勇悫、彭刚直，俱陈上攻之便。即日，六营先发。［明日，督师亲将四营继之。］其夜，分两军，大军攻上游，自将攻下游。已而上游水陆大捷。寇自称兵以来，屡抗大军，无搏战之事。短兵相接，自湘潭始。(下略)”

其后文正督师东下，转战鄂皖赣各省，自三年至六年，三岁之内，迭有胜败。而始终以客军孤寄各省，事权不属，处境阽危。先生于五六年间，与许仙屏、李次青相从江西军中。治军之暇，与文正从容论学，忘其艰苦。七年，湖南举行乡试，补行壬子、乙卯并科，先生与试，中式第五名举人。八年，入都，应礼部试，获交湖口高心夔伯足。时高方居军机大臣尚书肃顺幕，屡称先生才。肃顺折节与交，敬礼备至。会春闱报罢，先生留居肃幕一岁，多所匡益，如脱左文襄于狱，为曾、胡延誉。肃顺用其言，屡言于文宗，乃得以长江军事专属曾、胡，而曾文正以是得督两江，经略四省，皆肃实左右之。

《清史稿》：……入都，就尚书肃顺聘。肃顺奉之若师保，军事多谘而后行。左宗棠之狱，闿运实解之。

薛福成《庸庵笔记》：是时，粤贼势甚张，而讨贼将帅之有功者，皆在湖南。……惟肃顺知之已深，颇能倾心推服。平时与座客谈论，常心折曾文正之识量、胡文忠之才略。苏、常既陷，何桂清以弃城获咎，文宗欲用胡文忠督两江，肃顺曰："胡林翼在湖北措注尽善，未可挪动，不如用曾国藩，则上下游俱得人矣。"上曰："善。"遂如其议，卒有成功。左文襄之在湖南抚幕，已革永州镇总兵樊燮控之都察院，而官文恭督湖广，复严劾之。廷旨交官密查，如得实，即就地正法。肃顺告其幕客高心夔，心夔告王壬秋，壬秋告郭筠仙。郭与左同县，又素服其干济，倾倒备至，闻之大惊，遣王往求救于肃顺。肃曰："必内外臣工有疏保荐，余方好启齿对。"郭方与吴县潘祖荫同值南书房，乃浼潘疏荐文襄。而胡文忠上《敬举贤才力图补救》一疏，亦力荐文襄，有"名满天下，谤亦随之"之语。上果问肃顺曰："方今天下多事，左宗棠果长军旅，自当弃瑕录用。"肃奏曰："闻左宗棠在湖南巡抚幕中，赞画军谋，迭著成效。骆秉章之功，皆其功也。人才难得，自当爱惜。请再密寄官文，录中外保荐各疏，令察酌情形办理。"从之。官知上意欲擢用文襄，遂与僚属别商，具奏结案，而文襄竟未对簿。俄而，文正疏保以四品京堂襄办军务，勋望遂日隆焉。

当是肃顺喜交文士，于先生尤尽礼。尝为先生亲执御，遨游市中，见者咸相惊诧，其见重如此。（十）［九］年，先生以肃权势太甚，惧将倾覆。因请于肃，拨巨款，制楼船，率以巡视南洋群岛，如明郑和故事。肃难之，乃借故告辞。游济南，入文煜幕。时文正方督师祁门，贻书招之，复往居祁门。请偏师取浙，久久困居祁门山，地无当也。文正不能用，先生于是返里。旋湘军克安（广）[庆]、平浙、平苏沪、克金陵，同时辈流晋秩封爵，先生独勤恳治学，与世无竞。论者谓先生之于文正，于困厄时必裹粮相从，如建昌、祁门治军时，皆极险难之境。及其少安，群流奔赴，先生则褰裳去之，是难能已。

湘军既克金陵，一时声华甚盛。而先生则于先一年返里，教授衡阳石鼓书院，如是者七年余。中间虽一游广州，以风土不宜，仍返衡阳。同治十年，以友人进言：久居，于养生非宜，劝北上。借应辛未会试，遂行，入都，循例入试。既报罢，与京朝名流为文酒之会，并存问故旧，访视肃顺遗孤。

《湘绮日记》：……海岸来，翰仙继至，同车入城，至二龙坑劈柴胡同，见豫庭（肃顺字）二儿。一曰徵善，字信甫，出继故郑王端华。二曰承善，年十八，甚英发。园亭荒芜，竹树犹茂。台倾池平，为之怅然。又八日徵善来。予本约豫庭子承善来，而以无衣冠不能至。旗人仍习气如此，不能变也。谈久之，无策可振之。

游城西各名胜，赋《圆明园词》以寄意，词云（原文省略）

张文襄时官侍讲，与之过从尤密。七月南行，文襄邀宴龙树寺，并赠诗云："王功多楚产，君独好文学。菀枯若转毂，一士翔廖廓。四学并综甄，六笔咸闳博。报罢意无闷，雅尚在述作。昨日城西集，仪璘合方翔。岂罄接席欢，孰喻倾盖乐？高文如清风，俯仰成寄托。太息金门下，扬雄独寂寞。"可征倾倒之至。先生既南旋，循运河南下，遇曾文正于徐州，偕返清江浦。时文正方督师讨捻，十余年不见，讲艺论文甚欢。文正询其所著及所为文，倾佩无已，赠诗有“湖山增景光，老怀足欣忭”之句。辞归，至江宁，少流览，趁轮舟西上，溯汉，是时始有轮舟也。逾年，四川总督丁文诚宝桢聘任为尊经书院山长。在蜀三年余，成就甚众，文学若杨锐叔峤、宋育仁芸子、顾印愚印伯、李稷勋瑶琴、骆成骧公骕、刘子雄、陈崇哲、张子馥、方守道、王瑞徵等，经学若廖平（季平）、吕冀文、吴之英，史学若张森楷等。复以其时撰《湘军志》，凡十六篇，曰《湖南防守篇》，曰《湖北篇》，曰《曾军篇》，曰《江西篇》《水师篇》，曰《曾军后篇》，曰《江西后篇》、《援江西篇》，曰《川陕篇》，曰《援贵州篇》，曰《援广西篇》，曰《浙江篇》，曰《临淮篇》，曰《平捻篇》，曰《营制篇》，曰《筹饷篇》。纪述当时事实，约其旨，微其辞，堪称信史。以其书于曾忠襄（国荃）多微词，于其克金陵时，军士纵掠，尤加指斥；曾见之大怒，欲手刃先生，以郭筠仙调解，将原板销毁。然其书已经印行，一时风行海内，坊间翻印至十余本，虽毁已无及矣。在院更作《春秋公羊笺》，发明托王改制之义甚精；其徒廖季平更作《知圣篇》《辟刘篇》以张之；厥后南海康有为掇其绪余，益以横肆，遂成戊戌变政、辛亥革命之局，皆于先生启其机也。

先生居蜀先后四年，会其次子仲章、长妾六云连续病殁，先生叹曰：“如何连岁夺我二爱?”遂辞归，自是往来长沙、桂阳、衡阳、湘潭各地，足不逾省境者且十年。先后纂辑《衡阳县志》《湘潭县志》《桂阳州志》，思精体大，均传于世。时李文忠（鸿章）（都）［督］直隶，函聘先生往讲学，馆之吴楚公所，时文忠方汲汲兴洋务，急功利，与先生所持旨趣未合，日惟与文忠幕僚于式枚晦若、张佩纶幼樵辈往还，间或游览本地名胜，凭吊往昔，发为诗歌。如《过海光寺》云：“东卫阑绮旧，琳宫饰像新。钟声华梵外，棠树浅深春。散步思芳草，闲僧话贵人。海军非得已，绳武在南巡。”《游水西庄看桃花》云：“人间惜春尽，地冷留花晚。江南芍药暮，蓟北夭桃满。良节及辰游，西庄去尘远。新阳散文园，芳风始苕展。安知时已暮，但喜晴初转。翔燕影飘翩，知禽语绵软。物荣亦欣欣，客意何怅惋。还临漕渠静，归及斜阳远。无以晋魏情，吹息仙年短。”可想见一时襟抱。

旋辞李南旋，仍主石鼓书院。甲午年战起，师徒挠败。先生愤二十年来当局盛言新政，竞西法，谬言“师夷之长技以制夷”，临事乃不足当一击，遂绝口不谈时事。始自咸丰时，与张文襄投分至深；同治末年，先生入都，与张尤殷洽。至是以其弃所学，而为洋学是务，竟绝不与通。虽书疏往还，往往出之以恢谐，滑稽梯突，不一其端，盖轻之也。又先生于同光间家居时，独喜与彭刚直（玉麟）游，刚直每岁巡江，值返衡度岁，必邀先生剧谈累月。又捐十二万金，扩石鼓书院膏火，兼以处先生。先生以中兴将帅惟刚直最为高洁，迭次授职，未一履任，晚岁巡江，仍萧然儒素，与本人志趣诉合，故于其没也，为撰行状至六七千言，言之详切凄惋。自刚直谢世，先生每不自聊，视当世无可与言者，见人往往作呆语，行动亦时示人以不测。所善女仆周妪，尝挈以自随。庚子乱后，借闱河南，举行会试。先生忽电鄂督张文襄云，将欲与会试，过鄂当一诣谈。文襄大欢，并为电汴当局，为之道地。至时，先生携周妪至，诣督辕谒张，言：“前言参加会试者，妄也。乃周妪欲一觇相度，故牵率一行耳。”文襄留居数日，仍返湘。桂阳夏菽轩中丞巡抚江西，设江西大学堂，聘先生任总教［习］。先生仍携周妪往，栖止校内，以书院法治校事。久之不乐，辞归。宣统季年，以乡举重逢，湘抚以耆（仔）［儒］绩学奏荐，诏赐进士出身，授翰林院检讨，旋加侍讲衔。先生戏为诗云：“愧无齿录称前辈，剩有牙科步后尘。”时方试用留学生，有徐某授牙科进士，诗句盖纪实云。

辛亥改革，先生适乡居。湘督谭延闿，通家子也，以父执礼事先生。时湘中革命党鸱张，诸领袖各还乡，夸耀乡里，若黄克强辈均走集。一日谭、黄等大约党人宴集，特柬请先生与会。先生服清制服，朝珠补（挂）［褂］，岸然到会，党人咸错愕惊视。先生夷然曰：“诸君西装革履，外国服也；吾补服朝珠，亦外国服也。颇闻皇室优待条件，于逊帝以外国君主之礼待之。吾服清服，从其主人，何异之有？”其恢诡如此。

民国二年，袁世凯既统一宇内，思网罗耆旧以自重。先生门人杨度、夏寿田俱居袁幕，甚得信任，建言于袁，开国史馆，以馆长一职处先生。先生初不欲就，嗣袁电湘督汤芗铭造庐固请，乃就道。过鄂，鄂督段芝贵更盛为供张，专车护送北行。既抵京，袁遣使郊迎，居武功卫，旋开馆，赁屋于王公厂尚姓宅为馆址。聘当代名流曾广钧重伯、陈三立伯严、左绍佐笏卿、宋育仁芸子等十余人，为编纂、协修。久之不乐，南旋消夏。始杨度、夏寿田等欲建议于袁，改帝制，拟借先生一言为重。先生知之，不欲，托词南归。适参政院开幕，网罗耆宿，以先生兼任参政，再促北上。先生既至，杨、夏等谋帝制益急，屡屡示意先生。先生不耐，即日归去，自是遂隐居不再出矣。余所著《洪宪秘辛》中，备载其事云：民四，帝制议起，海内劝进者纷如，而尤以八四老人王湘绮翁劝进一电为惹人注目。论者咸为王翁惜，不知电为其门人桂阳陈某所伪为，非真实也。然王翁固不慊于共和，赞成帝制，而反对变更历史程序。先是，项城于癸丑之役，尽歼敌党，于是修约法，改政制，然以总统任期有定，终嫌不足。官僚杨度、夏寿田希旨，阴倡君宪之议，以王翁负海内重望，言于项城，以主修国史为名征至，冀得其一言以为重。顾王翁虽抵京，终日与馆员文酒谈宴，绝口不及时事。居数月，杨、夏甚不能耐。一日杨宴湘绮于私邸，座间杨、夏盛言民生憔悴，实为共和所误，又推言项城功德勋望，宜早正大位，以定民志。于是有谓宜仿宋艺祖黄袍加身故事，由诸将拥戴者；有谓宜由内外臣工劝进者。顾老人终席不发一言，且时时乱以他语。席散回史馆，亟令人购车票南旋，濒行语宋芸子（是日芸子亦在座）："君悉聆晳子、午诒之言乎？乃梦呓耳。即项城欲称帝，宜先复辟。幼帝复辟后，项城仿魏晋故事，晋爵为王，加九锡，总百官，积以岁月，清室旧臣凋谢，乃受禅正位。事不师古，未有能成者。若辈所言，是陷项城于绝境耳。吾老矣，不欲复睹此泯棼事也。"翁即归，宋熟思翁言，殊有至理，乃草一文，为复辟之请愿。一时都下大哗，肃政纠弹，将置重辟。杨、夏谂知为翁所误，请于当事，缓其狱，以递解回籍了事，自是乃尽力进行筹安会事；翁亦回湘，不通音问者年余（史馆事，由晳子代行）。帝制议由国民代表投票劝进，迁延复迁延，遂至失败，然后知翁之有先见也。

先生自此以后，回居湘潭云湖橘里第，不与世通。至五年冬间，遂以微疾逝世。时黎元洪继任总统，段祺瑞当国，国会恢复，不久有督军团之变、复辟之变，而先生已一瞑不视久矣。

综念先生生平游心玄旷，于政治持论至高，而胆略最富。当曾文正初起兵时，行军务持重，即困居南康、祁门时，亦不敢运一奇谋，行一险着，以早脱于厄。先生每为设策，辄不能用，故以客军孤寄达六七年，先生每以为憾。及入都，居肃顺幕，为之详陈文正处境困难，遂拜总督两江之命。而同时复脱左文襄于狱，擢用京卿，督师援浙，遂以合围金陵，削平剧寇，伟矣！先生尝自命为纵横家，不欲任政事，故终身不任一官。方肃顺盛时，欲为纳赀为郎；曾、胡二公，亦屡以事相属；先生均弃不顾，以举人终其身。晚岁曾自撰联云："春秋表仅传，尚有佳儿读诗礼；纵横计不就，空余高咏满江山。"可以想见其志趣之一斑云。

先生治学甚勤，自少壮至于老耄，不废书卷，日必抄书二三页，以为常课。其治经，于《春秋》公羊学致力独深，兼及穀梁，有《春秋公羊笺》《穀梁申义》。长尊经书院时，督次子代丰作《春秋例表》。既成书，代丰病殁，先生伤感，遂废不观。亦治《论语》，以为《论语》所载，多合《春秋》义，作《论语训》，以教学僮。于诸子，校《墨》，解《老》，注《管》《荀》《鹖冠》，而于《庄》研习甚勤，其所作《庄注序》云："（上略）余尝略闻师友之言，间见二氏之书。知佛经附会之由，道学纰缪之原，知论道不可以为治，而知道之不足以为圣也。于《周官》见周公之行事，于《春秋》见孔子之行事，于僧律见释迦之行事，于《齐物论》见庄子之行事。尚无尚有，皆无所行之。故凡圣人之行取，为愚贱正性命而已，若性与天道不可得闻。庄子之合孔、老，道同也；赵宋之合孔、佛，论近也。以庄合老，汉略之误也；自庄合佛，晋、唐之过也。自佛诬孔，宋、明之蔽也；以佛诬佛，文士之妄也。故必光明佛之不言性而性理始绌矣，先明圣之不传道而道统自废矣，先明庄子之不外死生而佛经乃幻矣。佛经幻，性理绌，老、庄判，孔、老同，孔、老同则为圣，庄、老混则为邪，是学者所当察也。（下略）"原文前段亟言庄于老外，别为一家，渊源实出于孔。又推论宋儒以佛合儒，口孔而心佛之非，以冗长不具录，全书每注一篇，前列小序，文词隽妙，玄解超逸，近古以来，未尝有也。

先生于史泛览，往往得神解，作《二十四史赞》传于世。为文取径至高，而出以平淡，自然入古。其论作文，甚鄙桐城派，尝云："曾侯尝言，画像必以鼻端一笔为主，于文亦然。然余文殊不尔，成而后见鼻口位置之美耳。其先固从顶上说到脚底，不暇问鼻端也。八家文凭空造出，故须从鼻起。余学古人，如镜取形，故无先后照应，而自然合度。"虽其自负之言，亦可见其造诣之深。又尝论为文方法，如《答陈深之论文》云："（上略）单者，顿挫以取回转；复者，疏宕以行气势。貌神相变，即所谓物杂故文也。故《国策》、《史记》、贾、晁、向、操诸人能用单，《国语》、班《书》、东汉以至梁初善用复，不能者袭其貌。单者纯单，始于北周，而韩愈扬其波，赵宋以后尊奉之，至近代归、方而靡矣。复而又复，始于陈、隋，而王勃等漏其泥，中唐以后少变焉，至南宋汪、陆而塌矣。元结、孙樵化复为单，庾信、陆贽运单成复，皆似有使之转，而终限町畦，卒非先觉，反失故步。故观于汪中、恽敬、袁枚之徒，体格无存，何论气韵。其余如侯、魏之纪事，乃成小说；洪、吴之骈俪，不如律赋。兹非学者之明戒欤！仆少好为文，思兼单复。及作《桂阳图志》，下笔自欲凌子长，读之乃颇似《明史》，意甚恶焉。比作《湘军志》，庶乎轶承祚而睨蔚余矣。(下略)"

所论极精，发前人所未发。至其为诗，善为五言古体，冲微淡远，追踪陶谢，命意遣词，必经百炼。尝登泰山得句云："伊来圣皇游，非余德敢升。"自言数登泰岱，未敢着笔，今得此，可以无负，亟驰书邓弥之先生张其事。又气力伟大，能为长篇，集中如《拟焦仲卿诗李青照妻墓下作》，长一千四百余字，《独行谣》三十章，长七千余字，可谓前无古人。近体诗不多作，然有作必佳。前所录《海光寺诗》已见一斑，兹更录其民国四年《饮故相荣仲华宅》七律一章云："丞相新居近御垣，当年枥马夜常喧。宫衣一品三朝贵，门客长裾四海尊。调护无惭狄仁杰，池亭今似奉宸园。只应遗憾持矛仗，重对茶瓜感梦痕。”极缠绵旖旎之致。

其论诗绝句二十余首，兹录其十二章云（原文省略）

先生平生著述，以《湘军志》最为世传诵。而一时湘中自命为功人者，咸愤恚指为谤书，攻击亦不遗力。平情论之，《湘军志》叙述当时情事，谓湘军所以成功，在于励廉节，倡勇敢。于一时廉能忠勇，若李续宾、罗罗山、多隆阿、彭玉麟、储政躬、王珍、黄淳熙、杨载福辈，不绝赞扬。于曾文正之笃诚敦大、艰苦卓绝之操，一篇之中，尤三致意焉。

《湘绮楼日记》：光绪四年三月二十一日云：作《湘军篇》，颇能传曾侯苦心，其夜遂梦曾。……二十七日云：夜览涤公奏，其在江西时，实悲苦，令人泣下，然其苦乃自寻。……要不能不敬叹，宜其前夜见梦。世有精诚，决无间于幽明，感怆久之。……闻春风之怒号，则寸心欲碎。见贼船之上驶，则绕室旁徨，《出师表》无此沉痛。……四月十二日夜看曾札，于危苦中不废古，亦可取。……作《军志》，叙多功于曾军，使稍生色，亦以对砭其失。

自湘军之成功，贩夫走卒、豪侩里侠，俱膺显秩、致厚富，乃各流连身后之名。其实遭逢时会，有天幸焉，非尽人为。身冒万险，生享厚实，足矣；荣名之致，是非之公，不可强也。《军志》扬其功而不隐其恶，自是史家正轨，又何疑耶？又郭筠仙批难《军志》谓湖南为纵寇：“洪寇之盛，自湖南始。”指为大谬。实则当时实情，确系如此。洪寇自桂入湘，湖南巡抚只困守长沙，其他各县任其蹂躏。湘潭一捷，贼始弃湘走鄂。向使洪寇窜湘时，湖南当局能迎头堵击，后有向荣大军尾追，自可乘势消灭，何致令其突围狂走，窃踞金陵十余年，殃及十余省耶？然此自湖南巡抚之过，曾军初立，力无能为，故《军志》亦只云：“洪寇之盛，自湖南始。”但不满于湖南当局，并非云曾军纵寇。郭氏所云，自系误解。郭氏又云：“收复金陵，为湘军第一大功，应立专篇，不应仅于曾军后篇中见之。”实则曾忠襄围金陵，时越二年，其劳苦诚足称道。然当时文正总军事：令左（宗棠）取浙，肃清杭、嘉、湖；令李（鸿章）取苏、常；彭、杨水师，肃清江面，直抵扬、镇；鲍超往来驰突太平、宁国间，力挫敌氛。金陵贼外援俱绝，忠襄乃得一意围攻。金陵收复，兄弟同日拜爵，显荣极矣。当时将帅咸有烦言，谓文正私心曲意，为乃弟成此大功，事实俱在，爱曾氏者无能为之解也。《军志》标以曾军，自史家特笔，如《春秋》之例，实予而文不予耳。曩闻之湘人某君言：“《湘军志》叙田家镇火镕铁链事云，执其事之某君，故锻工也。书成，某已官至提督、黄马褂。闻人言王《志》如何云云，某大诟曰：‘老子做铁匠，也要他姓王的写在书上?’亟拔刀欲杀先生，先生走避，浼人说和乃免。”然则当时指《军志》为谤书，其知识见解皆与某铁匠提督等耳。史家秉直笔，诚难矣哉!

清室自咸、同以后，其浸至内忧外患连续不绝者，在于女主临朝，屡构外衅，赔款割地，斫伤元气，抵于灭亡。溯夫垂帘之因，基于端、肃恣横，思专朝政，排斥亲贤，致罹杀身之祸；而孝钦遂借此立威，南面而朝诸侯者数十年。方文宗上宾，先生抵书曾文正，请建议政府，于赞襄政务王大臣中，加入恭亲王奕䜣一席。亲贤并用，借资来辅，并请其自谋入觐，面陈国事。其意以为端、肃、恭邸，合力秉政，乃可制母后之临朝，永安国本。不幸文正不能用，孝钦卒借恭邸之力，以诛端、肃；又以甘言小惠，饵恭及醇（奕譞），故终身执政，至于家亡国破而后已。向使从先生之策，肃、恭并力，则无垂帘之事，以后数十年变乱可免。惜乎托之空言，莫回劫运，即今思之，有余恫矣。（《民鸣月刊》

1936 年第 1 卷第 2 期)

清代朴学大师列传 支伟成

王闿运，字壬秋，一字壬父，湖南湘潭人。幼颖慧，三岁识字。十九补诸生，有文名。与李篁仙等结兰林词社，号“湘五子”。治经通训故章句，二十余即有志著述，作《仪礼演》十三篇。咸丰丁巳，举本省乡试。以贫就食四方，尝主山东巡抚崇恩所。己未，礼闱报罢，大学士肃顺素钦其才，延馆于家，奉之若师保，机要咸与咨访，左文襄之狱因以得解。

值天下方乱，将帅多开幕府招致才俊，曾文正尤称好士；肃顺既败，乃走依文正祁门军。时幕下布衣或起家为藩臬，裸身来归，资巨万；先生独以客自居，不受事。说公屏仪节，虚衷延纳，重法以绳吏胥，严刑以殛奸宄，多见采用。迨公益贵，宾僚率著籍称弟子；先生仍为客，往来军中，每旬月数日即归。会走谒文正于金陵节署，公未报，但遣使召饮。先生笑曰：“相国以我为餔餟来乎！”径携装乘小舟去，追谢弗及。盖文正丧归再出，遽变节为巽顺，虽复功成，勋业冠代，而先生笑其避事，文正且不自信也。又尝说胡文忠公据湘鄂独立，徐平发捻，逐清建夏，文忠谢不敏。复说文正曰：“南洋诸埠，土皆我辟，而英、荷占之，且假道窥我，今士犹知兵，敌方初强，曷略南洋以蔽闽粤？”文正亦谢不敏。至是，知事成之由命，毁誉之无真，乃退息无复用世之志，惟出所学以牖后进。

丁文诚公宝桢礼重之，聘任成都尊经书院院长。至之日，进诸生而告曰：“治经：于《易》，必先知‘易’字含数义，不当虚衍卦名；于《书》，必先断句读；于《诗》，必先知男女赠答之辞，不足以颁学官、传后世。一洗三陋，乃可言《礼》。《礼》明，然后治《春秋》。”又曰：“说经以识字为贵，而非识《说文解字》之字为贵。”又曰：“文不取裁于古则亡法，文而毕摹乎古则亡意。”当清季，蜀学晦塞，久鲜通儒，闻先生言，始知研诵注疏、诸史、《文选》等。院生日有记，月有课，暇则习礼，若乡饮、投壶之类，三年而士风丕变。其后廖平、戴光、胡从简诸人，蔚为经师，咸守家法，较之诂经、学海所造就者殆有过无不及焉。蜀学成，还主长沙校经书院，继移衡州船山书院，而所得士少逊于蜀矣。

宣统间，湘抚岑春蓂以所著诸书奏闻，得旨赐翰林院检讨，晋侍读。入民国，征为国史馆馆长。甫发凡起例，遽卒。年八十（八）［五］。

先生于学，初由《礼》始，考三代之制度，详品物之所用，然后达《春秋》微言，张《公羊》，申何学。见夫乾嘉来学者习注疏文章，皆法郑、孔，有解释，无纪述，重考证，略论辨，读者竟十行辄隐几卧，慨然曰：“文者，圣之所托，礼之所寄。史赖之以信后世，人赖之以为语言。词不修则意不达，意不笔则艺文废。俗且反乎混沌，况乎孳乳所积，皆仰观俯察之所得。字曰文，言其若在天之星象，在地鸟兽蹄迹之迹，必其灿然者也。今若此，文之道几乎息矣！”故其为文，悉本《诗》《礼》《春秋》，而通乎庄生之旨；汪洋纵肆，曲直而达之于理，使闻者有所解悟，发其蒙而悦其心。末世争利，则言利害人心，其祸有甚于杀；群言淆乱，则推拨乱之道，其要必本诸修身。括中外之学说，探赜索隐，举折衷于圣人。昧者不察，或以为滑稽玩世，或以为高远不中世情，莫知微妙玄通，薪传之所自来，徒赏其文辞，目为文士；而通经致用、悲天悯人之衷，自弱冠以至旄期无一日而或息者，虽及门问学之士，朝夕相处，或莫之能喻也。

所著《周易说》十一卷、《尚书笺》三十卷、《尚书大传补注》七卷、《诗经补笺》二十卷、《礼经笺》十七卷、《周官笺》六卷、《礼记笺》四十六卷、《春秋公羊传笺》十一卷、《论语训》二卷、《尔雅集解》十九卷，凡皆简要，而兼采今古。《湘军志》十六卷，是非之公，推唐后良史第一。《庄子注》二卷、《墨子注》七卷、《鹖冠子注》一卷、《楚词释》十一卷，亦多新义。《文集》八卷，散体溯源董、贾，骈偶不沿六朝纤靡。《诗集》十四卷，有步兵、太冲之风。更辑《八代诗选》若干卷、《唐诗选》十三卷。群弟子复述绪论，仿郑《志》作《王志》二卷。合刊为《湘绮楼全书》。余稿尚多，未授梓。

古今名人家庭小史 鲁云奇

湘潭王壬秋先生文名遍天下，年八十余，鲁殿灵光，负海内重望者数十年。先生著述等身，经学渊邃，世无其匹。文亦萧散，似魏晋间人。大抵组比功夫，隐而不现；浮技既削，古艳自生其间。遂有清神一片往来其间，而气息便与他人不同。诗则未尝作近体，其集中所存绝少七言律。五古宗尚庾、鲍，上窥建安，华藻丽密，词气苍劲。武陵诗人陈伯弢有《褒碧斋论诗》，称湘绮曰时中之圣，其推重若此。

清太平天国事定，湘绮撰《湘军志》。有夙与湘绮不协者，遂作蜚言，谓湘绮实得暮夜金，所纂有乖故实。实则湘绮文事高健，自在他人之上，自托为太史公，亦殊不多让。晚年稍颓丧，然如《华山游记》结构之奇，直千年来未尝有也。

湘绮虽擅文事，而平生甚好纵横兵旅之事。少时与其夫人僦居他姓屋，殊逼仄不甚适，自署曰“湘绮楼”，然是时实未有楼也。后于长沙定王故台之旁，得三楹而居，有楼甚广，开窗即见湘水接天，山峦起伏，苍波无际，悠然景物，悉纳户牖，湘绮于是大乐，欣得其所也。居年余，太平天国事起，湘绮奋焉有用世之志，遂出入帷幄，参赞军务。夜尝归读书，闻鹤唳至高，辄有祖逖着鞭之想，遂赋诗曰：“鹤唳华池边，气复定秋爽。平生志江海，低羽归尘鞅。”盖言其志也。自后兵燹漫衍，疮痍遍地；白日闭城，但有师旅。干戈之光映月，而哭声盈野。变故陈沓，湘绮遂挈其妻子，避兵于明冈之某巷。后五六年，始得还城，然甚困苦，自言：“无叔水之福，有钱刀之苦。”盖乱后萧条，砚田无所出；四壁萧然，破楮外无甚长物。然尚课其子女诵书史，余暇则据案吟讽，怡然自得其乐。久之益困，不复能自存，则走广州，依其友人。一日在南海听歌，过一南宁产女郎，甚婉媚可喜。湘绮见乐大赏，遂谋于诸友，集资买归，居之篷室。女甚婉淑，虽姿色明丽，然绝无佻薄态。得侍湘绮，亦自以为幸事。王船山诗所谓“愿作才人妾”者。自是茹苦含辛，殊无怨辞，侍夫人亦极谦谨。湘绮婆娑（甚）［其］间，极倡随之乐。既而又不能宁居，遂挈其家室上湘，旅食于衡阳。小屋五间，略有花木。妻事针黹，妾事烹饪。湘绮则著书而外，课其大公子诵经书。大公子亦笃嗜文事，所谓“良弓之子必为箕、良冶之子必为裘”者。湘绮复孜考教诲，而学业遂大进。女公子解识古文，作篆隶字尤高逸，有秦汉人风格。湘绮恒顾而善之，日日摊素笺、排湘管、作奇字，成则粘于壁，纵横波磔，咸有姿态。其夫人亦知书，能诵《楚辞》。每冬晴上窗，或夏凉启户，花香闲坐，与诸公子辈争读《楚辞》为乐。声曼而长，梁尘飞动，花竹掩门，悠然世外，真家庭间新韵事也。后水灾竟作，潜蚪为戾，湘绮时方修《湘军志》，如携其如夫人居城中。翠袖天寒，红妆检字，有宋子京寒夜修唐史之概。湘绮坐对佳人，复秉三寸六律，行《春秋》褒夺之权，自以为南面王乐也。时夫人已有孕，甫欲渡，即育于江中。湘绮亟欲赁宅为居，仓卒急不能得。越岁，始得陈姓旧居，盖即道光中陈花农之故庐。湘绮本识花农之子小农，至是小农子已将作官蜀中矣。宅质湘绮，湘绮诺之。复嫌宅不广，遂彻屋作楼，复署“湘绮楼”之名。楼之后有荒园极广，园尽见湘水，烟帆稠叠，景至奇丽。湘绮第二女公子名帉者，时方八岁，见景物浩渺，日日拥阑干远望，且与公子辈相戏为乐。致帉竟殇，湘绮作哀词曰：“居子十年，一日千回。昔诃尔去，今望魂来。”盖哀之也。后湘绮出游，其大公子以平堂势危，拆去重层。戊子，复值火灾，楼虽无恙，然堂厢之制已尽改。既而长女公子及次女公子相继出阁，而夫人及如夫人亦逝，湘绮顿伤寥落，重念逝者，时为之抑郁不乐，余暇但以著述为遣。后复移居山庄，其门弟子醵资为作新屋以居之，而颓丧渐甚，盖年七十余矣。

民国成立，则任国史馆长席。一时报章腾载，谓湘绮极赏馆佣周妈，实则此老雾里看花，偶有所赏，本无十分着意，亦传闻者过甚其辞也。此老最喜谐谑，如民国总统联曰：“民犹是也，国犹是也；总而言之，统而言之。”真所谓嬉笑怒骂皆成文章者欤？去岁逝世，年八十余矣。老成凋谢，亦文献衰谢之征也。濡笔述竟，为之怆叹。

评点资料

湖南巡抚岑春蓂奏耆绅王闿运湛深经术请旨褒奖折 岑春蓂

奏为耆绅湛深经术，淹贯礼文，恳恩特予褒奖，以维朴学而振儒风，恭折仰祈圣鉴事：窃维致用必本于通经，而通经莫要于治《礼》。昔人谓《礼》为群经之根本，故凡治经之家未有不精于礼学者也。方今朝廷修明典礼，专馆特开，上有绵蕞之儒臣，亦下有求野之黎献，网罗遗典，著作等身。备问山中，本草茅未起之征士；知名日下，有稽古叨荣之经生。臣疆寄忝膺，访求名宿，责在表扬，粗知梗概，不敢壅于上闻。

查有湘潭县在籍绅士礼部奏派礼学馆顾问官王闿运，咸丰丁巳补行壬子、乙卯科举人。发逆之乱，出入于原任大学士臣曾国藩、左宗棠、李鸿章，湖北巡抚臣胡林翼诸戎幕，赞画军事，不受时名。既而退居衡阳，以著书立说为事。原任四川督臣丁宝桢、兵部尚书臣彭玉麟先后聘主成都之尊经、衡州之船山各书院讲席，几二十年，成就之士多至数千人。光绪二十九年，前江西抚臣夏时奏请派充江西高等学堂监督，奉上谕："王闿运昌明经术，学有本原，力拒邪说，深明大义，着传旨嘉奖。等因。钦此。"旋仍回籍，主讲船山书院。

迹其生平学力，博通经史，尤覃精三礼。综其著述，不下三十余种。所著《周易说》《尚书笺》《诗经补笺》《礼记笺》四种，前因学部奏准咨行，延访经师、人师，征送著述，经臣送部查核。其余已刻者，尚有《论语训》《尚书大传笺》《礼经笺》《周官笺》《公羊笺》《穀梁申义》《尔雅集解》《夏小正注》《庄子注》《墨子注》《鹖冠子注》《楚辞释》，以及《湘军志》，湘潭、衡阳、桂阳各志，并《湘绮楼诗》《古文辞类》，凡二十三种。未刻者则有《逸周书校注》《二十四史赞》《老子校注》《水经校注》《本草宏道集》及诗词各选本又数种。大都元元本本，粹乎撷诸儒之奥，卓然成一家之言。至于旷代艺文、国朝掌故，亦靡不穷源竟委，讨论精详。

今行年七十有七矣，犹复睹记聪强，讲学不倦，海内耆宿，巍然独存，洵足光国家右文崇儒之雅化。

臣查光绪七年，前两广督臣张树声，奏举广东绅士知县朱次琦、举人陈澧；光绪十一年，前署抚臣庞际云，奏举在籍绅士员外郎徐棻；光绪十八年，前抚臣吴大澂，奏举绅士道员周乐，均以敦品绩学，蒙恩赏给卿衔。况值此世变所趋，群言日杂，有能保存古义，昭示来兹者，几成今世之绝学，尤宜特请褒扬，以风多士。伏维圣祖仁皇帝，召试博学鸿词，一时以布衣诸生授翰林检讨之职者，颇不乏人，皇风沾被，百代犹兴。在盛朝之旷典，固千载而一时；而名世之文章，亦百年不数觏。今举人王闿运，论其撰述，固近代之鸿儒；语其行年，亦中兴之耆老。人文独擅，士论翕孚。合无仰恳天恩，特畀殊荣，以昭异数，借资观感，庶藏山之业得天宠而益彰，承学之徒知儒修之可贵，出自逾格鸿慈。

臣为表章宿儒、维持礼教起见，谨会同湖广总督臣赵尔巽，恭折具奏，伏乞皇太后、皇上圣鉴训示。谨奏。光绪三十四年三

月二十九日奉。(《政治官报》1908 年第 182 期)

晚晴簃诗汇卷一五五　徐世昌

王闿运，字壬秋，湘潭人。咸丰丁巳补行壬子举人，光绪戊申赐翰林院检讨，有《湘绮楼诗文集》。

诗话：自曾文正公提倡文学，海内靡然从风，经学尊乾嘉，诗派法西江，文章宗桐城。壬秋后起，别树一帜。解经则主简括大义，不务繁征博引。文尚建安、典午，意在骈散未分。诗拟六代，兼涉初唐。湘蜀之士多宗之，壁垒几为一变。尤长七古，自谓学李东川。其得意抒写，脱去羁勒，时出入于李、杜、元、白之间，似不得以东川为限。

陈衍诗论合集·近代诗钞　陈衍

王闿运，字壬秋，湖南湘潭人。咸丰乙卯举人，晚钦赐翰林院检讨，民国国史馆馆长，有《湘绮楼诗》。

《石遗室诗话》：湘绮五言古沉酣于汉魏六朝者至深，杂之古人集中，直莫能辨。正惟其莫能辨，不必其为湘绮之诗矣。七言古体必歌行，五言律必杜陵秦州诸作，七言绝句则以为本应五句，故不作，其存者不足为训。盖其墨守古法，不随时代风气为转移，虽明之前后七子无以过之也。然其所作于时事有关系者甚多。兹录其长篇巨制、一时共传者数首，则其余或鳞爪之而耳。

陈衍诗论合集·陈石遗先生谈艺录 陈衍

师（陈衍）云：王湘绮除《湘军志》外，诗文皆无可取。诗除一二可备他日史乘资料外，余皆落套。散文尤恶劣不可读。至用“泥金捷报”等字，岂不令人齿冷？

石遗室诗话卷一七 陈衍

王壬秋先生诗，惟于友人屏幅上时见之，皆学盛唐、学《选》体者也。近乃于友人斋头翻阅其诗集一过，有《祁门》五言律二十首之一最工，云：“已作三年客，愁登万里台。异乡惊落叶，斜日过空槐。雾湿旌旗敛，烟昏鼓吹开。独惭携短剑，真为看山来。”首二句将少陵“万里悲秋常作客，百年多病独登台”调换言之耳。“携短剑”而作客三年，亦濡滞矣，而托言为“看山来”，末韵不可谓不冷隽。然世有尹士，又将有微词矣。余旧见台抚刘壮肃于内山营次，有七言古，中数句云：“万峰刺天一鸟道，亦跋险阻瞻櫜鞬。归来自笑成何事，妆点一卷游山编。”未知视王何如耳？

石遗室诗话卷三一 陈衍

《鹖山樵隐诗》，都昌黄百我部曹锡朋著。（原文省略）《阅湘绮楼诗集绝句》云：“秦灰吹尽问耆英，九十传经见伏生。艳说扶风绛纱帐，累人清节是才名。”“早时歌曲动皇都，曾咏圆明涕泪俱。此日江亭拚一醉，未堪回首则苍梧。”“蒲帛谁云晚见招，自伤白发已萧萧。楼中铁笛留余韵，肠断廉夫客妇谣。”绝不为皮里阳秋矣。

湘学略·湘绮学略 李肖聃

湘绮翁学业文章，吾昔年跋其遗书，叙述尽矣。其为《八代诗选》《唐诗选》，手批《诗经》，开示后生，尤多妙义。湖南之诗，唐时惟李文山最著，清乾隆时选《全唐诗》，湖外止此一人。明李文正东阳擅声台阁，《西涯乐府》尤为擅场。梁端辑《明三十家诗》，推服文正甚至。季明则王船山诗特沉雄，外此则湘潭陈鹏年沧洲、张九钺陶园、宁乡陶汝鼐密庵、新化欧阳兆洛磵东、巴陵毛西垣、道州何绍基东洲，皆奋笔为诗。曾文正笔力骜雄，实始崇仰山谷。后进相师成风，义宁陈三立伯严最为大家，所著《散原诗存》，大为江西生色。湘绮学此，始宗陆、谢，拟摹《选》诗，得其神理。集中如《独行谣》《妾薄命》，皆其少作，而《圆明园宫词》则二十五岁所为也。门人才弱，多不能学其诗，翁亦戒其门人毋妄学我。有名者县人杨承瓒虎公，桂阳夏寿田午诒、陈完夫，衡阳刘异豢龙，皆得其一体。近体诗所作绝少。清末瞿鸿禨、端方、岑春萱、袁世凯先后罢官，曾广钧为《落花四韵》，假湘绮名登报。广钧亦尝从翁问诗，然气味不类。叶德辉訾为优孟衣冠，而甚赞葵园之作为清真雅健。葵园诗纯学杜、苏，与翁师承固异也。叶挽翁联云：“廿一史林苑争传，若论系出文中，魏晋六朝无汉学；四十载云龙相逐，敢曰耻居王后，江河万古愧唐贤。”又和其《食瓜诗》，谓驽马追风，不自知其钝。是叶于翁之经学多所讥评，于其词章则不能稍毁之也。近日湖南之诗，长沙黄兆枚宇逵《芥沧馆集》，亡友益阳曾运乾星笠极称其工，谓乡先辈之作能似之者盖寡。黄自称山谷诗孙，亦导源于双井者也。湘绮少时与攸县龙伯皋皞臣、长沙李寿蓉篁仙、武冈邓弥纶弥之、辅纶葆之号为“湘中五子”。弥之有《白香亭集》，名最著。民国三年，宁乡程颂万子大议刻魏源古微堂、何绍基东洲草堂、葆之藻川堂诗，标为《楚南三集》，而未果。廖大隐《楚风补》、邓南村《沅湘耆旧集》亦无人赓续为之。然湘潭罗汝怀研生有《潭雅集》，宁乡廖基棫次峰有《沩宁诗选》，是在各县有心人搜集之耳。尝论湖南诗人，近世惟汉寿易顺鼎石甫其才最高，同时樊云门、曾重伯皆不能及。《游庐山诗》怪伟雄肆，有如天马腾空，不可控勒，张文襄读之倾倒。使能如湘绮翁之好学，至老不倦，则吾未能测其所至也。

附旧作《湘绮遗书跋》：

湖南学术，盛于近世。明清两代，乃有四王：船山于《易》尤精，九溪考古最悉，葵园长于史学，湘绮号曰儒宗。其所论著，于经有《周易说》十一篇、《今古文尚书笺》二十九篇、《诗补笺》二十篇、《礼经笺》十七篇、《周官笺》六篇、《礼记笺》四十六篇、《春秋公羊何氏笺》十一篇、《论语训》二十篇、《尔雅注》十九篇、《尚书大传补注》七卷、《夏小正注》一卷、《逸周书注》七卷、《穀梁申义》一卷，于子有《老子注》一卷、《庄子内篇注》七卷、《杂篇注》二卷、《墨子注》七十一篇、《鹖冠子注》一篇、《写定孙子》十三篇，于史有《湘军志》十六篇、《桂阳州志》十七篇、《衡阳县志》十篇、《东安县志》七篇、《湘潭县志》十二篇、《王氏族谱》四卷、《史赞》十七卷、《论夷务书》若干卷、《日记》若干卷，于集有《楚词释》十篇附《高唐赋注》一篇、《湘绮楼诗集》十八卷、《杜若集》二卷、《夜雪集》一卷《后集》一卷、《七夕词》一卷、《湘绮楼诗外集》二卷、《文集》

二十六卷、《外集》二卷、《词钞》一卷。其选录者，曰《八代诗选》二十卷、《唐诗选》十三卷、《唐十家诗选》十六卷、《汉魏六朝文选》若干卷。别有《王志》四卷、《笺启》八卷。其有目无书及成书未刻者，尚不在此数也。

翁禀上哲之姿，述前圣之业，学穷道奥，德应昌期，际运代之屯艰，托玄思于素业。诗披神雾，补北海之长笺；书定礼堂，著曲台之后记。其于《公羊》之学，尤阐劭公之微，并研衍其师传，南海袭其绪论，有清季世，巍然大师。虽天官妄肆讥评，而楚学实成宗派。蚍蜉撼树，轻薄为文，徒自损其品名，曾何伤于日月！此其经学之湛深也。

君子之道，或隐或见；圣人之行，一龙一蛇。道隐小成，学迷玄象。问礼懵于柱下，访道忽乎七篇。惟翁泯物我之大齐，明儒墨之相用，蝉蜕污泥，蓬累而行。德既充符，道宜应帝。德机既壮，天倪以和。逍遥大化之中，游戏人间之世。指白非马，其道犹龙。滑稽玩世，庄谐杂出。足使诸邹杜口，曼倩降心，天下奉为谈宗，麈尾挥其玉屑，则其道术之玄深也。

翁惆怅鸿笔，寝馈麟经，以为秦来文宗，世推班马，殚精史汉，奋志纂修。久放浪于江湖，未回翔于玉署。自撰军志，张我湘人。纪曾侯以绍安阳，述筹饷而师平准。较彼朱克敬、王定安所造，实乃雅俗区分。其他桂阳、衡阳之书，湘潭、东安之志，皆敛雄才于方纪，纳万变于小篇。旧日湘中山水之记，先儒耆旧之书，较此华章，黯然失色。盖默深圣武之记，无此伟观；玉池湘阴之图，逊兹雅韵。斯其史裁之丽密也。

湘州文学，始盛东京，典午以来，唯传罗李。欧阳仅以书著，茶陵稍用诗名。清代则王魏扬声，邓曾并美。翁生含秀质，天挺人英，天才自高，工力交至。拟昌谷高轩之过，早成薄命之诗；

当士衡入洛之年，能续兰成之赋。藉甚圣童之誉，巍然词伯之称，固已增湖湘之景光，留江山之高韵。及乎《圆明诗》出，压元相之《连昌》；《秋醒词》成，过东坡之《赤壁》。以及状刚直彭公之行，为伯元叔绩之传，文笔双清，华实并茂，足使文儒俯首，宿学倾心。湘中称名士无双，海内号胜流第一。虽越缦薇荪，或肆他端之毁；而江河万古，何损文章之名！迹其树义之精，出词之雅，日光玉洁，周情孔思。卿云而后，仅见斯文；唐宋以来，无此作者。盖翁以文若之逸才，勤伯业之老学；复治申培之经术，享伏胜之大年。卓然大成，夐绝百代。此即离居异域，生不同时，犹或闻声而相思，观文而遥契；而况乡里后进，追随杖履，晋接音尘，亲读丛书，叩闻口说者乎！本念庵之遗意，署后学以拜阳明；思退之之狂言，非仲尼不称弟子。敬述其略，以告乡人。

湘学略·湘军志 李肖聃

《湘军志》，湘潭王闿运撰。书分《湖南防守》《曾军》《湖北》《江西》《曾军后篇》《水师》《浙江》《江西后篇》《临淮》《援江西》《援广西》《援贵州》《援川陕》《平捻》《营制》《筹饷》，凡十六篇。湘军功绩，见于曾国藩所作湘乡县楚军陆师昭忠祠、湖口县楚军水师昭忠祠两《记》。以湘乡一县之人，征伐遍于十八行省；以捍卫乡闾之举，而终以平定江东，从古乡兵奏绩未有如是之伟者！闿运自负史才，常恨不入玉堂从事著作。此《志》之作，始意欲追班《书》；及其成功，多类范史。然《筹饷篇》实师《平准书》，《营制》诸篇多师太史汉志，才力所至，可抗古人。惟军报多虚，难于目睹。左宗棠《盾鼻余沈》载大（浦）［埔］之役，刘典军由间道取道会宁、上杭，独先期至，相与会合围之策，败贼塔子岀，殪逆渠汪洋海，与《志》言未阵而败者不合。又军功之成，由于水师。水师之兴，由于郭嵩焘建议于江忠源，且为忠源草奏。忠源书抵国藩，力主张之。国藩作忠源神道碑，亦言国藩从公之谋，专力水军，幸而有成，而《志》未叙入。又洪军犯江南，将入广信，知府沈葆桢筹饷外出。其妻本林则徐女，血书乞救于浙江玉山守将饶廷选。廷选出师，广信以安，曾国藩曾为奏章其功。而《志》言沈飞书廷选，竟没其妻之功。又李鸿章杀江苏八降王，曾国藩称其眼明手辣，其计本定于程学启，而鸿章从之。薛福成《庸盦文编》记言学启约鸿章入营劳军，授八降王冠服。酒初行，鸿章辞去，八降王起送，学启伏甲歼之。是杀降已得李之许可。故英将戈登愤为李所卖，至率兵与李战（据李奏议）。郭嵩焘与人书，甚诋曾纪泽不应以六千金使壬秋包修军志，于《志》所言失实者，多所指正，其弟崑焘亦多有微词。故闿运身后，湘阴郭氏即刊行《湘军志平议》。是非之公，固难逃于众议，独其文章雄深雅健，不可磨灭。其后曾国荃虽使王鼎丞别为《湘军记》以纪其功，而此《志》卒不可掩也。且《志》于国荃战功，并未湮没，独《筹饷篇》言彼号有百顷田，于法当上户，而大吏不能问，为稍侵之。求田问舍，本国荃之所急，国藩尝戒之而不能从也。世又有《湘武记》，托名为朱克敬所作，人间无刻本，其稿今藏湖南大学。

草堂之灵卷一　杨钧

湘绮先生五言古诗及歌行，诚有过人之处，七律则未成体，且多毛病。即以脍炙人口之《游仙诗》中“尘暗素书长自读，月明乌鹊定何依”一联而论，素书既为尘暗，其非长读无疑。“月明乌鹊”一句，单看自然成文，若以两句比看，则尘可以暗素书，月不能明乌鹊也，是之谓不律。但此种毛病，前人亦复甚多。

草堂之灵卷二 杨钧

湘绮之文，墓志第一。数千年来，碑、志未分，几为一体。湘绮崛起，体格判然，峭妙轻灵，难于踪迹。余闻之湘绮曰：“作墓志，须叙其生平不得意事，以别传记。”乃细读湘绮之文，如《彭刚直墓志》，寥寥短篇，且曰：“然其遭际，世所难堪。”果叙其不得意事。于是文思大进，深悟化繁为简、举重若轻之法。若以此题，别求人制，非万言不能了。庖丁解牛，以未见全牛为进技也。

草堂之灵卷五 杨钧

湘绮之志愿太高，几不许有一古人立己之上，而古人之所长，又有绝不能相通者。譬之李、杜之诗，杜擅横推，李长直下，横直兼备，岂曰易能？湘绮抱轹杜轹李之心，而各家所能，又复兼收并采，故多非直非横之制，而有非人非己之篇，不得不谓为大家，又不得谓为纯洁之大家也。

草堂之灵卷八 杨钧

王湘绮先生删繁成简，撷精去滓，故其格调最为出色。雅洁二字，无过之者。（原文省略）湘绮之文有时亦为习染，未及剪削，试取《秋醒词序》读之，必删去“象床低彩凤之帷，金缸绩盘龙之焰”两句，始成完璧。两句太艳，乃新婚词体，不合幽居景况也。虽然，学文之士于《秋醉词序》再三求之，骈体之妙必可尽得。

湘雅摭残卷六　张翰仪

湘潭王闿运，字壬秋，号湘绮。自少致力群经诸子，尤邃《公羊》之学，诗文特余事也。名震京师，当时巨公争欲罗列门下以自炫。但自咸丰丁巳乡举后，屡赴春闱弗第。年垂八十，始特授翰林院检讨。樊樊山以诗贺之，有“科名向以曾胡重，公在谁将馆阁轻”之句，出语极有斟酌。昔人谓非科举之能出人材，实人材之争趋于科举，亦此意也。湘绮晚授词林，其时科举已成弩末，故其自述诗云：“已无齿录称前辈，幸有牙科步后尘。”虽属谐谑，亦见工切。其诗根抵六朝，归宿初唐。尝与龙皞臣、李篁仙、邓弥之昆弟结社于长沙，称“湘中五子”，慨然以复古自任，骚坛风尚为之一变。迹其生平为诗，多古体五律，而七言律绝甚少，即偶作亦不存稿，故其手订《湘绮楼诗集》无七言近体。集中之《拟焦仲卿妻诗》《答赠尹杏农》《古风》《秋兴》《春怀》《独行谣》《圆明园》以及拟古诸作，鸿篇巨制，传诵艺林，限于编幅，惜难备录。(原文省略)

湘绮天才超俊，宏词丽采，不掩精思，近代考据家所无也。闻湘绮尝客游曾涤生幕，一夕对酒谈心，密主反正，涤生严峻拒之。玩其《发祁门杂诗》及《江宁赠曾侯诗》，句里行间，殆有深意存焉。后其自挽云：“春秋表仅传，正有佳儿学诗礼；纵横志不就，空留高咏满江山。”盖知其夙以纵横家自命，有拨乱反正之志，不甘以经生词人终老也。所著《周易说》《今古文尚书笺》

《尚书大传补注》《诗补笺》《周官笺》《礼经笺》《春秋公羊笺》《春秋例表》《穀梁申义》《论语集解注》《尔雅集解注》《庄子内篇注》《七篇杂注》《墨子注》《鹖冠子注》《楚辞释》《湘军志》《湘绮楼诗文集》《八代诗选》《词选》《词钞》《笺启》《王志》等书，合刊为《湘绮楼全集》行世。

近代诗派与地域　汪辟疆

湖湘派近代诗家，或有目为旧派者。其派以湘潭王闿运为领袖，而杨度、杨叔姬、谭延闿、曾广钧、程颂万、饶智元、陈锐、李希圣、敬安羽翼之，樊增祥、易顺鼎则别子也。王氏为晚近诗坛老宿，得名最盛。平生造诣，乃在心模手追于汉魏六朝，而稍涉初盛。尝云："唐无五言，学五言者汉魏晋宋尽之。"又云："诗贵以词掩意，使吾志曲隐而自达，非可快意骋词，供世人喜怒也。"又云："宋齐游晏，藻绘山川；齐梁巧思，寓言闺闼，皆言情之作。情不可放，言不可肆。婉而多思，寓情于文，虽理不充，犹可讽诵。近代儒生深讳绮靡，故风雅之道息焉。"细味斯言，王氏论诗宗趣，不难窥见。其他散见所选《八代诗》及《湘绮简牍》《王志》等书者，皆显然与同光派诗家异趣。今所传《湘绮楼诗》，刻意之作，辞采巨丽，用意精严，真足上掩鲍谢，下揖阴何，宜其独步一时，尚友千古矣。惟及身以后，传者无人。王氏亦自云："今人诗莫工于余。余诗尤不可观，以不观古人诗，但观余诗，徒得其杂凑模仿，中愈无主矣。"陈石遗云："湘绮五言古沉酣于汉魏六朝者至深，杂之古人集中，直莫能辨。正惟其不能辨，不必其为湘绮之诗也。"虽一为自熹之词，一为致憾之语，然湘绮之得失，即此数语知之矣。

近代诗人小传稿　汪辟疆

王闿运，字壬秋，号湘绮，湖南湘潭人。咸丰乙卯举人。平生刻苦励学，寒暑无间。经史百家，靡不诵习。学成出游，初馆山东巡抚崇恩。入都，就尚书肃顺聘。肃顺奉之若师保，军事多谘而后行。左宗棠之狱，闿运实解之。已而参曾国藩幕，胡林翼、彭玉麟等皆加敬礼。闿运自负奇才，所如多不合，乃退息，无复用世之志，惟出所学以教后进。四川总督丁宝桢聘主尊经书院，待以宾师之礼，成才甚众。归为长沙思贤讲舍、衡州船山书院山长。江西巡抚夏时延为高等学堂总教习。光绪三十四年，湖南巡抚岑春蓂上其学行，特授翰林院检讨。民国，任国史馆馆长。湘绮为湖湘派领袖，享名六十余年。生平造诣，经、史、诸子、文翰皆有独到，而诗尤高，与邓辅纶、高心夔并推为湖湘三大家。其诗直造汉魏六朝，而与陆、谢为近。七古略涉初唐，绝不肯作开天后人语。晚年偶戏为七言近体，类皆急就酬应之作，不以入集也。民国五年卒，年八十五。著有《湘绮楼全集》凡二十六种。诗集十四卷，原刊之《夜雪集》《夜雪后集》《周甲七夕词》，鄂板已毁，重刻为《湘绮楼别集》三卷，以合于十四卷之数。尚有《湘绮楼诗集未刊稿》四卷，《杜若集》二卷，外集二卷，藏于家。

光宣诗坛点将录　汪辟疆

托塔天王晁盖：王闿运（附严咸、邓辅纶、高心夔、陈兆奎、夏寿田、杨庄）。

我欲避君天不肯，不然捶碎湘绮楼。湘绮论近人诗句，谓严咸也。当仁不让乃如此。似我者拙，学我者死。湘绮自云：“今人诗莫工于余，余诗尤不可观。以不观古人诗，但观余诗，徒得其杂凑模仿，中愈无主矣。”吁嗟乎！遏八音，曾头市。袁思亮云：“湘绮为湖湘派领袖，然及身而后，阒乎不闻，而散原私淑遍天下。以湘绮配晁天王，百世莫易矣。”

陶堂老去弥之死，晚主诗盟一世雄。得有斯人力复古，公然高咏启宗风。

湘绮老人，近代诗坛老宿，举世所推为湖湘派领袖也。享名六十余年。入民国，尚蒲轮入京，出长国史。项城权势倾一时，而湘绮玩之股掌，且称为袁世兄矣。其诗致力于汉魏八代至深，初唐以后，若不甚措意者。学赡才高，一时无偶。门生遍湘蜀，而传其诗者甚寡。迄同光体兴，风斯微矣。

王闿运，字壬秋，号湘绮，湘潭人。咸丰乙卯举人，晚钦赐翰林院检讨。入民国，任国史馆馆长。民国五年卒，年八十五。有《湘绮楼全集》《杜若集》《夜雪集》《八代诗选》《唐诗选》《湘绮楼日记》。

汉魏诗选按语　汪辟疆

汉魏诗一变而为六朝，锁钥所在，乌容小觑。考近代精研八代诗学者，湘绮导夫先路，弥之为其辅弼。奇文郁起，一新天下耳目。湘绮得寿，屹然为广大教主，声价溢乎四海，风会系于一身。湖湘一角，遂为枢纽。杨度、夏寿田、杨庄、杨钧、陈光奎、谭延闿、欧阳中鹄、刘光第、程潜、谭嗣同均极推尊。并世豪杰，若太炎、申叔，诙诡奇崛，符契相合，惟自遵其是，不与湘绮相能。（原文省略）初，湘绮编《八代诗选》（是书有光绪七年辛巳四川尊经书局刻本，后有光绪十六年江苏书局刻本、光绪十九年长沙经济堂刻本、民国间上海扫叶山房石印本等)，自汉迄隋，分体纂录，顾意颇惫懒，未尝惨淡经营，所撰评语，寥寥可数。湘绮自言刊行始末甚备（《湘绮楼说诗》卷一)。今《湘绮楼说诗》行于世，主张可考。顾乃门生所辑，非湘绮自定。民国三十年，汉阳周贞亮刊《汉魏六朝诗三百首》，以湘绮《八代诗选》繁重，删约而成是书。(有民国刊《慎始基斋丛书》本，其凡例第一条即曰："湘潭王壬秋先生约冯氏《古诗纪》为《八代诗选》二十卷，隋以前佳诗尽于是矣。然卷帙犹嫌其繁。今仿梅氏删《古文辞类纂》为《古文辞略例》，择其尤者得三百篇，名曰《汉魏六朝诗三百首》，都七卷。")同年，夏曾佑本诸《八代诗选》，别撰评骘，刊于报章，署曰"冬士"（刊于《同声月刊》1941 年第 1 卷第 2 期、第 3 期、第 5 期、第 6 期、第 7 期，署"冬士")，时有发明，或颇与湘绮相左。(原文省略）湘绮抗颜绝俗，以复兴八代诗学为己任，其功不在龙溪《七十二家集》、娄东《百三名家集》之下，乌得谓非一世之雄哉！(《汪辟疆文集》)

方湖日记幸存录·湘绮论诗 汪辟疆

湘绮为近代诗坛老宿，湖湘派领袖，世无异议。才雄学赡，不肯作开天后语。其自定《湘绮楼诗集》皆乐府、五言七言古，间存五言律诗，而晚年偶为七言律绝。今刊于蜀中《杜若集》《夜雪集》者，概不滥入，则其严立界限可见矣。平生论诗之语，《王志》《湘绮楼说诗》诸书载之綦详。其要云："唐无五言，学五言者，汉魏晋宋足以尽之。"又云："诗贵以词掩意，使吾志曲隐而自达，非可快意骋词，供世人喜怒也。"又云："宋齐游宴，藻绘山川；齐梁巧思，寓言闺闼，皆缘情之作。情不可放，言不可肆。

婉而多思，寓情于文，虽理不充，犹可讽诵。近代儒生深讳绮靡，故风雅之道息焉。”又云：“今人诗莫工于余，余诗尤不可观。以不观古人诗，但观余诗，徒得其杂凑摹仿，中愈无主矣。”侯官陈衍曰：“湘绮五言古沉酣于汉魏六朝者至深，杂之古人集中，直莫能辨。正惟其不能辨，不必为湘绮之诗也。”陈氏《近代诗钞》仅录其有关史事者若干篇，而湘绮平日自负之作，概从芟剔，要未足以深知湘绮也。湘绮弟子有湘、蜀二派，湘则有杨度、杨庄、杨钧、夏寿田、谭延闿、陈光奎，蜀则尊经书院诸生，皆祖师说，后亦不尽效其体。有酉阳王简者，以医受知湘绮，委质为弟子，撰《湘绮楼说诗》八卷，皆摭拾文集、书牍、日记、《王志》而成。其所自为之诗则未之见也。

读常见书斋小记 汪辟疆

莫友芝《湘武记》为王湘绮《湘军志》所从出。湘人彭晓山藏独山莫友芝《湘武记》稿本二巨册，凡六卷。卷一，《城守篇》《东征湖北篇》一、《东征安徽篇》二。卷二，《东征南京篇》三、《东征江苏篇》四。卷三，《水师篇》《浙江篇》。卷四，《临淮篇》《援江西篇》《援广西篇》。卷五，《援贵州篇》《防御篇》《川陕篇》。卷六，《平捻篇》《营制篇》《筹饷篇》。标目与湘潭王闿运《湘军志》多从同。王书共十四篇，莫书为篇十六。惟莫书卷六《营制篇》《筹饷篇》，王书省去。将此二事分散于各篇之中，不别立篇目。卷五之《防御篇》亦然。其余莫书卷一、卷二之《东征湖北篇》《东征安徽篇》《东征南京篇》《东征江苏篇》四篇，王书则别立《曾军篇》《江西篇》《曾军后篇》《江西后篇》。标目略殊，所记则并出莫书也。此外篇目，二家悉同，而叙事亦多相类。

但莫记质实，王则润以文藻，是王书出于郘亭无疑也。

光宣以来诗坛旁记·刘龙慧 汪辟疆

刘诒慎，字逊辅，又号龙慧。(原文省略) 龙慧有《题王壬秋诗集》一律云："白首支离将相中，酒杯袖手看成功。草堂花木成孤喻，芒屩山川送老穷。拟古稍嫌多气力，一时从学在牢笼。苍茫独写平生意，唐宋沟分未敢同。"此诗于湘绮有不满词。

一士类稿·王闿运与《湘军志》 徐一士

王闿运《湘军志》，虽物论有异同，要为近代杰作。(原文省略) 闿运撰著此书之缘起暨经过，与夫自道甘苦及工力，略具于斯。其谓"庶乎轶承祚、睨蔚宗"，盖以《湘军志》与《三国志》《后汉书》相衡。(原文省略) 则又尝以似《史记》自喜。《史记》之超妙处，《湘军志》虽尚难跻及，而闿运"脱离时代"之说，固可谓非漫自矜夸，以近代人实罕有此种文字也。(原文省略)《湘军志》初刻于川，闿运携版回湘，以湘人之愤怒，乃送版于郭嵩焘销毁，后至川再刻之。(原文省略) 送版及书与郭嵩焘者，盖嵩焘在湘绅中负重望，为反对《湘军志》领袖人物之一也。嵩焘有致陈士杰一书，深斥《湘军志》，可代表反对派之言论。其说云："湘军本末，宜有述录，发议自吴南屏，嵩焘实倡行之，曾劼刚一以属之王壬秋。始见其《曾军篇》，于曾文正多所刺讥，寓书力戒之。去腊自蜀归，其书遂已刊行。沅甫宫保指证其虚诬处，面加诘斥。几动湘人公愤，将其版销毁，然闻蜀人已有翻刻本，贻毒固无穷矣。壬秋文笔高朗，而专喜讥贬。通志局初开，嵩焘力援之，为罗研生所持，言：‘若壬秋至，湘人攻击且尽，曷云志也？’其后所修三志，《东安志》版已毁，《桂阳志》亦有纠缪之作，《衡阳志》托名彭雪琴宫保，无敢议者，衡人私论亦皆隐憾之，自王船山先生已遭其讥议，其他可知，要其失不在秉笔，而在包修。劼刚踵行其失，鄙心不能无歉然。因沅甫宫保之言，取其书读之，专叙塔忠武、多忠武战功，湘人一皆从略，江忠烈直没其名，至江西始载其以一军赴援，并奉帮办军务之命，亦匿而不书，而于李勇毅、杨厚庵则竟诋斥之。张笠臣指为诬善之书，且言：‘楚人读之惨伤，天下之人无不爽心快目。’开端数行中，便谓‘洪寇之盛，实自湖南始，始合围而纵之，又起偏师追而歼之’，直以是蔽罪湖南，亦竟不测壬秋之果为何意也。今其势不能不重加修辑，又万不能开局，当由思贤讲舍任之。壬秋高才积学，极谋以讲舍相属，而终见忤如此，所损声名实多。始悟君子成己成人之学，一皆性之德，于人多伤，终亦不能成己，重为壬秋惜之。”盖纂修《湘军志》一事之发起，旨在表扬湘军功烈，垂乡邦之荣誉，而闿运任此，自出心裁，成一家之言，于发起纂修之本旨，未甚措意。且其为人，固以知兵自负，好谈大略，少年时颇思赞襄军谋，腾骧政路，而挟策以干曾国藩等，率见谓迂阔之谈，落落寡合，无所借手，志愿弗克一酬，盖不能无觖望。（原文省略）故对于名震一时、功成受赏之将帅，虽多写状甚工处，非于表扬无裨，而笔锋所及，每流露不足之感，或涉讽刺，或近揶揄，间有疏略，亦遗口实，湘人恚嫉，有由来矣。他读者亦颇致疑其不免以爱憎之见影响纪实，固不仅陈宝箴为然也。曾国藩以湘军领袖而居功首，最为群伦所崇仰，《湘军志》于传其苦心义概之外，不乏微词。其弟国荃，论功仅亚国藩，闿运书其功状，亦不如其意，故国荃甚恶而诘斥之，为王定安继撰《湘军记》之张本。（原文省略）黎庶昌为曾国藩门下治古文者，四大弟子之一（原文省略）对于《湘军志》，却甚为赞赏。其所选辑之《续古文辞类纂》，于《叙记类》特录《湘军志》之《曾军篇》《曾军后篇》《湖北篇》《水师篇》《营制篇》为一卷，惟标目不曰《湘军志》而曰《湘军水陆战纪》，评注云："此书不著作者名氏，盖湘潭举人王闿运笔也。文质事核，不虚美，不曲讳，其是非颇存咸同朝之真，深合子长叙事意理，近世良史也。大体皆善，今录五篇。"又云："案壬秋原书，本名《湘军志》，此称《湘军水陆战纪》者，据沪上活字本也。"上海书坊以活字排印，改题《湘军水陆战纪》之名，殆以避时忌之故欤？庶昌不独赏其文词，且赞以良史，许以真核，所见与郭嵩焘辈大异矣。闿运此作，以似《史记》自负，庶昌亦正以斯推之，在闿运尤可云搔着痒处，故对庶昌深有文字相知之感。（原文省略）国荃因不满《湘军志》而属定安改撰之缘由，与夫定安撰《湘军记》之经过暨资料，于此可见大凡。盖以《湘军志》为底本，而加以修改与补充。闿运为创作，定安则因其旧而重为编撰（即《湘军志》处固不鲜），创者每易疏漏，因者易于周密，此亦常理，而资料较富，叙次多较赡备（亦间有失考处）。启超称以"翔实"，非无当也。特闿运之独往独来，少所瞻顾，振笔直书，断制自如，蔚成一家之言，自非定安所逮；而文章之雅健雄奇，使读者感浓厚之兴味，留深刻之印象，恶之者亦叹美不遑，而恚嫉所以益甚焉。世之嗜读《湘军志》者多、《湘军记》者少，岂无故哉？

一士类稿·湘绮楼之今昔

徐一士

王闿运一代文豪，其子代功为编年谱，称有《湘绮楼文集》二十六卷，外集二卷。而坊间仅有八卷本，晚年之文均未收入。曾请宁乡梅伯纪君代访，其家与王氏有旧也。近得来书，亦未见此二十八卷本，盖迄未印行。

一士类稿·隆观易 徐一士

廖树蘅曰：湘绮此文，较骈枝室（陈三立）尤佳，波澜格局略同，高老过之，学以年进也。论词得史公（司马迁）之遗，令人往复不尽，卧侯（隆观易字）不死矣！

凌霄一士随笔·王闿运论模拟古文

徐凌霄　徐一士

闿运过重摹古，然才气不群，工候颇至，亦难概以剽窃目之。其《论文》有云（原文省略）盖宗旨如是。所为文固有摹古而未能脱化者，而笔力健举，饶有劲气，足自树一帜，未可厚非。

凌霄一士随笔·王闿运辞馆奇文

徐凌霄　徐一士

王氏少年喜谈大略，屡以军谋政术干湘军诸帅，而所陈多能坐言而不能起行者，故见谓迂阔，仅以文人目之。王意不能平，撰《湘军志》一书，文笔雄健，成一家言。然所记是否皆为信史，尚多疑问。以其平日持论之多疏，未敢必其予夺之悉当耳。郭嵩焘、崑焘兄弟尝摘其疵误，崑焘之孙振墉辑录为《湘军志平议》。虽亦一面之词乎，而原书误处，固有不能掩者，可供读《湘军志》之参考也。闿运以不得志于湘军诸帅，故《志》中时有微词，崑焘谓："自来小人之陷君子，求事迹不得，则从而厚诬其心，使之无能置辩，不意临文之顷，亦以此伎俩行之。使其得志，吾湘善类岂不可为寒心也哉！"嵩焘谓其："开端数行中，便谓'洪寇之盛，实自湖南始，始合围而纵之，又起偏师追而歼之'，直以蔽罪湖南，亦竟不测壬秋之果为何意也。"又谓："张笠臣指为诬善之书，且言楚人读之惨伤。"其深见嫉恨如此，宜在湘曾遭毁板之厄也。至袁世凯罗致为国史馆长，不过骛优礼耆学之名，为粉饰太平之具，于修史之旨，本自去题万里。王氏所谓"好在无事可办"，亦是实话。后袁氏营帝制，风王附和，王致书袁氏及杨度，似庄似谐，若劝若讽，颇饶诙诡之趣，附见《湘绮楼日记》中。

五十年来中国之文学 胡适

太平天国之乱是明末流寇之乱以后的一个最惨的大劫，应该产生一点悲哀的或慷慨的好文学。（原文省略）说也奇怪，东南各省受害最深，竟不曾有伟大深厚的文学产生出来。王闿运为一代诗人，生当这个时代，他的《湘绮楼诗集》卷一至卷六正当太平天国大乱的时代（1849—1864），我们从头读到尾，只看见无数《拟鲍明远》《拟傅玄麻》《拟王元长》《拟曹子建》……一类的假古董，偶然发现一两首"岁月犹多难，干戈罢远游"一类不痛不痒的诗，但竟寻不出一些真正可以纪念这个惨痛时代的诗。这是什么缘故呢？我想这都是因为这些诗人大都是只会做模仿诗的，他们住的世界还是鲍明远、曹子建的世界，并不是洪秀全、杨秀清的世界。况且鲍明远、曹子建的诗体，若不经一番大解放，决不能用来描写洪秀全、杨秀清时代的惨劫。王闿运集中有 1872 年作的《独行谣》三十章（卷九），追写二十年的时事，内中颇有大胆的讥评，但文章多不通，叙述多不明白，只可算是三十篇笨拙的时事歌括，不能算作诗！我不得已，勉强选了他的《铜官行寄章寿麟题感旧图》一篇代表这一位大名鼎鼎的诗人。（原文省略）这种诗还不能完全当得一个“通”字，但在《湘绮楼集》里那许多假古董之中，这种诗自然不能不算是上品了。

刘氏墨庄刻本《湘绮楼全集》跋 杏园

湘绮先生十一经皆有注，廿二史皆有赞，周秦诸子亦各有校释，取精用宏，故能经学精深，直契心源，独开生面，高出先儒之上，史学直当雁行班马，词章闳博，奄有汉魏晋唐大家之长。岂惟吾乡耆宿，实当代之山斗也。先生躬万夫之禀，读书辄过目不忘，神识过人，非偶然矣。乃余亲炙门墙，因具悉其学力坚苦，尤为殊绝，又岂专恃天事以胜人者？卓尔有立，欲从末由，窃于先生之书叹观止焉。经子诸注、诗文各集及《湘军志》，久矣风行海内外，区区尺牍，岂足以见先生？然先生之文如白云在天，舒卷自如，顷刻万变；又如黄河九曲，一曲千里，波澜愈大。竖一义，石破天惊；摛一词，海涵地负，即尺牍中未尝不可见其渊博闳富。其文不拘一格，无美不备，大之有关于经世之闳谟，小之有益于词人之藻采，精之足以为儒林之津逮，粗之亦足以为世俗之针砭。涉笔成趣，自见化工，先生真雄于文者也。末学何能仰赞右词！辄出所藏以付梓人，公诸同好云尔。计《笺启》八卷，又《文集》八卷、《诗集》十四卷，合为全集三十卷。光绪丁未冬月弟子杏园敬跋。

民国十二年汇刊本《王湘绮先生全集》跋

雷飞鹏

湘绮夫子既丧之八年，癸丑春季，长沙彭孝廉畯伍先生议锓全集行世，征于同门友好，率重其事，而属飞鹏为纪纲。飞鹏不敢辞也，敬寻夫子所著书，已刊未刊，或已刊而毁，不下四十余种。

凡已刊有版存湘潭王祠者，曰《周易说》十一篇，曰《今古文尚书笺》二十九篇，曰《尚书大传补注》七卷，曰《诗补笺》二十卷，曰《周官笺》六卷，曰《礼经笺》十七篇，曰《礼记笺》四十六篇，曰《春秋公羊何氏笺》十一篇，曰《春秋例表》三十八篇，曰《穀梁申义》一卷，曰《论语集解训》二十篇，曰《尔雅集解注》十九篇，曰《庄子内篇注》七篇、《杂篇注》二篇，曰《墨子注》七十一篇，曰《鹖冠子注》一卷，曰《楚词释》十篇、附《高唐赋注》一篇，曰《湘军志》十六篇，曰《湘绮楼文集》八卷，曰《湘绮楼诗集》十四卷，曰《唐诗选》十三卷，曰《词选》三编，曰《词钞》一卷，曰《王志》一卷，计二十三种。曰《八代诗选》二十卷，版存湖南图书馆。曰《笺启》八卷，致自衡阳程氏，俱多残阙，为分别摘补数十版。其诗集已刊者，原有《夜雪集》《夜雪后集》《周甲七夕词》，鄂版已毁，重刊为《别集》三卷，以合于十四卷之后。又以伯亮征君所编

《年谱》六卷付刊弁首，都为《王湘绮先生全集》二十六种。

若夫《东安县志》七篇、《桂阳州志》十七篇、《衡阳县志》十篇、《湘潭县志》十二篇、《王氏族谱》四卷，虽已刊行，官书、家乘不入本集。其应入本集、版在蜀中者，有《夏小正注》一卷、《逸周书注》七卷、《八代文粹》四十卷。未刊者有《老子注》一卷、《史赞》十七卷、《阮诗评》一卷、《汉魏六朝文选》（一名《弘道集》）若干卷、《唐十家诗选》十六卷。又《湘绮楼诗集》未刊者四卷、《杜若集》二卷、《外集》二卷，《文集》未刊者十八卷、《王志续》四卷、《日记》若干卷。书成散逸者《王氏交友传》四卷、《道咸以来所见录》若干卷。其他诸子史及汉魏以来古诗，时以所得，随加评校，含英咀华，焕乎其文。师书难读，搜辑付刊，期之异日，其庶几矣。

兹役集资，同门者有桂阳邓国薰、刘映藜，衡阳李况松、左全志；非同门者宝庆晏孝泽、李伯伟，东安宾步程、易允森，湘潭罗兆麒，衡阳萧度，永明唐陶，衡山赵聚垣，零陵冯天柱，郴县张子卿，长沙刘克刚、刘苾、梁良士，嘉禾罗树藩，桂阳程国器等，例并著之云。弟子雷飞鹏谨识，时甲子夏六月。

杙庐所闻录·湘绮楼佚事 瞿兑之

王壬秋闿运以经学文章名坛坫者，历咸、同、光、宣至于民国。享名之久，又值变局，盖古今所稀逢。先生本孤寒，道光之末，年甫弱冠，与邓弥之等结社长沙，作汉魏六朝诗，手钞《玉台新咏》，当时人皆异之，至今遂成湖南诗派。先生于咸丰中客游无所遇，独见赏于肃顺，肃败不复出，隐居衡山十二年，其经学乃克成就。光绪中叶讲学成都，倡《公羊》，因此与康有为颇有关也。

先生随口诙谐皆成趣。民国元年年八十，门人亲故合觞称寿。先生以前一年重逢乡举，被赐翰林院侍讲衔，是日仍服貂褂、冠蓝顶，客面争之。先生乃指客所服西服曰："你穿的不是外国衣服么？我穿的也是外国衣服。"客亦解颐而罢。盖清室优待条件有以外国君主礼相待之语也。

先生著述皆刊于生前，殁后仅由长子代功撰年谱二卷冠之于首，以成《湘绮楼全集》。其实先生诗文随手散佚流传，不具稿者甚多，未能收辑为可惜。集中诗文多摹古之作，刻意求似，殊乖不示人以璞之意。晚年下笔不经意，乃朴雅深至，独具风格也。

《湘绮楼集》中《哀江南赋》与《圆明园词》大有关近代史实，而其词隐奥，年深无人更识其意。余尝见先生自写《圆明园词》一册，有自注，又别本有叙一篇，乃托名徐树铭所撰，绝似陈鸿《长恨传》，亦诠释词中本事。大抵咸丰宠汉女，及中国奸人自纵火烧圆明园，皆实事不诬也。《哀江南赋》亦有自注本，而无人为之传刻。

先生所选八代诗及唐诗均有自批之本，批唐诗多作谐语。余记其批李德裕《内官传诏问戎机》一首云："军机大臣自命不凡。"

先生诗集中无七律、七绝，而有《湘绮楼七言近体诗》别本。又有《夜雪集》，则皆七言绝句也。先生有七夕诗，历叙六十年所逢七夕，极饶风致。

王湘绮先生诞生百年纪念小言 瞿兑之

壬申年阴历十一月二十九日（即民国二十一年十二月二十六日）为湘潭王湘绮先生（闿运）诞生百年纪念，距先生之卒，亦十五年矣。岿然一老，为有清一代学人文人最后之灵光。追想遗徽，渺不复见。兴怀宿昔，感何如之。

余于宣统庚戌之岁，谒先生于长沙。自顾弱龄柔翰，虽读先生之诗，心亟好之，而未敢遽请见也。曾重伯先生一日出示《八代诗选》写本一帙，纸墨古黯，笔迹雅秀。踪迹其所自来，始知湘绮先生寓京选诗时，约朋好分钞，而永州张叔平郎中世准复私写一帙，藏之于箧。此帙后为湘绮之女所索得，即以转赠曾先生之元配。曾先生既悼亡，遂无识其来历者，惟湘绮知之，因为手跋其后。余方从曾先生学六朝诗，因令余效徐孝穆体试撰一序，曾先生持示湘绮。湘绮问余年，大为称赏，手加评点，自此逢人誉不容口。其年，余成婚，手书一联曰："咏凤早夸才子笔，作羹宜问相门甥。"下句指余为曾文正外孙婿也。旋又手书一诗，谓余年未弱冠，文笔浩博雅正，方为作家，顷来问学，为举求友、通经二义，以赞过庭之训。诗曰："雏凤方宜世掌纶，传家词笔倍清新。香奁百福双花胜，寿酒三元嫩翅尘。求友愿交真国士，通经须作济时人。莫言一日能千里，解惜分阴最爱春。"

余奉教于先生，以论文谈艺时为多，而研经愧未及也。改玉而还，一谒先生于长沙，值八十寿辰，预鞠𦛨之列。再谒于北京，方为国史馆长，则意兴已少衰矣。自是无缘更见。追惟先生门生遍于方州，余为最后著籍之一人，今亦四十，须鬓渐苍，忧患频经，旧人零落，学问事业两无成就。先生宏奖风流有过中郎，而余薄游依人同于王粲，岂惟为学术悲，身世之感深矣。先生生于道光壬辰，曾亲历承平之境。金田乱起，流转兵间，以漫游之身，遍交当时公卿将帅。秉直笔，记所闻，至今犹留信史，盖并时无两。《湘军志》成，为曾忠襄所恶，先生亦畏祸，寄书门生，令毁其板，然卒不能禁其流传。余尤喜读《哀江南赋》及诗集中《发祁门寄曾总督》诸篇，宛然如见当时情事。《哀江南赋》为韵所拘，且模拟过似。若祁门诗，真神明于杜律之外。又《独行谣》一卷，直叙琐事，别为一格，皆能合文学、历史为一者，近古未之有也。胡适之尝举其《题铜官感旧图》一诗，惜其本事不明。其实据余所闻，《哀江南赋》《圆明园词》皆有自注，刻本删去，可惜耳。余侍先生日浅，未及求得诸注，其时年稚，亦不知举以为问，惟箧中尚有所钞先生批点《八代》《唐诗》两选，外间颇不易见。先生寿逾八十，著述宏多，每一书皆有重刻之本。即以《唐诗选》而论，余曾阅一本，较今本所收为多，如罗隐"平泉上相东征日"一诗，笔力意境皆超绝，先生之诗境颇有从此出者，似不应挂漏也。《湘绮楼诗集》有兼录七言律者，虽非先生所自喜，然如《小泠峡口》诸诗，亦绝唱也。先生七言律存稿于日记中者尚多，如辑成一卷，殊为佳事。

先生著述皆随时随地刊刻，其衡州刻本，汇为《湘绮楼全集》，冠以年谱二册，先生之长君伯亮所撰也，即取材于诗文日记，叙次极佳，允为年谱中之上选。维先生遗稿尚多，竟未能续刻，日久散佚滋惧，不知其子姓门人尚能协力谋之否？南望湘衡，怅想曷已！

观先生年谱，知其一生学问最得力时为石门归隐之十二年。先生于咸丰中遨游上京，为肃顺客，意在立功名。肃败而先生浩然归去，绝意仕进，不复出游，笺经赞史，皆在是时，而诗境亦自此始益博大。使先生不遇挫折，或尚风尘奔走，未必有此成就。然先生以处士终，殊乖始愿，其自挽之联云"纵横志未就，空余高咏满江山"，晚年傲岸之气尚尔也。

先生以善嬉笑怒骂名，意所不可，讥弹嘲弄，无所不至，然中怀实和易潇洒，谈言微中，闻者解颐，有曼倩滑稽之风，而无灌夫骂坐之恶。接待后进，尤意气勤勤，正襟庄论，终日不倦，盖视其人而殊其施焉。先生丰下而丹颜，目如电，声如钟，步履如飞，秉赋之厚盖无与比。平生早眠早起，无烟酒之嗜，亦摄生之道有以异于人，故其精力弥满，造诣独多。所著书皆手自写录，每种辄不止一本，其书法凝厚，无一笔苟，又不轻有误字。晚年应酬文字都不具草，零星题记序赞之属，盖不可以数计，既无人录副，亦不存集，深可惜也。先生中岁以前，刻意为文，集中如《采芬女子墓志铭》专仿《玉台新咏序》，《广州与妇书》专仿《大雷寄妹书》，皆嫌雕凿过甚。晚年随意行文，有水流云在之意，源出两汉，雅正朴茂，机杼自然，绝不经意，而他人刻意为之者不能及。《湘绮楼集》虽先生所手定，而糟粕未除，精英未露，惜无起而厘订之者。

湘绮主蜀之尊经书院有年，蜀士化之，王学之盛，转在湘衡之上，易世而后，流风余韵，犹有存者。然蜀道艰难，楚芬歇绝，先生声光，较之同时大师遂有逊色。失今不图，恐全集版本渐将散失，礼堂写定之书亦不复在人间，斯亦门弟子之耻也。寒宵感旧，搦笔惘然。(《大公报·文学副刊》第二百六十六期，署名大招)

中国骈文概论·清骈文 瞿兑之

到了清的季年，方才有一种回复到六朝文体之运动。这种运动，可以说以湘潭王闿运为领袖。

作骈体的，没有不以六朝为依归的，然而别人尽管依傍六朝，总不免有些驳杂，唯有王氏简直是六朝人的脱胎、六朝人的返魂，而没有一些杂血搀和在内。在一方面说，模仿因袭，不能算文学的极则。然而取法乎上，力矫时弊，这不能［不］认为极有勇气的运动。

他生于道光中叶，出身是穷书生的家庭，可是弱冠时已在长沙盛享文名。咸丰元年中举以后，就入京游于权臣肃顺之门。又屡次干谒曾国藩，大言自喜，有志于当世之事，结交的卿相名人也很多。后来隐居衡山十二年，专研经学。中年以后，教授生徒，很得许多有力的弟子。所以他一生的经历奇诡而丰富，他的学术切实而渊博，是他的文学成功两大原因，其他纯粹文人不易几及。

他的有名作品之中，《嘲哈密瓜赋》与《吊朱生文》两首，最是他出神入化之作。面目是汉魏人的面目，可是绝无因袭的痕迹。

鱼千里斋随笔卷下　李渔叔

湘绮中年后，名益盛。自领乡荐，屡试不中进士，遂绝意科名。而当时卿相，争欲致之门下，每届会试，使人授意，令赴试礼部，乃至暗示关节，希其必得。场中衡文者，从诸弥封卷中摸索其文，遇文体奥衍或稍近典丽之作，辄疑湘绮所为，径擢上第，然湘绮终不赴也。逮其晚岁，乃由清廷特赐进士出身，授翰林院检讨。清初如秀水朱彝尊、萧山毛奇龄、长洲尤侗辈，均以文学负盛名，而皆召试鸿博，经简拔后，始入翰林，尚不若湘绮之特开创例，可谓极文士之荣也已。湘绮姓王氏，名闿运，字壬秋。居湘潭云湖桥，于湖头筑屋藏书，自署湘绮楼，学者尊之，皆称王湘绮而不名。

湘绮中岁尚有功名之念，尝自言于风雪中入都，行过齐河道上，大雪三尺，人马瑟缩如猬，叹曰“安能以有涯之生，应无涯之役耶？即日驱车还里”云云。按清咸丰十年会试，大学士周祖培为正总裁官，湘绮是科曾往应试，第二场试五经义，《礼记》题为“萍始生解”。此题须就“萍始生”三字敷陈其义，功令限作文，须在三百字外。湘绮谓数十字即可说尽，遂改作赋一篇。此时已视科名如戏，盖闱中文有定式，违制则必被黜落也。今《湘绮楼文集》中，尚存此篇，题为“会试萍始生赋”。自题其后，记之甚详。其文藻采华赡，起数句为：“有一佳人之当春兮，蕴遥心于层澜。澹融融不自持兮，又东风之无端。何浮萍之娟娟兮，写明漪而带寒。隐文藻与冰苔兮，若揽秀之可餐。”篇中并有“信难进而易退，若将流而更停。挹芬蒀而见遗，谓琐细之无成。荷太液之余润，尚何叹乎浮生。”等语，实借此以自喻，体物之工，起徐庾为之，不能过也。此次虽以违制被黜，其事其文，已盛传于时。

自后似已不复赴试，相传曾文正公在江南大营，湘绮数往干之。一日谒见，坐定，于时事有所献纳，方申言其意，睹文正据案倾听，且取笔就纸上连书不已。辞未毕，外有白事者，文正匆匆起出。湘绮就案头窥之，则文正适所书皆“谬”字也。自是遂不复言事。时胡文忠尚在位，左文襄亦渐显，年辈在湘绮上，爱其才而未闻有所拂拭，固皆以文人目之也。

湘绮于攻克金陵后，撰《湘军志》一书，叙湘勇始末及历次战役甚悉。书中于曾忠襄国荃，功不备述，且有“江南镃货尽入曾军”语，忠襄见而病之。官两江总督时，命其幕客王定安别撰《湘军记》，文笔实远不逮也。湘绮薄游白门，至督署访定安，谈有顷，忠襄忽褰帘入，讶问曰：“壬秋何时至此，胡不来见我？”湘绮瞠目曰：“我自来访定安耳。”因言及《湘军志》事，湘绮辞锋骤起，语涉讥讪，忠襄大怒曰：“汝文士笔利，岂谓乃公剑不利耶？今日必杀王壬秋！”拂袖起，令材官传呼升座，请王命旗牌，阶下武夫暴诺如雷。（清代督抚权重，多有钦赐旗剑，可就地决人，每用大法则陈之，谓之王命旗牌）定安大惊，自后牵忠襄衣长跪不起，湘绮亦变色。忠襄徐徐笑曰："我以此试壬秋胆，岂真欲效严节度杀杜子美乎？"乃延湘绮及定安入，呼酒纵饮，尽欢而罢。此事余儿时曾闻先辈言之。

曾文正公善为挽词，虽于军书旁午中，有戚友之丧，必自制联语挽之。尝有同年生之太夫人殁，文正撰联得"十年五子四登科"句，沉思对语未就，适湘绮至，倩其属对，湘绮应声曰："万里孤云一回首。"盖母殁时，诸子皆官远地，故云然也，语意切合，文正甚赏之。又故都有翰林数辈，在人家宴饮，席中某太史戏举"牛则有皮"四字求对，均无以应。久之湘绮方至，群曰："壬秋迟到，应罚作对。"湘绮问故，乃笑曰："何不云'焉哉乎也'？"诸人皆不解。张文襄香涛时方官京曹，亦在座，独抚掌称善。及湘绮去，群询适间所对何意，文襄曰："彼以字义作对，卖弄博学耳。公等岂不记'焉'字本义为'墨猴'，'也'字篆文象'女人阴'耶？"众始哄然。其敏捷类此。

湘绮才辩捷给，极善诙谑。其友人高心夔字伯足，以翰林甚负才名，两应大考，场中作诗，均以押十三元出韵，而被抑置四等。湘绮作二语嘲之云："平生双四等，该死十三元。"当时闻者，无不捧腹。

清季湖南各州县志，莫善于湘潭，乃湘绮所纂也。今内政部尚有之。余至台后，曾假一观。《潭志》以列传为尤佳，郭金台、黄周星、罗典、陈鹏年、郭松林诸传，似皆出湘绮手笔。闻罗提学顺循以孝廉在籍襄其事，《天文志》则为县学附生李绍莲晋笙所作，提学以文章名世，晋笙精历算，余从父，亦奇才也。故一邑之志乘，以兹编特为精绝。

湘绮词赋笺札冠一世，而为古文辞亦极工。自言远过陈寿，不在班固下。其文章信为雄健，然剧好诙嘲。(原文省略)

湘绮次子名代丰，字仲章，一字庆来。弱冠博通群籍。湘绮主成都尊经书院，从往肄业，精《公羊》《礼记》《庄子》，文誉翕然。尝作《春秋经传例表》，老师宿儒敛手推服，以为莫及。湘绮此时已以经师负重望，海内知名，有子传书，尤为满志，曾自撰一联云："春秋表仅传，尚有佳儿学诗礼；纵横志不就，空余高咏满江山。"语意高亮，平生志事，亦于此联道出。惜庆来年仅二十三，遽以微疾殂谢。今《湘绮楼文集》卷第六，有《王仲章碣》，注为兄代功撰，末有"仲尼恸颜，延陵号命"语，实亦湘绮笔也。(原文省略)

湘绮为文，自言凡为人传记，须从其不得意处写之，乃能曲传心事，极唱叹之致，其门弟子皆传以为作文之法。观其所撰胡文忠林翼祠碑及彭刚直玉麟墓志铭，悉本此意。如胡公碑云："始践其位，江汉沦铺，而以一旅之众，迫蹙数里之地。僚属人吏，莫在左右，崎岖危疑，旁求自辅。功败而志不陨，机钝而智弥淬。屈心忍尤，用宏兹贲。"彭公墓铭云："常患咯血，乃维纵酒。孤行畸意，寓之诗画。客或过其扁舟，窥其虚榻，萧寥独旦，终身羁旅而已。不知者羡其厚福，其知者伤其薄命。"叙胡、彭勋烈，言之若有余憾焉，信乎与人异矣。至其为联亦然，如挽曾文正国藩云："平生以霍子孟、张叔大自期，异代不同功，戡定仅传方面略；经术在纪河间、阮仪征以上，致身何太早，龙蛇遗憾礼堂书。"又挽彭公联云："诗酒自名家，更勋业烂然，长增画苑梅花价；楼船欲横海，叹英雄老矣，忍说江南血战功。"皆本此意。

梦苕盦诗话　钱仲联

邓弥之、王湘绮游衡山诗，选体而能运以灏气。邓诗以秀健胜，王诗以雄厚胜，各不相让。（原文省略）湘绮诗《从南岳庙至吸云庵顾下而作》（原文省略）、《晚登南天门宿上封寺》（原文省略）、《祝融峰》（原文省略）、《朱陵洞瀑》（原文省略）奇气盘郁，佳句络绎，万壑争流，千岩竞秀，足以方斯诗境。

梦苕盦论集·近代诗评　钱仲联

诗学之盛，极于晚清。跨元越明，厥途有四。……远规两汉，旁绍六朝。振采蜚英，骚心选理。白香、湘绮凤鸣于湖衡，百足、裴村鹰扬于楚蜀，此一派也。……王湘绮如三代法物，或疑赝鼎。

梦苕盦论集·论近代诗四十家　钱仲联

七子去不返，死灰燃湘中。托塔首天王，八代扇余风。独有圆明词，平视连昌宫。

王湘绮，近代湖湘诗派之魁首也。陈衍《近代诗钞》《石遗室诗话》谓湘绮“五言律必杜陵秦州诸作”，指《发祁门杂诗二十二首》也；谓其“墨守古法，不随时代风气为转移，虽明之前后七子无以过之也”，盖其宗法八代，下及盛唐，与晚清同光体一派分道扬镳。近人汪国垣《光宣诗坛点将录》以托塔天王晁盖诗坛旧头领一员当之，诚然。然湘绮拟古，内容亦关涉时事。名篇如《圆明园词》，谭献《复堂日记》所谓“《连昌》《长恨》谈何容易”者，岂能一笔抹煞。

梦苕盦论集·光宣词坛点将录 钱仲联

天损星浪里白条张顺：王闿运。

湘绮八代高文，自谓“余不能词，以文张”（《湘绮楼词序》），然《湘绮楼词》亦是作手。叶遐庵编《全清词钞》取冠附录之首。《辘轳金井·废圃寻春见樱桃花感赋》亦可谓从有寄托入，从无寄托出者。

梦苕盦论集·近百年诗坛点将录 钱仲联

天败星活阎罗阮小七：王闿运。

王闿运，为近代湖湘派魁首，标榜八代，一意摹拟，为世诟病久矣。然七古《圆明园词》，实为长庆体名作，五律学杜陵，亦不仅貌似，七律学玉谿生者亦可爱，不能一笔抹倒也。刘诒慎《读湘绮楼诗集》云：“白首支离将相中，酒杯袖手看成功。草堂花木存孤喻，芒屩山川送老穷。拟古稍嫌多气力，一时从学在牢笼。苍茫自写平生意，唐宋沟分未敢同。”褒贬差得其平。

石语 钱锺书

（陈衍曰）“王壬秋人品极低，仪表亦恶，世兄知之乎？”锺书对曰：“想是矮子。”丈笑曰：“何以知之？”曰：“忆王死，沪报有滑稽挽诗云：‘学富文中子，形同武大郎。’以此揣而得之。”曰：“是矣。其人嘻皮笑脸，大类小花面。著作惟《湘军志》可观，此外经学词章，可取者鲜。余诗话仅采其诗二句，今亦忘作何许语。”锺书对曰：“似是‘独惭携短剑，真为看山来。’”曰：“世兄记性好。人以‘优孟衣冠’讥壬秋诗，夫‘优孟衣冠’，亦谈何容易。壬秋之作，学古往往阑入今语，正苦不纯粹耳。至以‘泥金捷报’入诗，（按：参观黄曾樾记《谈艺录》）岂不使通人齿冷！”锺书对曰：“湘绮晚年作品，纯乎打油体。早年《夜雪集》中七言绝句，已不免英雄欺人矣。即如《圆明园词》，此老压卷之作，尚有‘即令福海冤如海，谁信神州尚有神’等语，宁非俳体乎？”

王湘绮先生著述考 姚希曾

湘绮先生奋迹湘潭，殚心著述，少即通经，尚游曾幕，与莫子偲辈并以文章、学术著称。方是时也，文尚方、姚，士夫靡靡，惟桐城是式，规规焉不敢出其范围。而先生文则本之《诗》《礼》，旁溯庄、老，撰调练句，不涉纤巧，雄丽雅赡，萧散在魏晋间。余杭章君于并世人文少所许可，独于先生文谓能尽雅，可称知言。

先生之诗，“乃在心抚手追于汉魏六朝，而稍涉初、盛”（国垣师《近代诗派与地域》）。“尽法古人之善，一一而放之，镕陶而出之。”（《诗法一首示黄生》）词采巨丽，足抗阮、左。自道、咸以来，何子贞、祁春圃、魏默深、曾涤生、欧阳礀东、郑子尹诸老，喜言宋诗，私淑江西，而先生独宗《骚》《选》、盛唐，不为所囿也。

清儒言学，多宗许、郑，于是专求古人名物、制度、训诂、书数，以博为量，以窥隙攻难为功，枝之猎而去其根，细之搜而遗其巨。道、咸之世，流风未歇，而先生独尚西汉今文之学，以

《公羊》言礼制，恢宏庄（存舆）、刘（逢禄）、凌（曙）、陈（立）诸人之绪，与前时言东汉许、郑之学者异趋。噫！若先生者，不趋时，不囿俗，非古所谓独行君子欤？

余于先生诗文，宿好诵习，间尝泛览其著述，益觉体大思深，近世鲜有其俦。及来金陵，课余多暇，复求先生遗著，而与《年谱》（王代功辑）、《日记》（即《湘绮楼日记》）相印证，作《著述考》一文，录之以备后日钻研云。

《周易燕说》

案：王代功所撰先生《年谱》，此书系之三十九岁下，时为同治九年。《湘绮楼日记》中不载。《年谱》云："与代丰讲《周易》，以《易》文简奥，至今几尽不可解。先师《易》说今存者，唯言象而不及文义，如'鸣谦''［颠］颐''于丘颐'之类，自古所传，无此文法。今以意说之，心知其非，而犹愈于前之传者，（稍）［积］日所得，次录为《周易燕说》，如《论语》举义也。"

《易说》十一篇

考《日记》同治九年八月间，先生始撰是书。几经修改，至晚年乃成定稿。此书今刊全集内，用李鼎祚集解本，而己在集解下作说。案此书撰述之年，与《周易燕说》同。惟《周易燕说》仅《年谱》中载其名，于世不见有刊本。所云何若？不知与此书类否耶？

《易象解》

案：同治九年八月十七日《日记》云："晴。作《易象解》。"

《诗演》

案：《年谱》二十八岁下云："是岁治《诗经》，作《诗演》数卷。"

《诗补笺》二十卷

案：郑氏诗笺，误漏殊多。先生依郑笺而补之，义多为郑氏所未发者。考《日记》同治十二年四月二十四日，始补笺此书。此书之成，《年谱》谓在光绪元年三月。《年谱》云："三月，《诗补笺》成。府君之于《诗》，初作《诗演》，旋毁之，后二十年乃作《诗补笺》。属稿未定，命功、丰兄弟依新义讲之，遇有驳难，即行更正。凡手钞五通，至老犹有定正。"此书先诸经刊刻，盖以其能启发后学也。

《尚书大传补注》七卷

案：《尚书大传》，郑氏有注。先生此书，为补郑注之阙。此书成于同治十年八月十四日。是日日记云："归，钞《大传》十叶，夜钞八叶，四卷成，共百十八叶，明日当序而存之。"序云："《尚书大传》，旧为四十一篇，见录于《汉艺文志》。郑君注之，乃次为八十三篇。至宋，史志著录在官。卢见曾言元时犹存，至明而亡。孙之騄钞撮为四卷，残阙殊甚，然《四库》本不能不借资焉。乾隆之时，儒学大盛，先师遗书，冥讨穷搜，而四卷古本讫不可得。见曾刊本云得之吴中，讳所从来，不知原本刊也？钞也？卢文弨又以孙本所有者为《补遗》，而自作《续补遗》及《考异》。陈寿祺又兼采孔广森本，为三卷，自谓详核，而妄谓《暘训》为《略说》，言多专辄。闿运自二十五岁治《尚书》，越十有五年，旅京师，所笺二十八篇始成，多申伏以易郑。时越刻陈本《大传》未出，唯于德州漕渠旁店买得卢本。归途多暇，改其讹误，补郑注之阙略。自七月甲子至于壬申，写百一十八纸，分为四篇。越十有五年，居成都，取家本对陈本，重加审定，仍为七卷，付局刊之。《大传》之文多入《礼记》。伏生所述，并孔为经，兼赅六艺，非唯《书》故。济南之学，本不衰微。此书存亡，如骥一毛。然就其断章，寻其宏旨，足以佐治道，存先典，明古训，雄文章，故绝而复明，隐而若显。郑注周密，尔雅平平，今具录存，大体备矣。至其八十三之数，就今推之，盖传经二十九篇，各有暘训，共五十八也。说《序》一篇，今有《九告》等目是也。《五行传》《王祀》一篇，六事、五位、六沴也。《四时》一篇，《禁》一篇，又当有《天文》《卜筮》《符瑞》《春秋》灾异各一篇，合前六十六也。其说礼者，《昏礼》《后妃礼》《养老》《学祭》《郊桑》《造士》《田狩》《太子》当各为一篇。说古事、记圣言，为《略说》篇。八十三可知者七十有七，殆可谓无阙矣乎？但吴中本实由钞撮，陈本讥之而无以易之。今悉以先出者为主，间采陈补，除其重复。有当注者，直下己意。其所盖阙，以俟君子。同治十年仲秋之月甲午隅中叙之。”

《今古文尚书笺》二十九篇

案：此书注笺，都出先生一手。注为集各家之注而成，笺则下以己意，今刊全集内。据《日记》，此书注笺始于同治十年十一月，成于同治十一年九月，计功仅二百五十六日。而《年谱》载此书，谓始笺于同治八年，时先生年三十八。《年谱》云：“为儿女讲《尚书》《史记》，始笺《尚书》。以为《尚书》之学，东晋以来，经传淆伪，大义不明。国朝高宗刊正群言，始辨真伪。江、段之伦，承风撰述。阳湖孙星衍书稍后出，最称详审，古书佚说，一字咸搜。犹［病］其采辑《太誓》违于马义，又仍用［旧］读，句绝多讹，爰取孙本再加刊正焉。”《年谱》载成书年月，则与《日记》同。《年谱》同治十一年下云：“九月，作《今古文尚书笺》成。”此书从《史记》补《大戊》一篇，共为二十九篇。夫名山巨著，岂数月所能成？此书丛凡例、薮资料盖在同治八年，而著笔撰笺则在十年。不能据《日记》而谓《年谱》误也。

《尚书目录》

案：此书附刻于全集内《今古文尚书笺》卷首。考定群目，分为五家。五家者，夏侯章句解故二十九卷目，伏生本欧阳章句三十一卷目，古文经四十六卷目，班固所见本郑注书三十二篇目也。

《仪礼衍》

案：清代言礼诸家，以彭嘉玉为最精。彭君除习礼外，复喜言兵法。居长沙城中，默然无闻，亦不与时辈交游。先生一见与语，大悦，遂有志于习礼。咸丰五年，时先生年二十四，"始治三礼。以《礼经》难读，先自《礼经》始，作《仪礼演》十三篇，匀章节，正句读，实为注经之始"（《年谱》）。是书家有存稿，唯缺《丧服》诸篇。"厥后数易稿，成《礼经笺》。"（《年谱》小注）《礼经笺》成，而此书遂废。

《礼经笺》十七篇

按：此书乃改作《仪礼衍》而成，用《礼经》郑注本作笺，今载先生全集内。《年谱》咸丰十一年下云："始读《丧礼》，取郑注、孔疏、杜氏《通典》及国朝言礼诸家，考定仪节，未及成书。又因前作《仪礼衍》非著述体，欲更作之。"厥后数易稿，乃成此书。

《礼记笺》四十六篇

案：此书用郑注本作笺，今载全集内。《曲礼》《檀弓》，杂上下篇，故仅四十六篇。此书始笺于同治十年，是年《年谱》云："十一月，还石门山居，始笺《礼记》。"成于光绪四年，是年二月十四日日记："钞《问丧》二叶，于是《礼记笺》毕。"

《周官笺》六卷

案：此书用郑注本作笺，今载全集内。中有采吴窓斋说。《年谱》云："吴公博学多通，藏玉甚夥。与府君言圭璧羡等制度，出示图说，大有发明，即采入《周官笺》。”

《春秋事比》

案：此书作于同治八年，时先生年三十八。是年《年谱》云：“始治《公羊春秋》，作《春秋事比》。”

《穀梁申义》一卷

案：此书撰于同治八年（《年谱》），成于同治九年三月十八日（《日记》）。今刊全集内。“夫《春秋》之学，西汉以《公羊》为正，副以《穀梁》。穀梁私淑仲尼，亲研异同，指事立教，必有宏旨。”（《穀梁申义序》）“唯明《公羊》，不足以祛惑”（《穀梁申义序》），故“更申《穀梁》，而为《穀梁申义》，凡百数十事”（《年谱》）。“其义精而辞辨，恐有过求附会之失耳。”（《日记》）

《春秋例表》三十八篇

案：此书今载全集内，凡四十二例。“前后义例钩贯，浩如烟海。”（《日记》）补改捐益，用力独勤，尝叹为“圣人之极功，终身研之不能尽”（《年谱》）。编撰此书，先生次子代丰亦参其事。书成于光绪十年十二月九日，是日日记云：“《春秋表》稿初毕，改二十八篇为二十四篇，多以一条居一例，不拘拘于三科，使览者易明也。”

《春秋公羊何氏笺》十一篇

案：此书今刊全集内。《年谱》四十五岁下云：“四月，始作《公羊春秋》。”四十六岁下云：“是岁，《春秋笺》初稿成。”五十三岁下云：“十一月，改定《春秋笺》。”六十八岁下云：“并补《春秋笺》。”撰述改补，经二十余年。盖先生平生学术，以《春秋》为最精，而亦以《春秋》为最著。以《公羊》言礼制，遂开湘学一派。夷考清代学者，好为许、郑之学。至嘉、道之世，极炽而敝，于是西汉今文之学兴。自武进庄存與治《公羊》，撰《春秋正辞》，刘、宋二氏并承其绪。江都凌曙初治郑氏礼，嗣后闻武进刘氏论和氏《春秋》而好之，转而治《公羊》，撰《公羊礼疏》十一卷、《公羊礼说》一卷。句容陈立，最称高第弟子，承其绪，成《公羊义疏》七十六卷、《白虎通疏证》十二卷，其学由《白虎通》以通于《王制》。先生之学，盖由刘、宋、凌、陈诸人出；先生此书，益发刘、宋、凌、陈诸人所未发者。尚谓羊公泛览二传，各得其趣；而左氏闻驳意殊，不关《春秋》。独发所见，语激辞偏。宜康、梁诸子承其绪，以《春秋》言经世，而益诳诞不经也。

《论语训》二十篇

案："《论语》之义，多本《春秋》，其言实通于上下。儒学既盛，传注益繁。"（《论语训序》）先生因命学徒采辑古今所传以广集解，又下己意，通其所蔽，而述此书。此书今刊全集内，成于光绪十二年，是年十一月十七日日记云："《论语集解注》成，作序名曰《论语训》。"

《史赞》十七卷

案：此书乃集先生所撰诸史之赞语而成。"司马、班、范皆有述赞，陈书以后多缺。"（《年谱》）先生在陈书后诸史篇后各为补赞。"《晋书》赞无深意，更为别撰。"（《年谱》）此书尚未剞劂问世，为先生未刊稿也。

《桂阳志》十七篇

案：《年谱》三十六岁下云："三月，陈丈隽丞议修《桂阳州志》。四月，约府君携家桂阳，假馆南郊水阁，始考舆图，征掌故。"三十七岁下云："《桂阳直隶州志》成，曰《疆域志》《赋役志》《工志》《州官表》《官师传》《学校志》《礼志》《军官表传》《人物志表传》《货殖传》《水道志图》《天文志》《洞徭志》《艺文志》《叙志》《匡谬》《小说》，都十七篇，二十七卷，四十三万二千余字。”

《湘潭县志》十二篇

案：此志由罗汝槐、王荣兰开其端，屡经纂修，延二十余年不成。后先生主其事，始克成书。光绪十四年正月十日：“入馆作是志。”（《年谱》）“十有五年五月书成。”（《湘潭县志序》）“曰《疆域志》《建置志》《事纪志》《山水志》《官师志》《赋役志》《礼典志》《人物志》《五行志》《艺文志》《货殖志》《自序》，凡十二篇。曰《县境图》《沿革图》《中星诸图表》，系之《疆域》篇。曰《城图》《疆域小图》《都甲图》《驿站图》《市肆图》《桥渡表》《石路马头表》《公田表》，系之《建置》篇。曰《旧国表》《晋至元县职官表》《明职官表》《国朝职官表》，系之《官师》篇。曰《群祀表》《佛寺表》，系之《礼典》篇。曰《贡举诸表》《品官表》《加衔表》《遇难士民表》《阵亡勇丁表》《列女表》，系之《人物》篇。于是《湘潭县志》十一修矣，经二十余年乃成，凡三十余万字。”（《年谱》）

《东安县志》七篇

案：《年谱》四十三岁下云：“二月，至东安修县志。四月，书成，曰《疆域沿革图志》《事纪志》《田赋志》《建置志》《职官志表传》《人物志表传》《山水志》，凡七篇，都十余万字。”

《衡阳县志》十篇

案：《年谱》此志在同治十一年纂修，十三年刊成。“阅月三十有六，条理备集。”（《衡阳县志序》）“曰《疆域志》《事纪志》《赋役志》《建置志》《官师志》《礼典志》《人物志》《山水志》《艺文志》《货殖志》，凡十篇。（曰）［四］图：曰《总图》，曰《中星图》，系之《疆域》篇；曰《城图》，系之《建置》篇；曰

《承源图》，系之《山水》篇。十八表：曰《日出入时刻表》《时度相应表》，系之《疆域》篇；曰《官师表》《汛官表》，系之《官师》篇；曰《选举表》《恩赏表》《文武实任表》《实职表》《耆年表》《节妇表》《烈妇表》《贞孝表》，系之《人物》篇。都二十九万八千余字。”（《年谱》）

《咏怀诗评注》

案：《年谱》光绪六年下云：“四月，校《南北史》毕，令书局刊之。评注阮公《咏怀诗》。”

《楚词释》二十五卷

案：此书今刊全集内，共二十五篇，为《离骚经》《九歌》《天问》《九章》《远游》《九辨》《招魂》《大招》也。先生十五岁时，即喜读《楚辞》。“塾师目为杂学，禁止勿观。”塾师出，窃其书藏之。（《年谱》）光绪七年，先生年五十，始注是书。致裴樾岑书云：“行年五十，始欲自如。道中注《楚辞》二十五篇，颇疑屈生《远游》未忘情于侍从，将古无独往之辙，抑生有衣食之累乎？”又一书云：“去岁又著《楚辞》二十五卷，方付蜀局，剞劂未毕。二十年所研讨略已宣矣。”

《高唐赋注》一篇

案：此书附刊在全集内《楚辞释》后。光绪六年十二月十日日记云：“注《高唐赋》毕。”复作序以申其旨，序云：“《高唐赋》者，宋玉之所作也。旧以高唐为云梦之台，今按高唐邑在齐右，云梦泽在南郢，巫山在夔，三地相去五千余里，合而一之，文意淆乱，由不知赋意故也。今古文人，设词众矣。至于昼淫妇人，公荐枕席，于文不足增词采，于理徒以为秽乱，虚作此言，果何为哉？盖尝登巫山，望秭归，临夔门，泛夏水，深求秦楚强弱之故。读《离骚》《回风》之篇，得屈子之忠谋奇计，在据夔巫以遏巴蜀，使秦舟师不下，而后夷陵可安，五渚不被暴兵。东结强齐，争衡中原，分秦兵力，楚乃得以其暇招故民，收旧地，（振）［扼］长江，专峡险。良谋不遂，顷襄弃国，秦师并下，贞臣走死。弟子宋玉之徒，崎岖徙迁，假息燕幕，畜同俳优，不与国谋。然坐见危亡，追思远谟，虽势无可为，而别无奇策，乃后叹息窃泣，哀楚之自亡也。情不得已，因遂作赋。首陈齐楚婚姻之交，中述巴蜀出（陕）［峡］之危，末陈还都夔巫之本计。言不显则意不见，故直以幸女立庙，明当昏齐，申屈子之奇谋，从彭咸之故宇。后有知者，明楚之所以削，秦之所以霸，然后服达士之远见，申沉湘之孤愤矣。”

《王氏族谱》四卷

案：《年谱》五十九岁下云：“正月十七日，至山塘，始修族谱。”六十岁下云：“正月，居山塘，清理谱稿。二月，钞谱稿毕。《王氏族谱》始成，曰《世典》，曰《世系表》，曰《齿录》，曰《列传》，曰《耆寿表》《寿母表》《世寿表》，曰《兄弟齿序表》，曰《田墓表》，曰《墓地表》，曰《墓图》，曰《碑志》，凡十二篇。”

《湘军志》十六篇

案：光绪元年十月，曾劼刚遣使修书，请先生议修《湘军志》事。“以为洪寇之平，功首湘军，湘军之兴二十余年，回、捻平定又已十年，当时起义之人，殉难之士，多就湮没，恐传闻失实，功烈不彰，必当勒成一书，以信今而传后。以府君之志在撰述，亲同袍泽，亟宜及时编辑，以竟先烈。且文正尝言：著述当属之王君，功业或亦未敢多让。”（《年谱》）《军志》之作，故以属之先生。光绪二年五月，始修此志（《年谱》）。此书端绪颐乱，传述异同，私论官书，均所兼采。若《发捻方略》（见《致徐通参书》)、《褒忠录》(见《年谱》)及曾、胡诸公集(见《日记》)皆有摭拾。余如“鸿筹所及，虽未施行，亦有采入。盖其意在叙治乱得失之由，而不以断级禽渠为功也”(《致刘制台》)。光绪七年七月，《湘军志》成。“曰《湖南防守篇》《曾军篇》《湖北篇》《江西篇》《曾军后篇》《水师篇》《浙江篇》《江西后篇》《临淮篇》《援江西篇》《援广西篇》《援贵州篇》《川陕篇》《平捻篇》《营制篇》《筹饷篇》，凡十六篇，九万余字。”(《年谱》)此志成后，先生亦颇自负，谓“庶乎轶承祚、睨蔚宗”(见《年谱》)。“其文章经济，足备一朝掌故。其于将才之贤否、军谋之得失，与夫始终艰难胜败之数，莫不言之亲切，无所忌讳。”(《重刻湘军志跋》)“虽表扬功绩，而言外有意，于国藩且有微辞。”(子泉师《现代中国文学史》)故“曾沅甫以为谤”(《复黎公使》)。“陈丈右铭盛推《湘军志》之美，然疑其仍有爱憎。”(《年谱》)“好议者因此缘饰谈柄，纷纭不止。”(《致裴船政》)“骄军惮其笔伐，造作蜚语，谓得暮夜金，所纂有乖故实。”(子泉师《现代中国文学史》)先生愤甚，谓“他日阎王殿上，亦惟有俯伏认罪”(《致黄亲家》)。“直笔非私家所宜为，乃送刻板与郭丈筠仙，属其销毁，以息众论。”(《年谱》)“然不知怀私之文，必不能工。”(《年谱》)“文辞高健，为唐后良史第一。”(子泉师《现代中国文学史》)此书今刊全集内，固自足千秋也。

《水经注校记》一卷

案：光绪二十一年二月十三日日记云：“翻《水经注》校语，总录之，得六十八条，亦可成一卷。”

《水经注图》

案：清代言水地理者，以胡渭为最先。渭撰有《禹贡锥指》，“采摭繁富，讨论详明”(《四库全书目录》)。唯地理之作，当以后出者为佳。"陈兰甫水地图犹依傍胡齐，未能自出手眼，不及汪梅村远甚。"（《年谱》）且地图沿革，必"须身历其地，非臆说所能断"（《年谱》）。先生周览天下，知山水沿革之所在，故作是图，以正汪氏阙略云。

《庄子内篇注》七篇、《杂篇注》二篇

案："注《庄子》者，隋唐所列三十有一家，郑樵增十八家。今《四库》著录仅郭象一家。《释文》引文句，崔譔最善。"（《庄子注序》）同治五年，"考崔本注是书"（《年谱》）。同治八年二月二十八日"注成"（《日记》）。此书今刊全集内。"凡《内篇》七篇，《外》《杂》篇各一篇。注及略说将三万言。"（《庄子注序》）复申论之曰："夫道不可谈，谈道自战国始，至五代极乱而宋儒失师传，乃始推佛经中六朝文士之言，以求周孔，以为圣人之道，不可浅近，故赵宋、元、明诸人狂骛焉。至国朝而始厌之，乃求汉人训诂，而犹未悟道学之非道也。余寻佛者之言，见《僧衹律》，而后知佛经之所言微妙不可思议之法，皆非其本，因而求之《庄子·内篇》，而后知佛经之枝流，乃《庄子》之波及。又求之《庄子》，而后知道之不可谈，谈则必非道也。于是始悟宋儒之深求圣人者，误于佛经。佛经之所以虚无者，由于不善读《庄子》。故作《庄子》七篇解，以明圣人不言性与天道之意"云。（《年谱》）

《鹖冠子注》一卷

案：此书今刊全集内。《年谱》六十四岁下云："三月十三日，至东洲，钞《鹖冠子》。盖伪书也，以遣长日，稍加注焉。"又七十八岁下云："四月十五日，送与循舅氏葬，待其下窆乃还。钞《鹖冠子》一卷，稍加笺释。"此书注释时日，延及十余年，盖以其为伪书，故时注时辍，而未能一时成书也。考《鹖冠子》一书，柳子厚谓"嘉词尽出《鹏鸟赋》"，先生则谓隋后《鹖冠子》与庞煖所著书合。其题《鹖冠子》云："《汉书·艺文志》，《鹖冠子》一篇，在道家，又《庞煖》二篇，在纵横家。《隋志》则道家有《鹖冠子》三篇，无庞煖书矣。韩退之所见《鹖冠子》十六篇，而陆农师注本十九篇，今通行陆注本也。注多玄语隽词，而训释皆望文生意，于本书无益。鹖冠子，楚人，《汉志》注云耳。其书颇见燕赵，有悼襄王、武灵王，两君相距八十一年，或遂改武灵所问为庞焕。庞煖者，悼襄二年将，破燕军，杀剧辛者也。司马贞以为即冯煖。《高士传》则言冯煖师事鹖冠子，后显于赵。鹖冠子惧其荐己，乃与煖绝。则鹖冠之徒无庞煖。要之，煖自在赵，师自在楚，凡庞子言，皆宜入煖书，隋以前误合之与？不然，何篇卷适相合也？"据此，则今日所传之《鹖冠子》，有贾生言，有庞子言，伪而杂。"惟大旨原本于道德"（《四库全书目录》），故先生不废云。

《老子注》一卷

案：此书注释时日《日记》不载。《年谱》六十八岁下云："正月十二日，读《老子》，欲笺注焉，未得其端绪而止。"《年谱》所见者如此。于此书注释时日，后亦不载。要之，当在六十八岁后。此书句读"稍有更定，复用乾道本校姚鼐本。鼐所异者，初不言所依据，间亦同之，不复考校，异于儒者之断断也"（《老子注序》）。

《墨子注》七十一篇

考《日记》同治十年十月始校注是书。是书今刊全集内，分上、中、下三篇。自《亲士》至《非儒》三十篇为上篇，《经上》至《公输》十一篇为中篇，《备守城》至《难守》二十篇为下篇。"视今通行毕本，迥有同异。编中条例，凡所解释者，小注之校改者，亦如之。其移补者，间以阴文别之。其不足重录者，则通篇如之。就中亦有校增者，则以阴线围之，脱漏者亦如之。其阳文中凡有脱漏者，则以阳口间之，删去者亦如之。至经上下、经说上下，排次句读，尤多所更正。”（萧鹤祥《墨子注跋》）“而所注亦（傀）［瑰］奇。”（《致郭兵左》）“文可知及微眇不能解者，一无所注，注其文理曲折宜增损者。”（《墨子注序》）“其有一事三篇文义悉同者，所谓墨分为三，三家各记之，但录一正文，附著其同，以清观览。”（《墨子注序》）“其上篇则略依毕校考定，其下篇则皆先生所诠分也。其《语经》则从《大取》篇取出，附《经说》后，又旧目所无”云。（萧鹤祥《墨子注跋》）

《逸周书序目》

案：《年谱》七十七岁下云：“八月，寻《逸周书》，复勘一过，乃知为周公专集也，为作序目。”

《驿程诗记》

案：《年谱》六十四岁下云：“二月，钞集己巳以来日记中所存七律诗，题曰《杜若集》。补作《驿程诗记》。”

《拟墨》二篇

案：《日记》光绪二年八月下云：“十三日，晴。竟日不出，作《拟墨》二篇。”

《光宣唱和集》

案：此集乃先生在光、宣间与谭兵备唱和之作，时人集成之。《年谱》七十八岁下云：“正月，阅《东华录》，与谭兵备叠唱和，好事者刻之，题曰《光宣唱和集》。”

《所见录》

案：《年谱》八十一岁下云：“七月，与代功言时事及平生所经历。因思八十年来世间闲事，宜有记录。试书一纸，将成小说，名曰《所见录》。”据雷飞鹏《王湘绮全集跋》，谓此书今已散佚。

《管子书目录》

案：《日记》光绪二十八年二月二十日下云：“竟日无事，作《管子书录》，并题记校录本末。一书经卅五年，乃始有眉目。”先生于此书，盖用力甚勤也。

《仇人志》

《友人志》

案：《日记》宣统元年己酉五月十三日下云：“既作《仇(友)［人］志》，不可不作《友人志》，又为皞臣创稿。”

《杜若集》二卷

案：此书为先生七律诗集。《年谱》三十八岁下云：“府君三十七岁以前所作七律向不存稿，是岁始立日记，间一存之。后从日记中录存，题为《杜若集》。取‘杜若兰荪一日开’首句也。”又《年谱》六十四岁下云：“二月，钞集己巳以来日记中所存七律诗，题曰《杜若集》。”

《王氏交友传》四卷

案：《年谱》三十八岁下云：“府君以生值中兴，当代英贤多与抗手，或莫记存没，或远叹离群，开帙怀人，感深游处，故检诸友往来事迹，作《王氏交友传》。”“此书因丙子年山居倾圮，书稿已亡。”(《年谱》小注)《友人志》与此书同为怀旧之作，不知其体类否耶？

《纂典》

案：《日记》光绪七年六月半晦日下云：“余初至，即欲仿《纂诂》之作为《纂典》，改礼书纲目之例，洗马、秦《通考》之陋，今始与诸生创议之。”时先生在蜀地。所云“初至者”，即初至蜀也。惜仅有创议，而未能成书。

《花谱》

案：《日记》光绪七年正月六日下云："欲考花时节作谱，求《群芳谱》不得，试以意分之。木类有槐、桐、杨、桂、椒、棠、荆、夜合、辛夷、木绵、木堇十一种。果类有枣、橘、桃、杏、李、梨、樱桃、梅、柰、榴、枇杷、豆蔻、杨梅、木瓜、甘（蕉）[蔗]、菱、莲十七种。菜类有韭、蔓、青瓜、葵四种。药类有芍药、当归、未香、颖冬、踯躅、旋覆、牡丹、昌蒲、泽兰、牵牛、燕支、原朴、罂粟、栀子、茱萸十五种。卉类有苕、苌楚、石兰、藤、葛、苇、菊、萱、山茶、海棠、紫薇、蔷薇、白蘋、蜀葵十四种。又有绣毬、蝴蝶、金钱、拒霜、石竹、黄梅、百日红、长十八、素馨、山矾、水仙、珠兰、夜香、玫瑰、凤仙、鸡冠、玉簪，不见唐宋类书者。然有花之木甚多，如桂、桃等可为花；桐、枣云花，则无木无花矣。花当专以草木为主。后世之花，多于唐以前百数种，其一种殊名者尤难考。"又《日记》是月十一日下云："从傅生借得汪灏所撰《广群芳谱》。"先生此书，盖取资于《群芳谱》与《广群芳谱》二书，然世不见是书，抑未成书耶？

《韵书》

案：《年谱》六十九岁下云："拟作韵书，取龙翰臣《古韵通说》勘之，亦惝恍无定本，未能作也。"又七十一岁下云："作韵书屡不成，因其烦碎，难于条理。取前人说观之，又多不当意。大致须不言声转，乃能画一，而声转又不可废，故多岐也。"此书后亦未成。

《谭张案补述》

案：《日记》光绪十六年五月廿九日下云："补述谭、张一案，即前日记所载包公案也。此事盛传于江汉，后查樊口不劾，李督声名顿减。盖雪琴亦侮矜畏强人，外能缘饰耳。"此述文集不载，故著于篇。

《湘绮楼诗集》十四卷

案：先生于诗，颇自负恃。尝谓："今人之诗，莫工于余。"（《王志·答唐凤廷问》）"尽法古人之善，一一而放之，镕铸而出之。"（《诗法一首示黄生》）"而自憙者尤在五言古，宗尚庾鲍，上窥建安。"（子泉师《现代中国文学史》）"辞采巨丽，用意精严。"（国垣师《近代诗派与地理》）"盖沉酣于汉魏六朝者至深，杂之古人集中，直莫能辨也。"（《石遗室诗话》）"其七言近体，雅健雄深，颇似陈卧子，有明七子之声调而去其庸肤，此其所以不可及也。"（《现代中国文学史》）惟集中不存此体。湘中旧刻本内有七言律绝二卷，曰《杜若集》《夜雪集》。《杜若集》为律诗，《夜雪集》为绝诗，晚年手定之《周甲七夕词》一卷亦为绝诗，今与《夜雪集》同刊入全集内，名曰《湘绮楼诗别集》云。

《夜雪集》一卷、《后集》一卷

案：此集说已上述，所载诗全由《日记》中录出。卷首载《齐河道中雪行偶作》二首，内有"湘绮楼中他夜雪"句，以"夜雪"名集，乃出于此。犹《杜若集》之出于"杜若兰荪"也。

《周甲七夕词》一卷

案：《年谱》七十五岁下云："八月，检日记，补作壬辰以后七夕词十五首，合前所作成六十首，为李梅庵书成诗卷，题曰《周甲七夕词》。"

《湘绮楼词钞》一卷

案：此书今刊全集内，词五十七首，附和作三首，共为六十首。《年谱》五十八岁下云："王祭酒欲刊《湘绮楼词》，检所存旧稿，自书与之。"先生之词，幽丽闲逸，"往往阑入北宋"（《湘绮楼绝妙好词序》）。先生虽不以词名，然此戋戋者，固与时人异趋也。

《词选》三卷

案：朱竹垞所选《词综》有规格，不入苏黄粗鄙之音。先生爰就朱选再加点定，自录精华名篇而成此书。此书凡七十六篇，仍遵《词综》例，分本、前、续三编，今刻全集内。《年谱》六十四岁下云："八月，院生多以乡试往省，因多暇日，选录小词为三卷。"

《八代文粹》四十卷

案：《年谱》六十三岁下云："阅《八代文粹》。府君在蜀中，欲选八代文言政治而本经义者，勒成一编，名曰《道通集》。命弟子录之，诸生因大裒集为《八代文粹》，以便选择。府君为叙之，未及刻也，至是乃阅之。然《通道集》迄无成书。"此书分类"仍夫萧《选》，正副略仿李《钞》，要以截断众流，归之淳雅，并为述其本由，使必应于经义"。盖"文章之道，词不追古，则意必循今，率意之言，违经益远。是以文饰者胥尚虚浮，驰骋者奋其私智。故知文随德异，宁独政与声通。欲验流风，尤资总集。但萧楼略《选》，仅存梗概；梅《纪》旁搜，未区门目。自余挦摭，莫识津涯。蔽所稀闻，咻于众楚。"（《八代文粹序》）故先生辑此书，欲以羽翼六经，而达立诚之效云。

《八代诗选》二十卷

案：八代者，乃汉魏六朝也。"凡选诗文，肇汉讫隋，自唐以下别树帜焉。古乐府歌诗，胎祖风骚，词旨深远。后人臆测，只得一偏，譬井中见天，曰天仅在是，岂理也哉？善读诗者，以意逆志。文因人之志趣境墜各有不同，而所得互异。故一涉评骘，即成俗本。冯氏《古诗纪》，其失繁；沈氏《古诗源》，其失简。先生寓蜀时，折衷其间，分体纂集，乃有八代诗之选。"（《陈氏叙文》）沈约、王融之作，讲声律，工对仗。先生别辟新体诗一门，吾师小石先生，甚称道之。此书今刊全集内。

《唐十家诗钞》十六卷

案：十家者，乃高适、岑参、王维、孟浩然、李白、杜甫、韦应物、储光羲、钱起、常建也。《年谱》二十四岁下云："于其时选高、岑、王、孟、李、杜、韦、储、钱、常各体为《唐十家诗钞》，并加圈点评语焉。"

《湘绮楼文集》八卷

案：让清之季，学者承乾嘉以来训诂章句之学，习注疏，为文章，法郑玄、孔颖达。有解释，无纪述。重考证，略论辨。掇拾丛残，而不知修辞为何事。读者竟十行，辄隐几卧。而先生不谓是，因慨然曰："文者，圣之所托，体之所寄，史赖之以信后世，人赖之以为言语。词不修则意不达，意不达则艺文废。俗且反乎混沌，况乎孳乳所积，皆仰观俯察之所得。字曰文，言其若在天之星象，在地之鸟兽蹄迹，必其灿著者也。今若此，文之道几乎息矣。"又云："文章之道，词不追古，则意必循今，率意以言，违经益远。"故先生之文，"悉本之《诗》《礼》《春秋》，而溯庄、老，探贾、董，旁涉释乘，发为文章，乃萧散似魏晋间人。大抵组比工夫，隐而不现。浮枝概削，古艳自生"（子泉师《现代中国文学史》）。迨及晚年，文章稍颓丧，而气矜之隆不减。余杭章君，论学与先生歧，而于文谓能尽雅，未尝稍有间言也。

《唐诗选》十三卷

案：此书今刊全集内。先生尝云："凡选诗文，肇汉讫隋，自唐以下，别树帜焉。"故先生在《八代诗选》外，复选是编，以别其风尚、体式之不同。此书选唐代近体及古（讽）［风］外，复择艳情逸致而体近歌谣者，别辟歌行一目，此为其他选本所无云。

《王志》一卷

案：此书所载，为先生与门弟子论学之语，由弟子陈兆奎仿郑志例编录成书。今刊全集内。

《湘绮楼笺启》八卷

案：此书衡阳陈氏先有刊本，后用陈氏板刻入全集内。惟陈氏板多残阙，故“为分别摘补数十笺”（雷飞鹏《王湘绮全集跋》）。

《夏小正注》一卷

案：此书蜀中有刊本，因板在蜀中，未能刊入全集内。

《逸周书注》一卷

案：此书注释时日，《年谱》《日记》均不载。据雷飞鹏《王湘绮全集跋》云，蜀中有刊本。《年谱》载《逸周书序目》一篇，或在此书内耶?

《王志续》四卷

案：此书见雷飞鹏《全集跋》。据云尚未刊行，而不志辑录人姓名。要之，当亦先生论学语也。

《湘绮楼文集未刊稿》十八卷

见雷飞鹏《全集跋》。

《湘绮楼日记》三十二卷

案：湘乡彭君次英藏有先生《湘绮楼日记》遗稿，都为十巨册，由商务印书馆排印行世。“此稿起同治八年己巳，迄民国五年丙辰。凡所记载，有关学术掌故者甚多。先生刻苦励学，寒暑无间，经史百家，靡不诵习。笺注抄校，日有定课。遇有心得，随笔记述，阐明奥义，中多前贤未发之覆。讲学湘蜀，得士称盛。自课子女，并能通经，传其家学。其学而不厌、诲人不倦之勤劬，《日记》皆纤悉靡遗。同、光之世，数参大幕，洎乎民国，总领史馆，负朝野重望，数十年如一日。其间人物消长，政治得失，先生身经目击，事实议论，厘然咸在，多有世人未知者。他若集外词章杂俎，散见《日记》中者，尤不胜偻指。”惟原稿稍有间断，丹凤缺翼，夏鼎捐足，殊足深惜也。

《阮诗评》一卷

案：《年谱》载先生曾评注阮氏《咏怀诗》，故上著录《咏怀诗评注》一篇。此书为门弟子所辑，世不见有刊本。然《咏怀诗评》当亦在此书内。惟录其评而不及其注，故《咏怀诗评注》(零)［另］著录于前云。

《尔雅集解注》十九篇

案：此书在全集内。先生“于群经皆有所笺，唯《尔雅》最精”(《致王祭酒》)。《年谱》四十八岁下云：“五月，与诸生论撰《尔雅注疏》。”又六十岁下云：“五月，注《尔雅》。”至成书时日，《年谱》《日记》均不载。要之，当在晚年也。

《论夷务书》

见《年谱》，书未成。

《湘绮楼日录》

案：此书为王代功先生所编，乃录《日记》中论经史掌故之语而成。

《八代诗评》

《诸史评校》

《诸子评校》

《唐诗评》

以上四书，由门弟子所编集，见《年谱》。

右都七十二种，其间由门弟子所编录者有八种，未能成书者有四种。先生生平著述，大略备矣。惟草创成编，遗珠之憾，岂能

免诸？幸贤达指正焉。（《金陵大学文学院季刊》1937 年 2 卷 2 期）

学林脞录·清末二王之学　张舜徽

王闿运与王先谦同为晚清湖南耆硕，海内多称其学术之大。然细按之，实不尽然。闿运著书甚多，裒为《湘绮楼全书》，有《周易说》《尚书笺》《尚书大传补注》《诗经补笺》《礼记笺》《春秋公羊传笺》《周官笺》《礼经笺》《论语训》《尔雅集解》诸种，是群经皆有笺注矣。旁涉《楚辞》《庄》《墨》《鹖冠》，皆有新释，见者以为博及四部矣。然其说经之书，儒林早有定评。叶德辉斥其"笺《礼》补《诗》，抹杀前人训诂，开著书简易之路，成末流蔑古之风"（见《经学通诰》）。梁启超复谓"闿运以治《公羊》闻于时，然故文人耳，经学所造甚浅。其所著《公羊笺》，尚不逮孔广森"（见《清代学术概论》）。则众口同轻，公论有在矣。余观其所注《墨子》，着墨无多，不异白文钞本。盖王氏一生勤于动笔，以钞书为日课，群经诸子，多有钞本。间附笺释，便成著述。为之也易，则传之也难。后之治群经诸子者，鲜齿及之，要非无故也。

清人文集别录卷二〇　张舜徽

《湘绮楼文集》八卷，光绪三十三年精刻本。

湘潭王闿运撰。闿运字壬秋，咸丰七年举人。早岁游幕四方，历主名公卿。自负奇才，所如不合。后乃退息，无用世志，惟以教学为事。历主四川尊经书院、长沙思贤讲舍、衡州船山书院讲席，年至八十有五。所著书以经学为多，于群经多有笺注，成一家言。论者病其舍置前人训诂，自造新义，开著书简易之路，成末流蔑古之风。故近世言经学者鲜齿及之，而学人文士莫不推重其文辞之美。余杭章炳麟，于近世文苑，少所许可，而赞王闿运能尽雅。盖闿运之为文，尚能溯源子史，镕铸陈词。典丽渊厚，在晚清自不多见。炳麟于闿运经说极其丑诋，而于其文章倾服甚至，非偶然也。是集八卷，后四卷皆碑志传状之文，亦以此类为最工。观其为达官显宦撰碑传，尤简严有史法。如卷七《彭玉麟行状》，在集中最为长篇，而其末乃以数语结之曰："公功绩昭著，其在乡里，行谊可敦薄立懦，嘉言奇行，不可胜纪。今掇其落落大者，及外所不知，次为一篇。"此等处非大手笔而具史裁者，曷由措词紧凑至于如此！盖即本《春秋》"常事不书"一语，而通之于纪人物、撰传状矣。闿运别有《湘军志》一书，其《曾军篇》有云："罗泽南奔命往来，复弋阳，克广信，收景德，攻义宁。虽战胜攻取，非东南所以安危之大，故不具载。"此种书法与其平日所为碑传之文无勿同者，皆非通于史法不能为。其文之所以见称于时，此亦其一端云。

清人笔记条辨卷九　张舜徽

《湘绮楼日记》三十二册，一九二七年商务印书馆排印本。

湘潭王闿运撰。闿运字壬秋，咸丰七年举人。早岁游幕四方，历主名公卿。自负奇才，所如不合。后乃专以教学为事，历任四川尊经书院、长沙思贤讲舍、衡州船山书院讲席，年至八十有五。著述甚多，裒辑成《湘绮楼全集》。

是编起一八六九年（同治八年己巳），迄一九一六年（民国五年丙辰）。中间偶有缺脱，然前后近五十年，亦略举矣。所记人事往还酬应之事为多，亦逐日录其日课。如钞书、倍书，几无间断，数十年如一日。讲学湘、蜀，得士称盛。其学而不厌、诲人不倦之勤劬，皆可于《日记》中见之。

王氏以高文雄于晚清，而治经非其所长。在四川时，“终日为诸生讲说，多发明公羊《春秋》之义例”（见光绪五年二月廿三日日记）。其后遂开廖平一派。梁启超尝谓：“闿运以治《公羊》闻于时，然故文人耳，经学所造甚浅。其所著《公羊笺》，尚不逮孔广森。”（《清代学术概论》）又谓：“《公羊笺》拘拘于例，无甚发明。”（《中国近三百年学术史》）昔余尝病梁氏所言失之过苛。及读其日记，乃知王氏于经学所造不深也。

王氏述造甚富。说经之书，自《公羊笺》外，有《周易说》《今古文尚书笺》《诗补笺》《礼经笺》《周官笺》《礼记笺》《论语集解训》《尔雅集解注》《尚书大传补注》《穀梁申义》诸种。卷帙浩繁，为近代所罕见。然以今观之，只得谓为钞经之功，而未可目为注书之业。盖其自少至老，每日以钞经为常课。屏除旧注，自记新说。每经钞毕，便成一书。自古成书之速，无有逾于此者。加以匆遽付刻，讹脱尤多。王氏自述其事有云：“刷工刷《礼记》脱二叶，检数本皆然。知去年所刷书全无用。幸家本无多耳，然误人甚矣。”（宣统三年十月十六日日记）可知其草率著书，急于刊行，自知贻误于世不小也。

王氏说经，亦自知其未能审密。尝记“彭生秉圭来问冠陈鼎，检注无之，自谓周密矣。一问即失枝脱节，经学之难密如此”（光绪二十年九月十二日日记）。又云：“说《周官》，始知经有‘颍’字。《尔雅》释‘颍’乃有依据。眼前字不省忆，其滑略可哂。因又检《周礼》，四时皆夏正，亦向所未详，如此而称经师，可乎？”（光绪廿二年三月十八日日记）可知王氏于治经学，已不慊然于怀，固有自知之明矣。

王氏说经，好逞臆见。尝自言：“以五冕为皆有十二藻，但以冕分等级，似合祭以天子之义。若降从大夫服，则是与大夫祭大夫无异，何贵乎合万国以事其亲耶？凡此创说，皆石破天惊，前数年所断不敢者。亦不知学识进耶？师法亡而臆说昌耶？要当说成一家，以质来哲。”（光绪八年十月七日日记）又言：“《昏礼记》宗子无父母命之，昏姻可自主。因思《公羊笺》未补此义，还家检说之，方知说经易卤莽。如此一大段事，初无理会也。”（光绪九年正月廿八日日记）又言：“考乐正非左右正，驳郑注‘继庶子而献’之误，得《乡饮记》为证，殊觉郑之卤莽。然余先望文为训，亦卤莽也。读书良不易言。”（光绪九年四月十一日日记）又言：“说‘宗子孤’与郑大异，恐其说卤莽，未敢定也，遂置之。”（光绪九年九月廿一日日记）大抵王氏说经，欲摆脱传注，自成一家。所谓“今又增一郑康成，仍锢蔽聪明也”（光绪十九年六月二十日日记）。其流弊乃至杜撰出奇，为世所讥。叶德辉斥其“开著书简易之路，成末流蔑古之风”（说见《经学通诰》），非偶然也。

王氏自炫其才，尝谓：“余殆所谓有圣人之学，而无圣人之材者。以外观之，余才胜人十倍，正以多才乃无才也。”（光绪九年四月九日日记）平心论之，王氏之才，特文才耳。其为文溯原子史，镕铸陈词，典丽渊雅，为晚清第一，信非有才者莫克臻此，故章炳麟亟称之。顾王氏则自负史才，观其读《三国志》时，则谓：“陈氏叙次诚非佳史，而后颇推之，以其所采词采犹近古耳。史才不易，亦何容滥予人名。若以鄙人秉笔为之，当不在范、班之下。”（同治八年二月一日日记）又自言：“重校《湘军志》毕，信奇作也。”（光绪九年九月八日日记）可谓高自标榜矣！即以

《湘军志》而论，学者亦特推许其文章才气之胜耳。

王氏逐日所记，虽有读史之课，然亦粗略观之，不求甚解。尝自述："阅《辽史》，全不知其事实。"（光绪七年正月廿三日日记）"点《元史》，检架上唯残第二函，聊记日课，不必从头起也。"（光绪七年六月一日日记）"点《元史》九叶。此书必不能多看，每日以九叶计日而已，多看伤神，与开卷有益之说相对为义。"（光绪七年六月六日日记）"《元史》次叙未易整理，粗为条列，尚多牵缀也。"（光绪十六年三月廿七日日记）由其所自道者观之，可以知其读史之功，本甚草率也。

王氏以雄文自诩，欲因文以发其才。故其读史，亦志在为诸史作赞耳。既云："《史赞》毕《三国》一卷，将并《元史》合成二本，以了廿史之业。"（光绪十六年正月七日日记）又云："看《元史》，补作赞，至终日乃休。"（同月八日日记）又云："看史作赞，终日伏案，近岁以今日为最勤。"（同月廿四日日记）又云："《元史》赞毕，理其先后，便成一种著作矣。"（同年三月廿三日日记）又云："《元史》尚余三本须补赞。"（同月廿四日日记）又云："始钞赞成草本，计一百廿日，始阅五十本。如此，则廿四史亦只须十二年，乃今已廿六年，作辍之患如此。本不欲看《明史》，因此复取点勘之。"（同月廿八日日记）又云："点史一本，《明史》毕，廿四史赞毕功矣。"（同年七月十九日日记）由此可知其翻阅诸史，原为作《史赞》而汲汲赴功，非真为究心史学而读史也。尤可异者，一部三百三十余卷之《明史》，仅三月而翻阅毕。盖所览者仅及纪、传，以资作赞耳，非自首至尾通读《明史》，又可知矣。推之他史，莫不如此耳。

王氏自负才大，读书不耐仔细。大抵翻阅为多，粗加涉猎而已。尝自记："翻《通鉴》九本。十函毕，翻一过矣。《通鉴》当昔未点群史时，讶其浩博，今日重翻。”（同治九年三月十四日日记）又记：“夜补看《唐文》八本，未甚细谛。”（光绪五年二月十九日日记）又记：“看《墨子》一过，未能子细。”（光绪三十四年十一月九日日记）如此读书，岂能真有所得。徒以滑略成习，而不耐爬梳纷杂，故于难理之大书，无能为役也。既云：“《宋史》繁而无事，宜删削其大半乃可观，去其十分之九乃可传也。”（同治八年八月二十一日日记）又云：“《宋史》传连篇累卷，无一可传。”（同治十一年正月二十四日日记）又云：“史之芜杂，莫《宋史》甚也。”（同治十一年二月四日日记）又云：“前看未细，比来甚苦之，乃知史中最难读者《宋史》也。”（光绪九年十二月十三日日记）又云：“《宋史》猥杂可厌，万无人肯为《宋史》之学，终古必无能通之者，可笑甚也。”（光绪十年正月廿三日日记）《宋史》在诸史中最为芜杂，固如王氏所言，亦何至终古无能通之者乎？乾隆中如陈黄中、钱大昕、邵晋涵，皆理董《宋史》，卓然有成。三家之书虽无传本，然绪论条例，固犹可考见其大凡。王氏为撰《史赞》而翻《宋史》，故不暇究心及之也。

王氏一生治学虽勤，要其归不外以钞书为注书，以翻史为读史。如钞《尔雅》即为《尔雅集解》，钞《墨子》即为《墨子注》。推之为群经作注作笺，莫不如此。其注语较多者，半得之昔人，半自逞胸臆。其艰深难理者，则不着一字。若《墨子注》但录正文，不见注语。谓之钞《墨子》可也，谓之注《墨子》不可也。王氏尝言：“著述非名士之事。”（同治八年二月初五日日记）不啻夫子自道矣。

王氏性好讥弹，睥睨一世。于前哲则谓：“王船山学在毛西河伯仲之间，尚不及阎百诗、顾亭林也。于湖南为得风气之先耳。”（同治八年二月初五日日记）又谓：“阅王夫之《中庸衍》，竖儒浅陋可闵。”（光绪四年三月二日日记）又谓：“看船山《讲义》，村塾师可怜，吾知免矣。王、顾并称，湖南定不及江南也。”（光绪三十一年六月三日日记）又谓：“王夫之《史论》，似甚可厌，不知近人何以赏之？”（宣统三年四月十一日日记）如此漫施诋斥，非特无损船山豪末，抑亦不足以服天下之心也。当时名贤，若番禺陈澧，卓然经师也。王氏则云：“谭叔玉欲假归读书，可谓有志；而欲事陈兰甫，则未为得师也。”（光绪六年七月廿六日日记）其鄙弃陈氏甚矣。若论学养之深醇，王固不逮陈远甚，不解何所恃而敢为此言乎？当时同乡后进若叶德辉、皮锡瑞，治学途径与王氏异趣。王憎恶之已甚，叶来则书“叶麻”，皮来则书“皮经师”，轻薄如此，又岂前辈接待后进之礼乎？

王氏论学之言，亦有佳者。观其论及经传有曰：“《表记》头绪殊杂，而字句贯串，盖属文未工。其所言‘子言之’‘子曰’，亦疑非孔子。”（光绪八年八月廿六日日记）论及史例有曰：“凡古人始创一事，必有意义，如《史记·封禅书》、班《古今人表》、范《皇后纪》、宋《符瑞志》、唐《世系表》、赵宋《道学传》，皆深眇之旨也。”（同治八年三月八日日记）论及学问有曰：“老辈唯加敬于酬接耳，若学问，并无前后辈。圣人，我师也。伏羲至孔子，无尊卑而皆师之，余则友之。然则伊尹、召公，亦我同学。如此，乃能读古人书。”（光绪八年九月八日日记）又曰：“多阅历即学问也。阅历亦须历天下事。但治官事，不为阅也。”（光绪二十五年九月十九日日记）凡此所言，皆通达之论，非拘墟之士所能梦见。大抵王氏一生，交游广而闻见多，意气盛而文辞美。坐致大名，殆非偶然。一代霸才，并时无两，固近世文苑之雄也。

清儒学记 张舜徽

王闿运，字壬秋，湘潭人。所居有湘绮楼，故学者又称湘绮先生。生于道光十二年，卒于民国五年（即公元一八三二至一九一六年），年八十五。咸丰七年丁巳（公元一八五七年）补行壬子、乙卯两科乡试时，领乡荐，中式第五名举人，时年二十六，即以文才有名于时。平湖张金镛方督学湖南，科试得闿运卷，惊叹道："此奇才！他日必以文雄天下。"后入都应礼部试，落第。时肃顺掌朝廷大权，待为上宾。一日，为草封事，为文宗所叹赏。及肃顺被诛，便还湘伏匿久不出。后参曾国藩幕，不久即去。尝与讨论文章之事，闿运谓"国藩之文，欲从韩愈以追西汉，逆而难；若自诸葛忠武、曹武王以入东汉，则顺而易"。而国藩不能用，独谓闿运文有慧业，目为著述之才。闿运亦自负奇才，睥睨一世，貌似和谐，内实骄矜，故每到一处，都与人不合。于是退息林泉，无意用世，以教学著书终其身。四川总督丁宝桢聘主成都尊经书院讲席，后归主长沙校经书院，移衡州船山书院，又出任江西高等学堂总教。弟子著籍者甚众，岿然为一时大师。一生著述，于经有《周易说》《今古文尚书笺》《诗补笺》《礼经笺》《周官笺》《礼记笺》《春秋公羊何氏笺》《论语训》《尔雅集解》《尚书大传补注》《夏小正注》《逸周书注》《穀梁申义》诸种；于史有《史赞》《湘军志》《桂阳州志》《衡阳县志》《东安县志》《湘潭县志》诸种；于子有《老子注》《庄子注》《墨子注》《鹖冠子注》诸种；于集有《楚辞释》《湘绮楼文集》《诗集》《词钞》《笺启》《日记》诸种；选编的书有《八代诗选》《八代文粹》《唐诗选》《唐十家诗选》诸种。学者们惊其浩博，相率尊之为"一代儒宗”。

其实，“儒宗”二字加在王闿运的头上，是不很恰当的。从表面上看，他的写作如此之多，实已博及四部，似乎不是一个淹贯众流的大学者断难办到。然而他的学问，博而不精，特以文章典雅见长，与其说是“儒宗”，无宁说是“文豪”。他一生自少至老，有一个好习惯，便是喜欢钞书，定为日课。他的儿子王代功所编《湘绮府君年谱》，在咸丰三年（时闿运二十二岁）条下记载云：“自是日必钞书，道途寒暑不辍。五十年中，书字以万万计。盖自二千年以来学人钞录之勤，未有盛于府君者也。”这当然是可靠的实录。他的这种勤学苦练的精神，是值得敬佩的。常见的十三经和周秦诸子，他都钞写过一遍。在长期钞书的过程中，边钞边记，将自己的意见写上几句。钞完一部书，便成了一种新的笺注。自古成书之速，无有过于此者。所以他一生笺经注子，都着墨不多。本来，他是研究今文经学的，在四川时，终日为诸生讲说，多发明公羊《春秋》的义例，其后便开廖平一派。梁启超曾说：“闿运以治《公羊》闻于时，然故文人耳，经学所造甚浅。其所著《公羊笺》，尚不逮孔广森。”（见《清代学术概论》）又说：“《公羊笺》拘拘于例，无甚发明。”（见《中国近三百年学术史》）我对梁氏所谈，最初认为过苛；后来细读王氏著述，才知道他对经学造诣，果然不深。至于注说周秦诸子，也有同样的毛病。如《墨子注》一书，但录正文，少见注语。说他是钞《墨子》则可，说他是注《墨子》则不可。他的书刻版印行以后，才看到曹耀湘（字镜初）的《墨子笺》，并为之跋以题其后，深叹“而镜初深远矣”，可以看出他自愧不如之意。好在他一生每天写日记，虽多散佚，但从同治八年（公元一八六九年）到民国五年（一九一六年），前后五十年的日记都保存下来了。商务印书馆早年已排印成三十二册，大可稽考他治学著书的许多情况。当他发现草率著书、刻书的过程中出了问题的时候，便在《日记》中写道："误人甚矣""滑略可哂""如此而称经师可乎""说经易卤莽""余先望文为训，亦卤莽也。读书良不易言"。由这些话来看，可知他对自己治学的缺点和错误，是很清楚的。大抵王氏说经，想摆脱旧有传注，自成一家。其流弊乃至杜撰出奇，为世所讥。有人骂他"开著书简易之路，成末流蔑古之风"，不是没有根据的。王氏自知甚明，所以《日记》中多自讼之辞。至于他的读史，完全是为着要写《史赞》而去翻阅二十四史的。如《日记》中自述："阅《辽史》，全不知其事实"；"点《元史》，检架上唯残第二函，聊记日课，不必从头起也"；"《元史》赞毕，理其先后，便成一种著作矣"；"《明史》毕，廿四史赞毕功矣"。可知他的翻阅诸史，原为作成《史赞》而汲汲赴功，不是为研究史学而仔细读史，意固甚明。大抵他的一生治学，不外以钞书为注书，以翻史为读史，恃其才大，不能仔细做朴学笃实工夫，所以著述虽多，可传者少。他在《日记》中也曾写道"著述非名士之事"，这却替自己作了一个很好的鉴定。

如上所言，似乎全面否定了王闿运的成就，说他不是一个切实做学问的人，而只是虚浮才华之士。如果这样理解，那就错了。从两千多年的知识界来看问题，大抵东汉以后，文与学便分了家。作者辈兴，各有偏胜，二者很少有人能兼擅其长。有的人学问很专精，而文笔不高；有的人文才很突出，而学问不精。所以自东汉以下的历代史中，"儒林"与"文苑"各自立传，正反映了这种情况。二者比较起来，成一个有学问的专家比较容易，成一个文才高雅的能手，便非有几分天赋不可。魏晋以来，这现象十分清楚。颜之推是南北朝时著名的学者，在《颜氏家训·文章篇》便已谈到："学问有利钝，文章有巧拙。钝学累功，不妨精熟；拙文研思，终归蚩鄙。但成学士，自足为人；必乏天才，勿强操笔。"这几句话，说明了学问、文章的难和易。做学问只要肯用功，可以达到精熟的地步；写文章苟无天才，便不能掩其鄙陋。可知一个高才绝俗的文学作家的出现，较之培养出一个专门名家的学者艰难多了。王闿运以高文雄于晚清，而朴学非其所长，这是不足奇怪的。但他自许甚高，尝慨然自叹："我非文人，乃学人也。"虽欲兼斯二者，而力有不逮。其实，他的文词，是有很大天赋作基础的。他的为文，溯原子史，镕铸陈词，典丽浑重，为晚清第一。非有大才的人是办不到的，也不是一般的人所能学到的。他生值国势衰危、备受外人侵略的时代，忧时感事，形诸笔墨。同治十年（公元一八七一年），他正四十岁时，和他的同年好友徐树钧偕游圆明园。此园已被英法联军焚毁十二年了，残垣断壁，触景生情。于是闿运为《圆明园词》以抒其悲愤，而属徐树钧序之。徐与王为乡试同年，徐年小于王十龄，中举时才十五岁，少有才名，为文亦雅丽可诵，其所撰《序》，足与王《词》并传。有人认为二篇同出王手，而以《序》托名于徐，这是错误的（徐撰《序》事已见《湘绮楼日记》）。《圆明园词》是一篇名作，当时传为盛事，都下钞诵其词者，谓为伤心感人，笔墨通于情性，相与歌咏赞叹不已。由是文名益噪，为海内所宗仰。

光绪元年（公元一八七五年），闿运年四十四，应曾纪泽的约请，撰述《湘军志》以纪用兵本末。经过调查研究，稽查方略图经，草创润色，厘定篇次，至光绪七年（公元一八八一年），此书写成。计有《湖南防守篇》《曾军篇》《湖北篇》《江西篇》《曾军后篇》《水师篇》《浙江篇》《江西后篇》《临淮篇》《援江西篇》《援广西篇》《援贵州篇》《川陕篇》《平捻篇》《营制篇》《筹饷篇》，凡十六篇，九万余字。言事相兼，烦省得体，论者叹其高健，为唐后良史第一。闿运亦自信太过，谓为千古奇作。而立言好尽，不知畏避，于曾国藩、国荃兄弟皆有微辞。曾国藩驱乡勇以立功名，其间一挫于靖港，再败于湖口，三困于祁门。是书称国藩以忧惧治军，刻画无所忌讳；又谓国荃负谤，诸宿将欲离去；又言江南资货多入军中云云。国荃读之而怒，目为谤书，购毁其版，又属王定安别撰《湘军记》代之。两书后虽并行，而优劣自有定评。王闿运因撰述几招不测，而声名也就更大了。闿运长于叙事，《湘绮楼文集》八卷中，后四卷皆碑志传状之文，亦以此类写作为最工。观其为达官显宦撰碑传，尤简严有史法。如卷七《彭玉麟行状》，在《文集》中最为长篇。篇末以数语总结道："公功绩昭著，其在乡里，行谊可敦薄立懦，嘉言奇行，不可胜纪。今掇其落落大者，及外所不知，次为一篇。"此等处非大手笔而具史裁的人，何能措词紧凑至于如此。这是根据《春秋》"常事不书"一语，运用到纪人物、撰传状的工作中去了。又如《湘军志·曾军篇》云："罗泽南奔命往来，复弋阳，克广信，收景德，攻义宁。虽战胜攻取，非东南所以安危之大，故不具载。"此种书法，和他平日所为碑传文字，用笔正同。不是深通史法，断不能为。他的文章，所以见称于世，这也是一个原因。不过有时摹古太过，往往有失检之处。如《文集》中的《邹汉勋传》有云："如邹汉勋者，又何以称焉？"这分明是袭用《史记·伯夷列传》中一句成语而把它用错了。司马迁对许由、务光之事，疑其非实，所以有"此何以称焉"一语发问，像邹汉勋是他同时的人，何疑之有？这自然是他行文时的失误处。然而小疵不足以掩大醇，我们不必为了这些小问题，去求全责备于前人。

研究论著目录

整理著作

王闿运、郭振墉、朱德裳撰，李沛诚、喻岳衡、易祖洛点校：《湘军志·湘军志平议·续湘军志》，岳麓书社，1983 年。

王闿运著，马积高主编：《湘绮楼诗文集》，岳麓书社，1996 年。

王闿运著，马积高主编，吴容甫点校：《湘绮楼日记》，岳麓书社，1997 年。

周渊龙、莫道迟编注：《王闿运楹联辑注》，湖南出版社，2002 年。

王闿运、郭振墉、朱德裳、王定安撰，李沛诚、喻岳衡、易祖洛、朱纯点校：《湘军史料四种》，岳麓书社，2008 年。

王闿运撰，马积高主编：《湘绮楼诗文集》，岳麓书社，2008 年。

王闿运撰，黄巽斋校点：《论语训·春秋公羊传笺》，岳麓书社，2009 年。

王闿运撰，黄巽斋校点：《尔雅集解》，岳麓书社，2010 年。

王闿运撰，吴广平校点：《楚辞释》，岳麓书社，2013 年。

周渊龙、符双之主编，政协湘潭县委员会组编：《湘绮楼联语校注》，中国文史出版社，2013 年。

王闿运撰，黄灵庚点校：《楚辞释》，上海古籍出版社，2019

年。

吴容甫点校，中华书局编辑部修订：《王闿运日记》，中华书局，2022 年。

王闿运著，王勇点校：《湘绮楼日记》，岳麓书社，2023 年。

研究著作

朱传誉主编：《王湘绮传记资料》，台湾天一出版社，1985 年。

萧艾：《王湘绮评传》，岳麓书社，1997 年。

吴明德：《王闿运及其诗研究》，台湾花木兰文化出版社，2007 年。

刘少虎：《经学以自治：王闿运春秋学思想研究》，华夏出版社，2007 年。

李赫亚：《王闿运与晚清书院教育》，光明日报出版社，2007 年。

周柳燕：《王闿运的生平与文学创作》，湖南大学出版社，2010 年。

刘平：《王闿运〈春秋公羊传笺〉学术思想研究》，湖南大学出版社，2012 年。

魏彩莹（按：即下文魏怡昱）：《世变中的经学：王闿运〈春秋〉学思想研究》，台湾花木兰文化出版社，2012 年。

何荣誉：《王闿运与光宣诗坛研究》，中国社会科学出版社，2015 年。

程彦霞：《王闿运唐诗阅读和批评研究》，科学出版社，2021 年。

学位论文

吴月美：《王闿运观世变》，台湾政治大学硕士论文，1981 年。

吴明德：《王闿运及其诗研究》，台湾师范大学硕士论文，1989 年。

赖志凯：《诗学复古与王闿运及汉魏六朝诗派》，暨南大学硕士论文，2000 年。

欧立军：《王湘绮诗歌本体思想研究》，华南师范大学硕士论文，2002 年。

曹爱群：《王闿运文学复古思想研究》，苏州大学硕士论文，2003 年。

胡锋：《王闿运史学思想初探》，湘潭大学硕士论文，2003 年。

魏怡昱：《王闿运春秋学思想研究》，台湾中国文化大学硕士论文，2003 年。

吕晨：《王闿运的诗歌创作及其诗学思想》，上海大学硕士论文，2004 年。

谌兵：《现代进程中的“真古董”——在传统与现代之间的王闿运诗学理论》，北京师范大学硕士论文，2005 年。

萧雅宏：《王闿运（1833—1916）的政治思想与活动》，台湾清华大学硕士论文，2005 年。

李赫亚：《王闿运与晚清书院教育研究》，北京师范大学博士论文，2005 年。

单苹：《失落与升华——从生命美学角度解读王闿运》，湘潭大学硕士论文，2006 年。

刘少虎：《王闿运春秋学思想研究》，中山大学博士论文，2006 年。

吴湘枝：《王闿运公羊学思想初探》，湖南师范大学硕士论文，2007 年。

朱洪举：《王湘绮诗学思想研究》，华东师范大学博士论文，

2007 年。

刘四平：《王闿运政治思想研究》，湖南师范大学博士论文，2007 年。

黄世民：《论王闿运〈八代诗选〉及其批注》，湖南大学硕士论文，2007 年。

庄静：《王闿运诗歌研究》，苏州大学硕士论文，2008 年。

刘平：《王闿运〈春秋公羊传笺〉学术思想研究》，湖南大学博士论文，2008 年。

程彦霞：《王闿运选批唐诗研究》，上海师范大学博士论文，2009 年。

周旭：《王闿运学论》，华东师范大学硕士论文，2009 年。

王振中：《王闿运〈春秋公羊传笺〉研究》，湖南大学硕士论文，2009 年。

龙起凤：《王闿运〈湘绮楼词〉及词论研究》，暨南大学硕士论文，2010 年。

许志威：《王闿运公羊学思想研究》，辽宁师范大学硕士论文，2010 年。

孙建军：《王闿运拟古诗学研究》，中南民族大学硕士论文，2013 年。

王净宜：《王闿运论太平天国史事之研究》，台湾高雄师范大学硕士论文，2013 年。

龙包兰：《王闿运〈诗经补笺〉的研究》，江西财经大学硕士论文，2014 年。

吴宇栋：《王闿运年谱稿》，辽宁大学硕士论文，2015 年。

肖友芳：《王闿运〈楚辞释〉研究》，湖南科技大学硕士论文，2015 年。

王石：《汉魏六朝诗派与晚清中晚唐诗派复古倾向比较——以王闿运和樊增祥、易顺鼎为例》，苏州大学硕士论文，2015年。

鲁希：《〈八代诗选〉及其价值研究》，湖南师范大学硕士论文，2015年。

胡苏珍：《〈湘军志〉的史学思想及其史学成就》，湖南大学硕士论文，2015年。

罗璐：《王闿运〈楚辞释〉研究》，湖南大学硕士论文，2016年。

罗章轩：《王闿运〈尚书笺〉研究》，台湾东吴大学硕士论文，2016年。

刘雨佳：《王闿运〈诗经〉学著述研究》，湖南大学硕士论文，2018年。

迟筠：《王闿运的女子教育思想与实践研究》，台湾师范大学硕士论文，2018年。

张海南：《王闿运公羊学思想探微》，湘潭大学硕士论文，2019年。

周克勤：《王闿运诗歌的经世情怀》，湘潭大学硕士论文，2019年。

雷琪：《王闿运〈楚辞释〉研究》，四川师范大学硕士论文，2021年。

王子权：《王闿运〈庄子注·内篇〉思想研究》，湘潭大学硕士论文，2021年。

武伟：《王闿运〈周易说〉中易学研究》，山东大学硕士论文，2021年。

杨雷：《王闿运〈唐诗选〉研究》，西北师范大学硕士论文，2021年。

冯静：《王闿运〈春秋公羊传笺〉释例研究——以时月日例为中心》，上海师范大学硕士论文，2022 年。

雷定京：《“儒化庄子”：王闿运〈庄子注〉研究》，湘潭大学硕士论文，2022 年。

唐海楠：《王闿运书法研究》，江西师范大学硕士论文，2023 年。

柳志煌：《王闿运书法研究》，中国艺术研究院硕士论文，2023 年。

书刊论文

陈书良、熊治祁：《湘绮老人论诗册子》（未刊稿），《求索》1984 年第 4 期。

李寿冈：《王壬秋评传》，中国人民政治协商会议湖南省湘潭市委员会文史资料研究委员会编：《湘潭文史资料》第 2 辑，1984 年。

陶先淮：《王闿运生平大事年表》，《中国文学研究》1985 年第 1 期。

马积高：《略论王闿运其人与其诗》，《中国文学研究》1985 年第 1 期。

陆草：《试论王闿运的“治情说”及其审美倾向》，《中州学刊》1985 年第 3 期。

何绵山：《简论王闿运的创作及影响》，《东疆学刊》1986 年第 1 期。

陶先淮：《一幅关于太平天国运动的历史画卷——试论王闿运的长篇组诗〈独行谣〉》，《中国文学研究》1987 年第 2 期。

祁龙威：《太平天国史料拾遗——读〈湘绮楼日记〉》，《扬州师院学报》（社会科学版）1987年第3期。

黄天：《湘绮老人与湘绮楼》，中国人民政治协商会议湘潭县委员会文史资料研究委员会编：《湘潭县文史》第4辑，1989年。

何绵山：《王闿运诗文论略》，《社会科学辑刊》1990年第2期。

马东玉：《曲直自有后人评说——读〈湘军志〉与〈湘军记〉》，《辽宁大学学报》（哲学社会科学版）1990年第3期。

杨布生：《王闿运掌教尊经、船山两书院考》，《湘潭师范学院学报》（社会科学版）1990年第4期。

李寿冈：《王湘绮事迹补正》，中国人民政治协商会议湖南省湘潭县委员会文史资料研究委员会编：《湘潭县文史》第6辑，1991年。

何绵山：《近代教育家王闿运论略》，《江西教育科研》1993年第5期。

刘世南：《论王闿运诗的摹拟》，《江西师范大学学报》（哲学社会科学版）1994年第3期。

柳存仁：《王湘绮和〈红楼梦〉》，《红楼梦学刊》1995年第1期。

金性尧：《王闿运唐诗选评语》，《读书》1995年第6期。

马少侨：《王闿运笔下的邵阳诗人》，《邵阳师专学报》（社会科学版）1995年第6期。

伏家芬：《君诗荡气更回肠——王湘绮诗艺浅议》，《湖湘论坛》1996年第5期。

吴淑钿：《〈湘绮楼说诗〉的理论体系》，《汕头大学学报》（人文科学版）1996年第5期。

郭蓁：《王闿运诗中的李伯元考》，《文学遗产》1997年第2

期。

李寿冈：《王湘绮〈游仙〉诗及其他》，《中国韵文学刊》1998年第1期。

闵定庆：《浙常而外　欲张楚军——论王闿运的词学追求》，《中国韵文学刊》1998年第2期。

李玉：《〈湘绮府君年谱〉一处疵误订正》，《船山学刊》1998年第2期。

刘再华：《王闿运的散文理论与创作》，《船山学刊》1998年第2期。

黄万机：《王闿运与丁宝桢》，《贵州文史丛刊》1999年第2期。

马卫中、刘诚：《从湖湘派的兴衰看王闿运的诗坛地位》，《文学遗产》1999年第5期。

王家葵、徐晓勇、银海：《〈本草经〉王闿运辑本研究》，《成都中医药大学学报》2000年第1期。

贺金林：《王闿运非咸丰癸丑举人考》，《船山学刊》2000年第1期。

王向清：《承旧与开新：王闿运在近代湖湘学派中的地位》，《湖湘论坛》2001年第2期。

阳信生：《王闿运"帝王之学"述评》，《中南工业大学学报》（社会科学版）2002年第1期。

楚仁：《湘中称名士无双 海内号胜流第一——一代名士王闿运及其书斋用印欣赏》，《收藏界》2002年第10期。

魏怡昱：《从宗传到宗经——王闿运春秋学的解经特色》，《湖南大学学报》（社会科学版）2004年第4期。

黄建荣：《论王闿运〈楚辞释〉的注释特色》，《南昌大学学报》（人文社会科学版）2005 年第 1 期。

赵树功：《〈中国古籍善本书目〉收王闿运注释庾信〈哀江南赋〉纠谬——兼论〈哀江南赋〉注释的基本源流》，《南昌大学学报》（人文社会科学版）2005 年第 5 期。

刘少虎：《王闿运经学研究综述》，《求索》2005 年第 11 期。

黄世民：《传统题材下的开拓与创新——论王闿运七夕诗的艺术创新》，《文史博览》（理论）2005 年第 Z2 期。

王英志：《王闿运山水诗初探》，《中国韵文学刊》2005 年第 4 期。

赵树功：《清人王闿运著有〈哀江南赋〉》，《文献》2006 年第 1 期。

刘少虎：《王闿运经学著作考述》，《船山学刊》2006 年第 1 期。

刘四平、向常水：《王闿运治经思路初探》，《长沙理工大学学报》（社会科学版）2006 年第 1 期。

萧凌波、方修琦、张学珍：《〈湘绮楼日记〉记录的湖南长沙 1877—1878 年寒冬》，《古地理学报》2006 年第 2 期。

刘四平、易胜：《王闿运经学研究述论》，《湖南农业大学学报》（社会科学版）2006 年第 4 期。

刘少虎：《王闿运三部经学新著之考释》，《湖南第一师范学报》2006 年第 3 期。

李赫亚：《湖南“二王”与近代湖南书院改制》，《北京理工大学学报》（社会科学版）2006 年第 4 期。

孙海洋、黄世民：《试论王闿运的〈周甲七夕词〉》，《湖南第一师范学报》2006 年第 4 期。

章启辉、刘平：《王闿运教育思想的经学经世特征》，《船山学刊》2006 年第 4 期。

刘少虎：《“经”“史”之别——王闿运对〈春秋〉的基本态度》，《长沙大学学报》2006 年第 6 期。

李赫亚：《相知与相离：王闿运与郭嵩焘之交谊探析》，《求索》2006 年第 11 期。

刘少虎：《王闿运春秋学思想发微》，《求索》2006 年第 11 期。

刘绪义：《盛名之下的〈湘军志〉》，《书屋》2006 年第 12 期。

谭雯：《王闿运与王先谦治学特点之比较》，羊列荣编：《诗书薪火——复旦大学中文系教授荣休纪念文丛　蒋凡卷》，上海古籍出版社，2006 年。

傅宇斌：《〈湘绮楼日记〉与王闿运的性格和人格》，《古典文学知识》2007 年第 1 期。

刘少虎：《离舍与回归：王闿运解说〈春秋〉灾异的两难》，《中山大学学报》（社会科学版）2007 年第 1 期。

李赫亚：《论晚清书院教育的多元性征——以王闿运与同期其他山长书院教育之比较为例》，《徐州师范大学学报》（哲学社会科学版）2007 年第 2 期。

刘少虎：《王闿运春秋学的整体思维意向》，《广西师范大学学报》（哲学社会科学版）2007 年第 2 期。

刘少虎、李赫亚：《求仕与入幕：王闿运经世实践之努力》，《船山学刊》2007 年第 2 期。

李赫亚：《王闿运研究述略》，《北京理工大学学报》（社会科学版）2007 年第 2 期。

刘少虎：《论王闿运〈（谷）［榖］梁申义〉的经学特色》，《湖南大学学报》（社会科学版）2007 年第 3 期。

胡锋、朱映红：《论王闿运史学思想形成过程及成因》，《船山学刊》2007 年第 3 期。

刘平、章启辉：《王闿运改制船山书院探析》，《湖南大学学报》（社会科学版）2007 年第 5 期。

曾秋香：《王闿运与"梅"》，《湖南医科大学学报》（社会科学版）2007 年第 4 期。

李存朴：《王闿运洋务观析论》，《广西社会科学》2007 年第 11 期。

景献力：《王闿运的复古思想与文学自觉》，《安徽师范大学学报》（人文社会科学版）2008 年第 1 期。

张晶萍：《论晚清湘学史中两种学术理念的冲突——以叶德辉与王闿运之间的学术纷争为例》，《湖南师范大学社会科学学报》2008 年第 1 期。

刘平：《论王闿运以礼自治的思想》，《湖南大学学报》（社会科学版）2008 年第 1 期。

李晓宇：《王闿运受聘尊经书院史事考》，《四川大学学报》（哲学社会科学版）2008 年第 2 期。

章启辉、刘平：《王闿运的春秋公羊学借例明礼的诠释特色》，《湖南大学学报》（社会科学版）2008 年第 2 期。

刘平、李克琴：《王闿运兼综今古文的公羊学风格》，《求索》2008 年第 4 期。

胡晓明、赵厚均：《王闿运与同光体的诗学取向》，《浙江大学学报》（人文社会科学版）2008 年第 3 期。

刘平：《王闿运〈春秋公羊传笺〉中化导外夷的民族观》，《湖南师范大学社会科学学报》2008 年第 4 期。

傅宇斌：《王闿运与桐城派——论王闿运文学思想的另一渊

源》,《中南大学学报》(社会科学版) 2008 年第 4 期。

贺金林:《王闿运的人生落寞与逍遥》,《湖北大学学报》(哲学社会科学版) 2008 年第 5 期。

程彦霞:《论王闿运对明七子复古体系的重建》,《辽宁师范大学学报》(社会科学版) 2008 年第 6 期。

傅宇斌:《百年来王闿运研究述评》,张伯伟、蒋寅主编:《中国诗学》第 13 辑,人民文学出版社,2008 年。

王盾:《近代纵横学开山——王闿运》,《船山学刊》2009 年第 1 期。

程彦霞:《王闿运唐诗选本考述》,《郑州大学学报》(哲学社会科学版) 2009 年第 1 期。

李赫亚:《论王闿运兵事议论中的史学观》,《史学史研究》2009 年第 1 期。

孙海洋、黄世民:《论王闿运〈八代诗选〉》,《湖南大学学报》(社会科学版) 2009 年第 2 期。

葛春蕃:《王闿运与同光派诗学观的异同》,《湖南第一师范学报》2009 年第 3 期。

刘兴晖:《"绮语"与"合道"——论王闿运〈湘绮楼词选〉"雅趣并擅"的词学观》,《广西大学学报》(哲学社会科学版) 2009 年第 4 期。

曲洪波:《尊经书院与晚清时期四川的经学发展略论》,《宜宾学院学报》2009 年第 4 期。

渔父:《黄彭年与王闿运(上)》,《贵阳文史》2009 年第 4 期。

渔父:《黄彭年与王闿运(下)》,《贵阳文史》2009 年第 5 期。

彭平一：《戊戌前后湖南今文经学的学术播迁及其影响——以王闿运和皮锡瑞为始末》，《湖南大学学报》（社会科学版）2009年第5期。

郭钦：《良史乎，谤史乎？——关于王闿运〈湘军志〉百年纷争的评议》，《湖南社会科学》2009年第6期。

龙晦：《论薛焕、王闿运创办尊经书院》，《西华大学学报》（哲学社会科学版）2009年第6期。

杨雨：《尊体大潮中的“小道”“逆流”——略论王闿运词学“小道”观》，《船山学刊》2010年第1期。

朱迪光：《王闿运与船山研究》，《船山学刊》2010年第2期。

刘平：《笔耕不辍，博洽多通——王闿运的著述、刻书与治学特点》，《图书馆》2010年第3期。

文鸣、沈艾飞：《王闿运纂〈湘潭县志〉版本校辨》，《湖南工程学院学报》（社会科学版）2010年第2期。

周柳燕：《“湖湘派”的领袖与中坚——王闿运、邓辅纶诗文交谊论略》，《文史博览》（理论）2010年第6期。

周柳燕：《论王闿运诗歌中的现实之作》，《中国文学研究》2010年第4期。

周柳燕：《王闿运文学创作的“湖湘文化”精神内核刍议》，《湖南社会科学》2010年第6期。

何荣誉：《王闿运对陶渊明的接受》，《中南大学学报》（社会科学版）2011年第1期。

密素敏：《论王闿运的人才思想》，《船山学刊》2011年第2期。

晏选军：《抽丝剥茧 钩沉探赜——评〈王闿运的生平与文学创作〉》，《文史博览》（理论）2011年第5期。

刘平：《经史之辨：王闿运〈春秋〉三传观》，《湖南大学学报》（社会科学版）2011 年第 3 期。

张宇：《杨恩寿与王闿运交游考论》，《许昌学院学报》2011 年第 3 期。

程彦霞：《批语视角下对王闿运〈唐诗选〉的解读》，《南阳师范学院学报》2011 年第 7 期。

刘平：《伦理与政治的互摄——论王闿运以礼自治的致用之道》，《中国文化研究》2011 年第 3 期。

朱洪举：《王闿运诗学思想的“为人”“为己”之辨》，《名作欣赏》2011 年第 26 期。

王成：《“今文学”视阈下王闿运复古诗学的历史建构》，《湖南城市学院学报》2011 年第 5 期。

黄诗玉、骆凤文：《辩说廖平治学研经的理念宗旨和学问境界——兼论廖平与张之洞、王闿运、康有为治学之不同》，《中华文化论坛》2011 年第 5 期。

王顺贵：《王闿运唐诗研究系统考察》，《南京师范大学文学院学报》2011 年第 3 期。

尹海江：《晚清王闿运表彰子贡评议》，《船山学刊》2011 年第 4 期。

周柳燕：《略论王闿运文学创作的客观评价问题》，《中南大学学报》（社会科学版）2011 年第 5 期。

程彦霞、诸葛晴怡：《王闿运〈唐诗选〉刊刻时间考》，《科技情报开发与经济》2011 年第 15 期。

周欣：《王闿运对释敬安诗歌创作的影响》，《云梦学刊》2012 年第 1 期。

王成：《王闿运诗学的复古抉择及其价值衡估》，《湖南城市学院学报》2012 年第 1 期。

袁志成：《凄婉、悲音、悲情、清艳——王闿运词学思想新探》，《湖南大学学报》（社会科学版）2012 年第 2 期。

朱洪举：《王闿运的书法创作及其书学思想》，《书法》2012 年第 4 期。

艾红玲：《〈湘绮楼日记〉中的学礼研究》，《湖北函授大学学报》2012 年第 8 期。

程彦霞、邵利勤：《试析王闿运与曾国藩诗学思想之异同》，《浙江工业大学学报》（社会科学版）2012 年第 2 期。

戴海斌：《庚子前后王闿运的思想动态——〈王湘绮年谱〉辨误一则》，《船山学刊》2012 年第 4 期。

吴龙灿：《廖平和王闿运学术异同考》，《宜宾学院学报》2012 年第 11 期。

牛秋实：《王闿运、廖平与吴虞——学术与学风的地缘性影响》，《宜宾学院学报》2013 年第 1 期。

何荣誉：《王闿运与晚清中晚唐诗派的诗学交流——以王闿运与易顺鼎、樊增祥的诗学交流为中心》，《文艺评论》2013 年第 2 期。

李亚峰：《王闿运词学宗派论》，《文艺评论》2013 年第 2 期。

程彦霞：《王闿运京师之行、交游雅集及著述考述》，《郑州大学学报》（哲学社会科学版）2013 年第 2 期。

何荣誉：《王闿运拟古诗观成因探析》，《牡丹江师范学院学报》（哲学社会科学版）2013 年第 4 期。

鲁涛：《点校整理本王闿运〈楚辞释〉简介》，《云梦学刊》2013 年第 5 期。

蒋秋华：《王闿运〈尚书大传补注〉之辑补述论》，《扬州大学学报》(人文社会科学版)2013 年第 6 期。

刘四平、何辉:《保守派眼中的革命——以王闿运对辛亥革命的态度为例》,饶怀民、范秋明主编:《湖南人与辛亥革命:纪念辛亥革命 100 周年学术研讨会论文集》,湖南师范大学出版社,2013 年。

何荣誉:《论王闿运与曾广钧的诗学交流》,《中国韵文学刊》2014 年第 1 期。

王向清:《王闿运的经世思想及其特征》,《湖南社会科学》2014 年第 1 期。

丁希宇:《王闿运妙联趣事》,《文史天地》2014 年第 6 期。

李亚峰:《论王闿运的诗学体用观与其政学理想》,《福州大学学报》(哲学社会科学版)2014 年第 4 期。

那秋生:《越缦堂与湘绮楼》,《书屋》2014 年第 9 期。

廖太燕:《王闿运与江西》,《书屋》2014 年第 11 期。

雷磊:《王闿运的诗歌宗尚与明代诗学》,教育部人文社会科学重点研究基地复旦大学中国古代文学研究中心主办:《中国文学研究》第 24 辑,复旦大学出版社,2014 年。

何荣誉:《王闿运与张之洞之诗学交流及意义》,张伯伟、蒋寅主编:《中国诗学》第 18 辑,人民文学出版社,2014 年。

黄淑芳:《王闿运唐诗选本研究的系统省察》,《上饶师范学院学报》2015 年第 1 期。

肖友芳、吴广平:《六经注我　新奇诡异——论王闿运对宋玉〈高唐赋〉的阐释》,《湖北文理学院学报》2015 年第 3 期。

何荣誉:《师法与师心——论王闿运对谢灵运山水诗的接受》,《中国韵文学刊》2015 年第 3 期。

何荣誉:《王闿运与李慈铭的诗学比较》,《中国文论的思想与智慧》（《古代文学理论研究》第 40 辑），华东师范大学出版社，2015 年。

郭建勋、罗璐：《论王闿运〈楚辞释〉的政治化阐释及其影响》，《湖南科技大学学报》（社会科学版）2016 年第 1 期。

李金善、赵然：《晚清、民国时期楚辞研究的现代转型——以王闿运、梁启超、游国恩为例》，《河北学刊》2016 年第 2 期。

朱洪举：《论王闿运的"以词掩意"观》，《郑州师范教育》2016 年第 2 期。

尧育飞：《新发现王闿运佚诗材料考释》，《湖南人文科技学院学报》2016 年第 2 期。

刘雪丽：《理想与现实之间的鸿沟——王闿运对晚清政局的观察》，《艺术科技》2016 年第 9 期。

朱洪举：《王闿运的西方文化观及在诗文中的表现》，《郑州师范教育》2016 年第 6 期。

何荣誉：《王闿运的拟古诗观》，张伯伟、蒋寅主编：《中国诗学》第 22 辑，人民文学出版社，2016 年。

何荣誉：《王闿运论小学佚信一封——〈王闿运致龙芝生论小学书〉》，杨光宗主编：《武陵学术》第 2 辑，华中师范大学出版社，2016 年。

邓昭辉：《王闿运〈船山书院记〉拓片考证》，湖南省博物馆编：《湖南省博物馆馆刊》第 12 辑，岳麓书社，2016 年。

吴怀东、马玉：《湖湘政治群体之崛起与湖湘区域文化之自觉——论王闿运对汉魏六朝诗派之建构》，《学术界》2017 年第 4 期。

魏红翎：《王闿运与廖平之交往变迁及原因探析》，《中华文化论坛》2017 年第 5 期。

刘平：《王闿运阅读旨趣探微——以〈湘绮楼诗文集·王志卷〉为例》，《高校图书馆工作》2017年第4期。

吴怀东、马玉：《一次命中注定的“失之交臂”——王闿运落选保定莲池书院山长史实述论》，《苏州大学学报》（哲学社会科学版）2017年第5期。

潘链钰：《王闿运“通经”与“治事”观及其关系考》，《信阳师范学院学报》（哲学社会科学版）2017年第6期。

潘链钰：《以〈诗〉入诗：王闿运诗歌的经学实践》，《商丘师范学院学报》2017年第7期。

吕双伟：《思兼单复与汉魏文风：王闿运骈文综论》，郭英德主编：《斯文》第1辑，社会科学文献出版社，2017年。

吴洪泽：《试论王闿运对吴之英的影响》，王继平主编：《湘学、蜀学与区域学术文化：第三届湖湘文化与巴蜀文化高层论坛论文集》，湘潭大学出版社，2017年。

刘平：《义本春秋，崇礼自治：王闿运〈论语训〉兼采古今之释经特色探析》，《湖南大学学报》（社会科学版）2018年第1期。

李亚峰：《论晚清王闿运“曲隐”诗歌美学观》，《苏州大学学报》（哲学社会科学版）2018年第2期。

王向清：《王闿运获“名满天下、谤满天下”的矛盾评价探微》，《湖南大学学报》（社会科学版）2018年第2期。

刘焱：《王闿运“礼学经世”思想析略》，《湖南大学学报》（社会科学版）2018年第2期。

吴仰湘：《“纵横计不就”：王闿运光绪四年“出山入川”发微》，《湖南大学学报》（社会科学版）2018年第2期。

唐红卫：《论王闿运的诗歌中的纵横家思想》，《湖南大学学报》（社会科学版）2018年第2期。

留金腾、郭鹏飞：《王闿运〈尔雅集解〉探析》，《湖南大学学报》（社会科学版）2018 年第 3 期。

王向清：《王闿运紧张人生解读》，《湖湘论坛》2018 年第 4 期。

何荣誉：《王闿运与同光体诗学观念的交流》，张伯伟、蒋寅主编：《中国诗学》第 26 辑，人民文学出版社，2018 年。

朱德印：《新见王闿运佚文五篇考述》，《湖南人文科技学院学报》2020 年第 1 期。

贺国强：《晚清诗界文学经世的"外援"与"内求"——以陈衍、王闿运的诗学分歧为基点》，《文学遗产》2020 年第 2 期。

李亚峰：《个性禀赋与学问世运：王闿运诗学复古现象新论》，《文艺理论研究》2020 年第 4 期。

赵斌：《〈湘绮楼日记〉对王船山思想的接受与传承》，《衡阳师范学院学报》2020 年第 5 期。

唐苇熠、王向清：《王闿运〈论语训〉修养论探析》，《伦理学研究》2020 年第 6 期。

王向清、雷定京：《王闿运对毛泽东的影响简论》，《湖南第一师范学院学报》2020 年第 6 期。

刘雨佳：《徘徊于文学批评与仕宦情结之间——王闿运〈诗经〉评点发微》，《湘潭大学学报》（哲学社会科学版）2021 年第 1 期。

李香月：《新见王闿运序跋八篇考述》，《宁夏大学学报》（人文社会科学版）2021 年第 1 期。

张明涓：《〈（光绪）东安县志〉为王闿运所纂考》，《湖南科技学院学报》2021 年第 1 期。

王友胜、朱子良：《王闿运诗论平议》，《中华文化论坛》2021

年第2期。

雷定京、李夫泽：《王闿运〈老子注〉“德充应帝王”政治哲学思想探析》，《湖南人文科技学院学报》2021年第3期。

张鑫洁：《从〈礼记·大学〉篇论王闿运的天子之学》，《湖南大学学报》(社会科学版) 2021年第3期。

李亚峰：《王闿运的〈封神演义〉研究探析》，《辽东学院学报》(社会科学版) 2021年第3期。

朱洪举：《论王闿运对魏晋诗歌的模仿及其模仿观》，《云南大学学报》(社会科学版) 2021年第5期。

邹典飞：《民国时期的北京书风·王闿运》，《艺术品》2021年第5期。

马莎：《晚清民初“词学改良”阶段的二元选择——以王闿运、梁启超二家词选为中心》，刘平清主编：《广州大典研究》2020年第2辑（总第6辑），国家图书馆出版社，2021年。

魏红翎：《论王闿运的诗学与经学思想及其内在联系》，《中华文化论坛》2021年第6期。

付佳奥：《王闿运“唐人好变，以骚为雅”说发微》，《文学评论》2021年第6期。

舒习龙：《日记视域下王闿运的宋学观与宋史评论》，《求索》2022年第1期。

舒习龙：《〈湘绮楼日记〉所见王闿运史学研究》，《淮阴师范学院学报》(哲学社会科学版) 2022年第4期。

魏珞宁：《日课：〈湘绮楼日记〉的姿态与理想》，《古代文学理论研究》2023年第1期。

邹远志：《论王闿运〈礼记笺〉的笺注特色及所见王氏礼学思想》，《古籍整理研究学刊》2023年第2期。

魏红翎：《论王闿运执掌四川尊经书院期间的礼制教育及其意义》，《中华文化论坛》2023 年第 5 期。

柳志煌：《碑帖交融　绮丽蕴藉——清王闿运书法研究》，《荣宝斋》2023 年第 10 期。

傅冠华：《王闿运与尊经书院的教育改革——基于〈湘绮楼日记〉的考察》，《西华大学学报》（哲学社会科学版）2023 年第 6 期。

李伟昊：《王闿运的唐诗贬抑评价与其诗学趣味——以〈唐诗选〉中的负面评语为中心》，《开封文化艺术职业学院学报》2023 年第 6 期。

图书在版编目(CIP)数据

王闿运集:续编/(清)王闿运著;朱汉民主编. --长沙:岳麓书社,2024. 12. --ISBN 978-7-5538-2236-5

Ⅰ. I206. 5

中国国家版本馆 CIP 数据核字第 2024VV6301 号

WANG KAIYUN JI XUBIAN

王闿运集续编

著　　者:[清]王闿运
主　　编:朱汉民
出 版 人:崔　灿
出版统筹:马美著
责任编辑:李业鹏　许　静　孙世杰　胡宝亮　潘素雅
责任校对:舒　舍
封面设计:戴　宇

岳麓书社出版发行
地址:湖南省长沙市爱民路 47 号
直销电话:0731-88804152　0731-88885616
邮编:410006

版次:2024 年 12 月第 1 版
印次:2024 年 12 月第 1 次印刷
开本:640mm×960mm　1/16
印张:174. 5
字数:2200 千字
书号:ISBN 978-7-5538-2236-5
定价:1280. 00 元(全七册)

承印:长沙超峰印刷有限公司

如有印装质量问题,请与本社印务部联系
电话:0731-88884129